埃玛纽埃尔·艾曼提供帮助

谨以此书向埃迪·米切尔致敬，是他的电视节目《最新放映》首先启发了我对于法国历史的兴趣。同时也以此书向我的姐姐和父母致敬，他们为了我，不厌其烦地每周收看这档电视节目……

译本序

随着地铁的节拍，探访历史的迷思

巴黎，永恒的光明之城，怀旧者的天堂，都市闲逛者的圣地，这座城市似乎可以满足不同群体的渴望与诉求。文学爱好者，可丈量一部文学地图，探访作家笔下巴黎的虚与实；艺术爱好者，可来一场朝圣之旅，博物馆和咖啡馆是绝妙的驻足地；建筑爱好者，可发掘这座古老都市走向现代的流变痕迹；时尚达人和饕客，在街头小巷总能撞上心头好……巴黎，不断创新并追求卓越，却从未割断与传统和历史的关系。这座城市的美好和精彩，正在于现在和过去融合得是那样巧妙和自然。巴黎这座城，适合探幽访古，因为历史遗产已然渗透在文化传统和现代城市肌理之中，成为日常生活的构成。

巴黎是法兰西历史的见证和缩影，它自有其秘密。在法国演员洛朗·多伊奇眼里，它"是一切谜题、矛盾和疑问的源头"。洛朗·多伊奇是个不折不扣的历史迷，自少年时便痴迷于这座城市，执迷于它的历史。2009年，多伊奇带来一部跨界作品——《地下巴黎》，这是一部对于巴黎历史的探秘之作，一举创下了当年的出版物销售奇迹。实际上，关于法国历史、巴黎历史的书林林总总，可谓蔚然大观，有学院派的恢弘巨著，如拉维斯的 17 卷本《法国史》，也有普及类读物，如著名的"入门系列"（Collection pour les nuls）中也收录了《法国史入门》。《地下巴黎》，一部业余历史爱好者的处女作竟大获成功，持续热卖，出版一年后销售额达 50 万册以上，继而又有插图本和 4 部系列改编纪录片推出，影响巨大，这着实能让职业史学家眼红和嫉妒。

我们或可从不同角度来阐释《地下巴黎》的畅销。是因为作者的"名人"效应？的确，在舞台和屏幕上演绎过莫扎特、萨特、拉封丹的洛朗，戴上眼镜，手捧图书，出现在初版封面上，确实能吸引部分影迷读者的眼球。不过，这本书能从众多历史普及类读物中脱颖而出，更是因为它布局巧妙，设计独具匠心，正如题目所示，洛朗·多伊奇将地铁化为时光机器，引领读者穿梭于这座城市的不同时空，开启一场城市的考古之旅。从西岱岛到拉德芳斯，21 个地铁站，是时间坐标，作者结合每个时代的历史大事件，由此构建了巴黎城历经 21 个世纪发展的时间长轴，揭示它从泥泞之地到光明之城的发展轨迹，世事更迭，族群变迁，巴黎永在。21 个地铁站，也是地理坐标，洛朗·多伊奇不仅引领读者在历史长河中神游，还带领我们进行实地探索，在巴黎的街区漫步暇行，去寻找 2000 多年岁月所留下的时间残片：罗马时代集市围墙的一部分仍留存在圣米歇尔大道 Vinci 停车场的入口处，中世纪的修道院遗址化为圣日耳曼德佩街区高档精品店的石质内墙，腓力·奥古斯特时期的部分古城墙隐匿在居民楼现代化数码门的后面，巴士底狱最后的囚室藏身于亨利四世大道 47 号的地下室……作者铺陈了一张横纵相间的巴黎时空网格，其间还点缀了一些逸闻趣事和历史掌故，叙述有趣，更挑起人胃口，比如，青年但丁曾在莫贝尔广场的草垛上听课，圣母院附近的屠夫石曾上演中世纪版本的"剪刀手爱德华"，诗人奈瓦尔自缢在旧灯笼街上……《地下巴黎》，不仅是一部历史爱好者的指南，它还是一部巴黎出行手册，是一部城市考古词典，在它的指引下，古老的历史痕迹发出光彩，发出声音，巴黎的面貌更加清晰。

《地下巴黎》能够热卖，还因为在法国的公共文化领域内，历史占据重要的一席：书店和报亭里长销各类史学书籍和刊物，广播和电视里讲"历史"的节目收获粉丝无数。法国人爱历史，这一对于往昔岁月的好奇、执着或痴迷被史学家菲利普·儒达尔称为一种"法兰西激情"。这种激情，源自学校坚实的历史教育，法国人从小学一年级就开始上历史课，潜移默化中培育了对于历史文化的浓厚兴趣。这一激情，是对于所处的土地，对于国家、民族跌宕起伏、灿烂辉煌历史的尊重、致敬和追忆。时间消逝，往昔不在，但先人的传世业绩已凝聚成某种精神，过去的遗址和痕迹仍散落在现时的空间，它们是文化的坐标和根基，或许也是待解的谜。让我们登上地铁，跟随洛朗·多伊奇去探访巴黎这座城市更多的秘密。

高 方

2017 年 10 月 15 日

于南大和园

3

写在穿越前

我出生于法国萨尔特省①边上的一座小镇，并在那里度过了自己的童年，小镇和巴黎隔了十万八千里远。我常常会在暑假期间去首都看望祖父母……每当来到城市的外围，我便开始偷偷地观察这座城市里的灯光，它是如此令人着迷。穿越巴黎的郊区，便深入到了这座城市中。于是，我立即被卷入了一个光怪陆离的漩涡，那里充斥着忙碌的人群，夺目的色彩以及耀眼的霓虹。我依然记得药妆店醒目的绿色招牌，还有像胡萝卜般鲜红的烟草柜台。周围的一切似乎都在闪闪发着光，令我眼花缭乱。夏日的巴黎俨然热闹的圣诞！而我，满心欢喜地投入这片让我害怕却又无法抵挡其诱惑的热带丛林。

十五岁那年，我带着对于历史的热情定居巴黎。这座城市对于我来说是完全陌生的，没有姓名，不具个性，大得无边无际，身在其中，觉得无所遁形。

在这里我完全是个异乡人，几乎没有一个熟人，那些形形色色的路名便成了我最初的伙伴。而带领我认识这些大街小巷的就是巴黎的地铁。确实，地铁给了我这个年轻的外省人一本实用指南，教我拨开熙熙攘攘的人群认识这座城市。于是我贪婪地沉醉于这个未知的世界。我一点一滴地探索巴黎，在每一个地铁车站停留，并不停地问自己：为什么这里要叫巴黎荣军院（Les Invalides）？夏特雷（Châtelet）又是什么？共和国（République）是指哪一个？艾蒂安·马塞尔（Étienne Marcel）又是谁？莫贝尔（Maubert）是什么意思？总而言之，这些地铁站的名字为我打开了研究这座城市历史的大门。

巴黎的地下铁路图向我们揭示了整个城市的脉络，我们可以从中按图索骥地探寻这座城市是如何从一个塞纳河上的小岛慢慢建立并发展起来的。事实上，每一个地铁站的地点和名字都展现了历史中的某一段，还有巴黎甚至是法国的形成与发展史。从西岱岛（La Cité）到拉德芳斯（La Défense），地铁成为了一部追溯历史的时间机器，飞驰的地铁带领我们找回那业已逝去的世纪：整整21个世纪才构建起了如今这座城市。在这段长长的历史中，作为首都的巴黎，一直伴随着法国的建立和变迁而不断发展着，有时甚至还走在了整个法国的前端，直至成为我们如今看到的样子。

我在大学的时候学习了法国历史和巴黎历史，同时也开始研究戏剧和电影。从那时起，我意识到我渐渐拥有了勘探时光的机器。我时不时地也会研究一下拉封丹②、富凯③、莫扎特④、萨

---

① 萨尔特省（Sarthe）是法国卢瓦尔河地区大区所辖的省份，位于法国西北部。
② 拉封丹（Jean de la Fontaine，1621—1695），法国古典文学的代表作家之一，著名的寓言诗人。他的作品经后人整理为《拉封丹寓言》，与古希腊著名寓言诗人伊索的《伊索寓言》及俄国著名作家克雷洛夫所著的《克雷洛夫寓言》并称为世界三大寓言。
③ 富凯（Jean Fouquet，约1420—1477），法国画家，法国早期绘画的佼佼者，对后来法国艺术的发展具有重要影响。
④ 莫扎特（Wolfgang Amadeus Mozart，1756—1791），奥地利作曲家，欧洲最伟大的古典主义音乐作曲家之一。

特①等文学家及艺术家的作品。历史从某种意义上来说已经变成了我的职业，或者说至少我可以用我的职业来研究历史。

小时候，我从法国历史中汲取灵感来让我那些士兵小人完成各种冒险和奇遇；而如今，一切都没变，历史仍然是我生活和欲望的原动力。它对于我来说是一片可以开垦的土地，一种故地重游的方式，是一切谜题、矛盾和疑问的源头……

那么，为什么要把本书取名为《地下巴黎》(*Métronome*②) 呢？

因为我想让这本书在某种程度上能够成为一种记录时间节拍的工具。因此我建议读者们一个世纪一个世纪地进行阅读。幸好有这些地铁站，让我可以用每个站名对应一个世纪，过往的世纪于是有了更妥贴的名字，而我们也能更好地定位历史。

最后，我想和你们一道，如同跟随阿里阿德涅手中的线③一样去追寻每一条地铁线。它们将带领我们去往每一个站台，从那些闲聊的乘客口中，记取这座城市中的希望、颠沛与愤怒。好了，现在请你坐好，注意关门，本次地铁将开往：卢泰西亚④ (Lutèce) ……

洛朗·多伊奇

---

① 萨特 (Jean-Paul Sartre，1905—1980)，法国 20 世纪最重要的哲学家之一，法国无神论存在主义的主要代表人物。他也是优秀的文学家、戏剧家、评论家和社会活动家。

② 原书名中的 métronome 有"节拍器"的意思，而 métro 又有"地铁"和"首都"的含义。

③ 在希腊神话中，克里特岛的国王每隔 9 年就要提供 7 对童男童女给囚禁在迷宫里的牛头怪。后来国王的女儿阿里阿德涅给了她的爱人忒修斯一个毛线球，忒修斯循着爱人手里的线进入迷宫打死了怪物，并找到了回来的路。

④ 巴黎的古称。

西岱岛

意大利广场

田园圣母堂

圣马丁

卢浮宫 – 里沃利

| 1 | 19 | 37 | 55 | 75 |

一世纪　　二世纪　　三世纪　　四世纪　　五世纪

艺术与工艺

肺力·奥古斯特

莫贝尔 – 医保互助会

巴黎市政厅

文森城堡

王宫 – 卢浮宫博物馆

| 197 | 217 | 237 | 257 | 279 | 303 |

十一世纪　　十二世纪　　十三世纪　　十四世纪　　十五世纪　　十六世纪

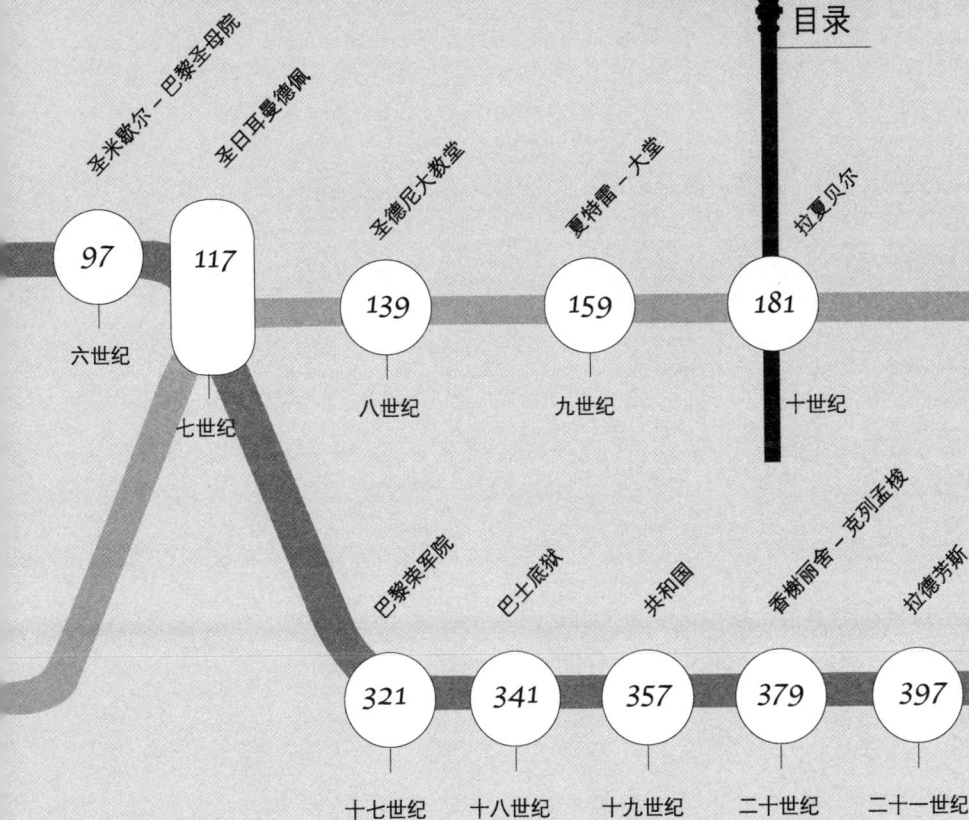

CITÉ

恺 撒 的 摇 篮

"你会在下一站下车吗?"——一位年轻的姑娘一边用羞涩的语调问我,一边轻轻把我往外推以防错过站。

地铁在一阵巨大的金属摩擦声中刹车停稳。为什么不在这一站下车呢?就让我的旅程从巴黎的摇篮——西岱岛开始吧。我注意到,这个小岛果真像是摇篮的形状,这应该不仅仅是巧合。首都的精髓,都集中于此。这里是"巴黎的头颅、巴黎的心脏,也是巴黎的精华",12世纪时一位名叫居伊·德·巴佐什①的神父曾这样写道。

西岱岛站如同一口深井钻入城市的心脏部位,我们正处于超过20米深的塞纳河下方。就像儒勒·凡尔纳②在他的小说《地心游记》中所描述的那样,我也感受到了那种穿越时光,回到原始的感觉。并且不需要建造火山上的烟囱去到地心,也无需搭乘鹦鹉螺号潜水艇深入海底,因为我有最妙的交通工具——地铁!

还是跟随那位年轻的姑娘,我四步一跨地快速爬上那似乎无止境的带我通向光明的电动扶梯。那位年轻的姑娘早已被我甩得远远的。一走出地铁站，我就几乎撞到了一株矮小的柏树，接下来我还准备着马上和一棵没有橄榄的橄榄树来个亲密接触……这里能让人感受到一点点南部的气息，还有意大利风景的微弱写照，我终于来到了目的地。

地铁口的两边遍布着花鸟集市，似乎想要重新追回以往那种自然风貌。不过，这只是一种错觉上的征服。事实是：左边，一辆辆轿车轰鸣着朝着圣米歇尔大道（Boulevard Saint-Michel）的斜坡往下冲去；右边，是同样的车流，只不过是往另一个方向，上行去往圣雅克路（Rue Saint-Jaques）。

我感觉自己站在十字路口的中间。一条假想中奄奄一息的卢泰西亚街道，夹在这两条主动脉之间，被眼前 19 世纪时奥斯曼男爵③所改建的面目严峻的市政建筑所包围。我用最快的速度离开了这臆想中的街道，去往花鸟集市的另一边，那里塞纳河褐色的河水正在缓缓流淌。

再多走几步，我便已经来到了塞纳河的岸边。稍远一些的地方整齐排列着一排排绿色的旧书亭。我一头扎进这让我欲罢不能的地方，出来的时候，手里多了几本讲述我最爱的这座城市历史的古老书籍。巴黎，就像是我的情人般亲切，是的，她就是一名优雅女子！安德烈·布勒东④曾在他的著作《娜嘉》中写道：太子广场（La place Dauphine）⑤前的三角地带就像是这个梦想之城的耻骨，是孕育一切的子宫……而我，想要重温这种诞生的

---

① 居伊·德·巴佐什（Gui de Bazoches，1146—1203），曾担任议事司铎，同时也是亨利二世时期第三次十字军东征的编年史作者。
② 儒勒·凡尔纳（Jules Verne，1828—1905），是 19 世纪法国著名小说家、剧作家以及诗人。代表作有《海底两万里》、《八十天环游地球》和《气球上的五星期》等。
③ 奥斯曼男爵全名乔治-尤金·奥斯曼（Baron Georges-Eugène Haussmann，1809—1891）。他获拿破仑三世委任，负责巴黎市的重建工作。
④ 安德烈·布勒东（André Breton，1896—1966），法国诗人和评论家，超现实主义创始人之一。
⑤ 位于西岱岛西面的公共广场，纪念亨利四世之子，也就是未来的路易十三。

过程。

假如这里没有马达的轰鸣，假如那些灰色墙面的建筑物从未出现，假如塞纳河的两岸重新变回原始的模样，只有绿色的斜坡，泥泞的沼泽，还有被灌木覆盖的小岛……那该有多好？

*

罗马建国纪元 701 年，公元前 52 年，西岱岛上还一无所有。恺撒大帝曾在他的著作《高卢战记》①中简短地提到："卢泰西亚，古巴黎人②的城堡，坐落在塞纳河的一座小岛上。"这个定义略有一些模糊。事实上，这位总督只在这里停留了一天，参加一众高卢族首脑的会议似乎比参观这座城堡的周边环境来得更为重要一些。而当恺撒开始提笔写作《高卢战记》的时候，他是凭着一些道听途说的记忆以及军事报告里的一些传闻，再加上自己的想象来杜撰这些古巴黎人的。他一直在复述从部下那里听闻的胡诌的言论，而这些士兵嘴里的描述往往都是语焉不详的。

所以，若是想要在这里找到古巴黎人城堡的痕迹，大抵是一无所获的。另外，如今的西岱岛已经被划分为六到七个小岛，我们只能努力想象在曾经的岛上有一座小小的庙宇，一些用芦苇做屋顶的圆形茅屋，以及寥寥无几的渔夫懒洋洋地将渔网撒向河中央……在塞纳河的右岸，是一片沼泽地和一直延伸到西边的茂密森林。而塞纳河的左岸，依然是一片沼泽地，再远一些，则是布满岩石的山坡。很久以后，人们将这座山坡取名为"圣热纳维耶芙山"（Montagne Sainte-Geneviève）。

想要寻找高卢人民广袤的群居地，就必须沿着塞纳河岸仔细搜寻。在那

---

① 《高卢战记》（*La Guerre des Gaules*），记述了他在高卢作战的经历。

② Parissi，一群从公元前 3 世纪中叶到古罗马时代居住在高卢地区塞纳河岸边的比利时人。他们的都城即卢泰西亚，最终成为现在的巴黎，而巴黎（Paris）的名字即来源于此。

个年代，河水即是道路，在后来的古罗马人到来之前，这里并没有陆路可以通行。因此，不如先坐上一条高卢人最爱使用的小船去追溯那段历史——那是狭长且脆弱，用树枝编成，在河流的浪尖上缓缓前行的一叶扁舟。

独木舟是曾经居住在这里的先人们出行使用的交通工具。新石器时代（公元前5000年）最早的常住居民留下的印记便是在巴黎贝西（Bercy）地区发现的独木舟。贝西是孕育巴黎的原始摇篮，这些独木舟如今可以在巴黎的卡尔纳瓦莱博物馆（Musée Carnavalet）看到，那里是关于巴黎回忆的庇护所。

为了找寻高卢人的卢泰西亚——真正的古巴黎都城——我们必须沿着塞纳河的流水行进五到六古里①。那里河床的曲线几乎呈闭合形状，不由让人联想到某个古罗马人曾经在这个岛上散步的光景。在这片蜿蜒广阔的地带，一座完整的城市在我面前摇晃着延伸开来：一个真正的城市，有陆上的街道，有手工艺人聚集区，有住宅区，也有港口——欢迎来到卢泰西亚！或者，用更确切的高卢语来念，应该是"卢高泰西亚"（Lucotecia），也就是恺撒书中模糊而不确定地提到的古巴黎人聚居的区域。不过恺撒的到来终止了这个名字的历史。他将这座城市取名为"卢泰西亚"（Lutecia），接近于拉丁语里的lutum，即泥浆，或是高卢语里的luto，即沼泽。这座城市就是从一片沼泽地衍生而来的。很显然，这个城市的名字很好地对应了当时的地理环境。

来到塞纳河的北边，即我们现在所称的"右岸"，曾经定居在河边的部落依靠这条河流发展繁荣。对于这些人来说，塞纳河就是他们的女神塞夸纳②，可以治愈所有的病痛，而她也因此命名了这条横贯卢泰西亚的河流。

---

① 法国古代距离单位，1古里约等于4公里。
② 塞纳河（La Seine）之神祇，塞纳河也是因她而得名。

这条河流确实给周围的人们带来了真实可见的财富。河里的鱼可供食用果腹，河水可以用来浇灌庄稼，喂饱人们和牲畜。此外，这条河还是他们最主要的交通要道。而他们所使用的金币也是所有高卢人当中最漂亮的，钱币的反面是阿波罗①的头像，正面是一匹奔跑的骏马。远离河岸，在城市的另一端，肥沃的土地也确保了从事农业、畜牧、铸造业及伐木业的古巴黎人丰衣足食的生活。

最早的卢泰西亚到底在哪儿？

几个世纪以来，历史学家们总是不断重申卢泰西亚就坐落在西岱岛上。其实这里面的细节让这些博学的史学家们也颇为头疼：因为不论如何不停地挖掘勘探似乎都是徒劳无功，在这座岛上我们无法找到哪怕一丁点关于这座著名的高卢城市的印记。

于是，白发苍苍的学者们最后总结说：高卢人在当时只盖了一些茅草屋，而所有这些都在军事入侵和人民起义的大动乱中付之一炬了……

确实，这座小岛曾经遭受几番摧毁、重建和改造，所有原始的痕迹都消失殆尽。而最近的一次发生在 19 世纪，由塞纳省省长奥斯曼男爵主持的巴黎大改造几乎将西岱岛夷为平地，然后再重新建造，因此很难再在此处挖掘出任何历史痕迹。不过有一件事是肯定的：去瓦尔嘉朗广场（Square du Vert-Galant）吧，这里的地平面比岛上其他地方都

---

① 古希腊神话人物。宙斯和女神勒托的儿子，阿耳忒弥斯的孪生兄弟。

要低上 7 米。当你往下走 7 米后，就能与古巴黎人处于同一水平面上。这 7 米的差距，连接起了 2000 年的历史！

还是觉得什么都没发现吗？别急，还没那么快！为了能容纳巴黎市内的交通，需要修建一条 A86 高速公路，又称巴黎超级环城大道，相当于在巴黎外围画上了一个巨大的圈。于是，重点来了，2003 年时，借着改造高速公路的项目工程，人们在楠泰尔市①的地下发现了记载着高卢族人声望与繁荣的废墟！那里有我们想要找到的一切：住宅、街道、深井、港口，甚至还有墓地。

在这片废墟当中，考古学家发现了一块被沟渠和栅栏包围的空地。眼前出现的烤肉架和锅炉又让人想到这里可能是高卢族人举行宴会的地方。如今史学家们一致强调：卢泰西亚建立在楠泰尔市热纳维利埃②的河流入口处。这一地理位置也满足了双重需求：为河流的入口和河畔的要塞瓦雷里昂山脉（Mont Valérien）提供了地理位置上的安全性；双向进口的河道则是富庶生活的源头，也是物物交换的核心。

所以，尽管会让巴黎人民有些难以接受，但最终的结论是：古巴黎的都城卢泰西亚深埋在如今楠泰尔市的地底！

夸西斯人（Kwarisii）曾经是一群从事采矿的凯尔特人③，在公元前三世纪左右演变成了分支高卢-古巴黎人。在来到这里定居之前，他们一直靠

---

① Nanterre，位于大巴黎地区 92 省，是巴黎市西郊工业区，也是上塞纳省的省会。位于巴黎盆地，塞纳河河曲中。
② Gennevilliers，大巴黎区上塞纳省的一个镇，位于巴黎西北方，是大巴黎地区最重要的内河港口区。
③ 指公元前 2000 年活动在中欧的一些有着共同文化和语言特质的有亲缘关系的民族的统称。

渔猎为生，但到这之后，便慢慢融入了其他族群，并且有了新的历史。这群使用石头、谦卑的渔民后代为了让自己祖上有光，找来了各种神明作为祖先。

古巴黎人相信自己是古埃及神话中生育和繁殖的女神伊西斯的后代，抑或是希腊神话中特洛伊国王普里阿摩斯的幼子帕里斯的孩子。总之，他们有着神的血统。这位神话中的王子掳走了斯巴达国王墨涅拉俄斯的妻子海伦，从而引发了希腊与特洛伊之间一场可怕的战争。帕里斯受到爱与美之女神阿佛洛狄忒的蛊惑，趁墨涅拉俄斯离开之际占有了他的妻子。尽管阿佛洛狄忒在帕里斯与墨涅拉俄斯的决斗中用浓雾遮住墨涅拉俄斯，伺机将帕里斯救回城中，但最终，希腊人用"木马屠城"之计把特洛伊夷为平地，海伦也被墨涅拉俄斯带回了希腊，帕里斯则逃到了塞纳河边，一个新的族群——古巴黎人（Parisii）由此诞生。虽然这只是个没有任何依据的美丽神话，但是至少让古巴黎人的后代有理由相信他们族群的源头是高贵而神圣的。13世纪时圣路易①一直鼓励传播这样的神话故事，并延续至整个卡佩王朝②统治期间。

"我们的文明不是来自一群旅居于此的凯尔特人，我们有着和罗马人一样的贵族血统。"法兰克皇帝都喜欢重复这一论断。

但在当时，罗马人的确是最强大的，不仅向别的族群灌输他们的文化和语言，还利用那些神话与传说来证明其在全世界高高在上的地位。事实上，罗马人并不能代表公元前8世纪定居于意大利的某个印欧族群的残余。

他们确信自己出身自神和英雄的种族！

这是由《伊利亚特》和《奥德赛》所组成的《荷马史诗》中的推论，而

---

① 指路易九世（1214—1270），被尊为"圣路易"，法国卡佩王朝第9任国王（1226—1270年在位）。
② 卡佩王朝（987—1328），法国封建王朝。

盲人诗人荷马也在地中海地区的希腊人中享有至高无上的地位。随后，公元前 1 世纪时罗马诗人维吉尔写成了《埃涅阿斯纪》，叙述了罗马开国的历史。这一史诗巨著不过是他的前辈荷马鸿篇巨制的模仿之作，但是其中的英雄人物从希腊人变成了特洛伊人，尤其是主人公成了阿佛洛狄忒之子埃涅阿斯。在特洛伊战争中战败后，他逃出特洛伊，建立了罗马城，同时带走了他的儿子尤勒①，也就是恺撒自认为的祖父。于是这位"神的后代"断言，自己必将统治全世界。

公元前 52 年，罗马人入侵当时过着与世无争生活的古巴黎人，占领了他们在塞纳河边的土地。这些高卢人归顺了阿维尔纳部落的首脑韦森盖托里克斯——这在后来被认为是一个错误的决定——后者将所有部落联合起来来推翻侵略者。恺撒大帝担心未来领地中这片边境地区难以收服，于是派出了他最得力的干将蒂图斯·拉比努斯。

拉比努斯率领四支军队和一个骑兵团发起进攻，这在卢泰西亚人中引起了恐慌。叫他们如何抵御这些训练有素的罗马士兵呢？于是他们急忙从梅地奥朗姆奥兰尔哥霍姆（如今的埃夫勒市②）招来在当时被尊称为卡米罗热内③的老将。这个极具战斗力的名字被寄予了厚望，而这位德高望重的将领也信心十足地保证将势必保卫这座城市的安全。整个城市的居民都将自己的命运交到了他手中，听从他的号召，组织起军队进行反攻，击退敌军。

可是这位年迈的将军心有余而力不足。他带领的只是一小支缺乏训练的

---

① 恺撒全名 Gaius Julius Caesar 或 Jules César。Jules 是恺撒家族的姓氏，源自于 Julia。在拉丁语中"i"和"j"经常被混淆。恺撒滥用词源学，硬将尤勒（Iule）作为自己氏族（Julius）的祖先。
② Evreux，是法国北部厄尔省首府，位于伊通河谷地。
③ Camulogène，意为"Camulus 之子"，即高卢战神之子。

军队，军队中的将士大都有勇无谋，虽有背水一战的决心，却只有几把斧头和用劣质金属打造的几把大刀。

拉比努斯和他的罗马军团丝毫不留情面地向前挺进。卡米罗热内以战神之名奋起抵抗。然而，他们没有在这座城市里等来敌人，罗马人直接进攻了位于塞纳河边、沼泽地中间的卢泰西亚人的大本营。这里是城市周边最潮湿的地方。

拉比努斯很快来到了高卢人临时搭建的营地前，一场正面交锋不可避免。装备精良、训练有素的罗马军队步步紧逼。然而，这些擅长在坚实的平地上战斗的罗马士兵本来想在广袤的平原上采取阻断式的战略，马上就被晃悠悠、湿漉漉的水陆交替战斗扰乱了步伐。从水面上划来的小船都被阻滞在了沼泽地中，士兵们也纷纷溺水。至于骑兵部队更是寸步难行，马蹄全都粘在了泥浆地中。

相反，高卢人反而在这种极不稳定的田野式的战场上行动自如。他们奋力冲向敌军，就连凶残的罗马士兵也无法抵挡这种杂乱无章的肉搏式进攻。直到夜幕降临，这些互相厮杀的士兵们的鲜血染红了泥泞的沼泽地。拉比努斯深知无法强行穿越，最终，他让士兵吹起收队的号角，组织撤军。

卢泰西亚城沉浸在一片欢乐中！人们都以为城市保住了，侵略者终于撤出了他们的领地。而另一边，拉比努斯大发雷霆，他发誓要让这些难以驯服的高卢人付出代价！他计划着用最快的速度突袭位于塞纳河陡峭河岸的梅特洛斯登①——一座建立在河流拐弯处的城市。

这座城市没有什么兵力，绝大多数壮年男子都加入了卡米罗热内的军队，并去了卢泰西亚城作战。罗马人在此役中未免有些胜之不武，留守在城

---

① Metlosedum，即现在的默伦（Melun），是法国法兰西岛大区的一个镇，也是塞纳-马恩省的省会。

内的只是一批手无缚鸡之力的老弱妇孺，他们却要对抗这些训练有素的罗马士兵。根本没有什么所谓的战斗，也看不到任何激烈的抗争或顽强的抵抗，只有鲜血像河水般汩汩不断地从被割断的喉管中流出，淹没了倒塌的残垣断壁。罗马军队鱼贯而入，将长矛深深插入那些想要反抗新秩序的老百姓体内，抢走了他们的粮食储备，推翻他们神圣的祭坛，并将某些富裕的家宅洗劫一空。然后他们拂袖而去，留下一座被掠夺后的荒芜城市。

这仅仅是个开始。拉比努斯一心要向卢泰西亚人复仇。他无法用失败的战绩向恺撒大帝交差。于是，他连夜将军队将领召集至他的营帐内，用充满雄性荷尔蒙的声音激励他的将士：

"我们不要指望任何援军的支援，我们必须依靠自己四支军队的力量来扫平高卢军，俘获卢泰西亚人。你们将彻底战胜这些野蛮的族群，捍卫罗马的荣誉，罗马必将记住你们的卓越功勋……"

于是罗马士兵开始紧锣密鼓地备战。军队沿着塞纳河右岸进发，避开了沼泽地，向北部靠近。他们绕过了卢泰西亚人赖以栖身的塞纳河的环形入口，从南面对卢泰西亚城进行正面突袭。与此同时，一支由五十几艘小船组成的罗马军小型舰队也到达了古巴黎人的都城附近。

而在敌人还没来临之前，梅特洛斯登大屠城的幸存者，披头散发惊恐万分地前来通知卡米罗热内将军：

"罗马军队已经折回，正向卢泰西亚赶来……"

为了避免被敌人包围的厄运，卡米罗热内将军当机立断，决定烧毁整座城市和桥梁，然后从塞纳河的左岸登陆。

"把塞纳河上的两座桥烧毁，把我们的房子也烧掉，塞夸纳女神会守护我们的！"卡米罗热内将军向全军下令。

第二天天未亮时，卢泰西亚城已经被市民焚毁，变成了一堆荒芜的废墟。这里昨天还是塞纳河沿岸一排排的居民住宅，而今只剩下曾经纵横交错的小巷的痕迹，以及两边简陋的茅屋和泥墙；只剩下曾经堆得又高又满的粮仓和酒库的残骸。

在这个阴森森的早晨，一场争夺一个已经不复存在的城市的战役正在悄然准备中。高卢首领和他的步兵大队重新登上塞纳河河道，祈求卡姆洛斯的庇佑①——该族群持矛携盾的战神，拥有让敌人闻风丧胆的力量，是战争与死亡的主宰者。对于高卢人来说，为保卫自己的土地而战死是最壮烈的牺牲方式，因此他们纷纷走上战场，时刻准备着牺牲，以鲜血祭献可怕的战神卡姆洛斯。而罗马军队，也跟随着高卢人的脚步，并遵循同样的进程。他们向自己的战神——马尔斯祈祷，但是这些士兵却完全没有牺牲性命的打算。他们只想要拼尽全力背水一战，取得胜利后，去领取属于他们的奖赏。

最终，罗马军队和高卢军队在塞纳河岸的格勒纳勒平原（Plaine de Grenelle）正面相遇了……格勒纳勒平原如今是一片小小的禁猎区。曾几何时，人们在那里追赶兔子、野猪和狍子。然而这一天，是另一场激烈的角逐，连大地都为之颤动。成百上千的士兵陷入了一场可怕的厮杀。

弓箭和长矛发出嗖嗖的不祥啸声，刺破周围的空气。罗马军队的步兵掷出他们手中让人发怵的长枪，而高高在上的骑兵们，不停地松开手上的弓弦，夺命之箭像乌云般扑向毫无还击之力的高卢军队，士兵们一排排应声倒地。罗马军队越战越勇，弹无虚发，有些高卢士兵身上甚至被多支弓箭命中，倒地身亡。大批鸟群也随着如此猛烈的攻势纷纷落地，被撕开的乌云在一瞬间似乎阻挡了古巴黎人进攻的脚步……然而，决心以死顽抗的高卢军队毫不畏惧，重新排阵向前。又有几百名战士在前方倒下，而同伴的牺牲又继

---

① 高卢战神。

续激励着他们前进。

年迈的卡米罗热内将军身先士卒，手握军刀，高喊着"为战神而死"来激发士气。高卢士兵一度冲破罗马人的防线，凭借他们防身的巨大盾牌，深入敌方阵营。罗马军队在斗志昂扬的高卢人面前，也不免动摇、后退。

可是，另外一支举着旗帜的罗马军队正向平原深处靠近。四千多名为军饷而战的后备雇佣兵正从后方准备对高卢军队来一次突袭。高卢人没有任何退路。一次毫无准备的打击，一场可怕的大屠杀。手拿沉重大刀的高卢人很快就被人多势众且装备精良的罗马军队击垮。鲜血浸透了大地，伤员的惨叫声回荡在格勒纳勒平原上……

从战斗双方来说，两边的斗志同样昂扬：一方是为了以死祭奠，另一方则是为了取得奖赏。战败的古巴黎人并没有落荒而逃，他们不想在混乱中忍辱偷生。当太阳下山的时候，平原上布满了上千具交错的高卢人的尸体。卡米罗热内将军自己也在这场终极保卫战中壮烈牺牲——为了保卫那座已经被他们烧毁了的卢泰西亚城……

高卢士兵的遗骨安放在何处？

格勒纳勒平原后来在法兰西第二帝国时期成为了格勒纳勒（Grenelle）分区，隶属于巴黎市。罗马人也为此次卢泰西亚保卫战中高卢人奋勇抵抗的精神所震撼，将这一地区命名为"战神广场"（Champ de Mars，当然是以他们的战神来命名）。这里曾经是真正的战场，是拉比努斯的罗马军队和卡米罗热内的高卢军队殊死鏖战的地方。

不久之后，在这个高卢将领和他的士兵们长眠的地方，建起了雄伟的埃菲尔铁塔（Tour Eiffel），就像是一座巨大的墓碑，以祭奠埋骨于此的将士。而毫不知情的巴黎市民，每个周末都来此散步、休闲，浑然不知他们脚下的土地埋葬着二十个世纪前古巴黎士兵的忠骨，他们为保护他们的城市和人民奉上了最崇高的牺牲。

在卢泰西亚城被大火付之一炬的几个月之后，一场决定性的战役在恺撒大帝和高卢首脑韦森盖托里克斯率领的军队之间展开。炎炎夏日，恺撒大帝率领他的六支军队北上以巩固拉比努斯取得的胜利。高卢首领虽然率领骑兵部队重创了罗马人，但后者却得到了日耳曼雇佣兵强有力的支援，再次击退了高卢军。

韦森盖托里克斯于勃艮第地区的阿莱西亚高地上带领着大批军队撤退，其中包括了八千名古巴黎战士。十几支罗马军队前来包围了这座城市，而进攻者的数量却仍然少于被包围的人。于是罗马人暂时放弃了进攻，但这并不妨碍他们阻断城中高卢人的粮食补给。同时，他们还想办法在阿莱西亚高地周围搭建起了双重防御工事。

高卢人孤注一掷，发起最后的反击。一队高卢军队悄悄前来增援。借着黑暗的掩护，这支新到的军队发起了突袭。尽管他们奋战直至天明，却依然没有能够冲破敌人构建的坚强防护。好在另一支高卢军队趁机袭击了罗马人的最高指挥部，韦森盖托里克斯才得以找到空当带领部下逃离被围困的城市。在高卢人强有力的突袭攻势下，罗马军队不得不进行撤退。恺撒重新派出了增援军队，才最终将高卢人击退。溃不成军的高卢战士纷纷四下逃散，然而罗马骑兵队切断了他们的退路，拉开了一场大屠杀的序幕……一切就此结束。第二天，韦森盖托里克斯骑着战马走出了军营，将他的兵器放在恺撒的脚下以示投降。三年之后，这位阿维尔纳部落的首领在罗马监狱被处以绞刑。

*

从此，高卢民族进入了高卢-罗马时代。罗马人迅速开始了统治和重建卢泰西亚城的工程。可是为什么不选择另外的地点而一定要在这个塞纳河的环形口重建城市呢？为什么不选择其他更有利于防御的地方？例如这条河上某个真正的岛屿。也许是因为这座建立在几个小岛上的城市中有用来纪念拉比努斯胜利之役的"战神广场"。而在主岛上，建有一座朴素而神圣的高卢族庙宇，这里供奉着"丰盛之神"科尔努诺斯、"军队的保护神"斯梅尔蒂奥斯，还有"森林之祖"艾休斯……成群的白色海鸥在这个重建后萧条的城市上空飞过，这些乳白色的叽叽喳喳的动物不时地俯冲下来抢夺那些忠诚的祭神者撒在庙里的食物残渣……

卢泰西亚城中所剩无几的高卢人在罗马军队胜利的感召下，重新聚集到这座神庙周围，一个充满了信仰与虔诚的地方。那些分散的小岛也在不久之后被几座桥梁连接了起来，一座新的城市开始初具雏形。这个新的高卢-罗马城市卢泰西亚，终于从一块塞纳河底的舌形地块渐渐浮出水面，成为了后来的西岱岛。

就像过去的古巴黎人在这里依河而生一样，塞纳河一直是周边的居民们丰衣足食的保证。新一代的卢泰西亚人通过向那些想要从桥上进城或是想划船从桥底经过的路人征收过路费而自给自足。新的卢泰西亚城因此成为了一座有着连接作用的城市，一个穿越塞纳河必经的收费站。后来，巴黎这座城市的格言"漂浮而不沉没"①便是为了纪念和这条河流久远而深刻的羁绊。

---

① Fluctuat nec mergitur，拉丁语。

到了公元 1 世纪，这座小岛已经成为了连接世俗权力机构和天上神权象征的桥梁：在它的西面，是一座防御坚固的宫殿，即罗马政权所在地；而东面，则是古巴黎人的祭祀之所。卢泰西亚城内的神庙得到重新扩建和整修，同时供奉了古罗马的诸神，这意味着两种文化的融合。塞纳河上建立起了第一座对于这座城市来说有着重要意义的纪念碑：那些常年在塞纳河上航行的船夫们为了表达他们的感谢之情，在这里竖起了一个柱状的建筑物——一座由四块柱石支撑起的高约五米的纪念柱。上面既刻有高卢族的丰盛之神、军队保护神和森林之祖，也刻有罗马人的火神伏耳甘和朱庇特。这一纪念碑旨在向罗马诸神以及罗马帝国的第二位皇帝提比略①致敬："献给高尚而伟大的提比略、恺撒、奥古斯都帝王以及神明朱庇特，由古巴黎地区的船夫共同集资建造。"融合后的高卢-罗马文化也从此被镌刻在了这块石碑上。

卢泰西亚的历史将永远凝固，而巴黎的历史即将展开。耶稣之手准备重新拨动时间的钟摆②，似乎要庆祝这一远在未来的新生……

船队的纪念碑去了哪里？

1711 年，在巴黎圣母院的一次修建工程中，人们在祭坛的下面，一个用于安放巴黎主教遗体的墓穴里，发现了这个由塞纳河上的船夫们建立的纪念碑被封于两堵砖墙中，并于 1999 年到 2003 年期间得以

① 提比略（Tibère，前 42—37），于公元 14 年到 37 年在位。
② 自君士坦丁大帝以后，罗马帝国举国改信基督教，僧侣就决定改以耶稣出世的年份为新纪元一年。在西方社会习惯以 A.D.和 B.C.来表示"公元"及"公元前"的时间。A.D.源自"神的年"的拉丁语缩写；B.C.来自"基督以前"（Before Christ）的英语缩写。这里"耶稣拨动时间的钟摆"即指从此进入了公元计时。

修复重建，如今被珍藏于巴黎克卢尼国立中世纪博物馆（Musée de Cluny）展出。

　　抛开信仰不谈，这方神圣的土地由始至终都保留了其神圣的使命。这座纪念碑被发现于巴黎圣母院的地基底下并非巧合，而巴黎圣母院成为巴黎天主教徒最主要的礼拜场所也绝非偶然：因为在西岱岛的这个位置，曾经建起的是第一批高卢人用于拜祭的神庙，而后来这些高卢人成为了高卢-罗马人，也就是之后的基督教徒。

条条大路通罗马

意大利广场总是让我觉得奇形怪状，总之说不出来哪里不舒服。每当我一走出地铁站，就觉得眼前的一切与任何平衡或和谐的美感无关。19 世纪风格的巴黎第十三区市政厅也似乎敬而远之，好像担心会被在广场圆盘上突然转弯的老爷车给惊吓到，那繁忙的交通就像是一出永远踩不准节奏、步伐错乱的芭蕾剧。正对面，超级现代的商业中心的屋顶上堆叠着未来主义的造型，像是在模仿废弃工地上凝固不动的起重机；而街道另一边，灰色方形建筑物脚下的快餐店散发出一股陈旧的炸薯条的味道。远处，没有灵魂的摩天楼拉长着它们忧伤的身形。

唯一让我觉得还算顺眼的是那块蓝色镶着绿框的"意大利广场"的路牌。通往意大利的路就从这里开始。公元 2 世纪，当想要占领卢泰西亚城的罗马人开始在西岱岛上定居下来时，这个地方就已经被一条通往罗马的道路给贯穿了。高卢人民进入了被罗马人统治的和平时期。新的古巴黎都城在塞纳河南岸繁荣发展，从那里开始，修建起了一条条通往意大利都城罗马的通道，以便于将罗马帝国广阔而分散的领地连接起来。而意大利广场的位置就自然而然地位于这条通往法国东南部城市里昂①和意大利都城罗马的"罗马之路"②上。

事实上，也许我们应该把这个地方更名为"罗马广场"，这样一来就更能让我们回想起如今我们所熟知且热爱的巴黎与两千年前到此征服高卢人的占领者之间那千丝万缕的关联……

显然，当年那最最原始的巴黎城遭受了巨大的损毁。我们始终无法估算例如卢泰西亚城的大火以及阿莱西亚高地惨败等重大事件所带来的巨大损失。这些变故可以说带来了某种文化的消亡，以及某种语言的消失。所有和这个传说有关的生活，这个民族的历史，他们敬奉的神，他们崇拜的事物，他们的神秘性等等，都渐渐在岁月中被人遗忘——一本未完成的书从此合上了它的篇章。当然，也有一些历史痕迹被后来的罗马统治者保存了下来。与其说是出自一番好心，倒不如说是他们为了通过这些历史的记载，让后人不要忘记他们眼中这些曾经的"野蛮民族"是如何归顺于他们强大的统治。然而这种强大的统治却几乎毁了高卢民族。在很长一段时间里，很多历史学家都以某种轻视的眼光来看待这个古老民族，或者说，至少以一种居高临下的屈就态度。来看看我们在史书里都读到了些什么吧：一个未曾开化的部落，留着长长的胡须，穿着染色的长裤，披着野猪皮。多亏了恺撒大帝的到来，为这个荒蛮的民族带来了文明……好在当今的史学家终于重新考证了这段历史，并且有了新的结论。高卢人确实没有为我们留下什么文学著作，也没有为三千年以后的游客们立起一座可以参观与回顾的高耸纪念碑，但他们

---

① Lyon，法国的第三大城市，罗讷-阿尔卑斯大区和罗讷省的首府，位于法国东部。里昂是仅次于巴黎的法国第二大都市区。
② via romana，文中引用了意大利文，即"罗马之路"。

绝不是不值一提的村野匹夫！他们属于一种进化的文明，这种文明拥有它自己的信仰、神明、传说和英雄。

如今，我们仍然要问：假如罗马人不曾前来占领并发动战争，古巴黎人和他们的城市如今会是什么模样？塞纳河边的高卢人是否会一直保留他们的独立性和原有的样子？答案也许依然是否定的。因为即便如此，我们还是无法阻挡日耳曼人的脚步。在北方，另一场征战正在酝酿，如果没有恺撒大帝，也许今天我们就都成了德国人！这就是古巴黎人二选一的命运：成为拉丁人或日耳曼人。好了，言归正传，恺撒军队的历史到此也告一段落，高卢人从此成为了高卢-罗马人。

重建后的卢泰西亚不再是纯粹的古巴黎人的聚居地，而是变成了一座被罗马人同化了的城市。也许这就是为什么在我的想象中，意大利广场从一个正常思维的角度来看总有种怪怪的不对称感的原因吧……

没错，这里离第一批卢泰西亚人的庇护所塞纳河岸还有一定的距离，但是我带着一种强烈的情感一步一步追随罗马军队、罗马商人和罗马建造者的足迹向塞纳河靠近。这里充满了城市远处的回声；那里不规则的石板地上曾经有摇摇晃晃的满载着麦穗的手推车经过；这里曾经回荡着罗马士兵的脚步声；那里曾经有去往"世界之都"罗马的高卢人的足迹……

对我来说，去往罗马的路就是从这里开始的。这是一条怎样的路啊，它连接起了高卢民族和它的新起点！我们可以一遍遍叹息罗马军队的胜利为高卢族历史带来的灾难，但是与其为往昔扼腕，我更愿意看到高卢族从这场毁灭性的战役中抓住的机会，因为从那以后这个群体就开始往拉丁民族的方向转变。在这场从军事角度看来绝对的失败中，在这被众多史学家所消费的耻辱背后，是一种创新文明的诞生，是一个全新民族的崛起。

高卢人是否从一开始就是我们的祖先？

当然不是！在旧制度①中，法国历史是从公元 496 年，即法兰克人②的第一位基督徒国王克洛维受洗之日开始算起的。这一在宗教上来说纯君主制的血统毫无疑问大大满足了统治者掌握神权的需求和欲望。所有的一切自 19 世纪之后开始改变。因为拿破仑三世③想要将他的帝国永留史册，而非仅仅攫有象征权力的印玺，因此必须要脱离过往的历史。高卢族的历史正好赋予了他这个机会。他热衷于研究假想中所谓的先人，因而翻阅了大量恺撒大帝的所谓"历史"书卷。后来，这位法兰西帝国的皇帝还专门撰写了一部关于这位罗马独裁者的著作。

其实，确实是拿破仑三世重新给予了高卢人在法国历史上的正确定位。1861 年，他在勃艮第地区被认为曾经是阿莱西亚高地的地方进行了一次考古挖掘，而那些领取他俸禄的考古学家们则费尽心思讨他欢心。对于拿破仑三世来说，他只是想确认在这场著名战役所在地的

---

① 指法国 1789 年前的王朝。
② 5 世纪时入侵西罗马帝国的日耳曼民族的一支。他们统治现为法国和德国的地区，建立了中世纪初西欧最大的基督教王国。法兰克人的首长克洛维在高卢打败最后一支罗马军队，统一法兰克，而后，这个法兰克人的王国逐渐演变成今天的法国。
③ 拿破仑三世（1808—1873），法兰西第二共和国总统，1848—1851 年在位；法兰西第二帝国皇帝，1848—1851 年在位，为拿破仑一世之侄。

地下，是否有一些有价值的物质遗产，但这一举动却成为了法兰西历史上的一个重要事件。最后，考古学家们通过不停地搜寻和挖掘，终于寻获了500枚高卢钱币，两件刻有"韦森盖托里克斯"字样的青铜制品，144枚罗马钱币，以及古时沟渠、栅栏的遗迹，还有一块可能是刻着"ALISILA"①的石碑……可谓收获颇丰，拿破仑三世本人也非常满意此次考古的成果！然而，有些悲观的论断却认为，极有可能是这些被帝王雇用的考古学家为了讨好他而暗中刻意安排，才有了眼前这些战利品。

　　不管怎样，这位法兰西第二帝国的皇帝从此以后统治了阿莱西亚地区。1865年，在这个曾经的战场，后来的考古地点竖起了一座巨大的韦森盖托里克斯雕像。雕塑家艾梅·米勒则借鉴了拿破仑三世的样貌特征来刻画这件伟大的作品！

　　在卢泰西亚城，一些细微的变化正在发生，而只有地上的小石子们是最完整最忠实的见证者。随之而来的新世纪开辟了一个出乎意料的以平静、和谐和建设为主题的新纪元。沿着塞纳河沿岸而新建的卢泰西亚城也确实需要这样的宁静。过去动荡的年代日益消逝，正好有利于诞生一个全新的城市。命运之神正满怀嫉妒地凝望着这个未来巴黎城的摇篮。民众的苦难，军队的狂躁以及为光荣而亡的战争统统结束了。古巴黎与罗马人都做好了重建家园的准备。这是一个受神灵庇佑的年代，这个城市从来没有享受过如此长时间的和平与宁静。

　　于是我开始追随那些从罗马到达卢泰西亚城的罗马市民的脚步：先要经

---

① 与阿莱西亚高地（Alésia）的拼写相近。

过如今的意大利之门（Porte d'Italie），穿越意大利大街（Avenue d'Italie）之后，到达如今的意大利广场，然后取道格贝林大街（Avenue des Gobelins），直至圣梅达尔广场（Place Saint-Médard），再沿穆夫塔路（Rue Mouffetard）往上一直到圣热纳维耶芙山。

罗马化的卢泰西亚城并不是很适应塞纳河畔多变的气候：城中典型的罗马居民很难习惯泥泞又不踏实的沼泽地。在罗马人的想象中，这里应该是靠着岩壁的山坡。所以他们经常沿着穆夫塔路登上能唤起罗马人生活记忆的圣热纳维耶芙山。而穆夫塔路名字的由来也是从罗马名字开始的。这里原本叫蒙塞特里约①，在拉丁文中的意思是"有鱼池的山顶"，看来罗马人离接受塞纳河的影响也不远了！

罗马统治者统治时期的平静生活让卢泰西亚城变成了一座不设防御的开放性城市。游客往往经由穆夫塔路登上山顶，一览全城让人惊艳的美景。

公元 2 世纪的卢泰西亚是一座快乐休闲的城市。人们在那里自娱自乐，消磨时间。同时，游客们的目光也被一项规模庞大的修建工程所吸引：圆形大剧场。这个大剧场修建在山坡和河流中间的平地上，远离市中心，其中的一万五千个座位以圆弧形的阶梯方式排列开。这一选址是根据那里非常奇特的地理位置决定的：建筑师的设计让每天升起的太阳能照射进圆形剧场；同时，观众们也可以不受视线阻挡地享受到比耶夫尔河畔（Bièvre）的景色。这一处景色以两座树木繁茂的小山丘为背景，后来变成了现在的梅尼蒙当（Ménilmontant）和美丽城（Belleville）这两个繁华地块。

---

① 这条街在 13 世纪时被称为 Mons Cetarius 或 Mons Cetardus，在法文中即 Mont-Cétard。后来经过 Mont-Fétard，Moufetard 的演变过程，直至成为今天的 Mouffetard，即穆夫塔路。

这个圆形大剧场是高卢地区最漂亮、最奢华的地方，由雕花的石头砌成，有瓦片包裹的圆形支柱，还有那些神的崇拜者捐赠的神像。当然，不得不提的还有其建筑工艺：舞台深处掏空的墙面保证了完美的音响效果。而在舒适度方面也考虑得十分周到：圆形台阶的上方笼罩着一层帆布顶棚，以防日晒雨淋给观众带来不适。

高卢人和罗马人常常一起从罗林路（Rue Rollin）的台阶上走下来，在此地汇集。

当我们走近这座圆形大剧院，四周威严的立柱和优雅的拱门，让一股罗马帝国的强大气息扑面而来。从两个巨大的入口穿过这堵围墙后，眼前便是一座座高耸的女像柱，用石头刻成的目光温柔却无所畏惧，透露出一种人性的波动。

罗马人的风俗和习惯被大量地引入了卢泰西亚城，这不仅仅体现在饮酒作乐的欢愉，还能免费观赏戏剧演员的表演，这也让高卢人觉得欣喜万分。殖民者和被殖民者共同分享古代剧作家带来的同一种文化。当人们观赏普劳图斯①的喜剧时都会哈哈大笑。他的剧作《锅的闹剧》是长演不衰的剧目。故事讲述一个吝啬的老头找到了一口纯金打造的锅。在他洋洋得意之际，故事峰回路转：老头因为总是臆想某个小偷有一天会抢走他心爱的珍宝而变得焦躁不安。演员成功的表演让所有观众都为之捧腹。

在卢泰西亚城的戏剧表演中应该还有古希腊著名诗人欧力庇得斯的名作《酒神的女伴》。观众们被舞台后方唱诗班哀怨的无伴奏合唱所深深震撼，纷纷挤上前去观看，那美妙的音符传遍了整个阶梯剧场。

然而，有时在这个圆形剧场内也会上演血腥的一幕。罗马人的游戏不会

---

① 普劳图斯（Plaute，约前254—前184），古罗马诗人，喜剧作家。

一直像普劳图斯的喜剧或是欧力庇得斯的悲剧那样和平而无伤。剧场的周围放着一些坚实的笼子，里面关着的都是些猛兽，而到第二天晚上角斗士就会前来和它们展开一场厮杀。因此在圆形斗兽场的沙地上经常会出现一些疯狂的老虎和狮子。有时，角斗士所佩戴的头盔、军刀或渔网都不足以征服这些猛兽，当他们被有力的爪子压倒或是被锋利的长牙撕碎时，观众席上往往会激起一阵长时间的战栗。

观众们更喜欢看到的当然还是角斗士之间的勇猛角逐。大家蜂拥而至来膜拜角斗士中的明星人物，这些勇士们是男性力量与美的化身。在一场合格的比赛中，为了告诉大家什么叫做勇气，卢泰西亚城的角斗士们往往也会和罗马帝国其他地方的角斗士一样，竭尽全力为观众奉上一场血腥至极的演出。他们会用尽自己最后一丝力气，直至精疲力竭，血流成河。很快，其中一方的身体就被对手手中的三叉戟所刺穿，战败者轰然倒地。红色的血从圆形角斗场的地上涌出，战败者的尸体被人从死神之门"利比蒂娜"①拖了出去。观众席上的人们发了狂般地站立起来。第二天，在同一个地点，普劳图斯笔下的吝啬老头又会引发阵阵笑声。这就是卢泰西亚城欢笑与鲜血共存的圆形剧场……

卢泰西亚的圆形剧场是何时
被改建成休闲场所的？

公元 280 年，卢泰西亚城的圆形剧场被入侵的野蛮人摧毁。之后

---

① 古罗马女神，司掌丧葬，所以她的名字后来成为了死亡的代名词。

这个圆形剧场先是成为了一处墓地，然后在 13 世纪初，由腓力二世①在此处组织建造一堵城墙时被填平。这个剧场就这样渐渐地被人们遗忘了……

19 世纪时兴起了考古热的风潮。1860 年，工人们在整修蒙吉路（Rue Monge）49 号地下室的时候，偶然掉到了一堆奇怪的遗迹堆上。于是学者们在这里进行了一系列的挖掘工程，从这个地方开始一直挖掘至巴黎公交总公司附近，一处本来打算用来建造行李寄存处的地方……就这样，卢泰西亚城的圆形剧场再一次重见天日！但是市政当局几乎没有怎么关注过这一重大发现，他们一心想着要在这里建一条又宽又直的街道！在这个疯狂的施工与整修项目中，那些被发现的古迹丝毫没有受到重视，其中的一部分还完完全全被拆迁工人手中的十字镐给损毁了。一个完整的圆形剧场就这样与我们擦身而过了。

之后大文学家维克多·雨果干预了此事。1883 年，这位《巴黎圣母院》的作者给巴黎市政委员会写了一封信，信中提到："作为一个面向未来的城市，让巴黎放弃保存那些过往鲜活的证据，这件事实在太令人不可思议了。只有过去才能带给我们未来。圆形剧场是这座伟大城市的古代标记，是一座不可取代的纪念碑。如果巴黎市政府将它摧毁，那么在某种程度上也就等于摧毁了它自身。在此，我请求你们保存卢泰西亚城的圆形剧场，不论花费多少代价都要保存它。你们会发现你们将要做的这件事情的意义，它会给你们带来一个伟大的开端。"这位文学大师的这封信没有白写。最终，巴黎市政委员会投票

---

① 腓力二世·奥古斯特（Philippe II Auguste，1165—1223），卡佩王朝国王，1180—1223 年在位。

表决通过，启用了一笔经费在圆形剧场内重修了一个广场。这一休闲场所终于于 1896 年开始向公众开放。

这个宽敞而美丽的圆形剧场，对于高卢-罗马时期的卢泰西亚城来说，有着非比寻常的重要意义。尽管只经历了短短的一个世纪，这里却成为了一座人口聚集且广受欢迎的城市，圆形剧场功不可没。在那个黄金年代，有将近一万名居民定居在这座位于岛上并一直延伸到塞纳河左岸的城市。

右岸却正好相反，似乎不太值得一提。在离岸边远一些的地方，有一座以神命名的山坡，也就是日后的蒙马特高地（Montmartre）。那里修建了一座小小的庙宇和一些被神庇佑的朴素低调的居民住宅。不过更确切地说，右岸其实是一处开放的工地和食物储藏地。人们会在空旷的采石场上寻找一些用于制造瓦片的黏土；或是在田野里种植小麦，饲养牛群……这里仿佛是美丽布景的背面，城市中井井有条的另一面，一个可以让另外半座城市过上优雅精致生活的大仓库。

在这座崭新的城市里，在罗马人的影响下，很多高卢人抛弃了卢泰西亚旧城内一度庇护他们的脆弱不堪的茅草屋。这里的建筑风格渐渐变得坚固而华丽，上下两个城区也开始慢慢融合，趋于统一。

在陡峭的河岸边是上卢泰西亚城，那里居住的主要都是罗马人；而位于岛上的下卢泰西亚城则是高卢人群居的地方。渐渐地，人们就习惯将下卢泰西亚城称为古巴黎城①，而这已经离今天的"巴黎"不远了。

下卢泰西亚城的居民们靠什么为生呢？我之前说过，他们是依河而生的。因此大部分居民从事的职业都与水有关。有人装运或卸载船上的货物，

①拉丁文为 Civitas Parisiorum。

30

有人则负责通过河道运输来寄送包裹，当然，必不可少的职业还有渔夫、鱼贩、铁匠和商人。

在岛上，城市的空间是有限的，无法伸展，因此只能往塞纳河的左岸拓展空间。于是，罗马的建筑师们在这里兴建了另一座城市。而这座"卢泰西亚"城与高卢人完全无关。这里在依照罗马人生活习惯的同时，也需要大量的水供应。这是一座全新的城市，同时也宣告了高卢人直接取水维生的时代的终结。

罗马人在这座城市南边二十几公里处建了一个蓄水池，塞纳河的水能顺着倾斜的引水渠缓缓流入城中。在城内，水流随着用熟土或是用铅管搭建而成的管道系统分流，向喷泉和温泉浴池供水。哦，浴池，简直是奢侈和享受的代名词！它们是为罗马人而建的，同样也为古巴黎人而建。在这里，假如没有公共浴池，好像就什么事儿也干不成。新卢泰西亚城内有三处这样的场所：两个相对较小的浴池一个在南边，还有一个在东边，就在现今法兰西学院（Collège de France）的位置，沿着拉努路（Rue de Lanneau）方向的地底而建。

我们在哪里可以找到古老的浴池？

切菜机餐厅（Le Coupe-Chou）的拱形地窖所在地便是让人激动不已的公元 2 世纪时的浴池遗址。这里是巴黎最古老的地窖！施工期间，人们发现了一个可贵的证据：热水管道和一个高卢-罗马时期风格的游泳池！

另一个最重要的公共浴池场所也出现于公元2世纪末期，就是我们现在仍然熟知的克卢尼（Cluny）浴池，我觉得我们更应该保留它最初的名称：北方浴池。

这个浴池对所有人免费开放，是一个放松、娱乐、约会和保健的场所。这里所有的一切都以市民的舒适和安逸为出发点，马赛克和大理石壁画装饰的彩色墙面让人想起广阔的海洋。进入公共浴池的步骤是：在进行简单的热身运动之后，先去温水室，然后去热水室，在去完冷水室之后，最后再去休息室和朋友们一起进行社交活动，闲话家常。

是谁兴建了克卢尼浴池？

这种类型的公共浴池很显然是受到了罗马人的影响。一直以来，我们都认为罗马人对高卢民族实行了一种赤裸裸的文化植入，这种观点可能不一定正确，因为这个新城市中的人民生活得幸福而满足。这些原来的古巴黎人自愿加入进来建设这一可以历经时光洗礼的公共设施。冷水室中的一处装饰图案向我们描述了当年用船只运输军队和商品的场景。这一历史性的记载方式也说明了那些负责运输的强壮船夫也参与了公共浴池的修建工程。这些掌管着河道贸易，同时也在市政委员会中任职的船员可不愿意让罗马人独享这一民族融合的公共建筑所带来的利益。高卢人很清楚地意识到亲手掌握自己命运的必要性，因此他们积极而亲力亲为地去建设和管理这个城市。也正是因为这种积极性，卢泰西亚城才能慢慢演变为如今的巴黎。

尽管有高卢人的参与，但是卢泰西亚城的城市建筑依然保留了典型的罗马式风格。原先笔直的街道被分割成一个个的直角方块，并建起了一栋栋贵族的别墅和公共设施。这个罗马风格城市的主干道叫做卡尔多·马克西姆（Cardo Maximus）大街。它从一边到另一边贯穿了整个上城区，并且通过一座小桥①，直达下城区。这条路是各个城区的连接点，是城市赖以生存的主动脉。所有前往卢泰西亚城的人都要经过卡尔多大街，所有要离开卢泰西亚城的人也要经过卡尔多大街。这条路也让古巴黎人知道了一个罗马式的城市是怎样建成的。而在之后进行的城市扩建中这一课依然用得上。

　　这条大路两边的两间陶瓷手工作坊几乎养活了整个卢泰西亚城的居民。这两家作坊地处城市和乡村之间，又有位于必经之路的主干道上的地理位置优势，陶瓷手工艺者既可以将商品卖给城中华丽的店铺，又可以销售给周边村庄里的村民，甚至是刚踏上此地的迷路的游客。

　　沿着这条卡尔多·马克西姆大街，我们可以攀上如今的圣热纳维耶芙山。这里便是整个城市的中心：集市。这是一块宽阔而平坦的空地，四周围绕着一圈圆柱形廊柱。人们在这里居住、闲聊，也会在这里争吵，一逞口舌之快。围墙两边被一条开满商铺的长廊包围。卢泰西亚城里的女人们像以往一样来这里逛街、购物，为自己挑选精致而考究的香膏、橄榄油，以及比邻居更为精细闪亮的衿针。

　　为了打造这一宝贵的城市中心，建造者们不敢有丝毫懈怠：他们将山坡顶部砌平，让坡度看起来更为柔和、形状更加优美。伟大的罗马建筑师还根

---

① 这座古罗马风格的木制桥奇迹般地在塞纳河的河床中被发现，目前保存于位于特吕弗路的卡尔纳瓦莱巴黎历史博物馆。

据计划周详的城市化需求重新规划了山顶上的自然景观。我们可以很容易地想象到当古巴黎人看到这一改建后目瞪口呆的样子，这对于他们来说显然是一项神奇的大工程。这些长期顺从于大自然的居民，居住在简朴、脆弱，轻而易举就能被摧毁的城市中，而如今看到的却是罗马人建造的，让人惊呆的仿佛是未来世纪的场景。而他们不知道的是，这座城市将永远地存在下去……

卡尔多·马克西姆大街和
城市集市如今在哪里？

卡尔多·马克西姆大街其实就是现如今的圣雅克路，顺着塞纳河右岸延伸直到圣马丁路（Rue Saint-Martin）。人们常说这条街是古生物猛犸为了走下山坡去饮用塞纳河水而开辟出来的。这只是个美丽的传说，然而在罗马人进驻之前，确实有一条通往塞纳河的路已然存在。这条路甚至在有卢泰西亚城之前就有了，是从西班牙一直延伸到此地，然后再通往北海。

如今，圣雅克路上的罗马式青石板已经消失了，但是在圣居里安小教堂（Église Saint-Julien-le-Pauvre）前的交叉路口，也就是意大利的罗马式街道与圣雅克路的交汇处，一块古老的青石板就被放置在教堂正门前圈有石井栏的古井后面。这就是巴黎最古老的街道遗迹！

其实，就在旁边的维维亚尼广场（Square Viviani）上，我们可以找到巴黎最古老的树。那是一棵北美洋槐树，植物学家让·罗宾于

1602 年将其种植于此，并以他的名字命名。这棵树看上去依然青葱，但也别太轻易被它所蒙蔽。树上最高处的叶子其实是一株依附在一个奇形怪状的混凝土支架上攀岩而生的常青藤，而这个支架就是用来支撑这棵令人肃然起敬的老槐树的。

再远一些，在旧时的卡尔多·马克西姆大街上，也就是现在的圣雅克路 254 号，还保留了烘焙陶瓷的窑炉，这又是一处令人不可思议的保存下来的手工作坊遗迹。这一遗迹位于大街的两边，应该就是古代类似于现在工业区的地方。

另外，巴黎索邦大学广场上的一个圆形壁龛似乎打乱了水池的对称性：其实这在当时是属于罗马贵族宅邸的一口水井。

说到当初位于市中心的热闹集市，也必须顺应人与时代的需求。关于它的记忆如今只能在位于圣米歇尔大道 61 号的凡西（Vinci）停车场的入口处窥见一斑：在那里，当年集市围墙的一部分被保存了下来，聊表慰藉。

圣德尼的殉道

田园圣母堂站。地铁电动扶梯的出口处不断往外运送着前来参观的游客，并将他们送到拉斯拜尔大道（Boulevard Raspail）的中心。原本走在路上的行人则不得不阻断电梯口的人群，继续赶路。我来到这里本打算找寻卢泰西亚城的痕迹，但周围的事物却没有一样能唤起片刻的记忆。马路对面，一处窄小的广场上，立着一尊德雷弗斯上尉的塑像，这位犹太籍军官曾在19世纪末被诬陷为间谍，犯有叛国罪。① 再往前走，在蒙帕纳斯街区，田园圣母堂正骄傲地展示着它上世纪末古老的洛可可风格，见证着第二帝国时期有产阶级的风华。

在这一远离原始城市中心的地区，我们仿佛进入了一个笼罩着一层神秘面纱的地界。所有的一切在那些寻找遗迹和收获的人眼前都消失无踪，我们必须得一头扎进那信仰的弥撒散发出的微小气息，从中去寻找那些蛛丝马迹。

公元3世纪中叶，卢泰西亚成为了一个非常重要的城市，基督教徒们也打算来此向城里的居民宣讲福音，传业授道。在此之前，这里的人们同时信奉战神图塔提斯（Toutatis）和主神朱庇特，高卢之神和罗马之神被同时供奉在同一个祭坛上。

在当时的意大利，有一位刚刚开始信仰基督教的神父。他精力充沛，是一位类似于古希腊神话中酒神狄俄尼索斯②般的人物，因此人们都叫他德尼（Denis）。对耶稣的景仰和热情在他心中燃起了一团火，他想要传播真正的福音，宣传基督教义，拯救那些异教徒误入歧途的灵魂。他谦逊地前去拜见罗马主教，圣彼得的继承人，请命前往传教布施。主教大人却有着另外一层担忧：他担心这些遭受过迫害的基督教残余会对他的政权不利。传播基督教教义的请求被理所当然地延迟到了将来某个合适的时机……与此同时，罗马主教又想摆脱这个纠缠不休的新教徒，于是便使出了一石二鸟之计，派德尼神父到高卢地区进行布道。整件事就这么顺理成章地解决了。那里的人是出了名的顽固，拒绝做任何改变，并执着地信奉他们古老的偶像。这些人的坏名声并没有让德尼望而却步。他一心想要克服一切困难，翻越重重险阻，让他心中的基督成为所有人的精神领袖。

于是，德尼带着他的两个同伴，鲁斯蒂库斯教士和埃勒提埃休斯修士一起，于公元250年来到了卢泰西亚城。三个人从卡尔多·马克西姆大街开始，一路来到了市中心的集市。他们被眼前看到的景象吓呆了：这里的人们只知道耽于享乐，完全无视神明的存在！这里的一切都与清苦的基督教义背道而驰：商店里卖的商品都是为了满足女人的虚荣心，而祭品都供奉在石雕像前！这位传教者一直信奉一位仁慈而公正的主，希望将主温柔而关切的目光洒向人类绝望的灵魂，他无法明白这里的居民如何能沉溺于这些庸俗的

---

① 这个案件在法国当时的社会引起很大的轰动，左拉发表了《我控诉》来声援这位蒙冤的军官。

② Dionysius，古希腊-罗马名，从古代希腊色雷斯人信奉的葡萄酒之神的名字Dionysus派生而来。

信仰！

　　而后，他们来到了一个远离城市的辽阔的葡萄园，修行的同时，也传授当时在那里还不为人知的基督教。德尼的传教吸引了一小批自愿皈依的民众。然而在当地也有一些被迫害的基督教徒，这样的传教行为自然陷入了被监视的危险。为了自我保护，这种传教活动逐渐转入了地下。他们依旧坚持传播福音，却通常会躲在一处秘密的废弃采石场里进行，或者是一条用来运输建设卢泰西亚城所需石块的地下通道。这些新教徒们就这样以这种秘密的方式来完成自己的宗教仪式。

　　他们的第一场弥撒是偷偷摸摸地在一个隐蔽的教堂进行的。此处被命名为"田园圣母堂"，但在当时更应该被称为"隐蔽圣母堂"……这个完全不像能感化第一批新教徒的黑暗地下室，成为了培养第一批未来基督教教徒的场所。

　　在德尼的周围，聚集了不顾危险，打着哆嗦却依然坚定接受洗礼的高卢人和罗马人家庭。德尼在黑暗的空间里布道，只有小油灯里的火苗发出微弱的光。当拂晓来临，一双双闪闪发亮的眼睛穿破了层层黑夜，颤抖的声音讲述着耶路撒冷和耶稣的受难之所。而传说中巨大而阴沉的木制十字架，在黑暗中为这个故事平添了一点真实性和一抹悲剧的色彩。

巴黎的第一座教堂在哪里？

　　由于圣德尼[①]后来成为了巴黎的第一位主教，因此他传道布施的这

---

① Saint Denis，Saint 意为圣人或圣徒，因而主教或教堂往往会在名字前加上前缀 Saint。

一地下场所就成为了巴黎的第一座教堂。如果想要在地铁的出口处重新找到这个地方，就要沿着田园圣母路（Rue Notre-Dame-des-Champs）往上走，解开谜底的钥匙就在这条街道的最深处。在穿过圣米歇尔大道之后，便来到了一条笔直的小路皮埃尔·尼克尔路（Rue Pierre-Nicole）。这里的一切似乎都沉浸在一种宗教的氛围中。一座由木头和石板搭建而成的小房子紧靠着一所学校的砖墙而建，散发着上世纪60年代现代建筑的气息。

守门人马里奥热情地接待了我这位迷路的"史学家"。但他却被告知由于安全原因，这块地方不得向陌生人开放。最后，在我的坚持和另外一位通情达理的业主的通融下，我才得以参观了地下室。

下了电梯，经过一个画着白色油漆、车辆整齐排列的停车场，一扇神秘的大门突然在我眼前出现。穿过这道门，就等于穿越了历史，回到了过去。一段黑色台阶的楼梯隐藏在古代采石场的最深处。走下台阶，简直感觉跨越了世纪！拱门是在19世纪时加固和重建的，却让人感觉是更久远时代的见证。在一处石质的墓碑下面，长眠着雷吉纳尔主教，他于1220年逝世，据说当时圣母马利亚曾经出现并决定赐给他神圣的天职。教堂的长殿一直延伸到祭坛处，上面供奉着圣德尼主教的雕像。十几个世纪以来，无数庄严的布道在这里举行，以纪念这位把基督教带来此地的第一人。

在长达一百多年的时间里，在为游客们准备的导览手册中一直提及这一地下室。之后，它被并入了后来建造起来的那些建筑物的地窖中。其实，巴黎第一座教堂内保留下来的一些遗迹如今都留在了那个停车场的地底，这一部分属于业主管辖，他负责这里的整修和维护，而只有极少部分的人才能享有参观此地的特权。这件事看上去有点荒谬：作为第一批巴黎基督教徒的唯一见证，居然因为少数几位好心的志愿者才能得以幸存。而这里曾经拥有如此丰富的历史！

这座秘密教堂在公元 7 世纪时变成了一间小小的祈祷室，一百年后又成为了一个教会所在地，到了 12 世纪时又成了一所修道院。最后，田园圣母院的加尔默罗会修女于 17 世纪初定居于此。后来，法国大革命期间狂怒的革命者摧毁了这所女子修道院，地下室却因为隐藏在地底深处而幸免于难。1802 年，当修女们重新赎回这块连带着地下室的地皮后，她们重新进行了清理并建造了一所新的修道院。而这所修道院又在 1908 年彻底关闭后被夷为平地。

在这段漫长的历史中，只有一些散乱和隐秘的部分被保存了下来：

—— 修道院入口的石质大门。现在是圣雅克路 284 号一个现代建筑的商场一楼的一部分。

—— 一间小祈祷室。现在位于皮埃尔·尼克尔路 37 号的一个私人花园里，现已关闭。

—— 当然，还有位于停车场底下的那个地下室，现在的位置是皮埃尔·尼克尔路 14 号乙楼，同时留存的还有一些重修时从修道院墙面上取得的碎片。

为了更好地领悟当年巴黎第一批基督教徒的精神，最好能亲临入口位于丹费尔-罗什洛广场（Place Denfert-Rochereau）的地下墓地，然后像当年圣德尼主教所做的一样，进入这片全巴黎最大的公共墓地的最底部。

在圣德尼主教生活的年代，大型公墓占据了当时卡尔多·马克西姆大街下面古代采石场的地块。这片埋葬先人的区域是圣德尼主教以及其他基督教徒理想的栖身之所。对于他们来说，死亡不过是复活之后前往耶稣的国度的必经之路，因此尸体往往都被安放在黑暗的世界里。地下墓穴（catacombe）一词难道不正是来自于拉丁语中的"安息"（cumbere）吗？这片我们称之为"墓区"的地方，留下了一处永久的记忆：在如今圣雅克路163号乙座的地方，有一处刻有"FDT"①字样的碑文一直提醒着我们这里的过去。

我们现在可以参观的公墓是于1785年通过卫生检测后建造的。按规定，它必须位于城市的周边地区，并且运来的尸骸必须来自于巴黎的教堂。有六百万人的尸骨被运送至此，而前来吊唁的人更是不计其数。我们可以在这里找到富凯、罗伯斯比尔②、芒萨尔③、马拉④、拉伯雷⑤、吕利⑥、佩罗⑦、丹东⑧、帕斯卡尔⑨、孟德斯鸠⑩等人曾经来过的印记。

---

① FDT是法语中 fief des tombes 的简写，即墓地区域。
② 罗伯斯比尔（全名 Maximilien François Marie Isidore de Robespierre，1758—1794），法国革命家，法国大革命时期重要的领袖人物，是雅各宾派政府的实际首脑之一。
③ 芒萨尔（François Mansart，1598—1666），在17世纪中叶法国巴洛克建筑风格时期建立古典主义风格的主要建筑师。
④ 马拉（Jean-Paul Marat，1743—1793），法国大革命时期著名的活动家和政论家。
⑤ 拉伯雷（François Rabelais，约1493—1553），法国文艺复兴时代的伟大作家，人文主义的代表。
⑥ 吕利（Jean-Baptiste Lully，1632—1687），意大利出生的法国巴洛克作曲家。
⑦ 佩罗（Charles Perrault，1628—1703），17世纪法国诗人、作家，以其作品《鹅妈妈的故事》而闻名。
⑧ 丹东（Georges-Jacques Danton，1759—1794），法国政治家，法国大革命领袖。18世纪法国大革命时期著名活动家，雅各宾派的主要领导人之一。
⑨ 帕斯卡尔（Blaise Pascal，1623—1662），法国数学家、物理学家、哲学家、散文家。
⑩ 孟德斯鸠（Montesquieu，1689—1755），法国启蒙思想家、社会学家，是西方国家学说和法学理论的奠基人。

让我们言归正传。通往墓地入口处的路只有一条，即从阿尔克伊①古老的罗马式引水渠的底座处进入。这条路带领我们回到了那个古罗马时代，仿佛看到了圣德尼主教正在黑暗中进行秘密的地下祷告……

公元 257 年的一天，古罗马军队冲进了这座小教堂，逮捕了那些正在宣扬耶稣复活的传教士，包括圣德尼、鲁斯蒂库斯和埃勒提埃休斯。必须要让这些煽动者停止挑唆城里的市民！由于基督徒们一直灌输给大家的思想是：罗马统治者并不是世界上最强大的力量，因此他们在统治者眼中早就成为了动摇其统治地位的反叛组织。如果听任这些煽动者继续传道，刚刚建立起来的社会秩序就有被颠覆的危险。三位传教士立即被代表瓦勒良皇帝②的行政长官西西尼斯·费斯尼纳斯在卢泰西亚城判处死刑。这位行政长官和他所效力的罗马皇帝一样，绝不允许这些基督教徒给罗马帝国带来任何的骚乱。

在异教徒的时代，皇帝就是被众人所尊崇的对象，就是上帝，而那些不信奉个人能力的基督教徒注定是要遭受迫害的。对于他们来说，恺撒就是恺撒，上帝就是上帝，两者无法混为一谈。基督徒不相信转瞬即逝的事物，永恒的主会永远眷顾他们。而对于皇帝而言，他们却是一群祸害，对统治者毫无忠诚度，更是社会的不安定因素，因为他们不奉行现行的宗教制度，只承认耶稣是上帝的儿子。

费斯尼纳斯长官准备对被捕的三名基督徒施以严惩，但是为了证明当权者的宽宏大量，同意对有悔意的犯人宽大处理。他给了三名囚犯两个选择：

① Arcueil，位于巴黎南郊瓦尔德马恩省，距离巴黎市中心约 5.3 公里。
② 瓦勒良 (Publius Licinius Valerianus，生于公元 200 年，卒年不详，约在 260 年之后)，罗马帝国的皇帝，253—260 年在位。

处以死刑或是臣服于瓦勒良皇帝。

"没有什么能让我臣服，因为基督是一切的主宰，"圣德尼辩驳道。

这样的回答让费斯尼纳斯长官觉得完全不可理喻，他唯一可以做的就是让这些狂热分子的谵妄之言彻底消失。他再也顾不上什么公平公正，只想着要尽快将这些扰乱分子处以斩首之刑。

等待行刑期间，圣德尼和他的两位教友在他们的牢房里依然不忘履行他们的圣职。尽管处境艰难，他们仍然继续布道，讲述人性救世的伟大秘密，并且悄悄地在牢房的围栏后面一起进行了最后一次弥撒。

很快，这三个犯人就被带出了监狱，刽子手将他们带到了卢泰西亚城最高的山坡顶上。市民们只能远远观望被处以酷刑的犯人。行刑者在高地上搭了一个十字架捆绑圣德尼，然后砍下了他的头颅。然而奇迹发生了，已经没有生命的躯体被降临的救世主施以了活力，开始自己活动起来，随后躯体自己解除了捆绑，并开始自由行走……圣德尼就这样将自己的头颅捧在手里，先去到一处清泉清洗了一下，然后走下行刑的山坡，整整走了六公里路，最终将自己的头颅安放在了一座叫卡图拉（Catulla）的罗马教堂。在安放完自己的头颅之后，躯体才轰然倒地。出于对这位主教的敬重，卡图拉教堂就在他自己倒下的地方安葬了这位虔诚的教徒。而在他的墓地旁，旋即长出了一根金色的麦穗，见证了这最后的奇迹的发生。

圣德尼最后的旅程是怎么回事？

圣德尼被斩首的山坡很自然地被命名为殉道山（Mont-des-Martyrs），也就是如今的蒙马特高地。不过这座山坡在很久以前就具有了宗教气息。罗马人曾经在那里建造过一座供奉众神使者墨丘利的庙宇。公元1133年，路易六世①占领蒙马特高地之后在那里修建了一座本笃会的修道院，而如今的蒙马特圣彼得大教堂（Église Saint-Pierre-de-Monmartre）也是在同一时期建造的，并成为了巴黎如今最古老的教堂。教堂内部，你可能会注意到四根损坏的大理石立柱，这是距离现在约一千八百年的墨丘利庙最后的一点遗迹。这座庙曾经见证了圣德尼主教的行刑。这座修道院在法国大革命期间被洗劫一空。而最后一位年迈且耳聋眼瞎的修女院长还被控以"企图密谋推翻共和国"的罪名！

如今，蒙马特高地上圣心大教堂（Basilipue du Sacré-Coeur）白色的石膏雕饰让我们重新回忆起了蒙马特高地的宗教使命。这座建筑从1875年开始建造，据说这座教堂是建来"向巴黎公社所犯下的罪孽赎罪"②的。然而这种说法并不准确。事实上，在拿破仑三世时期就已经决定要重新赋予蒙马特高地这一宗教的使命。

圣德尼离开了伊冯娜-勒-塔克路（Rue Yvonne-Le-Tac）11号（他被斩首的具体地点，在他最后殉道的教堂中有说明）之后，经蒙塞尼斯路（Rue du Mont-Cenis）离开了蒙马特高地。他应该先去到了位于阿布尔伏瓦尔路（Rue de l'Abreuvoir）上吉拉尔东广场（Square Girardon）的喷泉处清洗头颅，那里有一座雕像记录了这一事件。然后他又重新回到了蒙塞尼斯路上，在这条路的63号，马尔卡戴路（Rue

---

① 路易六世，绰号胖子路易（Louis le Gros, 1081—1137），法国国王，1108—1137年在位。
② 蒙马特高地是巴黎公社发起第一次暴动的地点。

Marcadet）的转角我们可以看到 15 世纪时期建造的房屋的塔台，这是蒙马特高地上最古老的建筑。这一建筑应该见证了可怜的戴尔特广场（Place du Tertre）是如何变成如今迪士尼乐园的所在地。

圣德尼就这样捧着自己的头颅走了六公里路，最后他倒下并被安葬的地方就是现在的圣德尼大教堂。

在他的葬身之地，也就是如今依然让人赞叹的教堂地下室，建起了一座陵墓。公元 7 世纪，达戈贝尔特一世①决定在此处建立一座隐修院，并为殉教者及国王的家人提供一个安息之所。于是圣德尼教堂从此之后就成为了法兰西国王安放遗体的王家陵园。

圣德尼在卢泰西亚城殉道之后又激起了什么样的反响呢？事实上，可能没有多少人知道这个传说。而在当时，被处以死刑的圣德尼头颅落地只是转瞬间的事，人们并没有对这起平淡无奇的事情表现出多少兴趣。

卢泰西亚城的市民还有别的事情要关心。他们所生活的城市这一个多世纪以来都沉浸在一种祥和的氛围中，而如今却迎来了一场可怕的骚乱。

罗马帝国内部也开始动荡不安。这种动荡由来已久。随着一代又一代的皇帝继位，他们的拥护者不停地互相斗争，政权也经过胜利、妥协、阴谋和背叛，从一方手中转移到另一方手中。瓦勒良皇帝在美索不达米亚地区的战役中被俘，成为了波斯人的阶下囚。然而他悲惨的命运却没有引起任何人的感伤。罗马帝国中几乎没有人对于这位战败的皇帝能否活着回来表现出兴趣，因此也没有人愿意与敌方谈判，就这么任由这位帝王被囚禁在波斯人的牢笼里。最后这位皇帝只好屈服于敌方痛苦的折磨，并于不久之后卒于波

---

① 达戈贝尔特一世（Dagobert，605—639），法国国王，623—639 年在位，克洛泰尔二世次子。

斯。他的长子加里恩努斯①则顺理成章地成为了罗马帝国的合法继位者。

简而言之，罗马不再是往日的罗马！罗马帝国的皇帝也不再是凌驾于众人之上、让人仰慕并敬畏的统治者。他成了阴谋论的对象，同时也是贪污腐败、密谋交易的核心人物。这种政治品德与人格道德上的堕落对于一个大国来说是灾难性的。只有稳定的民心才能让这个国家长治久安。然而这种溃散的局面引起了战乱不断，帝国被分割得四分五裂，外族的侵略也正在逼近——因为他们感觉到并且清楚地知道，罗马人不再像以前那么坚不可摧，是时候去那里分一杯羹了。于是，日耳曼人跨过了莱茵河，高卢地区成了他们志在必得的猎物。敌军洗劫了平原，带着丰富的战利品回到了自己的地盘。

公元 260 年左右，出现了一位生于高卢的杰出罗马将领波斯图穆斯②。当日耳曼部落袭击被罗马人统治的高卢地区时，加里恩努斯和波斯图穆斯联合起来对抗日耳曼人。他们分别率军向敌军出击。加里恩努斯皇帝主要驱逐东边的阿拉曼人③，而波斯图穆斯将军则负责应对北边的法兰克人④。

波斯图穆斯为赶走侵略者英勇而战，以至于他战斗中的魅力将整支军队的热情带动到了顶点。整个罗马军队一致表示愿意拥护他们的将军为王！没错，皇帝，但是是哪一国的皇帝呢？罗马皇帝？还是高卢皇帝？另一边，加里恩努斯嗅到了对自己王朝的威胁，便立即让自己的长子萨洛尼努斯⑤受封

---

① 加里恩努斯（Gallienus，约218—268），罗马帝国的皇帝。他在公元253—260年与父亲瓦勒良成为帝国的共治者。在瓦勒良兵败波斯被俘之后，260—268年为帝国的皇帝。

② 波斯图穆斯（Marcus Cassianus Latinius Postumus），260—269年在位，建立了高卢帝国，从罗马帝国中分裂出去。

③ 位于美因河上游区域的日耳曼部落同盟。

④ 日耳曼满族部落的一支。

⑤ 萨洛尼努斯（Publius Licinius Cornelius Saloninus，约242—260），罗马帝国的皇帝，但从未实际亲政。

"奥古斯都"①，以此表明他是唯一合法的继承人，绝无第二人选，并企图用这一方法来打消波斯图穆斯称帝的野心。

萨洛尼努斯的日子也不好过。波斯图穆斯绝对不会任由所有政权都交归给毫无出息的萨洛尼努斯手中。于是他进攻科隆，捕获了这位新上任的奥古斯都，并干净利落地将他处决。然后他戴上了代表皇权的勋章，并被手下的士兵拥护为高卢帝国的皇帝！他的形象也渐渐为高卢人所熟知：温和宽厚的脸颊、茂密的大胡子以及金色的皇冠都印刻在了这一区域用来流通以及维持经济发展的货币上。

当然，在罗马人的眼里，波斯图穆斯只是一位篡位者。但幸好，他也是一位野心不那么大的篡位者。他并没有要打算推翻整个罗马帝国，也没有想要冒险将他们全部赶尽杀绝，而且也不打算让元老院承认他的合法性并从根本上重新讨论他到底是否属于"罗马族"这一问题。尽管如此，他还是有成为统治者的抱负。不过他没有很明显地表露出对于最高封号的渴望，而只是选择低调地将自己称为"高卢复辟者"。然而，在联合了他统治下的所有高卢族之后，他还是在罗马-高卢人和罗马人之间划上了一条界限。这是很长一段时间以来的第一次，这两支民族从政治上正式分离并归于两个不同的政权领导。

再看加里恩努斯这边，尽管这种不动声色的对抗让他颇为懊恼，但他却被阿拉曼人拖得无力分身。他想要向波斯图穆斯发起新的进攻，却奈何要时时提防来自边境外的威胁。于是，在罗马皇帝和高卢复辟者之间达成了一项

---

① 古罗马帝国的一种头衔。第一个"奥古斯都"是盖乌斯·尤利乌斯·屋大维，他在公元前27年1月16日自罗马元老院获赠这个名号；在他接下来的40年统治中，屋大维逐渐确立了帝国皇帝该拥有的权力及其名衔，并让继位者的权力得以借此习惯上的称号而巩固。虽然"奥古斯都"在当时罗马的法理上没有任何与之配合的官职与实权，但这个名号却已不言自明地代表屋大维本人在世时的所有权力。

心照不宣并且对双方来说都有利的协议：波斯图穆斯负责莱茵河畔的防守；作为交换，布列塔尼、西班牙以及高卢的大部分地区都归于他的统治之下。

最终，曾经经历了重重苦难的第一代罗马-高卢人被自己的军队分裂成两部分，只能接受这悲惨的命运。公元 268 年，位于莱茵河左岸的城市美因茨①掀起了反对政权的暴乱，于是波斯图穆斯进军这座叛乱的城市，逮捕了叛乱者首领并就地正法。可是这一快速简短的处决并不足以满足那些想要从战争中获利的罗马-高卢士兵的要求，他们要的是洗劫整座城市！如果在一场战争中不能捞点看得见的好处，谁还愿意出来打仗呢？

波斯图穆斯很干脆地拒绝了这一要求。虽然在他的统治范围内想要踏平一座城市不算什么大事，但像美因茨这样的莱茵河沿岸城市对他来说还是一座非常珍贵的并且有防御作用的战略性城墙。那些愚蠢的雇佣兵却对他的这一决定摸不着头脑，他们只想获取财富，其他的对他们来说一概不重要。既然这位"高卢复辟者"阻碍了他们的生财之道，就必须将这位统治者废除！说到做到，波斯图穆斯的儿子和他的贴身侍卫很快就被暗杀了。而这位统治高卢地区长达十年的将领，英勇抵抗侵略者并为该地区带来舒适生活和经济繁荣的大功臣，在不久之后也失踪了……

这些事件所产生的影响波及了自布列塔尼至西班牙的广大地区，并深深地撼动了卢泰西亚城。塞纳河岸的悲剧也正在上演。装备精良的日耳曼蛮族部落戴着头盔，拿着斧头冲下平原，破坏了庄稼，掠劫了财富。然而，为了谨慎起见，他们并没有在这座城市里盘踞。塞纳河左岸的那部分卢泰西亚城是一块远离城市中心的偏远地带，虽然富裕，却脆弱得不堪一击。而这部分卢泰西亚城，美丽、富饶，毫无防御能力，正是掠夺者们想要占据的地盘！

---

① 德国莱茵兰-普法尔茨州的首府和最大城市，位于莱茵河左岸。

于是一拨又一拨的侵略者纷纷踏足此地，直至这块富饶的土地最终消失。

日耳曼军队走后，又来了一群同样野蛮且鱼龙混杂的队伍，其中夹杂了土匪、逃兵、出逃的奴隶以及失去土地的农民。他们避开城市，也不去进攻正规军，却给农场和田间带来了恐慌。

城里的丘陵地带不再仅仅是凶猛的野兽和传说中的怪物出没的地方，那里的人民衣衫褴褛，只能躲在牲畜的胯下躲避风头。这群土匪活跃在高卢帝国的边境地带，烧杀抢掠无恶不作，常常洗劫位于边缘地带的村庄和民宅，抢夺一切看上去值钱的东西。有时人们甚至可以在路上远远地看到一群奇装异服、面目凶残的人，每个人都扛着一些黄金器皿、奇形怪状的兵器以及沉甸甸的一罐罐美酒。在他们身前，驱赶着一批批肉质肥美的牛羊群，身后还拖着像另一群牲口似的面容惊恐的妇女。她们的双手被捆绑着，拼命抑制住哭泣声，以免引来暴戾的新主人的不快。

在日耳曼人和蛮族的威胁下，罗马贵族于公元270年前后放弃了卢泰西亚城。这座城市已经完全变了。原本延伸至塞纳河左岸的优雅城市，从此变得寥无人烟。曾经被罗马人漂亮的马蹄所踩踏的卡尔多·马克西姆大街变得荆棘遍布，大街两旁的房屋也渐渐荒芜，变成了一堆废墟。再往下走，原本热闹的城市集市，似乎昨天还在跳动着为祭神而点燃的圣火，那些买卖贵重珠宝和香膏的商人们也仿佛近在眼前，而如今却只剩下了一副空壳。

但出乎意料的是，高卢帝国并没有随着"高卢复辟者"的消失而终结。一位继任者出现了，不仅代替了被暗杀的先王，还继续统治着高卢帝国。他就是泰特里库斯①，出身于高度罗马化的高卢贵族世家，曾担任罗马帝国的

---

① 泰特里库斯（Gaius Pius Esuvius Tetricus），又称"泰特里库斯一世"，是最后一位高卢帝国皇帝，271—273年在位。

参议员。与他的前任们不同的是，他不是军人出身，而是一位政客。泰特里库斯深知他所统治的领土总有一天会归于唯一的罗马帝国政权掌控，因此在他统治期间，并没有扩大领土疆域，当时的高卢帝国始终只是罗马帝国的一部分。所以，他所担任的角色归根结底只是在某段时期内，确保当时在边境线上被各类蛮族侵略的高卢帝国的安全。与此同时，罗马附近台伯河沿岸的地区却成为了最易被入侵的软肋。

公元 273 年，罗马皇帝奥勒良①出兵收复了之前的一些失地。在香槟沙隆②附近，泰特里库斯和他的军队在几乎没有任何抵抗的情况下向奥勒良军队投降。回到罗马后，奥勒良大张旗鼓庆祝他的此次胜利，分裂了五十年的罗马帝国再次得到了统一！奢华的二轮马车和所有蛮族的俘虏都在大街上被展示。泰特里库斯也被当作战利品游街示众。归顺的罗马-高卢帝国成为了奥勒良展示他至高无上权力的象征和活生生的样板，而他也因此成为了"罗马帝国的复辟者"。

在获得了这次具有无上荣耀的胜利之后，这位凯旋的皇帝立即特赦了泰特里库斯。昔日的高卢帝国皇帝得到了战败投降方的待遇，被任命为意大利南部卢卡尼亚地区的行政官，又重新回到了他参议员的位置上。

卢泰西亚城依然受到蛮族部落入侵的威胁，入侵者一直盘踞在西岱岛一带。罗马人决定，既然这座城市一直受塞纳河的保护，那么干脆沿着河流建立一座更为牢固的壁垒。于是，人们开始在卢泰西亚城外建造一座坚固的城墙，让这座城市与外界隔离开来。城里的住宅、建筑，甚至是墓地都除去了

---

① 奥勒良（Lucius Domitius Aurelianus，214—275），270—275 年在位。
② 香槟沙隆（Châlons-en-Champagne），简称沙隆，位于法国东北部，是香槟-阿登大区和马恩省的首府。

原有多余的装饰，所有的建筑材料都用来建造这一巨大的城墙工程。它将环绕整座小岛，沿着塞纳河岸延伸，直至港口。

从那以后，在西岱岛的两端，日夜有哨兵驻守，观察塞纳河上的动向。一旦发现一点风吹草动，就会响起警报声。卢泰西亚城充分做好了自我防御的准备，变得难以撼动。首先，这座城市因为有河、有森林、有田地，如果必要的话可以在很长一段时间内自给自足。其次，城市里不仅有军队驻扎，港口还停泊着小型舰队，这更加证明了这座城市是整个北方高卢地区防御系统中的要塞。

由于这座城市并不大，因此可以很好地进行隔离保护。卢泰西亚城从此变得坚不可摧，但是塞纳河左岸地区却也因此不再拥有能与罗马帝国其他地方所抗衡的竞争力。那里的居民数量越来越少，漂亮的建筑也只能建在低矮的平地上。与帝国其他的城市，例如普瓦提埃①相比，这个原本美丽的古巴黎城变得暗淡无光。

卢泰西亚城，曾经美丽富饶的城市，渐渐变成了一座无名小城，之后又逐渐演变成如今我们所熟知的"巴黎"。因为在它周围建起的那堵城墙上，我们找到了"Civitas Parisiorum"②的字样。不过巴黎并不完全是卢泰西亚城的原型。因为当时的卢泰西亚城只不过是塞纳河中央一座小岛上的一个小村落，依然在战战兢兢地担心来自北部或东部的日耳曼蛮族又一次的洗劫……

---

① 普瓦提埃（Poitier），位于法国中部克兰河畔，是普瓦图-夏朗德大区和维埃纳省的首府，自古就是战略防御的重要都市。
② 拉丁语，"巴黎"一词可能由此而来。

SAINT-MARTIN

巴黎，皇家住宅

圣马丁是一个地铁站吗？其实不完全是。反正在我的巴黎之行当中，我没有办法从那里进入一个地铁站。因为在1939年时这一站就被封闭了！如今，那个站台已经收归救世军①掌管，成了难民接待处的一部分。每当巴黎严寒的冬季来临，一些无家可归的人或是流浪汉可以到那里过夜，找寻一点庇护和温暖。因为地铁站已经改变了原有的性质，因此一些流离失所的人常常来此向命名这个地铁站的高卢教士圣马丁寻求保护。一些慷慨之士会为穷人提供救济品以保障他们的生活。

在公元338—339年的冬天，当时马丁还只是罗马军队里一位年轻士兵。一天他在亚眠②大教堂前遇到了一位衣衫褴褛的人，向他乞求施舍。可当时这位好心的士兵已经把身上所有的钱都施舍给别人了。于是他拿出了他的佩剑，将他的大衣从中间割开，把其中的一半赠与了那位可怜人。第二天晚上，耶稣便降临马丁身边，他身上穿的正是马丁送给那位乞丐的半件大衣，并且念念有词地说道：

"是一位叫马丁的初入教者赠给了我这件衣服。"

我很清楚在巴黎地下如此庞大的地铁网络中，圣马丁站成为一个接济穷人的地方纯属巧合，但是在若干世纪之后，悲天悯人的圣马丁和被社会遗弃的族群之间的这种巧妙邂逅，我无法不无动于衷。另外我觉得在秘密传教并遭受迫害的圣德尼和获得胜利、拥有众多追随者的圣马丁之间有一种奇妙的反差。转眼一个世纪已经过去，前者点燃了火花，后者则将之变成了燎原之火！从那以后，教堂不用再躲躲藏藏，而在昏暗的地窖里偷偷摸摸做弥撒的时代也结束了，我们正在打造一个伟大的时代，正在打造我们的未来。君士坦丁一世③修改了宪法，从此以后越来越多的人开始信奉基督教义……

*

公元 3 世纪末，由于蛮族侵略者在各个边境线上形成威胁并不断进攻，君士坦丁大帝不得不将权力分散给各地的小首脑。于是，整个帝国慢慢开始四分五裂，一条东西向的分界线正在形成。以统一罗马帝国为首要大事的君士坦丁大帝先是发起了对割据一方的罗马内部小头目的战役，然后再对付蛮族在边疆上的威胁。

其中有一位名叫的马克森提乌斯④的人号称自己是罗马帝国唯一的皇帝。于是君士坦丁大帝于公元 312 年向他发起了进攻，并在罗马附近的米尔维安大桥（Milvius）边将他和他的部队全部歼灭。

在与马克森提乌斯交战时，君士坦丁大帝看到在互相厮杀的军队上方的天空中出现了一个巨大十字架。然后这幅画面移动起来，并听到一个声音在

---

① 一个基督教组织。
② Amiens，法国北部的一个城市及市镇，索姆省的省会。
③ 君士坦丁一世（Flavius Valerius Aurelius Constantinus，272—337），罗马帝国皇帝，306—337 年在位。他是第一位皈依基督教的罗马皇帝。
④ 马克森提乌斯（Marcus Aurelius Valerius Maxentius，278—312），306—312 年在位。

说:"看到这一征兆的人必将获胜!"①

最终,君士坦丁大帝取得了压倒性的胜利,马克森提乌斯则溺毙于台伯河中。君士坦丁成为了无可争议的统治者,定都拜占庭,并将这个城市更名为君士坦丁堡。这个新建立的都城成为了东罗马帝国的中心。

自认受耶稣庇佑和保护的君士坦丁大帝很自然地废除了他的前任反基督教的迫害政策,他甚至寄希望于这一新的宗教可以帮助他巩固帝国的统治。

米尔维安大桥战役过去一年之后,君士坦丁大帝颁布了《米兰敕令》,即一道宽恕基督教的敕令,其中写道:"我们认为,在众多法律条款中,首先应该解决的问题是要保障大多数人,包括我们所信奉的神明受到尊重。也就是说,我们必须给予基督教徒和其他所有人同样选择自己信仰的宗教自由与可能。这样才能让所有天上的神可以继续给予我们以及所有我们统治下的人民以慈爱和恩惠……"这一法令的颁布让基督教渐渐成为了罗马帝国主要信奉的宗教。

经过了三十一年的统治之后,君士坦丁大帝于公元 337 年 5 月 22 日去世。临终之前,他问尼科米底亚②的主教:

"这个世界上是否存在一种忏悔可以宽恕我所有的罪孽?"

"没有,除非你接受基督教的洗礼,"神父回答道。

这位目空一切的君主只能退一步并接受了神父的洗礼,以此希望自己能够被宽恕所有的罪孽,并在死后进入天父之子所承诺的天堂。他终于在临终前的最后一分钟皈依了基督教,成为了第一位皈依基督教的罗马皇帝。然而

---

① 原文为拉丁文。
② 现在的土耳其城市伊兹密特。

这样的皈依并不代表全国上下都统一信奉这门教义。在很长一段时间内，异教徒和基督教徒之间依然保持着竞争的关系。

二十几年之后，君士坦丁大帝的侄子、未来的君王尤利安①却走上了一条截然相反的精神道路。尽管在基督教义下出生长大，但是他却热衷哲学。他信奉柏拉图式的智慧大大胜过《圣经》中的教诲，转为信仰供奉在希腊万神殿中的诸神，他是一位多神论者，并编写了著作《反驳加利利人》，激烈抨击了基督教教派。他在书中写道："我想我有必要向大家阐明为什么我认为加利利教②只是一种纯人性的、恶意制造的欺骗。它的教义没有一样是真正来自于神明，而是以诱惑脆弱的灵魂为最终目的，并且用滥爱来让人相信他们所编造的神话，并给这些不可思议的神话赋予一种真实可信的色彩。"他聪明地用古老神话的象征来支持自己的论点："让我们来分析一下是否柏拉图所说的都来自梦境或幻觉。这位哲学家将我们自认为能看到的神命名为太阳、月亮、星体和宇宙，然而所有这些都只是一种不可触摸的不朽的存在，不是我们能观察得到的。当我们提到太阳时，我们脑海中就马上会浮现出一个清晰可见的太阳的形象，但那却不是太阳真正的样子，当我们看月亮或是其他天体的时候也是一样。所有这些物质都只不过是一些抽象的存在，我们只能用自己的想象去勾勒它们。而柏拉图却对这些隐形的神明了解得非常透彻，他们都由至高无上的上帝所创造，而且他包括了一切的事物；只有上帝是天空、大地、海洋以及所有天体的创造者，并让它们在我们面前成为隐形的神明，继而成为大众所崇拜的偶像。"

---

① 尤利安（Flavius Claudius Julianus，Apostata，331—363），君士坦丁王朝的罗马皇帝，361—363 年在位。
② 犹太教对于耶稣的称呼。

事实上，就是尤利安口中加利利人所信奉的"上帝唯一"教义导致了这种毫不妥协的"贬低其余神明"的论断。这正是这位年轻的哲学家皇帝不想接受的！他可能会同意天父、天子和圣灵是神之形体的说法，但条件是要给其他异教徒所信仰的众神论以一席之地。对他来说，"一神论"就如同犹太人的信仰一样，这种不兼容的特性是他无法理解也无法接受的。为了证明他的观点是正确的，他不惜与他曾经接受洗礼的基督教决裂，转向希腊传统的信仰，并回到了雅典。在这块古老哲学的发源地上，他希望能更好地深入研究他所信仰的哲学，并让自己的精神升华到与那些启迪他的众神同高的境界。

不过，这位哲学家不得不随即放弃他心爱的学说，因为当时的皇帝君士坦提乌斯二世①想要独占东罗马帝国，因此任命尤利安为"副帝"，让他前去西部管理高卢地区，并平定蛮族的侵袭。这一所谓的"重任"对尤利安来说却不啻为一个天大的灾难！因为他必须从虚幻的哲学世界中走出来，停止思考众神在天上的位置，放弃阅读先人辩证学家的著作，回到真正的生活中来。从此以后他必须披上盔甲，骑上战马，指挥军队，过上四处征战的戎马生活。尤利安来到希腊的帕台农神殿祈求女神雅典娜让他避开这次不幸，并求她出手改变正在发生的事情……然而庙里的神只是保持缄默。最后这位年轻人只好悲伤地离开，并最终接受了"副帝"这一称谓。

奇妙的命运正在等待这位成为了军队首领的哲学家。尽管他厌恶领军打仗，但是不得不承认，他却拥有打仗的天赋，随机应变、精力充沛、富有效率等。出乎所有人的预料，这位曾经虚无缥缈的理论家在战场上却成为了骁勇善战的将士。他敢带领军队深入日耳曼森林腹地，而在那之前，整整三个

---

① 君士坦提乌斯二世（Flavius Iulius Constantius，317—361），罗马帝国君士坦丁王朝皇帝，337—361 年在位，君士坦丁一世之子。

世纪以来没有一支罗马武装军队敢冒这样的险，而之后也没人敢这么做，可谓前无古人、后无来者。他还在著名的斯特拉斯堡战役中击退了强大的阿拉曼人，将敌人赶到了莱茵河的另一边，结束了蛮族入侵掠夺的历史。这一胜利感染了整个罗马帝国，这位在人们眼中像是迷失在静修生活中的王子，却拯救了整个国家。他手下的兵士为他欢庆凯旋，并自愿拥立他为王。

在经历了几轮战事和征讨之后，公元358年1月，尤利安来到了卢泰西亚城，并立即选中这个安静隐蔽的都城稍事休息。他依然孤身一人，他的妻子海伦娜因为生产而留在了罗马。当然，一位将军的生活难免被不停地四处征战而打断，他不得不时不时地去这里或那里平息战乱——但只要有时间，尤利安就会回到塞纳河边享受清闲。

在西岱岛的最深处，有一座花园式的住宅，就像是一座堡垒，一个建在高卢地区中心的意大利式宅院。赭石色的城墙和黑色的立柱圈起了一个方形庭院，人们在里面种上了发黄的无花果树，一旁紧靠着一个流动着清泉的喷水池。而在这个奢华住所的中心，建造起一个豪华宴会厅，里面放置着镀金的老鹰以及画有巴克斯酒神的壁画，用于举办一些连富裕的罗马人都叹为观止的聚餐活动。这里常常聚集着一群精致的罗马贵族，个个身穿昂贵的打褶托加长袍。在卢泰西亚城这样的住宅里，大家都知道要怎样才能伺候好宅邸主人：每次到了用餐时间，仆人们都会相继端上三道菜：首先上来的是鸡蛋、面包和橄榄，并搭配蜂蜜酒，接着是肉，最后是餐后水果。

这一权力中心一直延伸至政府行政部门的共有建筑。尤利安事实上被一群由参议员和政权实施者所组成的等级森严的政治体系所包围。而这一体系也是战争当权者的倚靠。行省长官、财务大臣、王室内侍、军队将领以及书记员等常常汇聚于此，忙着处理高卢地区、北部布列塔尼地区直至南部西班牙地区的有关事宜。尤利安在这些事务中成为了公认的绝对领袖。

为了巩固他的政权，这位"副帝"需要一直保持战斗状态。他需要定期参加军队训练。某天，当他进行实战训练时，对方的一记短剑劈开了他的盾牌，他手中只剩下一个手柄……其实这只是一个小小的事故而已。但是罗马人的迷信却让罗马士兵心惊肉跳，他们看到了一种不祥的预兆。但是尤利安却用一句话扭转了局势。他转向和他对垒的士兵，用一种坚定的声音说：

"放心吧，我不会追究的！"

这短短的几个字立刻消除了士兵的疑虑和恐惧。尤利安这位懂得舞刀弄剑的将领也同样懂得如何操控人心。因为这位昔日的哲学家开始知道争权夺势的重要性。但是他更喜欢的却是在这座他坚持用古罗马人的方式称为"卢泰西亚"的城市里漫步，尽管居住在这里的居民已经开始把这里称为"古巴黎"或者是"巴黎"了……

巴黎从什么时候起成为了巴黎？

巴黎将一直是巴黎，这一点毫无疑问。但巴黎是从什么时候起变成如今的巴黎的呢？在公元 3 世纪末，这个城市的大部分地区都被那里的罗马居民所遗弃，成为了一座由高卢人独居的城市。从那时起，似乎"卢泰西亚"这个名字已经被慢慢地遗忘了。对于这件事最直接的证明就是公元 307 年时的一块罗马军事界标，这个界标是于 1877 年被发现的。在这一界标上，没有标注"卢泰西亚"，而只有"Civitas Parisiorum"的字样，即古巴黎城。从那个年代开始，巴黎的样貌渐渐摆脱了卢泰西亚。这一界标在墨洛温王朝时期被重新用在一副石棺上，后来被放到卡尔纳瓦莱博物馆展出并保存。

这个于公元 3 世纪末从西岱岛演变而来的古巴黎城，被一圈城墙包围。在巴黎圣母院广场下面的地下室里，我们可以看到被奇迹般保存下来的城墙碎片。另外，在哥伦布路（Rue de la Colombe）6 号还有一幅草绘图向我们指明这堵城墙的厚度。这个地下室还向我们展现了留下来的罗马居民的生活以及 4 世纪时石板路面的样貌。

尤利安应该是所有君王中第一个漫步巴黎城的人，也是第一个不是因为军事上的策略和巩固权势的需要而真正爱上巴黎的皇帝。他爱巴黎的西岱岛，既远又近，既亲近又孤傲；他爱巴黎塞纳河默默静止的样子；也爱塞纳河偶尔汹涌翻滚，淹没河岸边排列整齐的房屋的力量。当他像一个普通士兵那样穿过满是泥浆的小巷，当他看到小贩的摊上摆放着诱人的火腿、香肠和猪头；当人们钓起活蹦乱跳的鲜鱼，当摊上的奶酪已经溢出了货架，当发酵过的大麦和薄荷的香味从啤酒作坊中幽幽飘出，这一切的一切，都是他所钟爱的巴黎。他大声地向路边的小贩们喊道：

"老板，你有用胡椒调味的葡萄酒吗？"

"我有。"

"那就给我来一点，装满我的酒壶！"

然后，经过西岱岛的一支舰队引起了尤利安的注意，这是一支驻扎在塞纳河右岸的军队。这支长时间驻扎的军队让尤利安更为放心，他觉得待在这里有安全感，并且可以远离尘世的喧嚣，静静地躲在这个自己一手建立起来的小岛上——一个坐落在帝国中心的小岛，水陆交通的枢纽，迷人且重要的要塞。

尤利安不仅仅是第一个爱上巴黎的人，还是第一个为巴黎歌功颂德的人。无数个夜晚，他都在为卢泰西亚兴奋的书写中度过："这是一座脆弱的小岛，探入河流的中央，周围坚固的城墙将它圈起，每个河岸上必不可少的木桥可以带你通往这座城池。"他更是在塞纳河上看到了生活和纯净的源泉："河流为我们提供了舒适纯净的可供观赏的水源，当然如果你愿意也可以饮用。我们生活在一座岛上，所以一定要好好利用河里的水源。"

尤利安热爱卢泰西亚的一切，除了"高卢人的粗野和冬天的严酷"以外。的确，高卢民族不只拥有未经开化的文明，并且还有自己独特的语言，遵守固有的习俗并崇拜罗马贵族一无所知的神明……所以只有依靠强大的拉丁文化才能消除这种野蛮的气息。不过，在气候寒冷这一点上，尤利安倒是有足够的理由来抱怨。他待在卢泰西亚的第二个冬季就超乎寻常的冷，因此尤利安在他的书中如末日启示录般写道："河水冻结得就像大理石板……这一巨大石板上结成的冰块互相碰撞着，几乎可以在河面上再造起一条延伸的通道，一座河岸上的堤坝。"

得想办法给岛上的房子供暖。人们点起了取暖用的露天火盆，尤利安还故意多要了一点儿，因为他被这鬼天气冻得直发抖。好不容易，他终于睡着了……忽然，他被一阵剧烈的咳嗽惊醒，差点窒息。房间里不知从哪里飘进一阵烟味，他的眼睛被熏得睁不开，嗓子似乎被堵上，就快没有了呼吸，他吸入的气体正在侵蚀着五脏六腑。他大喊大叫，所有的一切都开始变得模糊不清，然后他就陷入了沉沉的昏迷之中……幸好，有人听到了他的叫喊声。奴隶们急忙将昏迷的主人抬到了院子里。新鲜的空气让尤利安渐渐苏醒了过来。那些还在冒烟的木炭差点就谋杀了他。而如果这位伟大的君主在那一夜窒息而死，不知道今天的巴黎又会变成什么样子呢？一座被迷信的罗马人统治的让人害怕的小城市？抑或一个有着坏名声的高卢小村镇？

都不是，因为尤利安从这场意外中幸存了下来。当春天的暖阳终于融化了冰冻之后，他又回到了莱茵河畔，重建他的军事堡垒，与蛮族的小头目周旋，在阿拉曼人和勃艮第人①的边境上扩张，然后在秋天的尾声又回到卢泰西亚城。人们觉得这一次这位将军不会再离开他在卢泰西亚的宅子了，因为他的妻子海伦娜来到这里与他团聚，他应该会知足常乐，从此在塞纳河边过上宁静的生活。当然，如果不是后来这块地区发生的政治冲突，也许一切都会成真……

尤利安觉得高卢地区已经稳定，他便带领士兵去东部平定与波斯人的战事。离开安稳的卢泰西亚，去荒无人烟的美索不达米亚平原并将自己搞得筋疲力尽？大多数人都不会心甘情愿！自公元360年2月开始，尤利安的军队已经开始酝酿叛变。他们穿过整座城市，宣誓决不会跟着尤利安离开。哪怕是在巴黎大街上的游行都从来没有这样声势浩大的规模！

于是这位副帝开始树立自己的威望。他对高卢士兵说：他对他们的情况表示理解，他将会尽量保证不让他们远赴艰苦的中东地区。

"我请求你们稍稍平息一下怒火。其实不需要用激烈对抗的方式就能满足你们提出的要求。你们生活的这片充满奇特魅力的土地将你们牢牢留住，我知道你们担心去陌生的国家会不习惯，那现在就回去吧。我保证你们不会看到阿尔卑斯山那头的景象，因为你们不愿意。对于君士坦丁二世的某些决定我个人表示抱歉，不过他是一位兼听则明的皇帝，会接受你们提出的正当理由。"

正如所预期的那样，这些漂亮的辞令立即在双方之间达成了默契，也稍稍缓解了一下士兵们的情绪。但第二年春天，中东局势变得更为紧张，由罗

---

① 日耳曼人的一支。

马和高卢士兵组成的混合军队必须要为自己的命运而战！

"奥古斯都尤利安！"

这整齐划一的口号标志着士兵们愿意拥护尤利安成为正式的皇帝。他们不愿意一直为从远处传来的决定而提心吊胆，而这些决定又是来自于一位一直见不到面却似乎一直会对他们造成威胁的皇帝。

他们闯进尤利安的府邸，要求他戴上象征皇权的王冠。可是王冠？他们哪儿来的王冠呢？用什么做成的并不重要，只要能在这位年轻将领的头上放上一顶像是王冠的东西，让他可以代替另一位皇帝行使权力就可以了！有人提议用尤利安的妻子、海伦娜脖子上的项链，但是尤利安拒绝了。他不想用妻子身上的珠宝。那么就用装饰马鞍的镀金圆盘怎么样？尤利安还是面露难色：用在马匹身上的装饰品，尽管是金色的，但对他来说总是有失身份。情况变得叫人一筹莫展……

最后，一位叫做毛鲁斯的罗马军队队长取下了他脖子上一根绞索形状的项链，将它作为权力的象征放在了尤利安的额头上，这下可以了。这个简单的动作得到了所有高卢军队的赞成，尤利安正式被立为帝。

"我会赏给每个人五枚金币和一斤银币！"新上任的君主宣布说。

马上，几只强壮的手臂将他抬起，坐到一块由四名士兵抬着的盾牌上。这也是尤利安第一次正式出现在巴黎市民面前，而市民们也应声而起，愉快地叫喊着欢迎他们的新君主。

君士坦丁二世在这样的阵势面前全面溃败。

尤利安会将他最爱的卢泰西亚定为新帝国的都城吗？慢着，还有一件非常紧急的任务需要完成：那就是让他的大胡子长出来。因为对他来说，这是象征他高高在上的地位所不可缺少的男性特征！

而当他的胡子终于长出来之后，他便在夏天到来的时候离开了卢泰西亚，去了莱茵河外的一个新战场。然而他却不知道，这一去，他便再也没有机会重新见到他钟爱的塞纳河……

尤利安的皇宫如今成为了什么？

尤利安的家里什么都没有剩下，但是他住过的地方经过几个世纪后仍然保留了皇宫的样子。那里后来变成了如今巴黎的立法大楼（Palais de justice de Paris）。和岛上大多数建筑一样，这里于 19 世纪下半叶在奥斯曼男爵大改造的时候重新改建。北面的新哥特式风格是在将近 20 世纪的时候才改建的，但这里仍然保留了历史的痕迹，上面还有 1944 年 8 月"自由法国"①时期留下的子弹。

在那之前，法兰克人曾经将这里作为皇宫。而根据中古时期的传统，皇帝要在他的卧房里摆上象征权势的"帝王之床"。在圣礼拜堂②中，圣路易③身下的宝座便是此地最古老的遗迹。

塞纳河沿岸的四座塔楼也都拥有自己的名字。第一座方形的塔楼叫"钟塔"（la tour de l'Horloge），因为它就位于第一座公共时钟旁

① 第二次世界大战期间戴高乐领导的法国反纳粹德国侵略的抵抗组织。1940 年 6 月法国沦亡后，戴高乐在伦敦发表《告法国人民书》，呼吁人民继续抗战，标志着自由法国运动的开始。
② La Sainte-Chapelle，西岱岛上的一座哥特式礼拜堂。路易九世下令兴建，于 1243 年至 1248 年间修建而成。
③ 即路易九世（Louis IX，1214—1270），被尊为"圣路易"，法国卡佩王朝第 9 任国王，1226—1270 年在位。

边。这座钟是公元 1371 年时查理五世①送给巴黎人民的礼物，但是在如今的钟面上却刻着 1585 年的日期。在这座塔楼的顶上专门为查理五世盖了一间房，让他能静静地凝视他的城市；另外还有一座小钟楼，会在某位国王出生或去世时鸣钟三天三夜。然后，我们看到的是"恺撒塔"（la tour de César，这个现代的名称却让我们想起了这座宫殿曾经属于罗马人）、"银塔"（la tour d'Argent，专为富人和皇帝而建）以及"蓬贝塔"（la tour Bonbec），这是在圣路易时期所建，目前为止保留下来的最古老的塔楼。在这里曾经设有刑房，让不肯认罪的犯人在痛苦的折磨中开口说话②！

卢泰西亚，这座皇帝钦定的都城，在公元 360 年，即尤利安登基的同一年，也成为了教会之城。高卢主要的神职人员决定在巴黎召开一次重要的宗教评议会，主要目的是要将基督教徒集中起来，将非基督教的异教徒定罪，尤其是阿里乌斯教教徒，他们既不承认耶稣，也不承认主教的权威。于是，巴黎暂时成为了能最好地阐释罗马天主教教义的地方。

在这段时间里，尤利安一直在带领他的军队征战。他已经被拥立为王，但是说到底，这又改变了什么呢？他继续驰骋在抵抗法兰克人、安土亚人③以及阿拉曼人侵袭的战场上。

而对于君士坦丁二世来说，他并不十分重视尤利安的这种南征北战，还

---

① 查理五世（Charles V le Sage，1338—1380），法国瓦卢瓦王朝国王，1364—1380 年在位。
② Bon-bec 在法语里有"嘴巴厉害的人"的意思。
③ 法兰克人的一支，另一支名为 Salien，即撒利克法兰克人。

对于他的篡位行为耿耿于怀。这个被他赐予最高封号的矮小瘦弱的哲学家，居然为了迎合某些士兵而毫不犹豫地背叛了他！这位正牌皇帝再也不能忍受大权旁落，他要对这位野心家还以颜色。于是他带兵前去征讨尤利安的军队，一场帝王对帝王的战役即将打响……但是两支军队并没有等到交手的机会：因为在前去征讨的路上，君士坦丁二世就不幸病逝，将他的灵魂和他的君权一并交给了上帝。

成为万人仰慕且毫无争议的皇帝之后，尤利安发布了一道让大家都不太满意的特赦令。这位以往的哲学家似乎突然间清醒了：他授予所有的宗教以自由的权利，并取消了之前对于无神论者、犹太人以及基督教分裂分子的惩戒措施。但是他又很快暴露了他对于异教的偏爱。其实由始至终，他都对基督教徒没有半点信任；为了羞辱他们，他禁止他们教授和吟唱古典诗歌，既然他们赞美的神明已然抛弃了他们。尽管如此，他还是拒绝迫害基督教的信徒。

"我希望基督徒们自己能认识到他们自身的错误，我不想勉强他们。"

最终，他在土耳其城市安塔基亚①驻扎，打算出征波斯。在公元 363 年的春天，他领导了一场大规模的军事战役，将其战果扩大至波斯的首都泰西封②。但是很快他却不得不停止乘胜追击的脚步，因为在同年 6 月 26 日的一场战役中他受了致命重伤，最终在波斯，在远离他心心念念的卢泰西亚的地方去世，享年三十一岁。

高卢地区的皇帝之后换了好几任，但来自边境地区的威胁依然存在。阿

---

① 土耳其哈塔伊省的一座城市，靠近叙利亚边境，古时也称安提阿。
② 古代美索不达米亚的一个伟大城市，帕提亚帝国及它的继承者萨珊王朝的首都。

拉曼人又一次来袭，继位的瓦伦提尼安一世①和其弟瓦伦斯一起带领尤利安留下的军队应战。瓦伦斯在君士坦丁堡称帝，而瓦伦提尼安则于公元365年选择古巴黎城为都，并且住进了尤利安在卢泰西亚的皇宫。他对这个地方再熟悉不过，因为他曾经效力于尤利安，并且频繁进出皇宫。因此，当他坐上了已故皇帝的位置之后，就非常渴望想要效仿他的一切。而卢泰西亚从此也成为西罗马帝国皇帝指定的都城。之后的两年里，瓦伦提尼安将这里当成了他的根据地，尽管他很少能回到这座城市，因为他和尤利安一样，需要不断地被召唤到别的地方征战。

作为巴黎的接管人，瓦伦提尼安总体上来说并无过失。在他位于西岱岛的住所，他颁布了一道法令，即让"卢泰西亚"的名字广为传播。然后，他又在这座城市大张旗鼓地款待了大胜日耳曼人的若万将军。瓦伦提尼安身穿红色长袍，骑着白马走向坐着马车驶入巴黎的凯旋者。两位英雄同时下马，互相拥抱。这样盛大的场面不禁让人怀疑：在这一刻，巴黎是不是已经成为了世界的中心？

瓦伦提尼安觉得自己模仿尤利安已经似模似样，但是在巴黎市民眼中，这位与自己的弟弟联合执政的继位者只是已故皇帝的苍白拷贝。他惟妙惟肖地效仿偶像的姿态与喜好，但是无法复制出那种精致的细节和高贵的思想，另外他对这座城市的爱慕之情也远远不及尤利安那般真诚……

没错，因为他只要一有机会就离开这里去到别的地方。他曾经在

---

① 瓦伦提尼安一世（Flavius Valentinianus，321—375），罗马帝国皇帝，364—375年在位。他与其弟瓦伦斯均为当地将领老格拉提安之子，先后为尤利安和约维安服役，约维安死后和瓦伦斯一道被推举为罗马帝国皇帝。继位之后，瓦伦提尼安和瓦伦斯平分了罗马帝国，瓦伦提尼安选择了西部。

兰斯①待了很长一段时间镇压那边的暴动，回到卢泰西亚后没几个月，又去了兰斯；然后又回来，结果马上又去了亚眠，因为那里有被撒克逊海盗入侵的迹象。后来，他再一次回到了卢泰西亚，但这次是因为生病了。刚刚恢复了一些，马上又离开这里去了位于摩泽尔河岸的特里尔市②。这次他永久地定居在那里，因为特里尔这座大城市似乎更适合作为他的都城。

*

就在瓦伦提尼安去往特里尔之后，圣马丁于公元 385 年的冬天来到了巴黎。那时的他已经不是那个在亚眠大教堂门前将自己的军大衣割下赠与穷人的年轻士兵，他已经成熟并且有了军衔，还成为了图尔市③的主教，居住在自己建立的马尔穆提耶修道院中，过着接济穷人、苦修和祈祷的生活。

在信奉基督教的高卢国，这位经常帮助穷人的朋友成为了一名非常了不起的人物。他被一群重要人物簇拥和跟随着来到了巴黎，基督教的真谛在那一刻似乎充满了整座城市。

圣马丁主教沿着北部罗马式风格的道路一路走来，虔诚的教徒纷纷亲吻他的衣裙。但是这位主教顾不上看一眼朝拜他的人群，他的目光落在了北面城门不远处的地方，一名可怜的麻风病患者背靠在城墙上休息。病人容貌扭曲，手臂溃烂，双腿发抖……他走近这位不幸的人，周围的人都屏住了呼吸。圣马丁弯腰靠近他，在他惨不忍睹的面颊上落下了如手足般的一吻。然

---

① Reims，位于法国东北部香槟-阿登大区马恩省的城市，其历史可以追溯到罗马帝国时代，市中心还存有古罗马时期的遗迹。兰斯在法国历史上扮演着非常重要的角色，因为它是历任法国国王加冕的地方，前后一共有 16 位法国国王在此接受主教加冕。
② 德语 Trier，法语 Trèves，德国最古老的城市，位于莱茵兰-普法尔茨州西南部，摩泽尔河岸，靠近卢森堡边境。
③ Tours，法国一座古老城市，目前为安德尔-卢瓦尔省首府。

后他将双手放在病人的头上，为他祈福。第二天一早，这位麻风病人走进了大教堂，所有人都见证了这一完美的奇迹：昨天还惨不忍睹的双颊居然变得光滑而柔软。于是，大家知道了圣马丁拥有治愈病痛的能力。市民们纷纷向他经过的路上奔去，扯下他教袍的下摆，做成绷带和纱布去压制每个人身上多多少少都会带有的两件东西——魔鬼和病痛。

圣马丁后来再也没有来过巴黎，但是在见证了他神奇的治愈本领之后，人们在奇迹发生的地方建立了一座小礼拜堂。这座用来许愿的建筑在公元585年一场洗劫全城的大火中幸存了下来。所有的巴黎市民一致认为这座礼拜堂能得以保存是另一个奇迹（当然最重要的还是这座教堂是用石头搭建的），对于圣马丁的崇拜与尊敬也绵延了几个世纪。这座现代化的城市依然没有在它的地理坐标中抹去关于这位圣人的记忆：城北那条他治愈麻风病人的罗马式街道，如今便被命名为了"圣马丁路"（Rue Saint-Martin）。

LOUVRE-RIVOLI

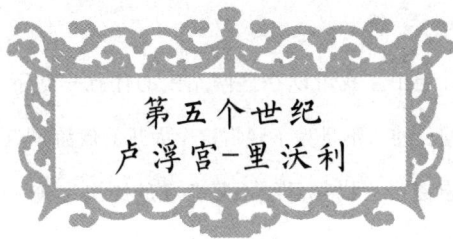

巴黎，法兰克之都

卢浮宫-里沃利站是一个风格独特且位置重要的大站，它被装饰成了一座华丽的宫殿。这里既不再是古时的战略堡垒，亦不是奢华的皇家住宅，而已经成为了一座陈列着十几个世纪以来宝石和绘画类瑰宝的博物馆。1968年，法国首任文化部部长安德烈·马尔罗提出了一个别具一格的建议，即将法国的艺术与历史都陈列到这座地下宫殿——地铁站的走廊上。于是在一号线卢浮宫-里沃利站的地铁站内，铺路的石子儿自由地散布，墙面被覆盖上来自勃艮第的石头，并嵌入了精美的壁龛，里面陈列着与地上的卢浮宫内展出的艺术品杰作如出一辙的复制品。亚述人的浅浮雕，古埃及的法老像，还有文艺复兴时期的仕女图，刚刚走出地铁的游客们既惊又喜。而这也正好表明如今这个地铁站已经有了它自己独特的意义，已不再是位于卢浮宫博物馆地底的一道餐后甜点了！

所有的一切在四十年间起了翻天覆地的变化。法国总统弗朗索瓦·密特朗[①]时代建造的玻璃金字塔已经成为了卢浮宫的入口。不过，因为每天都有大量游客前来参观，因此如果想要在卢浮宫门口排队买票进入的话最好是在皇宫站（Palais-Royal）就下车。

在我的旅行计划中，我可以在这两站中的任意一站下车。因为对我来说，我来到此处的目的，不是为了观赏这个大热的旅游景点卢浮宫，而是想要在这个地区行走漫步，找寻已经不复存在的历史痕迹——可能是某个标记，也可能是关于这里一星半点的记忆。

现在，我们终于抵达了塞纳河的右岸。从卢浮宫站开始，我们开始远离罗马帝国的世界，进入了法兰克的新纪元。来自南部的罗马人曾经将巴黎南部地区，也就是左岸作为他们的殖民地。而来自北部的法兰克人则很自然地想要发展城市北部的中心线——右岸。

公元 5 世纪末，这一地区被认为是用来围困巴黎城的法兰克人建造的防御工事。而这个在法兰克人口中被称为"Loewer"的堡垒便是后来的卢浮宫。

如今的卢浮宫是巴黎占地最大的建筑物，已经与当年法兰克侵略者建造的军事建筑没有任何关联。这里经历了城堡替代要塞，王宫替代城堡，博物馆又替代了王宫的历史变迁。然而，这个地方最初的功能似乎还深深镌刻在这栋建筑的最深处。

有一些遗迹一直留存到现在。当然，它们并不能追溯到法兰克国王克洛维[②]的时代，而是来自于 12 世纪末的法兰西国王腓力·奥古斯特时期。进入卢浮宫的地下室，沿着围墙走，你会发现当时城堡主塔的地基以及古代军事堡垒的指挥塔。

---

① 弗朗索瓦·密特朗（François Mitterrand，1916—1996），法兰西第五共和国总统，1981—1995 年在任。

② 克洛维（Clovis，481—511），法兰克王国创立者。

在腓力·奥古斯特时期，这个堡垒仍然是一项军事工程，甚至还有监狱的功用。一直到 1370 年左右，查理五世时期，才成为了一座拥有诸多装饰物的王家宫殿（卢浮宫地下室的模型便是最好的证明）。

之后的百年战争①让法国的国王们暂时离开了巴黎，直到弗朗索瓦一世②再次入住卢浮宫，这里才又成为君主的宫殿。

*

法兰克人的入侵和他们在巴黎外围建立的 Loewer 堡垒象征着罗马帝国的逐渐衰落，而这种衰落从公元 5 世纪初开始变得越来越明显。这是一个已经垂死的、支离破碎的帝国。首先，它已经彻底地解体了：一边的西罗马帝国在公元 410 年没能成功抵御西哥特人③的侵袭，让对方毫发无损地将罗马洗劫一空；而另一边的东罗马帝国虽然实力较强却又相隔太远。法兰克人自然而然地成为了罗马军队的备用军。而他们的领袖墨洛维④，也就是墨洛温王朝的始祖，则是当时罗马皇家军队的一名将领。

在这种混乱的局面下，高卢地区似乎已经不再像以往那么重要，而卢泰西亚城也几乎被人遗忘。西罗马帝国的皇帝瓦伦提尼安三世⑤对于北方的土地完全漠不关心。公元 425 年，他授权于他非常尊敬的骑兵部队首领埃提乌斯⑥权力，让他掌权统管高卢地区事宜。一直以来，高卢地区的主要任务都

---

① 指英国和法国以及后来加入的勃艮第于 1337 年至 1453 年间的战争，是世界上最长的战争，断断续续进行了长达 116 年。

② 弗朗索瓦一世（François Ier，1494—1547），即位前通常称"昂古莱姆的弗朗索瓦"，继位后人称"骑士国王"，于 1515—1547 年在位。

③ 东日耳曼部落的两个主要分支之一，另一个分支是东哥特人。

④ 墨洛维（Mérovée，约 415—457），法兰克萨利安部落的头领，墨洛温王朝建立者克洛维的祖父，墨洛温王朝即以墨洛维的名字命名。

⑤ 瓦伦提尼安三世（Placidius Valentinianus，419—455），西罗马帝国末期的皇帝，425—455 年在位。

⑥ 埃提乌斯（Flavius Aetius，396—454），西罗马帝国末期的主要军事统帅，被称为最后的罗马人。

是要将蛮族的乌合之众驱赶到莱茵河的另一边。而头脑灵活的埃提乌斯很好地控制了蛮族的侵袭：他将法兰克人赶回了日耳曼，粉碎了勃艮第人的威胁，并打败了来自阿摩里卡地区部落的进攻，避免了最终灾难的发生——即让他们跨过塞纳河，彻底冲开高卢地区的大门。

而在巴黎，正经历着一场教义变革，越来越多的人开始信仰基督教。神父马塞尔成为了其中的领袖人物。为了追溯这位可敬的主教的历史足迹，我们必须前往戈博兰区的一个十字路口，圣马塞尔大道（Boulevard Saint-Marcel）的一角去看一看。在当时，这里是一片城墙外的沼泽地，总是爬满了大大小小奇怪的爬虫。没有人知道古时的爬行动物在没有进化前到底是什么样子。总之，在比耶夫尔河河底的淤泥中，一只蜥蜴的出现就能让所有人为之一震，因为在他们的想象中，这是一种不祥之物。这种蛇一般的动物会吞噬那些拥有贵族血统、却名声不佳的女性尸体。而这种众所周知的丑闻在当时是一桩相当严重的罪孽。不过，马塞尔神父可能有着异于常人的力量与勇气，他毫不犹豫地以高卢地区基督教义的名义，向大家展示什么才是上帝真正的力量。传说中，这位神父用他手里的主教权杖在这只蜥蜴头上狠狠打了两下，这只不祥的动物马上就变成了一条毕恭毕敬的龙。于是，目睹了这一幕的异教徒们纷纷皈依，在马塞尔神父奇迹般的感召下投奔而来成为他的信徒。马塞尔神父也铲除了沼泽地中的"大恶"，河边的居民终于摆脱了这只怪物的威胁，他因此被尊为圣人，并成为了他们的保护者。每一个住在那一区的居民都可以要求得到他的庇护！

公元436年，当马塞尔神父逝世时，他的遗体便被埋葬在他建立卓越功勋的地方。很快，这个地方就变成了一个礼拜的场所。人们纷纷从各个城市赶来，就为了触摸一下神父的坟墓，祈求健康和好运。为了表示对这位圣人的敬意，人们在这里盖起了一座有祭台的礼拜堂。一些虔诚的信徒甚至愿意在自己死后也葬在这位他们所敬仰的保护神身边。于是，渐渐的，这里就成为了早期基督教徒的墓地，也是巴黎第一片高卢基督教徒的公墓。

圣马塞尔的墓地如今变成了什么？

这个公墓一直对外开放到 16 世纪末，之后为了不影响整个街区的快速发展而遭到关闭，没有在今天留下任何踪迹，既找不到公墓，也找不到礼拜堂。巴黎著名的考古学家特奥多尔·瓦克尔在 1873 年发现了很多坟墓。如今这些坟墓都被保存在巴黎卡尔纳瓦莱博物馆中。

身在此处，我们应该为拥有这些回忆而感到高兴。多亏有了那些提醒历史的指示牌，例如戈博兰区卡农咖啡馆（Le Canon）旁边用生铁铸成的牌子，这些回忆对我们而言依然是鲜活的，它让我们知道这里曾经是一片古老的墓地。

一个完整的村落——马塞尔镇围绕着那座礼拜堂和祈祷室应运而生。即便现在这个村落了无痕迹，但我们还是可以试着去想象。沿着大路往下走，便是一条叫做科雷亚勒的小径（Rue de la Collégiale），这个名字是根据礼拜堂所命名的①，并一直延续到法国大革命前。你现在所处的地方便是从前的圣马塞尔教务会教堂，是这个小镇上的宗教中心。如果你沿着这条小路往上走，会看到在你的左边是一条小修道士路（Rue du Petit-Moin），说不定回到几百年前，我们会在这条路上偶遇教堂中走出的修道士或修女……

① collégiale 在法语中是教务会的意思。

在圣马塞尔神父逝世十五年后，这片沼泽地上出现了比蜥蜴更可怕的敌人：来自亚洲边境的匈奴王阿提拉①，他想要夷平整个巴黎！

其实，这位匈奴族的皇帝对整个东罗马帝国觊觎已久，只不过屡屡受挫。最终，这位狡猾而好斗的匈奴王在无数次的尝试之后征服了这个帝国，并以胜利者的姿态占领了君士坦丁堡。可是这位杰出的战争领导者在谈判方面却是个泛泛之辈。他眼睁睁地看着梦想从他眼前溜走：东罗马帝国仍然在他的势力范围之外，他派出的骑兵队伍以及皇室使节的能力让人失望，到头来他什么都没有得到。好在他手中还有一张王牌：一枚戒指以及他与西罗马帝国皇帝瓦伦提尼安三世的妹妹霍诺利亚的婚约。

这位有着天鹅绒般眼睛的女人有着不幸的命运，尽管她那威严又不肯让步的兄弟整天用怀疑和谨慎的态度看守着她的童贞，可是她却爱上了一位情投意合的情人！出离愤怒的皇帝处决了这位健壮的情人，但事情还没完，因为他的妹妹怀上了情人的孩子。于是，皇帝立即将怀孕的妹妹许配给一位上了年纪的老参议员。在等待婚礼举行期间，他将霍诺利亚囚禁在修道院内，对于这位生性浪荡的女人来说，再多的防范都不为过。

霍诺利亚并不信奉宗教，为了逃避这段她不想要的婚姻，她叫人送了一枚戒指给阿提拉。她主动向他求婚，并向他承诺他想要的一切，条件是要匈奴族前去将她解救出来。阿提拉非常严肃地接受了这一盛情。他打心眼里想要迎娶美丽的霍诺利亚，但是爱情并没有冲昏他的头脑：他什么都不要，只要求一样嫁妆。如果匈奴王可以向罗马皇帝要求一件结婚礼物的话，那么，他只要高卢！

---

① 阿提拉（Attila，406—453），古代欧亚大陆匈奴人最为人熟知的领袖和皇帝，史学家称之为"上帝之鞭"，曾多次率领大军入侵东罗马帝国及西罗马帝国，并对两国构成极大的威胁。

瓦伦提尼安三世觉得这位蛮族君主的要求简直天真得有点过分。为了一桩不可能发生的婚姻就想得到高卢？简直是做梦！

罗马皇帝不愿意交出他想要得到的土地，于是阿提拉便决定自己动手去抢。公元451年，他率领一群训练有素的匈奴和日耳曼人的混合军队直捣黄龙。他冲破梅斯①的城墙，将这座城市收入囊中，然后继续悄悄地进行他的巧取豪夺之旅，直至最终横穿塞纳河，抵达巴黎。

巴黎城内，阿提拉兵临城下的消息引起了一阵恐慌。大家都认为巴黎肯定要被大火点燃和摧毁了！这种逐渐膨胀的恐惧是因为人们听说这群蛮族来自亚洲大陆，而那里野蛮的士兵都过着茹毛饮血的生活：他们身上披着兽皮，吃的是在马鞍底下软化的生肉；他们的脸上疤痕遍布，扭曲得可怕；他们到处杀戮、掠夺和破坏。在即将到来的灾难面前，巴黎人民只有一个选择：逃跑。于是他们整理好了包袱，带上一点盘缠，携一家老小和奴隶牲畜，准备举家迁移。

*

"男人们都逃走了，他们宁愿逃走也没有能力继续战斗下去。而我们女人能做的就是一直祈求上帝，希望他能听到我们的请求。"

一位名叫热纳维耶芙②的二十八岁女子向巴黎人民呐喊。她既不是指挥官也不是煽动者，只是一位全心全意信教的虔诚的基督教徒。这位生于楠泰尔的姑娘在其父母去世之后就来到巴黎定居，已经有十几年了。她用她毕生精力去赞美主，并且管理着一份从一位罗马神父和一位法兰克修女那里继承的财产。

---

① Metz，法国东北部城市，近卢森堡边界，在洛林高原摩泽尔河和塞耶河的交汇口。
② 热纳维耶芙（Sainte Geneviève，约422—约502），法国巴黎的主保圣人。

热纳维耶芙属于巴黎的富裕阶层，但对于她来说钱财都是身外之物，上帝才是最重要的。她愿意将自己完全奉献给耶稣，但当时却没有对女性开放的隐修院。这位年轻的姑娘只好自己戴上象征着纯洁处女的面纱——这是在祝圣仪式上得到的面纱，将她和普通人区分开来，并获得别人的尊重。在成为基督教的女执事之后，热纳维耶芙仍然像普通人那样生活，但是却选择了静修、祈祷和禁食的方式。她每周只吃两顿饭，分别在周日和周四。每当她进食时，她都带着忏悔的心情告诉自己这是不得不为了满足人类身体的需要。

然而，阿提拉即将到来的消息改变了热纳维耶芙的生活。其实，巴黎并不需要更多的圣人。有了圣德尼、圣马丁和圣马塞尔，这个城市几乎已经挤满了圣灵。相反，人们需要的是一位英勇的人物竖立起历史的功勋。于是这位戴着贞洁圣女面纱的姑娘担负起了历史的使命，成为了巴黎市的第一位女英雄。

当时所有的市民都被恐惧所包围，只有热纳维耶芙保持着清醒而冷静的头脑。她的信仰让她平静而自信，她深信上帝正在注视着她和所有的巴黎人民。她请所有巴黎的女市民前来和她一起做祷告，她向她们讲述以斯帖的故事：这是《圣经》中的一名波斯妇女，用祈祷和斋戒拯救了所有即将蒙受灾难的犹太人。热纳维耶芙就想要成为巴黎的以斯帖，成为整个民族的拯救者，成为整座城市的带头人！于是所有的巴黎女市民都跟随着她，她们聚在一起共同祈祷，一起禁食，并恳请上帝让威胁她们的灾难远离。只有男人们依然在一旁冷笑并坚持：必须逃离此地，只有逃到城墙的另一边，才能寻求到庇护。

"你们为什么总是说要逃到另外的城市去呢？"热纳维耶芙向男人们喊道，"那些城市真的比被蛮族占领的巴黎更强大吗？有了耶稣的庇护，巴黎会免于灾难的！"

"闭嘴，你这个不祥的预言者！"一些黑暗的灵魂叫喊道。

激动的巴黎市民叫嚷着要将热纳维耶芙扔进一口井里，想要用这种极端的方法让她闭嘴。然而此时，奥塞尔①的代理主教来到了城内。他身穿金色长袍，用和蔼的目光替那些疯狂的市民以及男人们过分的行为道歉。他来的目的是为了传达一个消息：主教圣日耳曼在逝世之前亲眼见证了上帝选择热纳维耶芙成为他的教徒，从某种程度上来说这是来自上帝的保证。

"市民们，请不要犯下不可饶恕的罪孽！这位你们想要宣判死刑的女人，却是圣日耳曼主教见证的被上帝选中的人，从她还未出生时就已经被选中了。"

关于拯救了圣热纳维耶芙的
奥塞尔主教有哪些史料记载？

在这位代理主教与愤怒的巴黎人民相遇的地方，后来建造了一座礼拜堂，然后又建起一个大教堂：圣日耳曼奥塞尔大教堂（Saint-Germain l'Auxerrois）。这座教堂后来成为了塞纳河右岸最古老的教堂之一，位于巴黎第一区，就在卢浮宫的对面，是为了纪念巴黎保护神的保护者。教堂前面被称为"学校广场"（Place de l'École）的地方则表明这里从前是让未来基督徒受教的地方。如今的教堂已经十分老旧，在圣日耳曼奥塞尔教士路（Rue des Prêtres-Saint-Germain-

---

① Auxerre，位于法国勃艮第大区，巴黎与第戎之间，是约讷省的首府。

l'Auxerrois）上，考古学家发现了好多具墨洛温王朝时期的石棺。

　　听到代理主教带来的讯息之后，巴黎市民终于信服了，他们怎么能不相信高卢地区最具盛名的主教大人的遗言呢？于是，大家动作一致地聚集到勇敢的基督教女执事周围。一支抵抗的队伍马上就建立了起来，并摧毁了可供阿提拉率领的土匪穿越塞纳河的桥梁，还设置起路障。所有人都拿起了武器，做好了准备，毫无畏惧地等待着残暴的蛮族部落的到来。

　　可是，战争并没有打响。也许我们应该相信奇迹确实存在。不知道是不是阿提拉知道了巴黎城内已经筑起了坚固的防御措施，抑或是哪位好心人偷偷告诉他城内正在流行霍乱？总之，这位匈奴王突然掉转了方向，带领部队离开了塞纳河岸，赦免了巴黎这座城市。

　　阿提拉率领部队去了另一座城市奥尔良①，因为占领那个城市就能让他掌控卢瓦尔河上的桥梁，也就有希望征服阿基坦地区②。对他来说，埃提乌斯是他目前最大的敌人。从公元 451 年的夏天开始，埃提乌斯就成为了一支重要军队的首领。这支军队混合了罗马-高卢人、法兰克人、西哥特人、比尔贡人③、撒克逊人、阿尔摩里克④人以及布列塔尼人。所有高卢人都集齐在罗马大军的旗帜下驱赶来自亚洲的侵略者。

　　这股令人出乎预料又不可思议的力量被同一种热忱团结在一起，掀起了一场前所未有的战斗。他们奋勇向前，打乱了匈奴军队的阵脚，将他们逼到特鲁瓦⑤的西部。从下午开始直到深夜，匈奴军队都被一阵猝不及防的惊恐

---

① Orléans，法国中部城市，中央大区的大区首府和卢瓦雷省的省会。
② Aquitaine，法国西南部地区，介于比利牛斯山脉和加龙河间的大片区域。
③ 日耳曼人的一支。
④ 即后来的布列塔尼人。
⑤ Troyes，法国中东部城市，奥布省首府，位于巴黎盆地东部塞纳河畔。

所笼罩。

第二天早上，阿提拉和他的军队退回了军营，而恐惧也蔓延到了这里。阿提拉命人点燃了一团火，将马鞍等所有装备焚毁，以备军营被攻破后就投火自尽，避免成为阶下之囚。可是最后，阿提拉并没有这么做，他乖乖地撤退了。埃提乌斯也没有乘胜追击，考虑到要平衡境外各蛮族对手的力量，他放了阿提拉一条生路。他很高兴看到敌军撤退，并一直目送他们穿过平原，直到匈奴军消失在多瑙河河谷①。

而在巴黎，人们则将这次胜利归功于热纳维耶芙，认为是她拯救了整座城市和高卢民族！因此当她提出建造大教堂的要求时，所有市民都义无反顾愿意协助。她要求在先人圣德尼手拿头颅倒下的地方建一座教堂，并提出了一项特别的税收来完成这项工程。她亲手搭起了建造这座大教堂需要用到的石灰炉，并亲自监理这项工程，因为这并不是一座普通的大教堂！这座教堂是为了向先驱圣德尼致敬，而热纳维耶芙则是这座教堂的女祭司。修建这座教堂是为了让巴黎人民的天主教信仰更加稳固。她和其他的女教士一起到工地上亲自监督。她一直监工到深夜，而一旁一位虔诚的女教徒则手持蜡烛为她照明。当蜡烛被捣蛋的大风吹灭后，热纳维耶芙亲自接过蜡烛，烛芯又奇迹般地点亮了。说也奇怪，当这位圣女接过蜡烛后，任凭讨厌的狂风大作，火苗都再也不曾熄灭过。

如今圣德尼大教堂的地下室几乎还完全保留着这座教堂在圣女手中建造时的原始模样。

---

① 对于埃提乌斯而言，匈奴对罗马本身的威胁尚远，而真正的威胁仍然来自于日耳曼诸蛮族，尤其是西哥特人。阿提拉的匈奴的威胁一旦消散，失去了这样一个极端强大的共同敌人，莱茵河西岸各族的同盟也就没有了存在的意义。届时，罗马可能受到西哥特人的军事威胁将尤胜于当日的匈奴。

巴黎一直以她低调的姿态延续着它的历史，因而这位受人尊敬的圣女形象也相对被淡化。我们称热纳维耶芙为圣女，是因为我们觉得她可以带来奇迹：只要将她降福过的圣水放在双眼下面，就能让眼盲的母亲重见光明；她可以将健康赐予病魔缠身的人；她可以让一个不幸落入井中的男孩复活……

当整个巴黎激动地流传着关于这位圣女的传奇事迹时，另一件历史上的重大事件正在上演。在意大利的拉韦纳①，西罗马帝国的皇帝瓦伦提尼安三世恼羞成怒：高卢地区的战役中，埃提乌斯窃取了他的荣耀，这位统帅很有可能为他自己或是为他的儿子夺取他手中的皇权。他必须得想办法让他消失，将他斩草除根，重新树立自己的威望。公元454年9月21日，瓦伦提尼安三世在他的皇宫接见了这位从高卢凯旋的战士。胜利的将军埃提乌斯万万想不到皇帝居然拔剑刺进了他的胸膛，将他刺杀。这一疯狂而极端错误的政治和军事上的决定，其实都来源于一种强大的力量：嫉妒。

高卢民众为了纪念埃提乌斯，从此以后将他称为"最后的罗马人"。一点都没错，因为拉韦纳事件的发生加速了帝国不可避免的灭亡。在接下来的二十年间，罗马帝国渐渐土崩瓦解，而另一个国家开始慢慢形成……

公元476年9月4日，西罗马帝国最后的皇帝瓦伦提尼安三世被日耳曼族首领奥多亚塞②击败后被迫退位。罗马帝国的荣耀只能交给东罗马帝国的皇帝芝农③来延续。西罗马帝国的上议院在君士坦丁堡正式向奥多亚塞表示臣服，并将代表皇权的象征交于他手中。从此，他正式将自己称为"意大利皇帝"，西罗马帝国的历史也随之宣告结束。

*

---

① Ravenne，古代西罗马帝国、东哥特王国、拜占庭意大利的都城。
② 奥多亚塞（Odoacre，435—493），意大利的第一个日耳曼蛮族国王。
③ 芝农（Zénon，423—491），意大利东罗马帝国皇帝，474—491年在位。

巴黎不再是罗马帝国的城市，巴黎也不再是罗马帝国的防御堡垒。巴黎和历史一起进入了全新时期，这段时期我们称之为"中世纪"。

巴黎无法依靠自己的力量抵御外来侵略，它一直是别人觊觎的目标。高卢地区的情况已经被搅得一团糟，大家都想得到巴黎：统治北方图尔奈①地区的法兰克国王希尔德里克一世②向意大利皇帝奥多亚塞臣服；罗马帝国在高卢地区的最后一位将军西格里乌斯③却想要将已经消失的西罗马帝国延续下去；西哥特人占领了阿基坦地区；同时勃艮第人想要将他们的疆域扩展至马赛④。另外还有一些临时的或是小规模的蛮族分支在不断地组合或分裂，骚扰着统治者的安宁。

墨洛维的儿子希尔德里克一世却在这一片混乱中找到了利益缺口，他看到了机会来稳固墨洛温王朝子孙后代的家业，那就是占领高卢，尤其是巴黎。他带领着雇佣兵向塞纳河挺进，所到之处令人生畏："希尔德里克"在法兰克语中⑤正代表着"战争的强者"！

热纳维耶芙曾经受一位法兰克修女的照顾，会说法兰克语，她直接跑去与巴黎城外的包围者对话。她劝说希尔德里克不要进入巴黎，因为这一贸然的举动会引发一场与西格里乌斯的战役，后者仍然占据着索姆省和卢瓦尔河。

希尔德里克迟疑了，他在城门外徘徊，前进了几步，又倒退回去。真的要攻占巴黎吗？没人能给他确切的答案。于是，他只好先让他的部队从外围

---

① Tournai，位于比利时埃诺省斯海尔德河畔，距离布鲁塞尔85公里。

② 希尔德里克一世（Childéric），481年逝世，自457或458年起任撒利克法兰克人国王，是克洛维一世的父亲。

③ 西格里乌斯（Syagrius，430—487），他的父亲曾是罗马帝国驻高卢的将军。

④ Marseille，法国第二大城市和第三大都会区。法国最大的商业港口，也是地中海最大的商业港口。

⑤ Childéric，在法兰克语中 hild-代表"战斗"，-rik 代表"强大"。

包围巴黎，组成一道强大的封锁线，摧毁通往巴黎的路径，切断巴黎城内的粮食供给……虽然他没有进入巴黎城内，但他也成功地阻止了他的敌人占据这块宝地。这场战斗并没有打响，然而这种沉默的对抗，这种充满敌意的坚持，这种毫无意义的封锁却持续了十年！从公元476年开始，希尔德里克就像一只上了年纪的贪婪的大花猫，用不断的恐吓来玩弄小老鼠于股掌之上的态度来对待巴黎——这座他并不真心想得到的城市。

希尔德里克一世将他自己设有重重保护的军营驻扎在塞纳河的右岸，西岱岛的对面，并建起了一座高塔用来监视城内的一举一动。巴黎市民也渐渐习惯了每天看到这来自于塞纳河畔的威胁，这也成为这群被包围的人们永远的没有安全感的记忆。

侵略者就在门外，但并未进入。这一古怪的情形却也让热纳维耶芙有机会可以用她被神赐予的超凡魅力，她的信仰，她的权威和资产来统领整座巴黎城。她像一只凌驾于一切之上的圣手掌管着元老院、市政厅，并照看着市民们的健康。

当整个巴黎城因为被围困而陷入饥饿时，圣女伸出了援手。这次她不是用奇迹来拯救整座城市，而是靠一股勇敢的力量。整个巴黎饿得奄奄一息，热纳维耶芙决定走出城去寻求救援。但是出城的道路已经被侵略者弄得坑坑洼洼，无法通行，因此只好渡河出去。热纳维耶芙组织起一队人马，找来十一条小船，向香槟地区奥布河畔阿尔西①驶去。可是河道却被阻塞了，于是热纳维耶芙用斧子挖掉阻塞物继续前进。船上的水手惊呆了，也大松一口气，他们还天真地以为这位圣女肯定是战胜了身上带有腐臭味道的怪物！而事实上，那只是敌人故意摆放在河中阻碍河流流通的腐烂的树干发出的

① Arcis-sur-Aube，是法国奥布省的一个市镇。

味道。

到了香槟地区以后，热纳维耶芙在一位当地官员的妻子身上画了一个十字架，治愈了纠缠她四年的病痛。于是她用他们给的钱买了一堆粮食，乘着装载得满满当当的船队离开了。但是这段航行却因为船只负荷过重而出现了险情，不过这些既不熟练又没有经验的水手们却对圣女热纳维耶芙表现出了绝对的信任。圣女一边祷告一边引导这些临时船员，让他们一边有节奏地唱着颂歌，一边用树枝或推或拉地齐力前进。他们唱的是出自《圣经·旧约》中的一段圣歌：

"让我们歌颂上帝，他是至高无上的；战马与骑兵，他会将他们扔进海里。"

"他是带给我荣耀的力量，上帝！我要向他致敬……"

在巴黎，热纳维耶芙将粮食按需分配给每一个人。而对于那些既没有炉子也没有木材的最穷苦的人，她就将教会女教士的面包赠与他们。

对于城内发生的一切，希尔德里克一世假装毫不知情。也许他已经厌倦了这种持久而又沉闷的对抗。到头来他什么都没得到。他并没有占领巴黎，也没有战胜西格里乌斯。高卢只是一个诱饵，一个让他深陷其中的陷阱。带着这一苦涩的醒悟，他在公元481年的某一天突然消失了，去了瓦尔哈拉，传说中战死勇士的天堂，留下他的儿子克洛维继续完成他未尽的使命。

*

十六岁的克洛维就这样一夜之间成为了法兰克人的国王，并且决定将先父的政治策略继续下去。他继续与西格里乌斯战斗，继续围困巴黎。他依然对这个城市施压，不过却不抱有太大的幻想：他知道要统治整个高卢地区，就必须首先征服那位罗马将军。站在父亲建立的堡垒上面，他居高临下地凝视这座处于河流中心的城市，下定决心总有一天要擦去这里高卢-罗马的痕迹，建立一座真正的法兰克城市！

同一时期，西格里乌斯则在埃纳河边苏瓦松地区①的堡垒内驻扎。在那里，他可以时刻监视这一地区，并抵挡法兰克人的侵袭。这位将军在这里部署了已经消失的西罗马帝国最后的军事力量。在他的罗马军队对面，整齐排列着克洛维的军队。尽管克洛维这一方人数较少，却装备精良。事实上，克洛维稳操胜券——西格里乌斯只是一副空空的皮囊。的确，他喜欢做出一副骁勇善战的模样，洋洋自得，但其实只有十分平庸的军事才能。另外，他麾下的军队也早已垂头丧气，毫无斗志。这些不幸的士兵还不知道他们正在为某个已经不存在的帝国而战。

公元486年，克洛维觉得是时候和罗马军队来一个了结了。他向他们发起挑战，并向苏瓦松地区挺进。在路上还不忘掠夺几座教堂，因为他非常清楚在作战中丰富物资补给的重要性。

西格里乌斯担心城内的根据地会被攻击，于是从位于苏瓦松地区的城墙内翻身而出，骑马快速迎向法兰克国王。两兵相接，毫不留情。法兰克军队的吊钩和锋利的双面斧头让西格里乌斯的军队闻风丧胆。

最后一批罗马士兵倒在了苏瓦松地区的平原上。西格里乌斯战败而逃，而克洛维则以胜利者的姿态占领了苏瓦松地区，并立即在那里定都为王。他进驻了敌人曾经住过的皇宫，占有了皇宫中不久前才积存起来的金银珠宝。也许还有几场小仗要打，但至此，法兰克王国已经正式建立，并扩展到了北高卢地区。

---

① Soissons，位于法国东北部埃纳河畔，是皮卡第大区埃纳省的一个城镇。苏瓦松是法国最古老的镇之一。

巴黎终于解除了围困。虔诚的基督教徒热纳维耶芙也接受了归顺于异教徒克洛维政权的命运。事实上她并没有其他的选择。不过，十年之后，热纳维耶芙也许会为她当年所做的决定感到欣慰：克洛维在其妻子勃艮第公主、忠实的天主教徒克洛蒂尔达的劝说下，皈依了天主教，并放弃了供奉日耳曼神明的万神殿。但是，如果不是因为在496年对抗阿拉曼人的托比亚克战斗中蒙受了巨大的损失①，他会那么快地皈依基督教吗？从那次战役之后，这位法兰克国王便开始承认并相信天父、天子和圣灵的存在，并且在兰斯接受了基督教的洗礼。这一隆重的受洗仪式在以后的几个世纪中都一直是具有教化作用的一段佳话。

自此以后，克洛维跻身于一个新的宗教派系，而他征服世界的野心也达到了一个全新的高度。公元500年，他在乌什河战役中打败勃艮第人，502年，为了纪念一个新时代的开始，克洛维离开了苏瓦松地区，定居巴黎。整座城市好像还是当年被尤利安统治的罗马城市一般，新来的国王怀着愉悦的心情住进了当年尤利安在西岱岛上的华丽宫殿，并且将花园布置得绿树成荫，一直沿着缓坡延伸至塞纳河畔。然后，所有的行政官员也跟随国王的脚步带领着随从一起搬入了此地。一群忠臣整天围绕在国王身边为他出谋划策，帝国的主教和教士们接管了当地的王家教堂，而另一些内阁大臣则承担了特殊的使命：宫廷伯爵负责管理所有司法事务，宫廷的掌玺大臣负责税收，而宫相大臣则扮演了内务总管的角色……一个扶持与侍奉国王的井然有序的朝廷已经逐步形成。

在公元507年打败了最后的敌人西哥特人的进攻后，为了庆祝这一胜

① 克洛维在496年征讨莱茵河中部的阿拉曼人的战争中受到了前所未有的损失，后来克洛维向上帝祷告，结果敌方内讧，国王被杀，使他相信了未知的力量，于是带领战争中生还的3000名士兵接受基督教洗礼。

利，在公元 508 年，克洛维将巴黎这座曾经的高卢-罗马小镇，之后的军事堡垒，正式变成了法兰克王国的首都。

在他的新都城内，克洛维满足地欣赏着他的战斗成果：他几乎征服了除普罗旺斯和鲁西永①地区之外的整个高卢，可以死而无憾了……

果然，公元 511 年 11 月克洛维突然身染重病，即便再多的祈祷和放血都无济于事。最终，他在统治法兰克王国二十九年后离世，享年四十五岁。然而人们该如何处理这位亡故于巴黎的法兰克国王的遗体呢？该将他和他的父亲希尔德里克一世一起葬于图尔奈吗？最终，巴黎市民选择将他葬在巴黎，并将他的遗体存放在一座名叫圣彼得-圣保罗（Saint-Pierre-et-Saint-Paul）的新教堂的地下室内。因为大家觉得将历史上第一位皈依基督教的蛮族国王的遗体放在巴黎可以提升这座都城的威望和影响力。不过，那些离我们时代久远的祖先们并没有对这座王陵表示出过多的尊重，没过多久，这座陵墓便消失了，没有人知道是什么时候、怎样消失的。有一些乐观的考古学家则希望能有朝一日从亨利四世中学②周边的地底深处找到这座陵墓。

圣女热纳维耶芙的命运又如何？

圣热纳维耶芙于公元 502 年，早她的基督教国王九年去世。之后，她被埋葬在克洛维遗体的旁边，同样是位于圣热纳维耶芙山上的

---

① Roussillon，法国西南部比利牛斯山脉北麓一地区，历史上曾为加泰罗尼亚一部分，其地域大致相当于今日朗格多克-鲁西永大区中的东比利牛斯省。
② Lycée Henri-IV，法国中高等教育学校，位于巴黎市中心第五行政区里的拉丁区。学校的一部分建筑物也被列为历史遗迹，包括原圣热纳维耶芙修道院的建筑物（公元 12 世纪到 18 世纪）：钟楼、食堂（现在作为礼堂）、奖章厅等等。

圣彼得-圣保罗大教堂内。在她生前，这位圣女一直习惯来这里祈祷。她走过的那条小路如今变成了圣热纳维耶芙山路（Rue de la Montagne-Sainte-Geneviève）。这座教堂的钟楼至今仍然能在亨利四世中学的围墙内看到，并被命名为"克洛维钟楼"。这是第一位皈依基督教的法兰克国王留下的最古老的遗迹（教堂的底部已经是11世纪重新修葺的了）。圣热纳维耶芙的坟墓，以及克洛维和他妻子的坟墓似乎也于最近在中学现在的入口处被发现。

这座教堂在12世纪的时候变成了一座修道院，又在1744年被路易十五①更名为"圣热纳维耶芙大教堂"（Église Sainte-Geneviève）。如今这里是一座先贤祠，是法国历史上一些伟大人物的陵墓所在地。

装有这位巴黎保护神圣骨的圣龛经常被举行仪式的队伍捧着穿越几条街。据说在她的圣骨经过的地方，就会有奇迹发生。遗憾的是装有圣骨的圣龛却在1793年被毁，而热纳维耶芙的遗体也于同年在巴黎的格列夫广场（Place de Grève）被烧毁。

曾经承载圣女遗体的石棺在法国大革命的浪潮中幸免于难，并于1802年被重新发现后转移到了圣埃蒂安教堂（Église Saint-Étienne-du-Mont），就位于先贤祠对面。这一石棺如今被套上了一个金银丝绣成的外罩，只露出了部分真容。

---

① 路易十五（Louis XV，1710—1774），作为法国国王在1715—1774年期间执政。

SAINT-MICHEL-NOTRE-DAME

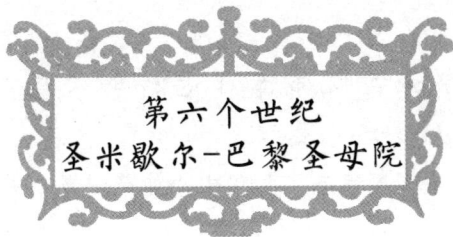

墨洛温王朝，基督教会的前辈

巴黎圣母院——大教堂的名字，维克多·雨果的小说……当然，从 1988 年起，也成为了 RER ① 地铁站的名称。不过这个地铁站可不怎么讨人喜欢，人们要加快脚步离开站台以尽快呼吸新鲜空气，尽早得以一见巴黎圣母院大教堂前的大广场。

如今我们眼前看到的教堂广场已经比最早期的广场扩大了六倍。只要看看地上的标记，就知道所言非虚。这些标记向我们指明了在 1865 年奥斯曼男爵对巴黎进行大改造之前那些弯弯曲曲包围大教堂的古老街道的痕迹。

这个广场上留有法国公路网的"零起点"②，这是某根立柱留下的遗迹。这里是从前的巴黎大主教进行审判的地方。犯人在被判决之前需要在这根柱子下面当众认罪。从这个起点开始，他们必须只身着一件衬衫，光着脚前进。他们的颈间套着绳索，手上托着蜡烛，胸口和背上绑着详细描述他们罪行的牌子，然后双膝跪地，向公众承认他们的罪行，并请求大家宽恕他们的罪孽。

巴黎圣母院带来了怎样的灵感？

1970 年初，法国国家艺术文化中心的策划者，法国总统乔治·让·蓬皮杜③提出这个中心应该建在右岸，一个能令人想起巴黎圣母院的地方。他强调这样一来就赋予了这座多学科的艺术文化中心一种神圣的特质，并成为其崇拜者心中的一座圣殿。

独自在巴黎圣母院一带漫步，可以发现许多让人感动的遗迹。想要追溯远古时期的西岱岛，最好的方式就是让自己置身于科伦布路与于尔森路（Rue des Ursins）的交叉口。另外，在于尔森路 19 号，还可以找到圣安尼昂小教堂（Chapelle Saint-Aignan），这是巴黎圣母院周围二十三个小教堂中仅存的硕果。然后再往夏努瓦奈斯路（Rue Chanoinesse）的方向走，在这条路上的 18 和 20 号，又会发现两间房子。一间是理发室，另一间则为一家糕点店。理发店老板杀了巴黎圣母院教会的寄宿生之后，把尸体运到隔壁的糕点店，他们做成糕点再卖给圣母院的修士。这两家店在 1387 年的大火中被付之一炬！现在成了治安警察摩托车车库，你可以看到公元 4 世纪时那个高卢-罗马城市另一段围墙的残留：这块奇怪的突起的石头一直以来都被叫做"屠夫石"，因为糕点师傅就是从那里接过尸体的。这条路上的 22 号到 24 号，坐落着漂亮的教堂女议事的住所。这些建筑从 16 世纪起就已经存在，

---

① 巴黎全区快速铁路网，Réseau Express Régional 的缩写。

② Point zéro，从巴黎到某个地方有多少公里，都是从这个"零起点"开始测量的。

③ 乔治·蓬皮杜（Georges Pompidou，1911—1974），法国总理任期 1962—1968 年，总统任期 1969—1974 年，于任内去世。他是第一位访问中国的法国国家元首，也是西方国家元首访华第一人。

现在仍然能看出当时的古旧痕迹。如果我们试着进入 26 号，你还会看到一些曾经的墓碑，经年累月之后已经变成了在漫水期间以免鞋子进水的垫脚石板！隐藏在古老岁月之后的巴黎面貌已经越来越清晰，可新装的数码门控却将众人拒之门外……

为了探寻这巴黎中心的活力之源，我们必须追溯十几个世纪，回到公元 511 年，克洛维逝世的那一年。

在这位皈依基督教的国王去世之后，整个国家被他的四个儿子瓜分：提奥多里克一世①继承了东罗马帝国，克洛多梅尔②盘踞卢瓦尔河一带，克洛泰尔一世③占据了北部地区，而希尔德贝一世④则在皮卡第、诺曼底、布列塔尼以及如今的大巴黎地区称帝，这一地区也包括了巴黎，一座已经拥有两万人口的城市。

之后便是一段稍显复杂而混乱的历史。克洛维的四个儿子在接下来的这段时间里一直忙于阻止彼此的后代继承帝国的某一块土地，或是为了多获得一点点遗产而发起一场战争，而最后又在他们的母亲、悲伤的法兰克国王的遗孀克洛蒂尔达的坚持下达成和解。

然而，一个国家还是需要有一个真正的一国之君。因此，四兄弟都想要除掉周边地区的一些小首脑，以达到在已获得的遗产的基础上进一步扩张土

---

① 提奥多里克一世（Thierry，约 485—533 或 534），法兰克人的国王（梅斯王），他是克洛维的第四个儿子。
② 克洛多梅尔（Clodomir，495—524），克洛维的第二个儿子，为奥尔良公国的国王。
③ 克洛泰尔一世（Clotaire，约 497—561），法兰克王国墨洛温王朝的开创者，克洛维的幼子，原为苏瓦松国王，后来先后吞并三位亡兄的奥尔良王国、兰斯王国和巴黎王国的领土，又吞并整个勃艮第王国，成为第二位统一法兰克王国的国王，公元 558—561 年在位。
④ 希尔德贝一世（Childebert，约 496—558），法兰克人的国王（巴黎王），他是克洛维的第三个儿子。

地的目的。于是，希尔德贝一世和他的哥哥克洛多梅尔一起向勃艮第国王西吉斯蒙德①宣战，或者更确切地说，是向勃艮第人宣战。两兄弟围攻了欧坦②。然而在战场上，克洛多梅尔的一头长发让他成为了最具标志性的攻击对象，最后惨遭勃艮第人斩首，其首级还被挂在长枪上示众。这一狰狞的一幕激起了法兰克人冲天怒火，促使他们最终赢得了这场战争的胜利。军队上下用屠杀战败士兵来庆祝获胜。而对于西吉斯蒙德以及他的妻儿，则另有特别的"礼遇"：他们全家都被扔进了一口深井。

克洛多梅尔的死让其他几位兄弟深感不安，谁知道这位死去兄弟的儿子们会不会来要求瓜分一部分土地呢？而克洛维的遗孀克洛蒂尔达则不希望看到家族内部的相互争斗，为了避免最坏的情况发生，她将克洛多梅尔的三个儿子保护了起来。希尔德贝一世则将他的弟弟克洛泰尔叫到巴黎，两人在西岱岛的王宫中开始策划一场阴谋……

对于外界惊恐的揣测，希尔德贝一世和克洛泰尔用一种令人放心的语气安慰说：这次两兄弟在王宫中的秘密会议只不过是为了讨论如何扶持克洛多梅尔的儿子继承王位。善良的克洛蒂尔达终于松了一口气，她俯下身，像所有慈祥的祖母那样对三个年轻的男孩说：

"如果我能看到你们继承克洛多梅尔的王位，我就不会再对我已经失去这个儿子这件事耿耿于怀了。"

可是这个希望还是落空了。一场暗杀正在酝酿。西岱岛上的王宫成为了一场闻所未闻的暴力舞台剧的演出场所。克洛泰尔抓住克洛多梅尔长子的胳膊，毫无怜悯心地将刀刃从他的手臂下方深深地插了进去。被吓坏了的小儿子则跪在希尔德贝一世面前哭喊着求他：

---

① 西吉斯蒙德（Sigismond），勃艮第国王贡都巴德之子，516—524 年在位。
② Autun，位于勃艮第地区索恩-卢瓦尔省。

"救命啊，最亲爱的叔叔，我不想像我的哥哥那样死去！"

希尔德贝一世在那一瞬间迟疑了。他真的有必要将过世兄弟的一家赶尽杀绝吗？他转向克洛泰尔，试图说服他：

"行行好吧，好心的弟弟，拿出你的慷慨，饶他一命吧……"

什么？放了这个孩子，好让他有朝一日掉转枪头成为自己和家人的威胁？绝不可能！必须大开杀戒，斩草除根，将克洛多梅尔全家斩除！

"把他交给我！"克洛泰尔怒吼道，"把他交给我，不然下一个被杀的人就是你！"

希尔德贝被兄弟的怒火所震慑，放开了那个孩子。于是克洛泰尔迅速扑向他，用匕首刺入他的身体，然后再慢慢地将他扼死……

圣克卢（Saint-Cloud）的名字由何而来？

克洛多梅尔的第三个儿子，也就是最年幼的那个孩子克洛多阿，在一些好心军官的帮助下成功逃了出来。他在经历了争权夺势的恐怖斗争之后，决定剪掉那头象征王族标志的长发，然后选择与世隔绝，虔心信仰上帝。他隐居在塞纳河边一个渔民聚居的村庄里，并在那里修建了一个隐修院。克洛多阿后来以圣克卢的名字被大家所熟识，而当初收留他的渔村①也因为这个名字而闻名。

在克洛多梅尔的两个儿子被处死之后，提奥多里克一世的儿子迪奥德贝

---

① 如今巴黎西南部的圣克卢门（Porte de St-Cloud）和圣克卢桥面向布洛涅森林，是巴黎富人聚居区，风景优美。

尔预感到他的两个叔叔还会密谋暗杀他，于是他跑去与希尔德贝一世结盟，以期制约克洛泰尔。联盟的局势开始发生了变化。同一家族里的两支军队相互对峙，年迈的克洛蒂尔达仍然以其高贵的血统试图让她的子孙后代和解，让他们远离进一步的相互残杀。她开始向上帝祈祷，而就在她祈祷的时候，一场可怕的暴风雨于两支军队的战场上空降临。战场上的士兵是否能感受到上帝的怒火和想将他们分隔开来的意愿？或者，说得更通俗一些，他们真的想要在烂泥地里互相厮杀吗？难道兄弟之间，叔侄之间就不能摒弃前嫌给彼此一个拥抱吗？

然而，两支军队已经全副武装，整齐排列，准备好进行一场殊死搏斗。可惜的是又有一些城市将要遭到蹂躏……因为军队将经过西班牙，那里是西哥特人的藏身之地，肯定会有一些城市被围攻！

在占领了潘普洛纳①之后，希尔德贝一世和克洛泰尔这对兄弟重归于好，并计划一起进军萨拉戈萨②。然而却遭到了这座城市的坚决抵抗，法兰克军队损伤惨重。对于希尔德贝一世来说，是时候收兵返回，重新占领巴黎了。

公元 542 年，这位法兰克国王并没有回到他原来的城市，而是夺取了巴黎，并在此安定了下来。事实上，在这场看似毫无意义的远征中，他却带回了两样珍贵的纪念品：一个金色的十字架和一件属于圣文森特主教（公元 3 世纪西班牙的殉道者）的长袍。这位主教在戴克里先③皇帝统治时期，在反基督教的迫害中被折磨至死。生性野蛮而冷酷的希尔德贝一世却对宗教表现出莫大的尊敬，并对他的军师以及穷人的保护者日耳曼神父给予了极大的

---

① Pampelune，西班牙东北部城市，10 世纪到 16 世纪初期的纳瓦拉王国的首都，现为纳瓦拉省首府。
② Saragosse，位于西班牙东北部。
③ 戴克里先（Dioclétien，245—312），罗马帝国皇帝，于 284—305 年在位。

友谊。

法兰克王国迎来了蓬勃的发展期，希尔德贝一世还不忘积极参与宗教和罗马的事务。在罗马帝国没落之后，教会组织及其神职人员成为了高卢地区最后一道行政与社会的防线。法兰克人很想利用这一网络来进行统一管理。他们自愿加入基督教，因为对于这些无神论者来说，这不算是一件太难的事。巴黎本身就值得他们为之做一次盛大的弥撒。

另外，教会的秩序与管理也马上吸引了这些法兰克人。在众多的侵略族群中，法兰克人的性格相比而言更为井井有条，且生性沉稳。因为其他侵略者信奉被罗马帝国强势打压的阿里乌斯教，这种基督教更为东方及希腊化，有点接近于柏拉图的哲学理论。

总而言之，这个国家暂时达成了统一，罗马被牢牢掌握在了法兰克人的手中。原先的高卢人也渐渐成为了高卢法兰克人，他们在人民心目中的影响力让他们名正言顺地成为了基督教会的前辈。新的高卢地区也在一片对于宗教的狂热中慢慢建立了起来……

"希尔德贝一世，你应该盖一座修道院，来放置那些从萨拉戈萨得来的神圣物品。"日耳曼神父说道。

这个修道院理所当然地要归日耳曼神父亲自管理，而这也成为了这位谦逊的神父日后变成一位威严的主教及受人尊敬的圣人的第一步。慢慢地，这里就成了巴黎城外一处供奉圣物的修道院。

同时，希尔德贝一世也出面撮合，让教皇同意将日耳曼神父封为巴黎的主教。这位谦虚而好心的神父觉得不好意思，前去劝说教皇和国王：他致力于静修的生活，他对于穷人们付出的爱心，以及国王及教皇的厚爱足以让他觉得幸福与荣耀。然而圣灵降临他的梦中，告诉他神圣的权力需要他做出这样的牺牲！于是他最终欣然接受了圣灵给他的这一任务，成为了巴黎教会的主教。

墨洛温王朝的国王虽然不是基督教徒，却自认为也是教会的一分子，想要在帝都为他的主教建一座大教堂。为了表示自己对于基督教会的忠诚与顺从，希尔德贝一世从罗马的圣彼得大教堂吸取灵感，领导大家建造了一座富丽堂皇的宗教建筑。

在西岱岛的最东端，还留有一座罗马时代的朱庇特纪念碑，如今已被保存在克卢尼国立中世纪博物馆中。由于基督教的斗争获得了最后的胜利，因此国内的旧庙宇都顺理成章地要么被摧毁，要么被建造精美的基督教堂所替代。因为喜好平和的基督教代替了先前同样喜好平和的罗马宗教，那么新的基督教建筑也势必要代替罗马式的围墙式建筑。这种旧城墙的改造是一种看得见、摸得着的巨大变化。罗马强大的军事力量自此之后被一种更为强大的精神力量所取代。

就这样，一座纪念碑式的教堂——圣艾蒂安大教堂（Basilique Saint-Étienne）平地而起。这座教堂有九个大殿，长七十米，宽三十六米，是这个王国当时最大的教堂。如果留心，你会发现巴黎圣母院前的广场上也有与这个教堂类似的图案。至于在罗马城墙的基础上建造起来的南部围墙的遗迹，则能在巴黎圣母院广场上的考古地下室里找到。

在那个时代，教堂从来就不是一座孤立的建筑，而是一座多种信仰与崇拜的集合地。于是人们又在圣艾蒂安大教堂的旁边加盖了一座洗礼小教堂，置于圣让-巴普蒂斯特主教的庇护之下，而这已经是巴黎圣母院的前身。这些建筑就构成了圣日耳曼主教威严的主教廷。为了让他的教徒们更为信服，这位主教大人不间断地从王室宝库里汲取财富来做善事。他有时甚至将教堂中修道士的粮食拿来救济路边不幸的穷人。因此，尽管国王兄弟们有些恼怒，他们却不敢对这位有着神奇能量的圣人有任何埋怨。据说圣日耳曼主教可以治愈任何病痛和残疾，解救命运不幸的人，还能让人起死回生……

巴黎圣母院是如何替代
圣艾蒂安大教堂的？

公元1160年，巴黎一位名叫莫里斯·德·苏利的主教决定建造一座独一无二的大教堂，要比圣艾蒂安大教堂以及旧的联合巴黎圣母院更大、更漂亮。圣艾蒂安大教堂长七十米，而新建的教堂在长度上要超过一百二十米。

这是一个异常巨大的工程，耗时一百零七年之久。这也是法语中"等待很久"①这一用法的出处（同时刚好写到这里也是这本书的第107页，可谓一个美丽的巧合）。一位名叫比斯考尔奈的巴黎手工艺人负责装饰这座教堂所有的铁门和锁。为了获取这项任务给予的丰厚报酬，比斯考尔奈祈求魔鬼的庇护，并希望邪恶的神灵帮助他取得圣水来让这些门锁运转。这些用铁制成的锁和门扉哪怕在今天看来仍然是复杂而特殊的，当今的专家也无法解释这些仍然保留在主大门上的机关是如何运作的。比斯考尔奈在这项杰作完成之后不久便过世了，这个秘密也就随之被带入了坟墓。

_____

① 巴黎圣母院建造了107年，法语中 attendre cent sept ans 这一习语便由此而来，表示等待了很长时间。

十几个世纪过去了，这座大教堂几乎被彻底地翻修过，历史的动荡也几度让它面临危险，幸运的是它屹立至今。法国大革命期间，它曾经遭受重创，却幸运地逃脱了被推倒摧毁的厄运。之后，拿破仑在巴黎圣母院举行了加冕礼，他不得不用很多精美的挂毯挂在墙上以掩盖圣母院曾经被破坏的痕迹。

1831年，小说《巴黎圣母院》横空出世。作者维克多·雨果唤醒了政府以及公众对这座建筑的热情。自那以后，大家似乎达成了共同的意见：我们必须挽救这座大教堂！擅长维护和重建的建筑师欧仁·维欧勒·勒杜克①负责这座大教堂的重建工作。这项重建工程历时二十年，旨在尽量恢复这座建筑的中世纪面貌。

重建的重点是要修复在三扇主门上方的国王廊。这一长廊陈列了二十八尊犹太国和以色列历代国王的雕像，他们代表了耶稣的历代先祖。但是在法国大革命期间，这些雕像被误认为是法国君王，因此全部被用铁棍砸毁。为了重现这些雕像的原始印记，维欧勒·勒杜克故意将它们复刻放入了空置的壁龛内。幸运的是，之前被摧毁的部分雕像的碎片在1977年乔塞德安丁路（Rue de la Chaussée d'Antin）施工时被发现，如今收藏于克卢尼博物馆内展出。

公元558年12月13日对巴黎市、巴黎人以及巴黎的教士们来说是非常重要的一天。这一天是位于塞纳河左岸经过十年时间建造的圣文森圣克鲁瓦大教堂（Basilique Saint-Vincent-Sainte-Croix）竣工的日子，是隆重的祝

---

① 欧仁·维欧勒·勒杜克（Eugène Emmanuel Viollet-le-Duc，1814—1897），法国建筑师与理论家，最有名的成就为修护中世纪建筑。

圣节。

教堂中精美的花朵，贵族和王室享用的上等奶油都被用来准备庆典，只为庆祝这个重要的节日。大家都在等待希尔德贝一世的出场，这是他荣耀加身的时刻，人们还要同时庆祝他的远征归来，他对宗教的忠诚以及他完美的执政。

日耳曼主教也在场，他身边站着专门为此次活动招募的六名神父。大家都静静地等待国王入场……可是国王迟迟没有出现。就在那天，他突然过世了。他仿佛是亲自选择了在大家在他的城市为他庆祝荣耀的那一刻离开。这是悲剧的宿命，但荣耀却永恒不朽。

接下来该怎么办呢？日耳曼主教是个非常审慎的人，其他的高级教士等待着他的决定。需要将庆典推迟吗？还是和葬礼一起举行？在这件事情上，日耳曼主教表现出了要维护国家形象与象征意义的敏锐触觉。他决定继续举行庆典，同时，在当天进行一场隆重的王家丧礼。

他将所有的大臣和官员都召集到一起，而希尔德贝一世的遗孀乌尔特洛哥特王后和他的两个女儿站在第一排，后面依次是大臣、总督和官吏。再来是修道士，最后则聚集着所有的普通百姓。

日耳曼主教身披红色斗篷，被一群教士和执事包围着，将圣油涂抹在大教堂的十二根廊柱上，这是为了召唤追随耶稣的十二使徒，然后将圣油倒入祭坛，教堂中最神圣的地方，也是天与地的交接之处。

接着，一个神父声音洪亮地复述圣让-巴普蒂斯特主教的预言：

"我看到了一座圣城，那是崭新的耶路撒冷，从天而降。装扮得就如同亟待嫁人的新娘；我还听见了从宝座上传出的有力声音：上帝附身于此。在这里一直回荡着上帝之音，向你们揭示耶稣的奥秘，并让你们在教堂里向其致敬。"

列席典礼的众人唱起了颂歌《荣耀归于主》。日耳曼主教将圣水洒向每一位在场的人，并在圣地为基督教的忠实教徒进行神秘的洗礼仪式。

这场庄严而隆重的仪式结束了，人们将希尔德贝一世的遗体搬入准备好的墓穴，这是他不久前才亲自指定的。

刚刚安葬完希尔德贝一世，有关继承的微妙问题就冒了出来：遗孀乌尔特洛哥特王后只生了两个女儿。虽然没有任何一条法律规定女性不能继承王位，但是这一问题并没有得到解决。因为没有人愿意在这个时候让一个女流之辈来掌管法兰克王国的王位。相反，此时的国家需要一个完美而强健的男人，有能力手握宝剑，迅速敏捷地追击敌人，一个乐于投身战斗去驱赶西哥特人的铁汉子。

克洛维的四个儿子在瓜分了父亲留下的王国之后，如今只剩下了幼子克洛泰尔一世。他将所有的一切都占为己有。他以国王的名义合并了死去的兄长们留下的行政区域，现在他成了父王庞大遗产的唯一继承者。也就是说他可以接管整个高卢地区，加上莱茵河另一边的图林根地区①，勃艮第地区以及一些南部省份。那么这位拥有无上权力并统治了欧洲最富饶地区的国王接下来的计划是什么呢？那就是离开苏瓦松地区，定居巴黎。因为作为一个如此庞大国家的统帅，不能仅仅占据塞纳河以外的地域。这一决定不包含任何战略上的考量，也无关法规或传统，仅仅是因为巴黎在当时已经成为大家心目中这个具备一定规模的王国的首都了。

但是克洛泰尔一世已经不再年轻。他已经六十几岁了，并且为无数的军事征战和六任相继或同时存在（指没有被宗教所承认的婚姻）的妻子耗尽心力。因此他早就无心朝政，而一夫多妻制也从此成为了王室婚姻中根深蒂

①Thuringe，图林根自由州是德国16州之一，面积16 200平方公里。

固的传统。克洛泰尔一世只执政了三年，于公元 561 年去世。他很惊讶万能的上帝竟然没能赐予像他这样伟大的君王以永生。

"啊！是哪位天上的神明让人间如此强大的帝王就这样死去？"他在闭眼前问道。

在他的遗体被运往苏瓦松地区的途中，四个儿子中最小的一个希尔佩里克一世①企图发动突然袭击窃取法兰克王国的王位，以满足他的一己私利。他将父王留下的宝藏占为己有，并跑去西岱岛的宫殿将金币大把大把地分发给大臣和官员。整个宫殿为这位年轻人的慷慨而欢呼雀跃，并顺理成章地拥立他为唯一合法的王位继承人。

我们已经了解了墨洛温王朝扭曲的心态和极度残忍的行径，完全可以想象剩下的三位兄弟不可能对于这位趁机篡位者的行为袖手旁观。他们出动了军队，行进到巴黎，想叫这位自立为王的君王滚蛋。经过几番争辩与抱怨之后，四位兄弟又达成了协议，将这个王国重新瓜分……勃艮第和奥尔良地区归贡特朗②管辖；西吉贝尔一世③统治奥斯特拉西亚④直到莱茵河一带地区；希尔佩里克一世分到了纽斯特利亚⑤地区及其首都苏瓦松；而卡利贝尔一世⑥则继承了首都巴黎和整个高卢的西部地区。

*

卡利贝尔一世上任后，巴黎终于有了一位平和而有分寸的国王，一位懂得欣赏艺术的朋友，一位正义的维护者。尽管他有些耽于女色，但还是受到

① 希尔佩里克一世（Chilpéric Ier，539—584）。
② 贡特朗（Gontran，约 532—594）。
③ 西吉贝尔一世（Sigebert Ier，535—575）。
④ Austrasie，由法兰克王国墨洛温王朝东北部分构成，领土包括今天法国东部、德国西部、比利时，卢森堡和荷兰的领土。
⑤ Neustrie，法兰克王国地名，即今天法国的西北部地区，首都为苏瓦松。
⑥ 卡利贝尔一世（Caribert Ier，521—567）。

了所有人的尊重。公元561年，这个国家的首都与两个世纪前相比并没有太大的改变。在塞纳河的左岸，纵横交错的街道依然通往有公共浴室和圆形竞技场的集市。这些浴室和竞技场由于荒废已久，已经渐渐被人们遗忘。巴黎城中唯一的也是最大的改变，是在西岱岛和塞纳河两岸新建了很多大大小小的教堂、修道院、礼拜堂和神庙。几乎到处都有宗教祭拜的场所。有一些是匆忙搭建起来的，只用了几块木板，不过绝大部分还是拥有高耸入云的高傲的石质尖顶。而主教的宫殿，也就是整个巴黎宗教权力的所在地依然扎根于西岱岛上，圣艾蒂安大教堂旁。巴黎仿佛在向全世界宣告：它是基督教的信徒。

必须要说明的是，那些虔诚的建造者们之所以可以不紧不慢地建造他们的教堂和宫殿，是因为在卡利贝尔一世的统治下，既不需要远征获取胜利，也没有尔虞我诈的阴谋诡计，人们终于过上了太平一点的日子。归根结底，这位国王也根本没有时间去发动战争，他正忙着拜倒在各路美女的石榴裙下！也许生活在一个荒淫无度的君王统治之下要好过那些好战的国王吧……

不过，国王对巴黎女色的垂涎引来了神职人员的反感。巴黎的高级教士们汇聚到一起，激烈地指责国王与他诸多王妃之间的关系，尤其是他还娶了其中一位妻子的妹妹为妻。这在教会法典中被认为是乱伦的行为。再加上刚刚有一场流行病在巴黎肆虐，很多民众被祸及，所有的一切都被愤怒的主教看在眼里，日耳曼神父要将国王逐出教会。卡利贝尔一世赶紧用放弃婚约来安抚品德高尚的主教，并与一位信奉基督教的女教徒结婚来博取大家的认同。其实，卡利贝尔一世对娶妻的热忱并不单单是为了裙下之欢，因为他的孩子都是女孩儿，他想要生一个儿子，将来可以继承他的王位，统治巴黎。

事与愿违，他的努力并没有得到相应的结果。公元567年，他将迷失的

112

灵魂交予了上帝，在一次视察南部领地的途中，于波尔多①附近逝世。

于是历史又开始重蹈它的覆辙。卡利贝尔一世的三个兄弟希尔佩里克一世、西吉贝尔一世和贡特朗又为了遗产继承一事而展开了激烈的争吵，最终还是以一种较为平衡的分割方式达成了一致。但最关键的问题"巴黎"尚未决定归属，因为每个人都觉得自己比其他人更配拥有这个都城。巴黎，法兰克王国真正的首都！谁要是拥有了它就理所当然地会成为三个人当中绝对的领导者。没有一个人肯做出让步，最后只好找一个共同认可的具有权威性的方式来进行互相制约：国库的财政收入将会由三兄弟分摊，但是任何一人都不能在未经其他两人同意的情况下踏足这座城市。三方在圣马丁、圣伊莱尔以及圣波利约克特三位主教的圣骨前庄严宣誓，并共同认可了这一条款。那么，巴黎市将会迎来三位君主吗？

在长达十七年的时间里，人们都不知道究竟是谁在掌管这座城市，不过居民却依然生活得怡然自得。因为即使是这三兄弟整天乐此不疲地互相厮杀，那也是在别的地方，并不影响巴黎的安宁。西吉贝尔一世忙着驱逐东部地区的蛮族，希尔佩里克一世在他的兄长离开期间趁机占领了兰斯。西吉贝尔一世回来后，马上夺回了自己的领地，并且报复性地占有了原本属于希尔佩里克一世的苏瓦松地区。紧接着，又一波蛮族入侵将西吉贝尔一世召去了莱茵河的另一端，然而这一次这位国王在对抗蛮族的战争中被俘。在支付了一大笔赎金之后，终于重获自由。这一插曲让狡猾的希尔佩里克一世找到了可乘之机，他又一次发动了对其兄弟的战争。结果他被围困在图尔奈，眼看就要战败，他唯一的希望就是打乱敌人的阵脚……为了扭转局势，他只能选

---

① Bordeaux，位于法国西南的一个港口城市，是法国位居巴黎、里昂、马赛之后的第四大城市。它是阿基坦大区和吉伦特省的首府。

择手刃兄长西吉贝尔一世！首领的阵亡必将会在军队中引发一片恐慌。狗急跳墙的希尔佩里克一世试图用狡诈而罪恶的手段来获得胜利，但当时他手上的武器并不足以置西吉贝尔一世于死地。

公元575年12月，希尔佩里克一世的两名手下在维特里昂纳图瓦①突袭了西吉贝尔一世，将短刀刺向他的胸膛。这把刀的刀刃早就涂抹了毒药，而这是墨洛温王朝的传统武器，也是希尔佩里克一世的惯用伎俩。

"看看上帝借所罗门②之口说的话吧：害人者终害己（原文为自己掉进了为他的兄弟所挖的陷阱里）。"日耳曼主教如此谴责道。

事实上，十年之后，希尔佩里克一世自己也在一场用犯人做活靶子的狩猎游戏后，被一名成功逃跑的不知名的犯人刺死。

公元584年，四兄弟中唯一在世的贡特朗自然而然地正式成为了法兰克王国的国王。当时的时代喜欢他这样的人：油滑而凶残，狡诈而暴戾。但是，他热衷宗教，笃信许愿，是教士们的宠儿。因此，百姓们会将奇迹般的治愈病痛归功于他，并无止境地向教会捐献，而神父们也称其为圣贡特朗。他一直被阿谀奉承和吹嘘拍马所包围着。

不过说到底，他自有他的智慧来统治国家。为了避免被几个侄子倒戈，防止自己的家人被赶尽杀绝，他在巴黎召集了一次高级将领的会议。他将身边面临的个人威胁巧妙地转化为整个国家的公敌——西哥特人的仇恨。他在法国朗格多克③地区发起了对西哥特人的战役，在这场战役中虽然没有什么收获，却也不是完全徒劳无功。至少它让墨洛温王朝暂时告别了阴谋与

---

① Vitry-en-Artois，法国北部-加来海峡大区加来海峡省的一个市镇，属于阿拉斯区维特里昂纳图瓦县。

② 所罗门（Salomon），出生于公元前1000年，于公元前930年去世，是以色列最有智慧的国王。

③ Languedoc，法国南部地区，也是法国历史上的行省，首府是蒙彼利埃。13世纪并入法国，其地域大致属于今日的朗格多克-鲁西永大区。

杀戮。

贡特朗于公元 593 年去世，享年六十八岁。他在自己寝宫的床上安详地离开，没有什么家人陪伴在他身边。他只留下了一个已经献身宗教的女儿，因此整个国家只能留给西吉贝尔一世的儿子希尔德贝二世①以及希尔佩里克一世的儿子，时年九岁的克洛泰尔二世②来继承。

公元 613 年，病痛和死亡又一次袭击了这个家族，最终，克洛泰尔二世成为唯一一位统治法兰克王国的国王。然而此时，这个王国陷入了四分五裂，纽斯特利亚地区、奥斯特拉西亚地区以及勃艮第地区各自为政。不知道是不是因为这个原因，所以他不愿意待在巴黎，而更愿意住进位于西岱岛西北部的克利希宫（Palais de Clichy）。

不管怎样，克洛泰尔二世还是在巴黎召集了一次大型的宗教会议，目的是为了将神职人员和整个王国重新进行组织管理。公元 614 年 10 月，七十名神职人员以及所有这个国家的官员和贵族齐聚圣彼得-圣保罗教堂内克洛维的墓前。在这次会议上，克洛泰尔二世试图维护自己的王权，并保住这个王国。

经过了一个星期的讨论，终于颁布了一项新的法令。这次宗教会议提升了神职人员的地位，他们所做的决定从此成为国家的法律权威。另外，这次会议还承诺补偿连年战事以及国家内部纷争对贵族阶级造成的损失。法令有效地梳理了整个国家的秩序，将教会置于克洛泰尔二世的控制下，并让贵族更加忠心。克洛泰尔二世运用灵活的外交手段，为巩固和集中王权创造了必要条件。

---

① 希尔德贝二世（Childebert II，570—595），东部奥斯特拉西亚地区国王，公元 592—595 年为法兰克王国国王。
② 克洛泰尔二世（Clotaire II，584—629），西部纽斯特利亚地区国王，公元 613—629 年为法兰克王国国王。

SAINT-GERMAIN-DES-PRÉS

一所修道院演变而来的大教堂

在圣日耳曼德佩车站下车，会让人想起存在主义，想起爵士酒吧，想起围坐在双叟咖啡馆（Deux-Magots）火炉边的大文豪，想起花神咖啡馆（Café de Flore）中的情人……这些人影似乎一直在这些地方出没。不过这都仅仅只是幻觉，因为萨特、波伏娃①、维昂②、普雷维尔③等人都去世已久。探寻过程中，我们只看到一块不起眼的固定在人行道旁小木桩上的路牌，上面写着"萨特-波伏娃广场"（Place Sartre-Beauvoir），并将你的注意力引向巴黎市政厅。我们的市政厅当年选址于此肯定是希望能在这个雷恩路（Rue de Rennes）与圣日耳曼大道的交汇处，这个嘈杂而又拥挤的十字路口，看一眼那些怀揣着怀旧情结而来的游客。

圣日耳曼德佩大教堂内用于建造罗马式钟楼的石块已经有超过一千年的历史了，而如今陈列在圣桑福里安小教堂（Chapelle Saint-Symphorien）中的地基更是可以追溯到墨洛温王朝时期，已经有将近一千五百年！这座钟楼确确实实是巴黎最古老的建筑之一，一直屹立在这一地区，并且可能还沮丧地见证了图书馆陆陆续续地被高端时装精品店所代替的过程，那里曾经是大学生们寻找精神食粮的地方。

　　沿着大教堂的右侧，跟随我一起来到圣日耳曼大道上，我们的注意力不得不被墙角锋利的棱角所吸引。仿佛是一只亵渎了圣物的手断然把整体一分为二，毗邻的建筑物则是先前修道院的一部分。事实上，在第二帝国巴黎改建时期，奥斯曼男爵也确实大刀阔斧地将此处剖开，用以建造圣日耳曼大道。

　　这一工程也正好让考古学家特奥多尔·瓦克尔有机会在新的施工场地周围进行挖掘，并在这里找到了最重要也是最为丰富的墨洛温王朝的一系列文物，所有这些被发现的文物如今都被保存在卡尔纳瓦莱博物馆中。

　　继续往前走，我们又看见了文艺复兴时期特有的美丽遗迹：一扇在 16 世纪末才打开的南门。这扇门还与三座古老的钟楼有关，但只有一座在大革命期间躲过了被摧残的命运，保存了下来。而另两座钟楼因为印迹全无，只能从我们的记忆中悄悄抹去。当时，在法国大革命期间，这座教堂曾经变成了火药库，专门用来制作弹药。慢慢地，那些古旧而潮湿的墙角开始起泡、脱落……是那些无套裤汉④故意将这类物品带入这个信仰之地，慢慢腐蚀这座宗教建筑内部的地基。可是，圣日耳曼德佩大教堂却依然能屹立至今，不得不说是一个奇迹！

---

① 波伏娃（Simone de Beauvoir, 1908—1986），法国著名存在主义作家，女权运动的创始人之一，萨特的终身伴侣，20 世纪法国最有影响的女性之一，存在主义学者、文学家。

② 维昂（Boris Vian, 1920—1959），法国小说家、剧作家、诗人。

③ 普雷维尔（Jacques Prévert, 1900—1977）法国诗人、歌唱家、电影编剧。他最著名的电影作品是《天上人间》（1946）和我们都很熟悉的《巴黎圣母院》（1956）。

④ 18 世纪末法国资产阶级大革命时期对广大革命群众流行的称呼。

所有这些以及邻街的一些景象都让我想起了当年圣日耳曼德佩修道院的历史。之所以取名为"圣日耳曼德佩",是为了与另一座圣日耳曼奥塞尔修道院区分开来,同时也是因为这座修道院周围全是广袤无垠的田地①,而这些田地,即如今的巴黎第六和第七区,当时都归修道院所有。

修道院中的修道士是当时那片富饶土地的所有者:种类多样的农作物,尤其是葡萄树,为他们带来了丰厚的收入。而这笔收入可以让他们拥有使用塞纳河支流中一个渔场的权利。这样一来,他们就有了丰富的水资源。如今的高士林路(Rue Gozlin)和波拿巴路(Rue Bonaparte)一直到17世纪之前都是被浸没在水中的!

修道院的周围渐渐地形成了一座小村落,当地的居民要求拥有自己的教区教堂,于是便有了圣彼得大教堂(Église Saint-Pierre),坐落在如今的圣佩尔路②上。于是我们可以很容易地界定这个村落的范围:它应该是从圣米歇尔大道一直到圣佩尔路和圣叙尔皮斯路(Rue Saint-Sulpice),再延伸至塞纳河。

圣日耳曼德佩修道院中的修道士们是否会被在拉丁区到处闲逛的吵吵闹闹的大学生们打扰了静修?他们人数众多,尤其是在复活节期间,修道院附近的圣日耳曼大街会举办集市。事实上,修道士们甘受其扰。因为他们可以通过对商贩和顾客收税,获取一笔额外的利润。作为一个既可以购物又能闲逛的地方,不论是老少富穷都乐意来逛一逛集市。因为人们可以在那里看到喜剧演员、街头艺人、各种小动物,当然还有博

———————————————

① Saint-Germain-Des-Prés,其中 Prés 有牧场和草地的意思。
② Rue des Saints-Pères,从 Saint-Pierre 演变而来。

彩游戏！亨利四世①就曾经在这里输掉了将近三千埃居②！

在这样的大型集市中，难免有打架、争吵、扒窃的行为发生。因此，到了 13 世纪末，大学生们开始联合起来反对这种嘈杂的集会，想要还大家一个安静的公共环境。于是腓力四世国王③没收了这一集市。但是这对于修道院来说却是一个不小的损失，更别说可以赚取的那些利润了！不过两个世纪之后，修道士们又收回了这个集市及其带来的财富。然而公元 1762 年 3 月的一个晚上，一场大火摧毁了所有的房屋，之后一切都被重建，但是新建的集市却没有了之前的味道。它再也找不回当初那浩浩荡荡的人流，并且在法国大革命期间又一次被取缔。

这块土地后来被巴黎市政府买下，演变为如今的圣日耳曼市场。第一眼望去，这个地方似乎只保留了 19 世纪末期一些普普通通的建筑物。但仔细寻找，还是能发现古老的遗迹。在有斜坡的小路上，我们注意到马毕伦路（Rue Mabillon）上修道院的院子以及低处古老的集市留下的路面。我们甚至可以走下石阶，站在与旧时的街道同一平面的地方，踩在那凹凸不平的古老路面上，似乎还能听到熙攘人群的夸夸其谈和大学生们的吵闹声在耳边回响。

我们也可以绕着圣日耳曼围墙走一圈。这面围墙曾经穿过四条街，至今还能看到往昔的痕迹：东面是埃绍德路（Rue de l'Échaudé），南面是高士林路，往西是圣伯努瓦路（Rue Saint-Benoît），往北是雅各布路（Rue Jacob）。

① Henri IV，也被称为"好王亨利"（1553—1610），1589—1610 年在位。法国波旁王朝的创建者。原为纳瓦拉王国国王，是法国瓦卢瓦王室的远亲。
② 法国古钱币。
③ 腓力四世（Philippe IV le Bel，1268—1314），卡佩王朝第 11 任国王、纳瓦拉国王。他是卡佩王朝后期一系列强有力的君主之一。

这些交通要道中的第一条街道令人心生好奇。仍然保留着中世纪遗迹的埃绍德路的路面中间有一些凹槽，是为那个时代的居民向窗户外面直接丢弃垃圾所设计的。从道路养护方面来看，如今的设计要比之前改进许多，然而当时街道的形状却是非常漂亮的。最让人称奇的是，建筑物不同的面并不在同一街道上，好像有一道隐形的墙面将不同风格、不同时代的人行道区分了开来。不过，这里倒真的有一道分割线，那就是修道院的围墙！

在欧洲百年战争期间，在距离奥德翁路（Rue de l'Odéon）和多菲纳路（Rue de Dauphine）几米远处的奥古斯特古墙和修道院的围墙之间有一块三角形的空地。当时在这块空地上是禁止建造任何房屋的。因为任何建筑的存在都可能帮助侵略者越过修道院的围墙而危及修道院的安全。战争结束后，威胁不复存在，这座石质围墙就丧失了其重要性，一些小房子开始沿着这块三角形空地的形状，陆陆续续地冒了出来。因此，当你发现埃绍德路也是这么一条越走越窄直至变尖的道路时，就能明白是怎么回事儿了！

谁是埃绍德？

埃绍德路上的这块烫手松糕可跟那只怕冷水的猫没有半点关系[1]，而是一种至今都被阿韦龙[2]人所熟知的糕点。这种被称为"埃绍德"的糕点是一种用沸水烫过后的面团制成的圆锥形松糕。因为它三角形切

---

[1] 法语中 échaudé（音译埃绍德）是被烫伤的意思，也指一种用烫面团做的松糕。法国有一句谚语叫 Chat échaudé craint l'eau froide，意思是被烫伤的猫连冷水都怕，意译即为"一朝被蛇咬，十年怕井绳"。因而此处说这块烫手的松糕并不是那只怕冷水的猫。

[2] 阿韦龙省，是法国南部-比利牛斯大区所辖的省份。

面的形状很是特殊，因此，糕点店所在的这条"修道院外排水沟上的街道"便以这种糕点来命名，而其配方则可以追溯到中世纪时期。

在埃绍德路的尽头，也就是修道院路（Rue de l'Abbaye）的拐角处，有一栋拥有六百年历史的非常古老的房屋。它具有显著的 15 世纪建筑的特征，底楼要比二楼更窄一些，以便让套车的牲口通过。这栋建筑是中世纪法国行政司法执行官的住宅，他能决定被囚禁在修道院里的犯人的命运。直到路易十四[1]时期之前，圣日耳曼德佩大教堂实际上都是巴黎市中真正的政权机构。它可以不向国王及巴黎市政府汇报，由自己的修道院院长来履行司法职能，进行审判以及决定是否收押。如今，在圣日耳曼大道上，大教堂的右边，德尼·狄德罗[2]的铜像就一直看守着这块曾经是监狱的土地，他曾经是文森城堡[3]内的住客。

修道院内有一名修道院院长以及一名红衣主教。16 世纪末的宫殿就建造在修道院路 3 号和 5 号的位置，并在相当长的一段时间内被认为是巴黎最漂亮的宫殿之一。它还是文艺复兴时期的建筑以及当时宗教盛行的见证。

另一处遗迹则位于该条路上的 6 号、8 号和 10 号，同样属于圣日耳曼德佩大教堂古围墙中心位置。那里有圣母马利亚礼拜堂（Chapelle de la Vierge）及其附属建筑的遗迹，还有修道士日常起居的场所。这些残垣断壁

---

① Louis XIV（1638—1715），法国波旁王朝国王，于 1643—1715 年在位。

② 德尼·狄德罗（Denis Diderot，1713—1784），生于郎格里。法国启蒙思想家、唯物主义哲学家、无神论者和作家。除为百科全书写的大量词条外，还著有《对自然的解释》、《达朗贝和狄德罗的谈话》、《关于物质和运动的原理》等。

③ Forteresse de Vincennes，坐落于法国法兰西岛文森市（巴黎东边），位于巴黎地铁 1 号线终点站。文森城堡曾是法国非常重要的王家军事堡垒。该城堡建于 1337—1373 年，它是法国现存的占地面积最大的王家城堡。因其城堡主塔 52 米的高度，是欧洲最高的军事堡垒。

仍诉说着那个时代的辉煌。13 世纪时期,那些来自遥远地区的人们怀着宗教的热忱来到巴黎这个文化之都,这个具有学术氛围以及能超越自我的竞争之地,同时也是那些修道士寻求自我归宿的地方。这座礼拜堂的建造者皮埃尔·德·蒙特勒伊本人则为其设计了石质的花边装饰。其中的一些碎片残留被保存在教堂北部的广场中心小公园内用于展出:进口处尖形穹窿状的门洞有蔷薇花的装饰,这些雕刻精美的花朵被认为来自巴黎圣母院,还有石质的墓碑以及水井的遗迹……而这位伟大的建筑师也于公元 1264 年长眠于此,被埋在自己创造的杰作的瓦砾之下。我们至今还能在这条街道上的店铺内墙里看到先前的石质地基。这些混杂在现代生活中的遗迹已经默默守候了我们十几个世纪。尽管这些石头不会说话,却能让我们体悟那些感觉、色彩、光线和氛围,只要你愿意去观察、去聆听……

你想要张开你的耳朵,睁大你的眼睛,让自己心跳加速吗?修道院路的 14 到 16 号绝不会让你失望。在这栋稍微现代一点的建筑中你可以看到修道院古老的墙面。当那扇宽得能让马车通过的大门在一片与此处颇为契合的寂静和冥想中"砰"的一声合上,你便能在右手边发现过去修道士们进行休息的寝室的遗迹。而在分隔修道院食堂和修道院寄宿区的墙上,其石头的造型让人想起了当时的彩绘大玻璃窗。抬头瞻仰,你的目光会重新赋予这栋一半嵌入墙内的建筑物废墟以生命力。想象一下修道士们在拱形穹窿下来来往往的景象,这种充满庄严感的高度使其在大革命时期没有受到革命者的损毁!这是一个将中世纪古迹和现代建筑完美融合的建筑案例。因为从总体上来看,在用翻新过的石头构建的纯白风格里,又巧妙地融合了质朴的入口以及白色的光点,给人一种游走于时空和风格之间的奇思妙想的印象。

从修道院路的 16 号往右看,你看到那个面朝教堂,位于房子上方的天使了吗？在它身后有一座圆塔，可以从圣伯努瓦路的 15 号进入。这座塔是在百年战争之前，于 14 世纪修建的修道院围墙内的最后遗迹。

然而，在 7 世纪时，这一地区所有的一切还只是处于构思的阶段……

*

对于巴黎来说，克洛泰尔二世的中央集权制主要表现为不同地区的重要人物需要不停地在巴黎进出。相对而言，这位国王却很少走出巴黎，只是时不时地派遣密使到国家各个地方去巡视。在西岱岛的王宫中，他只接待贵族的子嗣以及前来进谏或是为他带来远方省份消息的神职人员。渐渐地，他放弃了位于巴黎近郊克利希地区的宫殿，以便尽可能多地驻留在巴黎——整个国家的决策中心。

从那个年代开始，人们"上"巴黎，就好像《圣经》中人们相信可以"上"到耶路撒冷圣地一样。同时，住在巴黎的居民也自认为要比居住在其他省份的人高出一等。因为对于他们来说，在巴黎泥泞的街道上遇到克洛泰尔国王、贝尔特鲁德王后以及达戈贝尔特王子是习以为常的事情。这种与王室家族近水楼台的关系让几乎整个城市的居民的地位都变得高贵起来，或者说至少他们自己是这么认为，或是让自己这么认为的。

于是，其他地区的人民对巴黎人的这种待遇羡慕不已，他们也想拥有一个国王，就居住在自己生活的地区。为了将一碗水端平，克洛泰尔二世只好将自己的儿子达戈贝尔特一世派驻到奥斯特拉西亚地区。这位年仅二十三岁的王子尽管一直以一名要臣的身份在父亲手下工作，也非常了解整个国家的情况，可是如今对他来说一切都变了。他必须要离开巴黎，前往梅斯（奥斯特拉西亚地区的首府），并要统治和管理东部地区。在之后的七年时间里，达戈贝尔特一世一直担当着副帝的角色，直至他的父亲于公元 629 年离世，享年四十五岁。当这一消息传来，达戈贝尔特一世立即从梅斯出发，去往巴黎的圣文森圣克鲁瓦大教堂参加父亲的王室葬礼。在那座大教堂里已经葬有克洛泰尔二世的外曾叔父希尔德贝一世以及他的父亲希尔佩里克一世。

在大教堂祭坛的下方，人们发现了数幅雕刻在墓石上的哥特式先王卧像，这些遗迹属于 12 世纪。其中希尔德贝一世的卧像在被发现时仍然保存完好，并且是法国保存下来的最古老的卧像，如今存放在圣德尼教堂中。

达戈贝尔特一世从此再也没有回到过奥斯特拉西亚，他又回到了西岱岛王宫，并且顺理成章地当上了法兰克国王。不过起初这顶王冠戴得并不稳当，因为达戈贝尔特一世有一位同父异母的兄弟卡利贝尔二世①，他是一个有轻微弱智的孩子。不过这个有缺陷的兄弟却并不妨碍墨洛温王室家族的成员来处心积虑地分割继承权。卡利贝尔的舅舅布罗杜尔夫是一个奸诈而有野心的人，他唆使外甥来继承一半的遗产。而事实上他要求的是已故的克洛泰尔二世所拥有的一切！所有人都不相信已故的国王愿意将自己的江山交给一个头脑简单的孩子，于是布罗杜尔夫伪造了证据。一群年老的大臣被认为是已故国王遗言的证明人。可是当询问他们的时候，他们却吞吞吐吐，躲躲闪闪。最后，他们还是说什么都不知道，没有人听到先王留下的秘诏，也不知道他到底想要立谁为王。

布罗杜尔夫的无耻行为败露后，他逃到了索恩河边的勃艮第，他的妻子甚至还调去了一些盟军。关于克洛泰尔二世遗产的纷争会无休止地纠缠下去吗？当然不会，因为真命天子达戈贝尔特一世早就派出人马，铲除了阴险的

---

① 卡利贝尔二世（Caribert II，606/610—632），阿基坦地区的国王，于 629—632 年在位。

布罗杜尔夫，迅速地终结了这场胆大包天的遗产索偿的闹剧。

　　然而，卡利贝尔终究是王室的血脉，就算不让他掌权，也要分给他一部分遗产聊表慰藉。于是，达戈贝尔特一世将以图卢兹为都城的阿基坦地区让给了他。当然，他只有一个虚名，因为智力有缺陷的卡利贝尔一切都听从哥哥的。三年之后，他便悄然离世。他的名字早就被史书所遗忘，不过他却留下了一个让他的兄长所不能释怀的儿子。这个孩子也许有一天将会重新夺回这个王国的一部分，甚至统治整个国家。于是，达戈贝尔特一世以统一国家为名，将这个无辜的婴孩闷死在他睡觉的枕头里，干净利落地解除了后顾之忧。他又怎么会让一个婴孩来扰乱他的千秋大业呢！

　　如此一来，达戈贝尔特一世终于拥有了这个国家绝对的统治权。西岱岛上的王宫又重新成为了集权的中心。梅斯、利摩日①、鲁昂②、里昂及波尔多等地方的贵族都纷纷将他们的孩子，不论男女，送来巴黎呼吸一下首都高贵的空气。那时候的人们前来巴黎就如同如今我们去往纽约或是伦敦一样，一是为了学习，二是为了建立一种有用的关系。在这个国家里，还有其他地方可以让他们遇到来自纽斯特利亚、奥斯特拉西亚或是勃艮第的年轻人吗？还有其他地方可以让他们见到那些前来学习法兰克首都优雅举止的外国人吗？像是来自诺森布里亚③的埃德温国王，就将他的两个儿子送来巴黎接受教育，并将达戈贝尔特一世当成强大而又令人尊敬的君主

① Limoges，是法国南部上维埃纳省的一个城市，18世纪以后成为法国陶瓷器等的工艺精品制造中心。如今依然以从中古世纪保留下来的制作陶瓷与珐琅的技艺而闻名欧洲。
② Rouen，位于法国西北部，是上诺曼底大区的首府。历史上，鲁昂是中世纪欧洲最大最繁荣的城市之一。
③ Northumbrie，是盎格鲁人建立的盎格鲁-撒克逊王国，最初由两个在公元500年左右时建立的独立小王国组成：一个是伯尔尼西亚，领土包括今天的东苏格兰、英格兰的伯维克、罗克斯堡、东诺森布里亚以及达勒姆地区；另一个是德拉，领土包括今天英格兰的约克郡的北部和东部地区。

榜样。

外省的年轻贵族们纷纷到巴黎进行所有必修课程的入门学习。一个出身良好家庭的男孩必须学习刀剑的使用、修辞学和法律。这是为了将这些年轻贵族同时培养成为一名优秀的士兵和完美的官员。

当然，在这样的学习过程中还会发生一些爱情故事。不足一日的短暂逗留或是互许终身的承诺，年轻男女们轻松地就可以从愉悦的一夜情发展到决定性的婚约。年轻姑娘和小伙子们在西岱岛上寻找自己的爱情，岛上到处是出双入对的情侣。这样的爱情将原本不可能的结合变成了现实。原本不同地区的家族，甚至是互相之间有冲突的地域，却因为这样的结合而握手言和，因为他们都希望家族里能有一位能侍奉国王左右的亲信。因此，大家都很用心地学习，用心地练习兵器，并且在必要的时候也愿意结婚。当然，这些说到底也都是为了权谋和私利。贵族家长们都盯着自己的孩子，想利用他们对宫廷的效忠而获得丰厚的收益。而这些预期中的利益主要表现在权势、土地、金币以及官职等方面。某位叫西亚格修斯的年轻人带着伯爵头衔离开了巴黎，而另一个名为拉杜尔夫的人则以公爵的身份被派到北部边境地区，还有一位德西迪里厄斯则为自己在卡奥尔①当上主教建立了必不可少的人际关系……

对于象征性符号相当敏感的达戈贝尔特一世在王宫大厅内安放了一个宝座。这一宝座是由他的私人工匠、也是他的亲信埃利吉乌斯雕凿的。他对这位工匠十分信任，后来封他做了整个国家的财政大臣，接着又成为了主教，并最终以圣埃卢瓦的名号被载入了史册。

---

① Cahors，法国南部比利牛斯大区洛特省的一个镇。

为什么达戈贝尔特一世
将他的短裤穿反了?

圣埃卢瓦被人记住是因为一首名叫《好国王达戈贝尔特》①的歌曲, 在歌中唱道: 达戈贝尔特国王将他的短裤穿反了⋯⋯而事实上, 这里有一个年代上的错误。因为 culotte 在法语中是一种及至膝盖的宽松短裤。而这种短裤直到一千年以后才被设计师设计出来。法国大革命期间, 为了嘲笑和愚弄一些历史事件才炮制出了这样一首带有讽刺意味的歌曲来取笑历史上的国王与主教。革命者仅仅是拿这些王室人员来做消遣, 抑或是用一种轻佻的方式来嘲讽达戈贝尔特一世和圣埃卢瓦主教之间可能存在的不正常情谊呢?"一种不正常的爱情", 就如同短裤的"不正常"穿法一般⋯⋯不管怎样, 在歌中国王最后还是忙着要将裤子"换过来穿好", 说明伦理道德最终获得了胜利!

而当时, 这位未来的主教大人只不过是一名烦恼着如何为新上任的国王雕刻宝座的手工艺人。这张椅子可能会因为粗糙的皮带饰物而变得不那么舒适, 但是发亮的镀金铜质装饰却让人印象深刻。另外座椅隆起的部分延伸至扶手, 令整个宝座看上去更大, 扶手末端雕刻成几只张开大嘴的雄狮。达戈贝尔特一世的宝座如今依然被保存在法国国家图书馆 (Bibliothèque

---

① 这是法国 18 世纪时的一首幽默歌曲, 主要描写了两位历史人物达戈贝尔特一世和圣埃卢瓦。其第一段歌词为: 好国王达戈贝尔特将他的短裤穿反了, 于是圣埃卢瓦对他说: 哦我的国王陛下, 你将短裤穿反了!"还真是,"国王说,"我马上把它换过来穿好!"

nationale）的纪念章陈列馆（Cabinet des médailles）。

为了彰显其至高无上的权力，达戈贝尔特一世需要这些有符号意味的东西。然而这些还不够，他还要将他的慷慨之风刻入石碑。巴黎已经有了一座他的修道院，于是他又将目光投向了圣德尼。这将是他生命中的一个伟大杰作！

被迷信思想深深包围的达戈贝尔特一世相信，天上的圣人圣德尼一直在看着他。他知道，也感觉得到，因为之前当他经过圣人被斩首的墓碑前面，他都能看到圣德尼正在沉思的身影……那个他看到的幻象向他保证会一直保护他，但条件是一旦他成为了真正的国王，就要为圣德尼修葺一座奢华的坟墓。

还记得当时圣热纳维耶芙所建造的圣德尼大教堂吧，但是过了一个半世纪之后，那里已经损毁殆尽。到达戈贝尔特一世时期已经只是巴黎北部一处年老失修的小教堂了，无法吸引众多朝圣者前去朝拜。在十几年以前，这附近曾经有一座本笃会的修道院，而一个小村庄也渐渐在周围形成。村庄里的村民和手工艺者靠贩卖商品给修道士们谋生。但这个修道院还是给人感觉太过简陋与随便，因此达戈贝尔特一世决定满足圣德尼的要求，为他重修墓地。

圣德尼的墓地必须宏伟壮丽一如传说中那样，于是一座辉煌的长方形廊柱式教堂立即取代了原本破旧的小礼拜堂。手工匠人出身的大臣埃卢瓦则受命设计一个干净整洁、用来摆放圣人遗骸的圣龛来向这位先人致敬。埃卢瓦不辱使命，他用黄金和宝石制作了一件华美的作品：镀金的栏杆、银质的大门以及大理石的顶盖。如果圣德尼的灵魂尚在，也可以心满意足了，因为他的遗体最终安放在了一个与之圣人身份相匹配的墓地中！而制作这座圣龛的大臣甚至比国王想得更加周到，他的作品远超国王的心愿：为了能供奉忠实信徒的供品，他在圣龛前还安放了一个银质的圆柱形容器；为了更好地激发信徒们的热情，他更是雕凿了一个巨大的镶有石榴石和各种珍稀宝石的黄金十字架！

达戈贝尔特一世还想要在精神上向尊敬的修女们致敬。于是他在西岱岛上的巴黎主教审判庭外修建了一座女修道院。第一任女修道院院长奥雷从埃卢瓦手中接过了权杖——这时他已经是主教圣埃卢瓦了。很快，这座修道院内就聚集了三百名修女。达戈贝尔特一世为她们盖了两座教堂：一座敬献给圣马夏尔主教，是修女们做弥撒、唱圣经的场所；另一座叫圣保罗教堂，是在她们身故后入土为安的地方。值得一提的是，这些信奉宗教的修女们被修道院外负责保护王宫的驻军所吸引，喜欢偷偷从大门的锁洞向外窥探。她们被那些军官帅气的外表迷住了，以至于最后主教不得不将这个女修道院解散——当然是在五个世纪之后！这也让那里的几代修女在兵器与圣水刷之间建立起了一种特殊的亲密关联。

达戈贝尔特一世给了圣文森圣克鲁瓦大教堂不少好处。当然，这位虔诚的国王对于大教堂和女修道院的慷慨并不排除有其政治上的考量。这位君王非常清楚地知道他从这些殉道者和主教的名望中所能获得的利益。宗教的力量不就是让整个国家维持统一吗？语言、国家抱负、人民的凝聚力都不足以让这个原本四分五裂的国家重新聚到一起。但是天主教义、愿意跟随国王的圣人主教、不断累积的圣物、越来越多的教堂，以及强大的修道院，这些元素可以让所有人达到一种精神上的愉悦并且也易于为所有人接受，从而让支离破碎的法兰克王国实现统一。

然而，这位国王有时也需要标榜他的权威并且积累财富。在这种情况下，他也难免会打击某些宗教秩序。宗教机构中恣意增长的财富让掌权者颇为不快，因为王宫需要持续不断地吸收资金来规划人口不断增长的巴黎城，以及发动战争来对抗一直要求独立的加斯科涅①人和布列塔尼人，打击威胁边防的斯拉夫人②。因此，为了回收部分金币，达戈贝尔特一世以国家利益为名充公了当初修建教堂时修道士们擅自征用的土地。那么那些修道士会反叛吗？答案是没有，因为这位机敏的国王接见了高级教士们，并让忠心耿耿的卡奥尔主教德西迪里厄斯出面调解：

"当我们拥有直接为至高无上的陛下效力的荣幸时，我们就知道陛下是不会故意习难我们教堂的。对公正的推崇和必要性的权衡才让陛下做出了这样的决定。"

在主教发布这样的声明之后，达戈贝尔特一世立即明确地表示他绝对不是为了中饱私囊，而是用于支持国家安全和统一的政策。对于这样一份坚定不移的决心又能说什么呢？最终，广大教士们只好屈服于这一决定，并不敢有太多怨言地将教堂的财产双手奉上。

公元 638 年末，年仅三十五岁的达戈贝尔特一世看上去已经像个沧桑的老人。他宽大的裤腿和披在身上的托加长袍也掩盖不了一个事实：这位国王消瘦得可怕。另外，他原本褐色的胡子已经变成了灰色，先前漂亮浓密的头发也变得晦暗蓬乱。而他的肠胃炎症也越来越频繁地发作，同时他还深受痔疮引发的肛门出血之苦。医生们以为为双臂放血会让病情有所好转，然而这一方法毫无用处，反而让这位生病的国王更为虚弱。

这一年的十月，达戈贝尔特一世提出要去圣德尼走走。虚弱的他能承受住这样的旅行吗？为了不让国王在路上太过颠簸，一辆由两头牛牵引的坐骑

---

① Gascogne，法国西南部旧省名。位于如今阿基坦大区及南部-比利牛斯大区。
② 欧洲各民族和语言集团中人数最多的一支。其分布范围主要在欧洲东部和东南部，少数居住地则跨越亚洲北部，远达太平洋地区。

缓缓前行让君王到达了他深爱的大教堂。在做过几场祷告之后，达戈贝尔特一世又被载到了位于埃皮奈①的王宫，这里离圣德尼不远，是他出生的地方，也是他打算身故之后的安葬之所。其实他也犹豫了很久。在此前三个月他所立下的第一份遗嘱里，他曾经想过葬在巴黎的圣文森圣克鲁瓦大教堂、他父亲身边。可是最终他改变了主意，决意将自己与圣人和殉道者葬在一处。

在埃皮奈的府邸，达戈贝尔特一世依然在埋头处理国家事务。当侍从想将他才四岁的儿子克洛维（将来的克洛维二世②）带到他身边时，这位父亲立即大叫起来：

"不要让一个孩子看到一个垂死之人的样子。我想在他心里留下一个美好的形象！"

翌年1月19日早晨，人们发现达戈贝尔特一世在他的床上安然辞世。圣德尼修道院的院长为他主持了一场豪华葬礼，却遭来了众人的非议。因为达戈贝尔特一世生前的私生活相当混乱，他有三位妻子：戈马特鲁德、南蒂尔德以及乌尔菲贡德，另外还有两位著名的情妇拉涅特鲁德和贝尔希尔德，更别提他那些数不胜数的不为人知的艳遇：和仆人、奴隶以及王宫中的漂亮女眷……但修道院院长对这一切充耳不闻，他只是尽可能奢华地安葬这位让他的修道院赖以生存并获得财富的君主。

运盐工人在埃皮奈将国王的遗体煮沸，然后用力地抹上盐，这是一种最原始的防腐技术。然后另一些搬运工将处理完毕的遗体从他身故的床上高高抬起，运到位于圣德尼的墓地。修道院里已经聚集了一些从国家各个地区闻讯赶来的贵宾，然后装载国王遗体的轿子也到了。达戈贝尔特一世平躺着，

① Épinay-sur-Seine，塞纳河畔埃皮奈是法国法兰西岛大区塞纳-圣但尼省的一个市镇，属于圣但尼区塞纳河畔埃皮奈县。
② 克洛维二世（Clovis II，637—655），纽斯特利亚和勃艮第国王，公元639—655年在位。

身穿象征王权的红袍，两手恭顺地交叠于胸前。

达戈贝尔特一世的墓碑上刻着什么？

13 世纪时，圣德尼的修道士们想建造一个与众不同的墓穴来安放达戈贝尔特一世的遗体，以此向这位已故的先王致敬。但是这位先王的浪荡名声却让他们望而却步。于是，他们雕刻了一块意味深长的石碑，在上面刻上了有如连环画般的场景：先王的灵魂被附着在一个光着身子却戴着王冠的小孩子身上，他被撒旦抓去了地狱。但幸运的是，圣德尼、圣马丁和圣莫里斯三位圣人解救了这个灵魂，并将他呈于上帝，允许他进入天堂。这其中透露的信息很明确：尽管达戈贝尔特一世的混乱私生活本该让他下地狱，但是诸多圣人替他求情、祈祷，终于奇迹般地为他打开了通往永恒真福的大门。这座特别的坟墓如今依然可以在圣德尼大教堂的主祭坛旁边看到。

达戈贝尔特一世去世之后，法兰克王国又重新陷入了分裂，被两位王室后代瓜分：他们分别是十岁的西吉贝尔三世①，他分到了位于东部的奥斯特拉西亚地区；还有年仅四岁的克洛维二世，他继承了北部的纽斯特利亚和勃艮第。那以后的很长一段时期，实权掌握在了王宫的宫相们手中，他们就如同现在的首相一样有权决定一切。

---

① 西吉贝尔三世（Sigebert III，630—656），奥斯特拉西亚地区国王，达戈贝尔特一世的长子，634—656 年在位。

克洛维二世离开了巴黎，定居于他位于克利希的宫殿。而西岱岛上的王宫则成了一座空城，人们偶尔会在需要接见使节或是召集重大会议的时候让这里重新充满生气。这位可怜的克洛维国王坐上了国王的宝座，在他的长发上戴上了王冠，看上去像是一位真正的墨洛温王朝的首领。可是这个面相臃肿的大傻瓜担负了一个对他来说太过沉重的名号，之后发生的事情更是让他只能眼睁睁地听从命运的摆布。

当他来到王国的首都巴黎，所有的巴黎人民都惊呆了：他并没有像之前所有的君主一样骑马穿越整座城市，而是坐在一辆由四头牛牵引的车上。事实上，是因为这位年轻却体弱多病的国王没有足够的力气驾驭一匹骏马，所以他只好用这种被牲口牵引的方式来代替。周围的人群冷笑着，喜欢冷嘲热讽的巴黎人民马上就为这位新上任的国王取了一个量体裁衣的外号：懒鬼国王！这个外号一直伴随着他，甚至沿用至他的后代们。

不过，克洛维二世也有彰显他国王意志的时候。当饥荒席卷巴黎，造成死亡无数，他决定拿出一套圣德尼修道院的银质餐具来救济人民。这套餐具是他的父亲当初送给修道院的。他将这批珍贵的餐具卖掉，买了一批粮食送到巴黎。圣德尼修道院的院长为此感到非常气愤，对他来说，擅自挪用修道院的财产是一种深重的罪孽。

同时，克洛维二世似乎也在打着圣德尼的主意。一天，他决定要在他位于克利希的小礼拜堂内摆放一副可以保护他、让他抵御住魔鬼诱惑的圣骨，于是他来到了圣德尼修道院。他命人冷酷地撬开了圣人的坟墓，"砰"的一声用宝剑切下了殉道者的一条臂膀。然后他大摇大摆地将这条手臂夹在腋下离开了。

几个月之后，二十二岁的克洛维二世在得了一场奇怪的抑郁症之后去世。那些一心想要拿回圣人手臂的修道士们则宣称，这位国王年纪轻轻就死

136

于癔病是因为他亵渎圣物的行为受到了惩罚。这条手臂很快又回到了修道院的地下墓穴，而克洛维二世最终也得以葬在他的父亲墓旁。

公元7世纪下半叶，圣德尼修道院在信徒中的声望和影响越来越高，最终演变成了后来的圣日耳曼德佩大教堂，并且成为了墨洛温王朝历代国王专享的王家陵园。

终极奢华的王家教堂

地铁的路线常常会抄近道，这就让我们有机会可以远离巴黎的中心地带，并激起我们探究城市之外面貌的好奇心，例如市郊、新城区，以及未来的巴黎。一个关于大巴黎的计划正在酝酿中，而地铁让这个计划越来越具体。在离市区不远的 93 省①屹立着一座在巴黎、同时也是在法国具有重要历史意义的建筑：法兰西体育场②。八万名球迷曾经在 1998 年法国足球队获得世界杯冠军时而沸腾骚动，这其中也包括我。

言归正传，真正具有历史纪念意义的建筑在 93 省更远一些的地方，那里曾经是一个小修道院，如今却是一座宏伟的大教堂。当你走近这座教堂时，会发现这座拥有哥特式外观的建筑看上去有些厚重，更贴近罗马式风格——这是因为你正站在建于 1136 年、法国第一座哥特式教堂面前。尽管它于 19 世纪时被大规模地重新翻修，却依然保留了其建造者、修道院院长叙热神父最初想要的面貌。

大教堂的内部却完全是另一番景象。整齐排列的廊柱齐刷刷地朝着拱穹轻盈而立，雅致而轻巧。彩绘大玻璃窗则投射出一道道斑斓的光线，反射出不同的形状并将其装点。这栋建筑的哥特式风格主要体现在它的高度上，这是 13 世纪时期的辐射状哥特式风格。圣德尼大教堂算是这一建筑风格中的先锋代表。"辐射状哥特式风格"的叫法正是来自于其中与大堂十字形交叉的耳堂内的蔷薇花装饰。

投射下来的光线营造出半明半暗的氛围，有更多的法国历史正在等着我们去挖掘。这里几乎埋葬了所有的法兰西先王。当然，这些君王真正的遗体已经消失很多很多年了，但是我们眼前依然矗立着一座座王陵，那是十多个世纪前，人们为了庆祝伟大的君主政体而兴建的。置身于这个充满君主卧像的圣地，面对着被镌刻在石灰石或大理石中的不朽的王家历史，我们怎会不被征服呢？我们可以看到他们，可以与他们对话，可以触摸他们……尽管他们在此长眠，却依然骄傲。这里有建造大型公墓的达戈贝尔特一世，也有丕平三世③、罗贝尔二世④、路易十世⑤、查理五世、弗朗索瓦一世等等，一共有超过七十位君王用他们坚定的目光注视着我们。有些陵墓在法国大革命时期遭到损毁，但是绝大部分的雕像却完好无缺。

大教堂的地下陵墓也是古代历史的绝佳见证。圣德尼的坟墓是此处的第一位住客，而他的周围也不再是空空如也的景象。在他旁边，有 8 世纪时圣德尼修道院院长福尔哈德的墓穴，还有专供信徒们供奉蜡烛的壁龛；再远一

---

① 即 Seine-Saint-Denis，塞纳-圣德尼省，位于巴黎北部，省会为博比尼。
② 位于法国巴黎市郊的圣德尼，是一个多种用途的大型运动场地，可容纳 8 万名观众。球场是为 1998 年世界杯足球赛而兴建，并曾作为 1998 年世界杯决赛举行场地。
③ 丕平三世（Pépin le Bref，714—768），又称矮子丕平，是公元 751—768 年在位的法兰克国王，铁锤查理之子，查理大帝的父亲，加洛林王朝的创建者。
④ 罗贝尔二世（Robert le Pieux，972—1031），卡佩王朝的第 2 位国王。他是法兰克国王雨果·卡佩的儿子，于 996—1031 年在位。
⑤ 路易十世（Louis X，1289—1316），卡佩王朝第 12 位国王，纳瓦拉国王，于 1313—1316 年在位。

些，还有一个9世纪的地下室，但里面安葬了路易十六①和他的妻子玛丽·安托瓦内特，后者曾一度被葬在位于巴黎安茹路（Rue de l'Anjou）的万人坑。这样的参观常常让我为之感动，在我看来，这里是最具历史象征意义的地方。

王室成员的遗体都去了哪里？

1793年，法国大革命制宪会议决定"摧毁位于圣德尼的穷奢极侈的王家陵墓"。在一位身穿黑色燕尾服、头戴三色礼帽的特派专员的带领下，建筑工人们挖开了位于地下的酒窖。然而，三块沉重的石板挡住了入口。工人们用手中的十字镐对着厚重的墙壁敲打了好几个小时后，石头终于倾塌，工人们在一个长长的地下墓穴中挖出了54副橡木棺材。这些棺材被一一打开：路易十三②尚存的小胡子引起了一阵轰动；而路易十四的脸出奇地黑；路易十五正在腐烂的尸体则散发出一股让人难以忍受的味道……

不久后，在廉洁的雅各宾派领导人罗伯斯比尔和在183年前就已经被刺死的亨利四世国王之间发生了一场年代错位的遭遇战。时间的流逝几乎没怎么改变这位君王身上的特征，只是原本有棱有角的胡须变得凌乱、灰白而晦暗。如今，他五花大绑的尸体被支撑着，笔直而

---

① 路易十六（Louis XVI, 1754—1793），法国波旁王朝复辟前最后一任国王，也是法国历史上唯一一个被处死的国王，于1774—1792年在位。
② 路易十三（Louis XIII, 1601—1643），法国波旁王朝国王，于1610—1643年在位。

僵硬地倚靠在教堂立柱上。罗伯斯比尔则将自己裹在打着褶皱的长领外套下，精心修饰过的头发规整地用白色发扣束起，似乎在对面那位君主紧闭双眼的脸上探索着什么。这位法国大革命的发起者在这场挑战时间的相遇中到底想要寻找什么呢？

突然，在一阵难以抵挡的冲动驱使下，罗伯斯比尔向对面那具干瘦的圣体上的胡子伸出手去，面无表情地拔掉了国王脸上的两根胡子。然后他小心翼翼地将取得的这一"王家圣物"装入小钱袋中，然后迅速藏匿于他上装的内侧口袋里。

随后，人们开始对这具亨利四世的尸体发泄心中的不满。一位悍妇上去抽了这具尸体两个耳光；一位搜集纪念品的爱好者拔掉了尸体上的两颗牙；一名士兵用军刀割下了尸体上的一绺胡子。最终这位情场高手与其他王室成员一样，被扔进了位于教堂北部的万人坑，即如今皮埃尔·德·蒙特勒伊花园（Jardin Pierre-de-Montreuil）的所在地。

复辟之后，这些已经被石灰腐蚀的王族遗体才又被挖掘出来，并重新毕恭毕敬地安置到了地下陵墓的墓穴中。

做一名游手好闲的国王是没有用的，公元751年的一天恐怕是希尔德里克三世①永远都不想再看到的。这一天的下午，一名贵族与神职人员的代表毕恭毕敬地前来觐见法兰克国王，并用恭敬的语气在他面前说了一番让人瞠目结舌的话：

"法兰克民族将会为陛下您的统治以及您的王朝时代画上句号。"

---

① 希尔德里克三世（Childeric III），法兰克国王，墨洛温王朝的最后一个国王，被创建加洛林王朝的丕平三世所废黜。大约在753年到756年之间去世，于743—751年在位。

希尔德里克三世睁大了惊愕的双眼，还没来得及反应，就被几双强有力的手臂抓住，用力地将他按倒在一把低矮的椅子里，而另一些手拿剪刀的健硕年轻人则迅速上前，一把剪掉了作为王权象征的长发。浅色的发束安静地一绺一绺掉在石板地上，同时也宣告了墨洛温王朝的终结。

匆忙之间被行完剃发礼的希尔德里克三世被推上了简陋的马车。车夫挥动皮鞭，两匹马儿便朝北部一座建立在阿河①岛上的圣贝当修道院（Abbaye Saint-Bertin）疾驰而去。对于墨洛温王朝最后一位国王来说，隐修院还是一个不错的隐退之所。当时的教会颇为富裕，还是有能力可以让这位失势的国王得到应有的体面生活的。但无论如何，四周坚固的围墙会一直提醒这位修道院中的新客人，自己已经是一名囚犯，一名永远都不能走出这堵高墙的囚犯。

这一对于王室族系突如其来的打击绝对不是临时起意或是灵感突发——这是一场密谋已久的政变。为了此事，圣德尼修道院的院长福尔哈德曾亲赴罗马与教皇扎迦利会面。后者是一位温和、公平而正直的人。同时，他对政治也非常敏感，因此人们常常会在碰到棘手情况时去向他请教。这次，就是需要他来评判谁才是法兰克真正的国王，是平庸的希尔德里克三世还是丕平公爵？因为从实际的意义上来说丕平公爵已经领导了这个王国十年之久。

"这两位中谁才更配名副其实地拥有'国王'这个头衔？是那位徒有虚名却没有实权的人还是那个除了名号拥有一切的人呢？"福尔哈德院长问道。

尊敬的教皇陛下认真地捋了捋他灰白色的胡子，沉吟良久后用一种严肃而平稳的声音说：

---

① Aa，位于法国北方，在格拉沃利讷注入北海。

"让那位在事实上行使王权的人拥有国王的头衔更为公平与合理。"

教皇明确地表示同意让丕平公爵登上法兰克王国的王位。这对强制在全国信仰基督教的墨洛温王朝来说似乎有些忘恩负义。另外他们也达成了将可怜的希尔德里克三世安置在隐修院中的决定，听凭他在那里自生自灭。

*

于是，一个崭新的朝代开启了。丕平，因为其矮小的身材又被称为"矮子丕平"，是一位精力异常旺盛的人。他的野心很大，所有的荣耀、尊贵和权力都想要一举拿下。

罗马教皇的支持更增添了丕平的野心。不过，只有一位上了年纪的教皇低调地宣称他的走马上任显然是不够的。于是，这位新国王的外交顾问卜尼法斯主教为他策划与组织了一场充满想象力的加冕礼。首先，他从《圣经》当中汲取灵感。《圣经·旧约·撒母耳记》①中讲述了以色列国王敷圣油的故事："撒母耳举起一小瓶圣油，然后缓缓倒在扫罗②的头上……"（《撒母耳记上》，第十章，第一节）然后他又参照了当时英国大不列颠及布列塔尼凯尔特人的做法——苏格兰国王都要被教会中权威人物祝圣及授予圣职。卜尼法斯巧妙地将这些习俗相结合，请来了天上与地下的基督教权威，构思了一场别具一格的王家登基典礼。

这场盛大的仪式在苏瓦松主教大教堂（Cathédrale de Soissons）内举行。这位新上任的国王留着长发和丰满的胡须，身披绛红色的大衣，口中重复着卜尼法斯主教的提词：

---

① 《圣经》旧约历史书的一部分。其名称取自《撒母耳记上》前几章的主角，先知撒母耳。《撒母耳记》主要记录以色列王国第一位国王扫罗和第二位国王大卫执政期间的历史。

② Saül，便雅悯支族的后人，他是以色列犹太人进入王国时期的第一个王，公元前1020—前1000年在位。

146

"我发誓将维护基督教教会以及所有我统治范围内基督教教徒的安宁，抵制一切不公平，并以慈悲之心进行定断……"

然后，卜尼法斯主教以一种庄严的姿势将圣油缓缓倾倒在丕平的额头上，这圣油（其实只是橄榄油和香水的混合物）将赋予他神圣的灵魂。之后主教将王冠戴在了新国王的头上，并将象征王权的权杖放于他的双手之间。

"他将无往不胜，永远崇高！他的判决将公正而明智！他统治的国家将长治久安……"

所有贵族和神职人员齐聚大教堂的穹顶之下，用拉丁文大声朗读三遍：

"不朽的国王万岁！"

从这一刻开始，法兰克的国王成为了同时拥有上帝权力的君主，集天上与国家的统领为一身。

三个半世纪过去后，兰斯的大主教安克马尔，一位想象力有余而严肃不足的人，想当然地认为当年的克洛维一世也举行过一场盛大的加冕礼，并且幻想当时有一只白鸽用嘴衔来了一瓶专为受洗的国王准备的圣油……而事实上，克洛维一世从未被涂抹过圣油。首先，当时举行加冕仪式的习俗还没有建立；另外，当克洛维一世被立为王之时他还不是一名基督教徒。但是信徒们总能制造出一些虔诚的故事让所有法兰克族的国王可以位列圣人之列，并像上帝那样与凡夫俗子区分开来。

矮子丕平的加冕礼对于巴黎城来说算不上是一件好事情。因为新上任的国王似乎无意在墨洛温王朝的都城安家。事实上，他从未真正想要将宫廷和权力机构固定在任何一座特定的城市，他是一个喜欢四处游荡的国王：从德国的科隆到法国蒂永维尔的王宫，或是从德国沃尔姆斯到法国贡比涅的宅邸。所有的法兰克贵族们也只好跟着他不停地迁徙，进行着一次次毫无必要却深得国王喜欢的随性之旅。

在加冕礼之后不久，当丕平国王重新踏上新的旅程之际，选择废除墨洛温王朝的扎迦利教皇安详地去了天堂，司提反二世登上了教皇的宝座。如今，如果想要成为大教堂虔诚的信徒，就必须讨好这位教皇。很多事情变得与以往不一样。当初的扎迦利教皇是一位政治敏感者，而司提反则是一位慈悲而虔诚的教士，倾其一生去照顾穷人，并为病人建造收容所。这位位高权重的教皇完全不谙政治与外交，但之后发生的很多应接不暇的事情则让他觉得不得不补上这一课。

当时伦巴第①地区的国王艾斯杜尔夫想要将他的领土扩展到整个意大利地区。他要求教皇缴纳丰厚的贡品，并威胁到了罗马的安危。另一方面，基督教的保护者，统治东罗马帝国，并定都君士坦丁堡的皇帝君士坦丁五世②觉得当前最紧急的任务就是应该飞扑过去拯救这座"永恒之城"。他其实一直想要努力巩固自己的领土，同时入侵叙利亚，夺回塞浦路斯。罗马危在旦夕，然而教皇和市民却束手无策。

这时的司提反二世有些无所适从，他不知道该投身哪位"圣人"。谁会保护他们不受伦巴第野心勃勃的国王的侵略呢？突然，他想到了一个名字：丕平！他之所以能成为法兰克国王，那是多亏了前任教皇的决定，而丕平还没对恩人的继任者报过恩呢……于是，教皇陛下马上提笔写信给一名来罗马朝圣的法兰克贵族。在信里，教皇要求国王派给他一名使节，邀请他去纽斯特利亚地区。而这样的邀请是伦巴第人无法反对的，这就让教皇可以暂时逃离危险的中心地带罗马。

丕平立即就从眼前的局势中发现有利可图。他从未如此支持过教皇

① Lombards，意大利北部区名，北与瑞士相邻。
② 君士坦丁五世（Constantin V，718—775），拜占庭帝国伊苏里亚王朝皇帝，741—775 年在位。

的决定。一位肩负双重使命的使节匆匆赶往罗马，而教皇也终于得以离开这座拥有七个小丘陵的城市。此时这座城市中的人们已经惊慌失措，觉得自己已经被交到了敌军手中。离开罗马，是个多么疯狂的举动！历史上从来没有一位教皇离开他的拉特朗圣若望大殿并开始一次如此漫长的旅程。

公元753年12月，司提反二世途经奥斯塔①谷，越过阿尔卑斯山，来到了位于大圣伯纳德山口②的一座修道院。这是一座用灰色石头砌成的宏伟建筑，隐匿在周围一片白茫茫的风景中。很快，福尔哈德院长派来的法兰克族代表就加入了罗马教皇的队伍。而福尔哈德院长则率领其他教士尊敬地跪倒在眼前这位拥有耀目的权威及虔诚的名望的司提反二世脚下。

在教皇和他的随从们继续赶路的同时，丕平国王和贝尔特王后也正朝相同的方向赶去。最后他们在香槟南部地区相遇。丕平策马飞奔追上了教皇一行，然后从马上下来，俯伏于地，祈求来自上帝使徒的赐福。这一连串的收买行为使其最终达到了自己的目的：教皇向这位法兰克国王表示了感谢。

第二天，丕平在蓬蒂翁③宫殿内接见了教皇。不过这一次，形势已然发生了变化：这回换成司提反二世跪在丕平国王前面，两手交握，哭着恳求：

"请你答应我伸出救援之手，让伦巴第人停止对我们施压，让罗马人不要成为艾斯杜尔夫的贡品！"

丕平对于教皇的哀怨与不安表现得极为满足。这位高高在上的大祭司终

---

① Aoste，意大利双语政区瓦莱达奥斯塔的主要城市，位于阿尔卑斯山上近白山隧道入口处，距都灵约110公里。
② Grand-Saint-Bernard，阿尔卑斯山的重要山口，在瑞士、意大利边境。
③ Ponthion，法国马恩省的一个市镇。

于选择前来向他而不是拜占庭①的皇帝求救！如今，他是法兰克王国的国王，同时也是罗马基督教能长久留存的保证。这是多么大的跨越！

当然，丕平会出面与伦巴第的国王协商撤军事宜，他也希望基督教的圣地罗马能有更广阔的领地以避免他国的攻击。那么单凭这位国王的意愿和圆滑的谈判技巧就能达到目的吗？未必，所以这位法兰克国王同时也宣布将建立起一支军队来进行军事讨伐。

终于从恐慌中平复的司提反二世非常高兴，因为他教皇的宝座和他所在的城市都保住了。然而，丕平却提出了交换条件：他要这位新上任的教皇亲自为他再举行一次加冕礼！而这次加冕的仪式必须要让丕平和他的儿子们在所有基督教徒面前被授予绝对神圣的权力。教皇同意了，因为他别无选择。

在筹备这场浮夸的二次加冕仪式期间，司提反二世拒绝回到罗马，除了政治上的原因之外，他也不愿意在寒冷的冬天浪费太多精力在两地间奔波。

于是，在福尔哈德院长充满敬意的款待下，司提反教皇暂时在圣德尼修道院度过了几个月。这个之前由达戈贝尔特一世建起来的小修道院如今已经变得富有而强大。福尔哈德院长为了目前安逸的现状做出了不小的努力：他也曾经在争取财政权与领地的事情上被打击过，不过现在修道院的面积已经扩张到了庞坦②和拉维莱特③。需要说明的是，为了表明对院长福尔哈德的尊重，丕平国王一直都在资助圣德尼修道院，并且打压那些心怀叵测想要限制修道院面积扩张的人。

---

① Byzance，古希腊城市，也为现今土耳其伊斯坦布尔的旧名，相传是从墨伽拉来的殖民者于公元前 667 年建立的。拜占庭的名字据说出自他们的王"拜占"，直至 4 世纪中期，该城发展成东罗马帝国（即拜占庭帝国）的中心，更名为君士坦丁堡，直至 1930 年又更名为伊斯坦布尔。

② Pantin，庞坦是法国法兰西岛大区塞纳-圣但尼省的一个市镇，属于博比尼区县。

③ La Villette，法国卡尔瓦多斯省的一个市镇，属于卡昂区（Caen）蒂里阿尔库尔县（Thury-Harcourt）。

圣德尼修道院的财产都去了哪里？

圣德尼修道院在法国大革命时期被强行闯入，但是掠夺者对于他们的战利品却表现得很失望：除了一点儿金币和银币之外，几乎什么也没有。不过，在1634年的一次财产清算中，人们清点出了四百五十五件价值连城的物件，其中包括古代国王的兵器、装饰着稀有宝石的王冠、在圣龛中保存的珍贵圣骨，以及宝库中最大的财富——装帧精美的福音书。

那些大胆而又贪婪的人总觉得圣德尼修道院的宝藏应该被埋在某个地方……1939年，一个古怪而固执的人，人们都称他为勒克莱尔少校，购买了位于圣德尼三十几公里处，靠近梅西①拉迪梅海斯（La Dimeresse）的一栋房子。这位少校在房子的故纸堆中发现了一张买卖合约，证明这处房产以前是归修道院里的修道士所有。他听信了谣言，相信传说中的神秘财产就埋在他的脚下！作为一名极富好奇心的探险家，这位少校召来了他法律界的朋友，大家都一边倒地证明地下室曾经被秘密开凿，并且都认定在地底深处藏有珍贵的金属……

于是少校毫不犹豫地立即进行挖掘。1954年时，这项挖掘工程已经可以看到深入地下的楼梯。当地报纸对这一消息大肆报道并宣称马上就要发现圣德尼的珍贵财富。不过，刚刚挖出来的这条小过道差点造成房屋坍塌，于是人们又忙不迭地将它堵上。直到1961年，也就是少校去世的那一年，他要求挖掘工人们在属于他的地皮上做最后一次

---

① Messy，为塞纳-马恩省的一个区。

努力。对于这一投入了大量金钱与时间的工程，他想要看到最后的希望，实现他的梦想。然而，与前几次一样，这最后一次挖掘依旧是徒劳无功。

丕平国王新的加冕礼自然要在圣德尼修道院中进行。但是在这之前，教皇有一项虔诚的任务必须完成：那就是要庄重地将圣日耳曼神父的遗体移送过来埋葬。这位巴黎主教因为曾奇迹般地治愈了百姓的疾病、痛苦与残疾，反对奴隶制度与异教徒，用他的一生示范了什么叫做无止境的仁慈而被列为圣人。然而他的遗体一百七十七年来却一直被存放在一个简陋的小礼拜堂中，位于圣文森圣克鲁瓦大教堂的入口处。这个寒酸的地方与这位受人尊敬的圣人的身份不胜匹配。是时候将他的遗体转移到一个恰如其分的地方来了——就放在教堂主祭坛后的祭坛内。

这次的仪式集结了巴黎所有最位高权重的人：司提反教皇、丕平国王、贝尔特王后，以及他们的儿子查理王子，也就是未来的查理曼大帝①。整个城市又一次见证了这些一直以来使其充满活力的重要人物。在那一刻，巴黎仿佛重新找回了它的位置，这是在法兰克王国历史上的第一次。

在一群虔诚祈祷的人们面前，教堂的地下室打开了，装有圣日耳曼主教遗体的木棺被抬到了教堂的祭坛上。在随后的一天一夜中，他都将静静地待在那儿，供虔诚的信徒们膜拜。

第二天早上，当着丕平国王与查理王子的面，人们想将这樽木棺挪到事先选好的地方，将其安葬。但是，奇怪的事情发生了，人们无论如何都没法移动它，这副棺材似乎牢牢地固定在了地上！人们试图利用杠杆原理来撬动

---

① 查理曼大帝（Charlemagne，742—814），法兰克王国加洛林王朝国王，神圣罗马帝国的奠基人，771—814 年在位。

它，或是使用滑轮来吊起它，都起不到任何作用。难道这是木棺中的圣人不愿意离开祭坛的暗示？在座的所有主教们都想要给这件怪事找到一个合理解释。

"尊贵的陛下，"他们对丕平说道，"也许您没有注意到真福者圣日耳曼曾经是一位主教。也许他珍贵的遗体只有主教才能将其移动。可能这就是这位圣人想要表达的意思。"

于是，所有的高级教士们集合起来试图握住手柄提起木棺。但是木棺依然纹丝不动。

"最最尊贵的陛下，我们建议让建立这座修道院的修道士们来试试，也许圣人是想把这个特权留给他们……"

于是所有的修道士接过了主教手里的棺材，但是同样的，他们也无法提起棺材分毫。此时，丕平已经无法控制眼泪从脸上滑落。他不禁自问，将圣人的遗体从他自己选择的葬身及等待复活之地挪到此处是否是犯了亵渎圣物的罪行？

终于，有个人从众多信徒中站了出来。这位陌生人凭借他的直觉缓缓地向大家道出了这一神秘事件可能的缘由：

"假如我们宽厚仁慈的国王可以屈尊听一听他谦卑的仆人说的话，我想也许可以找出这一顽固阻力的真正原因。在距离帕莱索①宫殿不远处，有几处修道院的附属地。国家的税务人员仗着有陛下身边某权贵撑腰，在那些附属地施行难以忍受的暴政。他们残杀百姓，摧毁植物与粮食、牧场与森林，掠走牛羊家畜，让这片土地变成了一片真正的掠夺之地。所以，我觉得是因为这种不公平现象的存在让尊敬的圣日耳曼主教试图在今天这个重要仪

① Palaiseau，法国的一个市镇，位于巴黎西南 18 公里，隶属法兰西岛大区埃松省。

式上做一个补救！"

一切因由就是如此……此时，奇迹的出现并不是为了改变一个人的本性，也不是让世间多一些善行，减轻人类遭受的苦难。不，只要能阻止那些税务官的暴行，并且将那些土地重新还给修道院，奇迹就会出现！

我们可以想象一下当修道院的修道士得知能重新拿回附属地的那种场面。不管怎样，这一聪明的建议还是奏效了，丕平同意了躺在木棺中的圣日耳曼主教的要求：他将帕莱索的宫殿赠与了修道士，并且还多加了几座农场。

"作为回报，我只要求您赐给我移动您的圣体的权利。"这位国王向圣人恳求道。

日耳曼主教的亡灵似乎对这一决定相当满意，因为，他的棺材立马就很容易地被人抬起，并轻轻松松地放入了新准备好的地下室。在场的每个人都说好像闻到了一股轻柔的芳香掠过整座教堂，甚至有最虔诚的信徒看见了来自天堂的天使前来托起了主教的圣体。年轻的查理王子对于能顺利解决这件事感到非常开心，他甚至跳入了地下墓穴，想近距离地窥探奇迹……然而，他并没有遇到想象中的天使，却在跳下去的过程中磕掉了乳牙……

不久之后，一根精雕细琢的立柱再次确立了这份王室的赠与。当然，最谨慎的做法还是将国王对于主教大人的承诺一字一句刻在石头上："在圣日耳曼主教之圣体迁移的那一日，他长眠于此，国王将帕莱索的宫殿赠予他……"

为了纪念这一伟大事件，圣文森圣克鲁瓦大教堂从此以后也被更名为圣日耳曼德佩大教堂。

我们必须具有充分的想象力才能够对这座大教堂以及其周边的村镇有一

个大概的了解。它周边的土地延伸成一个圈，并且还要加入伊西①、沃吉哈赫②、沙蒂永③以及蒂艾④的封地，另外还有蒙特罗⑤和圣克卢的土地，当然，还有帕莱索。加起来相当于一个行政省的面积！整个修道会的声望越来越大，而本笃会修道士也极为博学多才，他们中有艺术、科学和文学的爱好者，常常汇聚于此思考、劳动和写作。整个区域也都随之活跃起来。在这里，对于精神生活的需求不断增加。如今，当某位大文豪来到这个区的某家著名咖啡馆，开始敲打手提电脑的键盘构思一篇鸿篇巨制时，我会觉得十几个世纪之前渴求知识的风气会感染了他，激发出他的创作灵感，因为这种风气在很长一段时间里影响了这一地区。

圣日耳曼主教成功下葬后，司提反教皇开始计划丕平国王的加冕礼，但是他心中仍然有一处疙瘩：王后贝尔特的境遇让他觉得当今法兰克王国的国王是个戴罪之人。丕平国王的合法妻子贝尔特王后如今被幽禁在偏僻的冷宫中，而丕平则另有艳遇，夜夜拜倒在一位撒克逊女人的石榴裙下。这是一件多么恐怖的事情，叫人如何面对一直在天上注视着我们的上帝！想到此，教皇马上在圣德尼修道院召见了国王。

"我们不能将圣职授予一位品行不端的国王！这不仅仅是一件不体面的事情，而且会给别人留下话柄，诟病丑闻，并玷污一直被基督教徒监督着的法兰克国王宝座。"

这简直就是无稽之谈，丕平心中想道，但为了保全教皇的面子，他还是

---

① Issy-les-Moulineaux，也称伊西莱穆利诺，是位于法国巴黎西南郊区的城市。
② Vaugirard，如今的 15 区，位于巴黎西南部，塞纳河左岸。
③ Châtillon，法国法兰西岛大区上塞纳省的一个镇，位于巴黎市郊。
④ Thiais，法国法兰西岛大区瓦尔德马恩省的一个市镇。
⑤ Montereau，是法兰西岛塞纳-马恩省的一个市镇。

即刻满足了教皇的心愿：我马上就将那个撒克逊女人关进郎格勒①教区的修道院，并要求她永远不要迈出院门半步，一辈子在里面进行忏悔和赎罪。

公元 754 年 7 月末，基督教内再也没有了反对法兰克国王加冕的声音。大家都在积极准备典礼。但是就在典礼即将开始的前两天，司提反教皇突然得了重病，奄奄一息……这位教会中最具权威的神父只有一个愿望，就是在他死后，即刻将他的遗体放到圣德尼修道院，埋在其他殉道者先辈的遗体旁。可就在教皇躺在床上等待死神降临时，他在迷迷糊糊之间仿佛看到先人圣德尼在使徒彼得和保罗的陪伴下来到了他的床前。

"我们亲爱的兄弟需要获得健康。"彼得说道。

"他马上就会拥有健康。"保罗回答说。

而圣德尼则手持一片棕榈叶和一个香炉，对垂死的教皇说：

"放心吧，我的兄弟。起来吧，你已经痊愈了。"

果不其然，卧病在床的教皇立即觉得所有的不适感都消失了。作为感谢，教皇特许修道院享有主教司法豁免权，修道院的房子归修道院所有，而其余恩惠则归院长福尔哈德所有。

一系列的奇迹与好事接踵而来。司提反二世最终得以在 7 月 28 日于圣德尼修道院为丕平国王举行隆重的加冕礼。但是他没有在仪式中加入敷圣油的环节，因为司提反二世做事极少铺张而高调，节制和简洁是他的一贯风格。他所做的正是人们想看到的：以三位一体的圣主为名，他授予丕平国王及他的两个儿子查理和卡洛曼以圣职。然后，贝尔特王后也被授予了王室的勋章，并被教皇以圣灵七德的名义祝圣。

---

① Langres，法国东北部市镇，隶属香槟–阿登大区上马恩省。

最后，教皇转身面向一众公爵和贵族，在向他们赐福后对他们说：

"在接受我们的祝圣后，你们将不能选择侍奉除丕平家族以外的国王，并且要尽心尽力维护这一家族的王权，违者将被开除教籍。因为这个家族已经被仁慈的上帝赋予了与众不同的圣职，而作为圣徒，他们也已接受了基督教内最高权威所亲手赐予的祝圣与认可……"

丕平国王理应心满意足：司提反二世尽他最大的努力维护了法兰克王朝的统治以及圣德尼修道院。而在后来的三年里，直到758年间，丕平国王也庄重地履行了他的义务，他发起了三场对抗伦巴第人的战争，并且都取得了胜利，并将获得的土地——二十二座城池赐予教皇，其中包括了拉韦纳和佩鲁贾①。这些被征服的地区慢慢形成了一个新的概念，即"教皇领地"，其兵力、财富和广阔的土地都用于保护教皇的安全，抵御外来侵略。

*

公元768年，丕平国王已经是一个五十四岁的老人了。在一次对普瓦图②地区的巡游中，他突然感染了一场来势凶猛的高烧。他深知自己命不久矣，要么就在普瓦图的首都普瓦提埃身故，但这不是他希望的最终归宿；要么就赶紧离开这座他觉得不配让他咽下最后一口气的城市。于是他立即启程赶往位于图尔的圣马丁修道院，他在那里的王家宝库里提取了足以履行他慈善义务的钱财，然后便在随从的陪同下匆匆前往圣德尼。

在圣德尼修道院的拱门下，在法兰克王国的达官贵人面前，丕平将国土分给了两个儿子，然后于9月24日与世长辞。应他的要求，他的遗体被葬在修道院最不起眼的地方，外部的门廊之下，面朝土地以示赎罪。

---

① Pérouse，意大利中部山地省份翁布里亚的首府。
② Poitou，法国中西部的一个省份，省会为普瓦提埃。

两个星期以后，查理登基成为努瓦永①地区的法兰克国王，而他的弟弟卡洛曼则在不远的奥斯特拉西亚地区的首府苏瓦松称王。巴黎又一次从法国王室的编年史上消失了。直到三年后，卡洛曼年少夭折，被葬在兰斯的圣雷米大教堂（Église Saint-Remi）中，查理曼大帝才开始慢慢收复所有的领土，成为西部地区真正的统治者，并最终定都于亚琛②。

巴黎则遭受了一次严酷的打击：它变成了塞纳河畔的一座小港口，人口也不断下降，当时只有五千人左右。

当然，查理曼大帝并没有将这座古都完全遗忘。公元779年，从罗马旅游回来后，他突发奇想，要在他的王国里建造一批学校，专为想要学习人文科学的年轻人而设。指令既出，好几所学校开始在巴黎建立：主教的宫殿，圣热纳维耶芙修道院以及圣日耳曼德佩修道院都建立了这样的机构。人们虽然在巴黎接受教育，但是历史的潮流却不再流经西岱岛上的王宫，它似乎已经被人们所遗忘了。

同样被遗忘的还有丕平国王在世时所创立的加洛林王朝公墓。不过这样的遗弃是短暂的，因为随后几个世纪中，巴黎的英雄们，例如厄德伯爵③，后来的法兰克国王，还有卡佩王朝的第一任国王于格·卡佩④都埋葬于此，他们都是这所修道院中至高权力的象征。但是一直要到13世纪，在圣路易管理下的圣德尼修道院才正式成为"王家陵园"，一个聚集了几乎所有政权统治者与位高权重者的王族墓地。

---

① Noyon，位于法国东北部皮卡第大区瓦兹省的一个历史悠久的市镇，属于贡比涅区努瓦翁县。
② 又称艾克斯拉沙佩勒（Aix-la-Chapelle），位于德国北莱茵-威斯特法伦州，靠近比利时与荷兰边境。
③ 厄德伯爵（le comte Eudes），也称巴黎伯爵，于887—898年在位。
④ 于格·卡佩（Hugues Capet, 940—996），卡佩王朝创立人，于987—996年在位。

伯爵的时代

RER 的夏特雷-大堂站是由夏特雷地铁站和一个大型购物商场构成的，每天都有约五十万大巴黎地区的人流在这里换乘地铁去市区上班。欢迎来到世界上最大的地下车站！如果你想逃离这个可怕的集市化的大商场——这里在建成三十年后已经变成了一堆老旧的废墟——你完全可以在夏特雷站下车出站。当你沿着漫长无止境的像铺着红毯般的走廊出站时，你会听见站内的民间音乐家拨动吉他的声音（当然，这是得到巴黎大众运输公司[①] 允许的），然后穿过贩卖琳琅满目的巴黎纪念品（当然是赝品）的小商贩们，最终得以上到地面，来到 1808 年建立的、用于庆祝拿破仑在意大利和埃及取得战争胜利的喷泉旁。

这个夏特雷广场位于巴黎的中心，在经历了第二帝国时期奥斯曼男爵的城市大改造之后，成为了可以贯穿这座城市每一部分的交汇地带，让整个巴黎变得更通畅、更四通八达。这也是为什么塞巴斯托波尔大道（Boulevard Sébastopol）在改建后于塞纳河右岸向北，而穿过塞纳河左岸后又向南延伸，并与圣米歇尔大道交汇的原因。与此同时，里沃利路（Rue de Rivoli）

却是东西走向。

这一新的布局也导致了夏特雷广场上的喷泉和纪念柱重新挪了位置，它们被往西移了十二米。不过这项工程只用了三十分钟时间，因为在地下铺建地铁的时候，正好吊起了地面上的石块。

这位受人爱戴的男爵与他打造的崭新巴黎让这一地区最后几条曲里拐弯、极不方便的小巷也消失不见了，取而代之的是宽敞的街道和两座大型的剧院：在我的左边是一直以上演轻歌剧闻名的夏特雷剧院（Théâtre Châtelet）；在我右边则是莎拉·伯恩哈特剧院（Théâtre Sarah-Bernhardt），这位著名法国舞台剧和电影女演员的影响力一直延续至今。而如今，对于著名轻歌剧《小鹰》②的不朽演绎也只剩角落里那家叫做 Aiglon 的咖啡馆，那家剧院因为某些难以理解的原因已经变成了一座城市剧院。不过，在剧院内部，沿着金属阶梯拾级而上到二楼，在单数位区域，你会看到在隐蔽处有一个为当时的名伶特设的包厢。里面浴缸、梳妆台、屏风、演出海报、照片一应俱全，似乎这位女明星下一秒就会出现在这里一般。

让我们再回顾一下这里的悲伤往事：这座剧院穿过一条叫做维埃耶-朗泰尔纳（Rue de la Vieille-Lanterne，也叫旧灯笼路）的不祥之路，说它不祥是因为著名诗人热拉尔·德·奈瓦尔③曾于 1855 年 1 月 26 日在这条路的一处栏杆上自缢身亡。"这是他能找到的最肮脏不堪的角落"，他的好友、同

---

① 简称 RATP，成立于 1949 年，取代巴黎都会铁路公司的位置，负责经营先前由私人企业掌管的巴黎地上及地下大众运输工具。
② 由法国浪漫主义戏剧家爱德蒙·罗斯当于 1900 年创作的舞台悲剧，并于同年 3 月在巴黎莎拉·伯恩哈特剧院举行了首演。
③ 热拉尔·德·奈瓦尔（Gérard de Nerval，1808—1855），法国作家、诗人、散文家和翻译。

为诗人的夏尔·皮埃尔·波德莱尔①说道。而传说中诗人悬挂绳子的地方恰好就是现在剧院舞台下方提词者所在的位置。

*

9世纪初，帝国与文明都渐渐遗忘了巴黎。公元820年，我们甚至感觉到这座城市正面临着消亡。所有上天带来的不幸都在塞纳河畔发生：饥荒、洪水、流行病让居民们饱受折磨。因为收成不好，面包都变得极为罕有；塞纳河涨潮，西岱岛几乎被淹没。人们只能坐船出行，似乎没有什么能阻止死亡肆虐。死后发胀的尸体漂浮在河面上，在沉默不语的塞纳河左岸堆叠。这些人是被淹死的，是被饿死的还是被一个坏心眼的陌生人袭击而死的？没有人知道，所有的尸体看上去都一个样。巴黎成了一座等待死亡的城市。

但很快，带着希望的流言就传遍了整座城市：大约在三个世纪前，塞纳河的河床下埋藏着圣热纳维耶芙献给上帝的纯净灵魂。而这一圣物如今被保存在西岱岛上圣让-巴普蒂斯特圣洗堂附近的一座修道院内。水能覆舟也能载舟，巴黎的保护神又一次表现出对这座城市和居民强烈的爱。对荣耀的热纳维耶芙深信不疑的巴黎市民排成长队来到神圣的河流边，祈求他们的圣人。奇迹真的发生了。已经漫过河岸的水流突然间退了下去，回到了曾经埋藏圣人灵魂的河床中……

圣热纳维耶芙的守护起到了作用，而且她似乎也是唯一一个仍然在守望这座城市命运的人。真的是唯一一个吗？也不尽然。在欧洲的最北部，有另外一群人正在准备他们的船只，打算从波罗的海顺流而下，取道英吉利海

---

① 夏尔·皮埃尔·波德莱尔（Charles Pierre Baudelaire, 1821—1867），法国伟大诗人，象征派诗歌之先驱，现代派之奠基者。

峡，再从塞纳河登陆。

　　查理曼大帝统治的美丽国土激发了北欧民族的贪婪欲望。在查理曼大帝这位白胡子君王逝世之后，他的儿子路易一世①继承了法兰克王国。而路易的三个儿子却野心勃勃地急着想要获得统治权。这三个儿子居然在 833 年 11 月废黜了他们的父王，瓜分了王国。小肚鸡肠与嫉妒猜疑撕裂了这几位叛逆王子的心脏，整个国家又不可避免地再次四分五裂。

　　这对于斯堪的纳维亚半岛上一直伺机想要实行侵略的人来说终于找到了突破口。于是他们第一时间就攻占了离他们不远的位于英国的谢佩岛②，位于莱茵河口岸的多瑞斯塔德港③，还有位于埃斯考河的小镇安特卫普④。受惊的老百姓将这些侵略者统称为"诺曼底人"，也就是"来自北方的人"的意思⑤，不过他们很快就知道了事实上这些强盗将自己称为"维京人"⑥。

　　路易一世去世后，他的三个儿子瓜分了帝国。之后，他们于公元 843 年在凡尔登⑦签订了一项协议。根据协议的条款规定，整个国家将分为三部分，并暂时更名为"法兰西"⑧：东部的法兰西将指派给日尔曼

---

① 路易一世（Louis le Pieux，778—840），也称为"虔诚者路易"，法兰克王国的国王，查理曼大帝的儿子与继位者。
② île de Sheppey，位于英格兰肯特郡泰晤士河口的一座岛屿，位于伦敦中心以东大约 38 英里。
③ port de Dorestad，位于荷兰乌得勒支省东南部的一个港口，靠近现在的韦克拜杜尔斯泰德镇。
④ Anvers，位于比利时西北部埃斯考河河畔，是比利时最大港口和重要工业城市。
⑤ 诺曼底人，les gens du Nord，来自北方的人。
⑥ Vikings，即北欧海盗，他们从公元 8 世纪到 11 世纪一直侵扰欧洲沿海和英国岛屿，其足迹遍及从欧洲大陆至北极的广阔疆域。
⑦ Verdun，法国东北部洛林大区默兹省的最大城市。
⑧ la Francie。

人路易①，中部法兰西分配给洛泰尔一世②，附带了皇帝称号，而查理二世③（又称秃子查理）则分到了西法兰西地区。后来，东法兰西衍生出了日耳曼地区，即现在的德国，西法兰西诞生了现在的法国。至于法兰西中部地区，则包括了从佛兰德地区④到意大利北部地区的部分，尽管在后来被两个强大的邻居慢慢蚕食，但是我们还是可以将现在的意大利看成是这一部分的延续。

秃子查理是上帝的虔诚信徒，有一种说法，说他之所以会有"秃子查理"的绰号是因为他故意修剪了头发以示对教会的服从。他不仅虔诚，而且并不好战。当他听说维京人已经攻入塞纳河时，他派了几支军队去抵挡，而自己则逃到了圣德尼修道院寻求庇护。他希望待在修道院的高墙内，免于被这些来自北方的蛮族的消息骚扰。

与此同时，被秃子查理派去的法兰克士兵被眼前塞纳河沿岸的景象惊呆了：水面上排成纵队的船只整齐划一地划着船桨缓缓前进，而悬挂在船头的面目狰狞的龙图腾彩色旗帜，彰显着这些冷酷好战者的决心。秃子查理的士兵连拖延时间的战术都顾不上用，在与敌军碰面的一刹那就溃不成军，纷纷加快脚步逃窜。

845 年的 3 月 29 日，复活节，恐惧席卷了巴黎。这座城市没有任何预先的防御措施，也没来得及组织抵抗，古老的近乎倒塌的城墙不足以抵挡维京人踏足这块土地。对于巴黎人民来说，仿佛看到了世界末日，

---

① 日尔曼人路易（Louis II de Germanie，806—876），东法兰西国王。
② 洛泰尔一世（Lothaire Iᵉʳ），意大利国王（795—855），于 840—855 年在位。
③ 查理二世（Charles II le Chauve，823—877），又称"秃子查理"，加洛林王朝的西法兰西国王，神圣罗马帝国皇帝，于 843—877 年在位。
④ Flandre，比利时北半部的一个地区，人口主要是佛拉芒人，说荷兰语。

每个人拿上自己所能拿的，牵上几匹牲口，收拾些金银珠宝和一点干粮，恨不能以最快的速度钻入地底。修道士带着修道院里的一些装饰品和圣瓶离开了修道院，当然，他们也带走了最最珍贵的东西：圣日耳曼主教和圣女热纳维耶芙的圣骨。然而这些举动实无必要，因为高傲的维京异教徒对那些圣人的骸骨完全不感兴趣。真正让他们疯狂觊觎的，是货真价实的钱！只要是能在钱袋里叮当作响的都行。金币、珠宝、首饰，对他们来说都是好东西。他们无意占领土地，也无所谓是否获得权力，他们并不想扩张他们的领土。他们只是想要劫掠钱财，扩张财富。这是他们的唯一目的。

他们在西岱岛的小港口靠岸。上岸后杀害了那些在惊恐中迷路的市民，抢掠了这座几乎已经荒废的城市。他们首先要洗劫的就是隐修院和修道院，因为那里有他们想要的隐藏得很好的金银珠宝。他们毫无顾忌地洗劫基督教的所在地，因为他们什么都不懂！而剩下的那些破旧茅屋和农场他们也全然不放在眼里，统统一把火点燃。当他们遇上一位美丽的姑娘或是一个精壮的小伙子时，则将他们收为奴隶，因为这样的奴隶总是能卖个好价钱。

在经过了一番烧杀抢掠之后，维京人似乎还未完全满足。现在，他们想要袭击圣德尼修道院，因为他们很确信那里藏着不可估量的财宝。于是，藏身其中的秃子查理开始动员他的骑兵部队：

"现在是你们这些勇敢的士兵站出来捍卫圣德尼这位圣人的墓地的时候了！"

然而这些法兰克士兵却露出不情愿的表情——如今绝对不是打仗的好时机：在这初春时节青草还未长出，战马都饿得饥肠辘辘，却没什么东西可以拿来喂饱它们……确实，对战的时机最好能延迟一些，让青草长得更高一点，让气候变得更暖和一点。

当然，和一群贪图钱财的敌人对抗还是有好处的。如果没有办法与他们交战，至少可以用金钱来换取和平。最终，秃子查理付给了维京人的首领拉格纳七千斤银子①，平息了这场战争。事情就这么解决了，这群强盗带着他们装得满满的腰包得意地离开了。

然而，在欧洲的最北部，还有另外一些部队的首领在觊觎着法兰西的财富。他们从别的军队那里听说可以从秃子查理手中获得巨大的财富，于是，一个名叫戈福雷的首领带领着他的舰队逼近了巴黎。一群士兵聚集在圣热纳维耶芙山下，最终，还是以一笔金钱交易化解了巴黎面临的危机。紧接着，又有一个被称作西德罗克的人想过来捞上一笔。但是国库已经日渐空虚，无法满足他的要求。于是维京人开始了他们的报复行动：他们将巴黎城内还能掠夺的东西掠夺一空，并烧光了所有能烧的房屋。"这简直就是一场灾难！"研究圣日耳曼德佩大教堂的史学家艾穆安在他的著作中写道，"法兰克士兵不战而逃，当敌人的第一支箭还在弦上的时候，当盾牌尚未受到弓箭的撞击的时候，他们已经撒腿就跑。诺曼底人就此知道，法兰克人的首领已经不再具备任何的勇气。"

几年过去了，维京人又找到新的方法来骗取秃子查理的钱财：他们绑架了圣德尼修道院的院长路易和他的兄弟、巴黎主教戈兹林——查理曼大帝的两个孙子（虽然只是私生子，但毕竟还是王族血脉）。绑架者要求得到一笔巨额赎金，才肯将两位举足轻重的基督教徒归还给教会。而这一次，这位法兰西国王无法再以捉襟见肘的荷包为由拒绝，只能支付这笔惊人的赎金。

① Livre，法国古斤（巴黎为 490 克，各省为 380 至 550 克不等）。

"为了偿还这笔钱，很多教堂中的珍贵宝物被掏空"，特鲁瓦的主教普鲁登斯在《圣贝尔坦修道院年鉴》一书中如此记录。

秃子查理尽管被这些无休无止的掠夺者们弄得恼羞成怒，还是没有忘记着手重建工程。首先，他重建了被侵略者摧毁的连接西岱岛与塞纳河河岸的两座桥；然后，为了更好地保护位于塞纳河主河道下游几百米处的一座桥，他又用一堆石头重新加固了木质桥面的支撑。这一"秃子查理河堤"后来成为了如今赫赫有名的兑换桥①，并且改变了整座城市的面貌。

然后，为了进一步巩固塞纳河上的防御工事，秃子查理在他生命的最后几年里又在塞纳河右岸建造了一座厚实的塔楼，以及在左岸建造了如今的小桥②，并在其旁边也造了一座用砖块和石头砌成的塔楼，周边挖了一圈深深的壕沟以保护小桥。

在塞纳河的两岸，两边的建筑如同巴黎的城门般耸立，时刻准备保卫城市的心脏：西岱岛。那里有真正的国家堡垒，即两座城堡——大城堡（Le Grand Châtelet）位于秃子查理新建的桥的一端，而小城堡（Le Petit Châtelet）则位于小桥的另一端。

大城堡的命运如何？

12 世纪时，为了保卫巴黎的安全，人们建起了一道巨大的城墙：

---

① Pont-au-Change，是一座位于巴黎的桥梁，横跨塞纳河以及河流中间的西岱岛。
② Le Petit Pont，是一座位于法国巴黎的桥梁，横跨塞纳河，连接第 4 区以及第 5 区的西岱岛。

奥古斯特古墙。大城堡因为渐渐失去了作用，变成了巴黎司法审判中心的所在地。这座建筑被一条带有穹隆的小路穿过，这条小巷名为圣勒弗鲁瓦巷（Ruelle Saint-l'Euffroy），或者叫做利厄弗鲁瓦巷（Lieuffroy①）。这个名字并不难找到解释，因为大城堡本身就是一个不祥之地，监狱、太平间和审讯室都集中在那里，成为了继蒙福孔绞刑架（Gibet de Montfaucon）之后巴黎最让人害怕的角落。

这里并不如现在我们看到的那么大，而且被夹在迷宫般的狭窄、曲折的街道之间，看上去让人觉得阴暗与不安。如果还要让这幅阴森的画面更完整一些的话，那我可以告诉你，那座城堡不远处就是一个巨大的屠宰场，从 10 世纪开始那里就是宰杀牲畜的地方。被割喉的牲口的叫声混杂着被严刑拷打者的嚎叫和囚犯的呻吟；太平间里的腐臭味又混杂着血液凝固后的腥臭味……就是这么一处恐怖的地方慢慢构成了如今夏特雷的轮廓。简而言之，这里曾经是巴黎最让人不寒而栗的场所！屠宰场边，于 1509 年建造的圣雅克塔（Tour Saint-Jacques），以及旁边的梅吉斯里码头（Quai de la Mégisserie）——一个运送皮革制品的驿站，记录了这些陈年的记忆。

大城堡在 1804 年被拆毁。我们不难理解为什么人们不愿意留存这座浸润着伤心记忆的建筑。假如还是想要了解这座城堡内的大致脉络，只需穿过塞纳河去看一看。在嘉兰德路（Rue Galande）42 号，有一处被称为"地牢的墓穴"②的地方。走入这里的地下室，你会看到之前受刑者的雕像，上面写着"我将被处以绞刑"，或是"像马拉那

---

① Lieuffroy，拆开来近似 Lieu effroyable，意为"可怕的地方"。
② Le Caveau des Oubliettes，如今是一家小酒馆。

样死去"①等字样。这里还保存着当时小城堡内的单人牢房和地牢，以及位于左岸的大城堡内的监狱实景。

公元 885 年，距离建造大小两座城堡已经过去了十几年，但没有什么事情被真正地改变，维京人的威胁依然存在。当然，秃子查理此时早已过世，并被葬在圣德尼修道院内。说到这里，事实上那座保存在卢浮宫内、完成于 9 世纪的查理曼大帝的雕塑，其实更确切地说代表的应该是秃子查理。对于巴黎人来说这更是毫无疑问的，难道我们不该在史册上留下关于这位国王的一点记载吗？

在秃子查理死后，西法兰西王国的摄政权就交到了查理三世②手中，即俗称的胖子查理，曾经的东法兰西国王，后来的加洛林帝国皇帝。自此，查理大帝的旧日帝国被彻底重组。

面对维京人的威胁，法兰西王国的统治者们希望能将所有的力量集中于一位统帅手中来指挥，以将北方蛮族彻底赶出领土。但他们错了，最大的掌权者胖子查理却更倾向于谈判。最后，他用两千八百斤银子买来了暂时的和平。为了维持这种安宁，他可以随时做出一切财政上的牺牲。国家财政不够怎么办？为了讨好敌人，并能让他以此为名动用国库备用金，他任命维京人首领戈福雷为弗里斯兰省③公爵，也就是将荷兰北部的一个省份赠与他。但是戈福雷想要的不止是这些，他又提出占领莱茵河边几块领地的要求。过多的要求注定让贪婪的维京人一败涂地，因为他们贪得无厌的行为彻底激怒了

---

① 《马拉之死》是大卫的一幅名画。马拉（Marat，1743—1793）是雅各宾派的核心领导人之一。1793 年 7 月 11 日，一位反对暴政的女士借口商谈事宜，进入马拉的浴室，并在他毫无防备的情况下行刺，结束了这位暴戾政客的生命。
② 查理三世，即胖子查理（Charles le Gros，约 839—888），法兰西国王和加洛林帝国皇帝。
③ Frise，是位于荷兰北部的一个省，属于弗里西亚的一部分。

一向温和的胖子查理。

胖子查理这回绝不让步，但是却表现出愿意协商的样子。双方在一个小岛上会面，那里叫做赫里斯庇奇①，是瓦尔河②开始汇入莱茵河的地方。自视过高又贪得无厌的维京人只带了一支小型护卫队前来。其实这是个陷阱，埋伏在地下的胖子查理的士兵突然现身，在短短几分钟内就歼灭了戈福雷和他的部队。

*

"我们用手中的兵器杀了戈福雷！"

这呐喊声回响在整个斯堪的纳维亚地区。

然而，从北方涌来的舰队还是逐渐入侵法兰西的土地。在885年秋天的尾声，维京人又一次大胆地袭击了巴黎，因为攻下这里，整个勃艮第地区就等于敞开大门了，继而是整个法兰西王国。

塞纳河上停留着无数敌人的船只，一艘挨着一艘。七百艘小船疾速前进，长方形的巨大船帆在桅杆上摇曳，照着斯堪的纳维亚神话刻成的北欧人雕塑屹立在高耸的船头。像是一群野牛，一群牧羊，一群猛兽和一群怪物，披戴着刺眼的颜色，悄无声息，来势汹汹。塞纳河水的颜色已经完全被舰队覆盖，船上长长的饰带在蜿蜒的河流中缠绕，在整个航道中延伸，一直延展到巴黎。

巴黎城内，人们知道根本就指望不上胖子查理：这位胆小如鼠的君主正在清点着他的财宝，并小心翼翼地准备好新的钱箱去孝敬给维京人。巴黎人民不愿再追随这位丧失信誉的国王。从现在开始，不论是老百姓、士兵还是官员首领，都必须依靠他们自己。巴黎并没有为此而颤抖，巴黎人民也没有

---

① Herispich，位于荷兰南荷兰省的斯派克。
② Waal，莱茵河最南端支流，向西流经荷兰，在北海莱茵河三角洲与默兹河汇合。

准备逃跑，相反，每个人都在认真准备打一场仗。这次的对抗是巴黎人等待已久的，他们已经准备好了正面迎击掠夺者。

11月25日，一大批来自北方的舰队停在了西岱岛前。维京人轻而易举地就占领了左岸，包围了传说中富裕的圣日耳曼德佩修道院，埃布勒斯院长以及其他修道士不得不逃出修道院，去岛上其他地方避难。

已经被懦弱的胖子查理供奉得贪得无厌的维京人首领西吉弗鲁瓦要求与巴黎人民的代表商谈，他希望能达成一项协议，在避免一场战争的情况下装满自己的荷包。

于是人们派出了巴黎市的主教戈兹林。这位基督教徒除去他的头巾和教士的浅色大褂，戴上了头盔，披上了浅灰色的金属铠甲。站在他面前的，是一位留着精心打理的长胡须的异教徒，穿着长毛的裘皮大衣，腰间别着一把双刃剑。西吉弗鲁瓦一脸笃定，他一心只想越过西岱岛，自己的舰队能够顺利穿过桥下，去往更远的地方，毫无后顾之忧地在法兰西国土上任意肆虐。

"尊敬的查理陛下，一位仅次于上帝并几乎统治了全世界的伟大国王将这座城市交予我们手中不是为了给这个国家造成损失，而是为了保护它，并保证它的长治久安，"戈兹林气愤地说道，"如果我们将这堵用来防御的城墙向你打开，你是不是就会为所欲为，满足一己私欲？"

维京人似乎被触怒了。

"如果我这样做，"西吉弗鲁瓦大声说道，"就让我的头掉下来被狗吃了吧！"

这可不是戈兹林主教所期望的。

"如果你拒绝让我进入这座城市，"维京人继续说道，"我会拿我的剑来开道。让我们看看你们的塔楼是否能经受得住我锐利的武器和骁勇士兵的考验。明天天亮后，我军队的弓箭将会如下雨般扫落，直到太阳下山。这样的战役每天都会重新开始，如果必要的话，我们可以一直这样，周而复始，持续一年……"

果不其然，第二天早上，大批维京人就登陆西岱岛，并且占领了大城堡旁壕沟前的大片领地。维京人射出的箭雨盲目地叩击着西岱岛的防御工事。戈兹林神父也不幸被殃及，他的手臂被敌人的弓箭射中，大家只好临时替他包扎一下，然后这位负了伤的主教又继续投入战斗。所有的巴黎人民都参加了这场战役，女人们准备了一些旧纱布以便帮伤员包扎，男人们则并肩作战，或是搬来石头向进攻者还击。所有人心中的使命感都被唤醒了：已经逃出圣日耳曼德佩修道院的院长埃布勒斯也赶回来脱下教士长袍，换上了坚固的盔甲，投身战斗。面对排列得密密麻麻的维京强盗，这位修道院院长突然间变成了一名出色的弓箭手，居然只用一支箭就放倒了六名敌人！

但是敌人显然也是有备而来。他们将由木板、轮胎和绳索组成的武器从船上卸下来，这个怪兽般奇形怪状的武器立刻就开始向大城堡投射如阵雨般的巨石。然而，塔楼看上去完好无损。随后，敌人的一艘船只慢慢靠近了大桥①，这艘船上装载着一座移动塔楼，塔楼瞬间靠上大城堡，变成了一座吊桥。法兰克士兵们意识到了危险，他们立刻提着军刀冲上去，与敌人贴身肉搏。敌军在这种凶猛的攻势下边战边退。而维京首领西吉弗鲁瓦被法兰克军队盛怒的气势所震惊，对于眼前这出乎意料的抵抗目瞪口呆。他只好命令军队丢弃战死同伴的遗体，先行撤退。

夜晚降临，巴黎仍然在准备迎接第二天的进攻。而在这第一天的战斗中，出现了一位比其他人都更加果断、勇敢的勇士——巴黎伯爵厄德，之后

---

① Le Grand Pont，建造于秃子查理时期的第一座横跨塞纳河的最大宽度的桥梁。

的战斗便全部由他来领导。从公元8世纪开始，巴黎就成为伯爵的领地，而第一任统治者便是查理·马特①的儿子格里丰伯爵②。这一封号也随着家族与同盟的影响力一直延续了几个朝代。

目前当务之急是要抬高大城堡的那座塔楼。塔楼并不高，正好在敌军射程之内。但是如何抬高呢？用石头和砖块来一点点堆砌太浪费时间了，用木头快速搭建一下似乎是个可行的办法。这一夜，整个巴黎城都异常忙碌，每个人都想要在这场战斗中尽自己的一份力。人们到处找寻木材，用斧子砍，用钉子钉，将所有能找到的大梁柱和小栅栏搜集到一起。大家的辛苦努力没有白费，当天色刚刚破晓的时候，西吉弗鲁瓦看着眼前的景象目瞪口呆：塔楼在一夜之间居然又"长"高了！

为了摧毁大城堡，一小队维京人划船横穿过围绕在塔楼周围的壕沟。他们带着斧头和镐，企图撼动塔楼的地基。而站在高处木楼上的厄德伯爵看到了这一切，他命人将沥青融化，烧成滚烫的油浇向低处的敌人，同时用点燃的弓箭射击。眼前是一派可怖的景象：身上着了火的维京人就像是一支支火炬，他们徒劳无功地想跳进塞纳河中自救。然而点燃的火油在水里继续燃烧，最后只看到被烧焦的尸体漂浮在水面上。

人们一度以为城堡内的这座塔楼快不行了。在巴黎城内，几乎所有教堂内的钟楼都敲起了警钟。因为维京人人数众多，很快，新的一拨船只又来到城堡前接替之前战败的进攻者，并且还有源源不断的船只向这里涌来。汹涌而来的侵略者不断破坏大城堡地基，终于打开了一道缺口。然而，他们面对

---

① Charles Martel，又称"铁锤查理"（676—741），法兰克王国墨洛温王朝末期的宫相，任职时也是法兰克王国实权的掌握者。
② 格里丰伯爵（Grifon，726—753），加洛林王朝王子，查理·马特第二任妻子的儿子。

的是巍然而立的厄德伯爵和他英勇无畏的战士，每个人都紧握着手中的剑。一场血淋淋的混战之后，两军形成了对峙状态。巴黎人民知道假如他们在此时退却，整个城市都将沦陷，甚至是整个国家都会有危险。于是他们坚持战斗，而维京人却且战且退。最后，他们不再恋战，转而去塞纳河右岸安营扎寨，军营就搭在圣日耳曼奥塞尔修道院旁。

在那里，他们小心翼翼地计划新的战略。他们利用休战时间，又洗劫了邻近的村落，以保证军粮的供应以及建造其他的移动塔楼，并酝酿新的侵略计划。而在巴黎城内，大家则忙着重新加固大城堡，并在其尖顶上安置了一台可以发射巨型石头的机器。

这场奇特的战争过去了两个月，在这两个月中，维京人一直在观察和寻找性能更好的武器和更有效的战术，然后在886年的1月31日又重新发起了一次突袭。巴黎城内又吹响了全体总动员的号角。

维京人开始尝试各种战术，他们试图在用野兽皮做的盾牌的掩护下向前挺进。在巨大的盾牌下，是一群在脸上涂抹着只存在于神话中的怪兽和龙图案的敌军，他们钻入了桥下，想要汇聚到大城堡的塔楼下方。他们还试着用战死士兵的尸体、被宰杀的牲畜以及被行刑的法兰克囚犯来填满城堡前的壕沟。跨过这些行尸走肉，用脚踩在这群人和牲畜血肉模糊的尸体上，维京人准备进行又一次袭击。这些来自北方的蛮族以为火攻能够奏效，因此他们用点燃的船只靠近塔楼，可是这些船只在撞向大桥桥墩的时候，却显得有气无力，最后船只纷纷被击个粉碎，并沉入了水中。

然而在小城堡那边的情况却没有那么乐观。因为冬雨而涨潮的河水冲走了左岸边的部分小桥。因此，在这段河流处，小城堡的塔楼就显得异常孤立，很容易被围攻。但是有十二名勇士一直奋勇抵抗，尽管维京人人数众多，却始终无法将他们赶走。盛怒之下，维京人用火烧塔楼，本来就已经在战斗中精疲力竭的十二位勇士被烟雾呛住，他们开始往外冲，撤退到小桥上尚未垮塌的地方。然而在面对面的肉搏战中，他们渐渐丧失了希望。十二名勇士中有十一名在战斗中牺牲，而最后那名英俊的小伙子，身上佩戴着优雅装饰，一看便知是贵族人家的公子。为了得到一笔可能会有的赎金，维京人故意要留下活口，活捉这名贵族公子。但是小伙子宁死不屈，拔剑自刎，用自己的死让敌人的希望落空了。于是，愤怒的敌人将一腔怨气发泄到塔楼上，他们挥刀狂砍，直至砍掉最后一块石头。

十二位巴黎市民在小城堡内脆弱而英勇的抵抗成为巴黎城精神力量和英勇无畏的象征。阿尔德拉德、阿诺尔德、埃利朗德、埃尔芒弗里德、埃维希、埃纳尔、格斯温、格兹贝尔、居伊、奥多阿克尔、绍蒂斯以及埃尔韦（其中最后一位就是维京人想要活捉的那个贵族青年），都将被光荣地载入这座城市的史册。

*

春天临近了，战士们也早已精疲力尽。维京人一边清点着战死士兵的尸体，一边开始反思巴黎这座城市是否真的值得他们付出如此大的代价……他们必须给自己找一个体面的台阶。就在这时，深谙政治同时也熟悉军事策略的厄德伯爵给维京人首领西吉弗鲁瓦送去了一封信函，信中要求与他见面。于是，两位首领在大桥上进行了一场谈判，法兰克人向维京人提出了给他们六十斤银子要求停战的建议，希望他们拿了钱之后就滚得远远的！尽管这个数目听上去有些可笑，但是厄德不能也不愿意给他们更多了：首先巴黎因为连月来的战争早就入不敷出；其次，厄德也担心如果支付给敌人一大笔赎金的话，他会成为此时此刻对于荣誉和勇气这两件事极其敏感的全体法兰克人民的公敌。

六十斤银子，这笔钱正合西吉弗鲁瓦的心意，让他收拾营地走人的同时又保留了颜面。但是大桥上那些围绕在首领周围的维京将领却对这样的交易提出了异议，他们想要继续战斗，或者，获取一笔更为丰厚的赎金。他们觉得这笔钱辱没了他们的尊严，于是他们对厄德一行发起进攻，想把他扣为人质，让法兰克人交出更多的钱。然而英勇的法兰克人挥舞着他们的剑，刺伤了几名敌人后，平安无事地从西岱岛凯旋。于是维京人中的小头目们又企图占领大城堡以自保，但是如今的队伍相较于之前攻打巴黎时已经明显削弱且军心涣散，轻而易举地能被巴黎人民歼灭。

最终，维京人放弃了进攻，但是他们也不知道应该退到哪里。于是他们撤除了在塞纳河右岸的营地，转而驻扎到左岸，也就是圣日耳曼德佩修道院附近。

而在巴黎城内，人们还没来得及欢庆这来之不易的休战成果，一场天灾又降临了：堆积在大城堡外沟渠里的腐烂尸体引发了一场瘟疫。因病而死的一具具尸体加入了那些战死士兵的遗体当中。正当这场瘟疫渐渐退去之际，一场饥荒又席卷了整座城市……于是每到深夜，总有一些黑影会悄悄溜出西岱岛，潜入维京人的军营……在夜色的掩护下，一些胆大的巴黎人往往能成功地偷到维京人的牛羊牲畜，并将它们悄悄地牵过大桥，给饥饿已久的巴黎人民烤肉充饥。

整个形势变得有些微妙，巴黎市民不敢走出西岱岛，因为维京人就在河边扎营。这样的围城什么时候才能解除呢？是时候做点什么让敌军尽快撤退了。而这就需要国王胖子查理来加入战斗。于是伯爵厄德和几名勇士离开巴黎城，飞奔到梅斯去说服国王，并想从他那里获得一批强悍的军队力量来将维京人驱赶到远离巴黎的地方。然而，这位胖子国王却厌烦这一切，他不想面对这些难题，只想过太平日子。他想让厄德等人放弃这种自以为是的想法，不要再去打扰他，提出这些没完没了的要求……

最终，在伯爵厄德的坚持下，查理同意派出由公爵亨利·德·萨克斯领导的军队向巴黎进发。而他本人则"可能"会迟些过去……可能！好吧，让我们拭目以待。

厄德快速返回巴黎，向他的同胞们宣布这个好消息。不一会儿，在六月的大太阳下，这位伯爵已经飞奔来到了蒙马特高地，整座城市都屏住了呼吸。而另一边，维京人很确信这个变数对于他们来说是不好的预兆，于是他们想要阻止厄德回到被他们包围的城市中。但就算是一队装备精良的队伍也无法对抗一位人民的英雄。厄德伯爵军刀在身，大步飞奔，钻入维京人的阵营，灵活地穿梭在敌军队伍中，最终成功回到了巴黎城。整座城市用赞扬声欢迎这位勇士。

亨利·德·萨克斯的队伍稍后赶到，但是迎战他们的却是已经开始撤退的维京人部队。法兰克的贵族们终于在这场对峙中找到了机会，彻底打败了维京人。法兰克人需要乘胜追击，而国王应该站出来领导军队。因为他是被正式任命的一国之君，他是强大军事力量的统帅，他就在蒙马特高地附近，应该由他来领导最后的胜利！

只是这位君主一直躲闪推诿。作为查理曼大帝的曾孙，他也许善于谈判，也可能诡计多端，但是要他硬碰硬地进行一场殊死鏖战，他做不到。维京人想要穿越塞纳河，他就任由他们穿行。而为了讨好这些北欧海盗，这位胖子国王还给了他们一笔七百斤银子的赎金。法兰克贵族们都纷纷抱怨这种叛国行为。事实上，这不单单是胆小的问题，这位国王其实一直在为日耳曼尼亚①的问题担忧，换句话说，就是东法兰西问题。他宁愿冒险暂时与北欧

---

① Germanie，日耳曼尼亚是古代欧洲的一处地名，位于莱茵河以东，多瑙河以北，同时也包括被古罗马控制的莱茵河以西地区。

部落首领结为同盟，也不想为自己所统治的西法兰西的命运而心烦。不过法兰克的贵族阶级绝不会原谅这种背信弃义的行为。

从那时开始，巴黎似乎已经不再受国王订立的合约约束。当西吉弗鲁瓦想要带领他的船队从大桥底下经过，在胖子查理的默许下去更远的地方祸害法兰西时，巴黎人民不顾一切地把船队拦下了。修道院院长兼神箭手埃布勒斯站在大城堡塔楼的最高处，瞄准第一艘船上的舵手，一箭命中他的心脏。维京人聪明地意识到不能硬来，于是不可思议的一幕发生了：这些顽固的海盗将他们的船只拖到了陆地上，然后绕开巴黎，从田地和树林中穿行而过。等到过了危险地带之后，他们又无耻地重新将船放入水中，沿着约讷河①的支流前进，并袭击了桑斯②，但是未能成功将其拿下。于是，他们又突然转道去了防御能力较弱的莫城③，洗劫了整座城市并带走了主教，想以其为人质，再大捞一笔。

*

一年之后，公元 887 年 11 月，整个帝国怨声四起。为了缓和与贵族之间的关系，胖子查理极不情愿地在美因茨附近的特雷布尔④召集了一次议会。这位国王想要在众人面前为自己的行为辩解，然而谁想听他那拙劣的借口？很快，他就被革除了所有头衔。在短短几分钟内，胖子查理就不再是加洛林帝国的皇帝、意大利国王，以及东西法兰西的国王了，他什么都不是。除了他的侄子阿奴尔福在日耳曼尼亚地区称王外，法兰西地区的王位则一直保持空缺……

---

① Yonne，法国中北部河流，塞纳河左岸支流。
② Sens，法国勃艮第大区的约讷省的一座城市，约讷河和瓦讷河在此交汇。
③ Meaux，法国巴黎大都会地区内的一个市镇，依马恩河，历史久远，在古罗马人到来前就是凯尔特人一个很重要的城镇。
④ Trebur，德国黑森州的一个市镇。

次年的 2 月，法兰克的贵族们聚集在贡比涅①一致推举厄德为王，这位巴黎伯爵终于成为了西法兰西的国王。为了节约时间，也因为担心有其他人觊觎国王的宝座，大家就在贡比涅为他举行了加冕仪式。人们草草做了一场弥撒，在国王身上涂抹了圣油，新王登基的仪式就这样完成了！

"你们，不论是教会里的神职人员还是非教会里的贵族，"这位新君主发表讲话说，"今后都要效忠于我，用你们的忠告及能力来辅佐我……有了上帝和你们的帮助，我将会改革一切需要改革的事物，将所有事情都引向公正公平之路，就像曾经存在的状态那样。"

这是来自新任国王美妙的允诺。但与此同时，厄德国王还需要继续与维京人的战争，因为后者又带领更强大的军队折返，企图霸占法兰西。

虽然敌军已经彻底放弃了攻占巴黎，但是这座城市尚且需要疗伤。维京人的侵略摧毁了许多建筑：圣日耳曼德佩大教堂只剩下了下方的方形地基；圣热纳维耶芙、圣尤利安勒波夫尔（Saint-Julien-le-Pauvre）、圣马塞尔、圣日耳曼欧塞尔等众多教堂也都被洗劫一空或惨遭烧毁。

然而，历经了劫掠的巴黎更凸显了其重要性。斯堪的纳维亚海盗的疯狂掠夺证明了想要占领法兰西王国，就必须先攻占巴黎。巴黎人民的顽强抵抗精神也让其他地区的人民深表敬佩。另外，巴黎伯爵厄德让西法兰西国王的王冠终于又回到了巴黎人手中，而在他死后，王位也得以由查理曼大帝的直系子孙来继承。这些巴黎人缔造了将来的历史，成为了未来的统治者。

---

① Compiègne，位于皮卡第大区瓦兹河畔，离首都巴黎东北 80 公里，是瓦兹省的首府。

LA CHAPELLE

卡佩王朝的胜利

"拉夏贝尔地铁站上演不知名的奇迹,火车从隧道中穿出了地面",法国歌手查尔斯·德内①曾在他的歌中如此唱道。在这一站,地铁车身突然间变得轻盈了,仿佛是想上到地面来呼吸一下自由的空气。让人啧啧称奇的是,如今在站台的尽头我们可以看到蒙马特高地上圣心大教堂(Sacré-Coeur)②的白色圆顶。而事实上这条线路和地铁站都是在年代更久远的古迹上建立起来的,在 18 世纪末时,这里只是农场外的一道围墙。

我喜欢在这一区域闲逛,这里可以闻到好闻的来自印度和巴基斯坦的香料味儿,这似乎是印度城给所有前来探索者的优待。往前走几步,就看到了北方滑稽剧团(Théâtre des Bouffes du Nord)。与赫赫有名的巴黎歌剧院相比,它的位置有些偏僻,但因为有了英国天才导演彼得·布鲁克③的撑台而免于倒闭的命运。这位舞台剧导演在这里上演了革新而又富有生气的实验性戏剧,有时有些让人难以理解,大部分时候都颇为大胆,但总能获得热情的掌声。好吧,是时候追溯这一带的历史了……

"拉夏贝尔"的名字由何而来?

这一名字是从查理曼大帝时期传下来的。我们知道这位国王是一位狂热的圣物收集者,为了满足他的这种爱好,他经常派遣骑兵去巴勒斯坦地区为他带回耶稣受难后留下的所有残骸碎片,或是第一批基督教殉道者的遗物。他派出的这些忠诚的使者在经历了漫长的旅途后,为他带回的一些木头、织物和骸骨的碎片,都被装入了华丽的金银器皿中,转眼间就被教义的魔力变成了珍贵的圣物,引得那些宗教狂热分子前来膜拜。

在他的收藏品中,其中最漂亮的一件圣物是圣马丁主教的斗篷。确切地说,应该是半件,因为当时年轻的马丁受到教义的启发,将自己身上唯一的一件斗篷裁成两半,并将其中的一半赠给了一名乞丐。为了这件充满荣耀的衣物,查理曼大帝在他位于艾克斯④的宫殿内修建了一座用于祈祷膜拜的小教堂拉夏贝尔,其名字就来自于拉丁语中"斗篷"的念法⑤。

后来,这个词就成为了日常用语中"小教堂"的代名词。而在巴

---

① 查尔斯·德内(Charles Trenet,1913—2001),法国的国民歌王,20世纪的20和30年代就已成为香颂的代表人物。
② 位于巴黎的蒙马特高地,它始建于1876年,于1919年落成,洁白的大圆顶具有罗马式与拜占庭式相结合的别致风格。
③ 彼得·布鲁克(Peter Brook),英国戏剧和电影导演,20世纪重要的国际剧场导演。
④ Aix-en-Provence,普罗旺斯的前首府,位于法国普罗旺斯-阿尔卑斯-蓝色海岸罗讷河口省。
⑤ 拉夏贝尔在法语中为 La Chapelle,而斗篷在拉丁语中则为 Cappa,因而此处说拉夏贝尔的名字来自于拉丁语的斗篷。

黎，人们认为这就是当年圣热纳维耶芙曾经停留在路边祈祷的小礼拜堂，然后她顺着这条路到达了圣德尼的坟墓。

在蒙马特高地和美丽都之间，拉夏贝尔小村庄围绕着小礼拜堂而建。而圣热纳维耶芙曾经祈祷过的小教堂，由于它的土地所有权归圣德尼修道院所有，因此在1860年归属巴黎第十八区之前，人们也将其称为"拉夏贝尔圣德尼教堂"。

这座教堂位于拉夏贝尔路（Rue de la Chapelle）16号，旧时小礼拜堂的位置。曾经有人甚至认为这里就是圣德尼的墓地。

在圣热纳维耶芙之后，另一位著名的教徒曾经频繁光临此地，她就是圣女贞德①。有一尊雕像告诉我们这位少女曾经于1429年9月7日来到此处祈祷，希望能将巴黎从英国人和勃艮第人手中解救出来。但是这一次，她没能达成愿望，并且在战斗中被刺伤了腿部。

如今这座教堂的绝大部分都是18世纪重建的，而唯一保留下来的始于1204年的原始印记，也就是人们看见圣女贞德祈祷的地方，是四根教堂大殿中的梁跨。如今教堂中的圆形立柱将它们和教堂的其他部分分隔了开来。

古老的村落就在现在地铁站的后面，位于保罗-艾吕雅广场（Place Paul-Éluard）附近，在马克思-多尔穆瓦大街（Avenue Marx-Dormoy）的尽头。这个地方很小，因为这座小村庄其实是由一条小村路延伸而来，颇不起眼，却有着不可思议的魅力。

*

---

① 贞德（Jeanne d'Arc，1412—1431），法国的军事家，天主教圣人，被法国人视为民族英雄。在英法百年战争（1337—1453）中她带领法国军队对抗英军的入侵，最后被捕并被处决。

公元 10 世纪时，在巴黎近郊举行的大型集市"朗迪"①搬了家。它由原来的圣德尼镇越来越靠近巴黎。它几乎是在圣德尼修道院和巴黎市的中间位置，也就是拉夏贝尔小村庄，如今拉夏贝尔地铁站的圆形广场处。

"朗迪"，这一表达方式来自于拉丁文，表示"固定与告知"的意思。每年的 6 月，举行集市的两周内，有成百上千的商人从法兰西地区、普罗旺斯地区、伦巴第地区，还有西班牙以及君士坦丁堡等地前来汇聚于此，进行商务洽谈，推销他们的织物、羊群、植物、香料、香水等货物。当然，还有非常稀有的羊皮纸！我们可以看到那些身穿黑色长袍匆匆赶往拉夏贝尔的教士们，他们在面向修道院内部开放的学校以及圣热纳维耶芙山上的机构里教授艺术，而这让巴黎市的主教深感不满。教育到底应该是自由的还是宗教的？这样的争论早就存在，不过不管怎样，它都离不开从东方国家进口来的珍贵羊皮纸的支持，而这只有在像朗迪这样的集市中才能买到。

拉夏贝尔的集市活动同样吸引了一些前来采购食物的人，或是单纯喜欢这些临时搭建却又干净而精致店铺的人。这里与巴黎那些让人沮丧的修道院内的缝纫工厂可谓天差地别。人们纷纷涌向这里，就像在看一场演出，看看这个大舞台上的人群是如何表演的……来到这里的人们似乎都想通过这些缤纷的颜色和诱人的香味来呼吸一下别处的空气。人们在瑰丽多彩的丝绸面前露出惊讶的表情，同时他们也赞叹走钢丝的杂技演员、嘴里喷火的小伙子、舞蹈演员以及短笛演奏家带来的精彩表演，他们是如此的开怀！而在所有店铺的中间，在一间小木屋内，却站着圣德尼修道院的院长。他姿势僵硬，神情严肃，双眉紧锁。他是专程在那里裁决、了解并调节不可避免的商人与顾

---

① Lendit，这个词从拉丁文 indictum 而来，它原来指一个在固定时间的宗教集会，从这个意义引申到市集或圣日也是假日。这一市集的举行，开始于 6 月的第二个星期三，终止于圣约翰节日（6 月 24 日）。

客之间的矛盾。

集市上巴黎的富家子弟们大都脚蹬镀金鞋履，双腿被色彩鲜艳的布料包裹着，身穿羊毛或是精密编织的亚麻上衣，腰间佩着一把双刃剑，手中握着权杖，外面罩着蓝色或绿色的短大衣，由他们的女眷陪同前来。而后者也都脚蹬皮靴，以免沾染到路上的泥浆和灰尘。她们都身穿两条裙褂，一长一短，颜色以锦葵色和紫罗兰色居多，都绣着金线，头发则赶时髦地用一块大披肩包裹起来。与这些来自巴黎的时髦男女身上丰富多彩的颜色相比，村里的村民与手工艺者的衣着看上去显得黯淡无光，以灰色、米色和栗色为主，他们还不懂得如何与这些拥有奢华品味的淑女和绅士们相媲美。

是什么代替了朗迪集市？

随着巴黎市内大学的兴起，在13世纪时，朗迪集市以及集市上的羊皮纸买卖成为了大学教师和学生们的一个节日。开市的早晨，从天蒙蒙亮开始，学生们就聚集在圣热纳维耶芙山上。他们组成一支支队伍，合着短笛、小号和鼓声的节奏迈步，愉快地朝着拉夏贝尔前进。如今，在索邦大学的庭院里，还有一幅漂亮的壁画记录着这一愉快的游行。

1444年，这一集市因为学生动乱又回到了圣德尼。之后，朗迪集市慢慢变成了一个交易牲畜的市场。到了19世纪这种节日类型的集市被改称为"暑期节"①。而在拉夏贝尔，只有在1885年开市，位于橄

---

① Fête d'été。

榄路（Rue de l'Olive）上的橄榄集市还勉强带有已然消失的朗迪集市的印记。

公元 978 年，当时的巴黎伯爵名叫于格·卡佩。卡佩这个姓氏是为了与他的父亲巴黎伯爵大于格①相区分。不过事实上，大家不知道他为什么要给自己取"卡佩"这个外号，难道是因为在他瘦弱的身子上长了个大脑袋？还是因为他一直身披一件风帽斗篷？也可能是因为他拥有数家修道院因而成为了身穿斗篷的教士？还是说他其实是图尔市圣马丁修道院的俗家院长，而这一外号是对于圣人那件一分为二的斗篷的影射？或者还有一种说法是他挥舞军刀带领军队昂首迎敌，其实就是为了保护圣马丁的遗骨②……

在任巴黎伯爵期间，于格·卡佩肩负着保卫与管理这座城市的责任。当时的巴黎是由他统治的，但那是一个怎样的巴黎呢？在塞纳河两岸，周围的土地已经被维京人洗劫一空，了无生机。而修道院也都惨遭毁坏，人们已经习惯于在倒塌的围墙内，在被烧毁的教堂里，以及在被洗劫过的修道院中生活和祈祷。

西岱岛上的情况同样不容乐观。岛上大部分的房屋都是木制的，因此不是被烧毁就是被敌人发射的大石击中。尽管后来人们也曾经马马虎虎地修补了一下，但是这些简陋的小木屋仍然东倒西歪，到后来几乎是一栋靠在另一栋上了。在这些小破屋的一楼，通常都是一些面朝马路而开的光线阴暗的小商店，看上去就不怎么讨喜，大都散发着一股发霉与陈旧的味道。因此，大部分的买卖都是在街上的流动商贩之间谈成的。那些制鞋商人往往手拿一根

---

① Hugues le Grand。

② 此处所有可能原因中都包含着与 Capet 相近的音词。拉丁语中 caput 是脑袋的意思；风帽斗篷在法语中为 capuchon；拉丁语中的 chappet 则意味身穿斗篷的人。

长竿，将鞋子穿在竿子上在马路上转悠；而酒商则推着一辆双轮车在街上兜售；水果商人都背着他们的水果筐；贩卖不值钱小玩意儿的流动商贩则拖着个大袋子。所有这些商贩们都大声说话，高声叫喊，企图盖过别人的声音，吸引顾客。

就算整座城市已经变得黯然失色，就算查理曼大帝的孙子、法兰西国王洛泰尔①也选择搬到拉昂②居住，但是巴黎依然是那么生机勃勃，令人垂涎。而对它垂涎的，正是日耳曼皇帝奥托二世③。

公元 978 年，法兰西和日耳曼之间的气氛变得越来越紧张。洛泰尔认为日耳曼皇帝抢走了属于法国中心地带的洛林地区④。而未来的法国人和德国人也因为这一地区而相互争夺直至 20 世纪！

于是，洛泰尔决定惩罚奥托这个自大狂。他将所有王国中的王侯将相召集到拉昂，让他们一起出力支持一场惩罚性的军事远征。于格·卡佩和其他封建主都同意为此次远征投入财力和兵力。

这一年的夏初时节，一支两万人的法兰克军队向亚琛进发。所有人心里都打着如意算盘：军队的首领想利用部下的愚忠为自己捞点好处，而士兵们则暗自窃喜，又可以去新的土地上洗劫一番。唯一面露愁容的是当地的农民，他们因为看到土地遭到毁坏而心情沮丧。不过，他们最关心的还是这些脾气暴戾的可耻军队，他们到底要去哪里？

---

① 洛泰尔（Lothaire，941—986），西法兰西王国加洛林王朝的最后第二位国王，西法兰西国王路易四世与王后萨克森的格波加之子。他去世后不久加洛林王朝绝嗣，被卡佩王朝取代。

② Laon，法国北部皮卡第大区埃纳省省会。

③ 奥托二世（Othon II，955—983），东法兰西国王，神圣罗马帝国皇帝。

④ Lorraine，法国东北部放的一个大区，北邻比利时、卢森堡及德国。

洛泰尔的军队一直向前，穿过默兹河①，来到了艾克斯。这支强健的队伍手拿兵器，闯入了艾克斯的皇宫……但是，那里早已人去楼空。日耳曼皇帝刚刚带着他的家人离开，因为桌上还有摆好的饭菜，里面的食物还是热的！士兵们争抢着吃了两口珍馐美味，不过最重要的还是赶紧拿一些衣柜里的绫罗绸缎，再揣上几个镀金碗碟，并将皇室珠宝一并卷走。然后，这些军队首领和士兵们满意地带着他们的战利品悄悄回到了法兰西。洛泰尔很高兴看到拉昂又恢复了宁静，他解散了这些军队，一切就这么结束了，等到下次需要打仗的时候再继续召集兵马。

在此期间，奥托回到了艾克斯。他惊讶地发现他的府邸损失惨重，这样的破坏必须要狠狠还以颜色！日耳曼皇帝马上聚集了一支三万骑兵的部队，还有步兵若干，于 10 月踏上了法兰西的土地。他们是专程前来进行破坏的，哪里都不放过：阿蒂尼②和贡比涅的王宫被洗劫，苏瓦松和拉昂的田地被烧毁。仅仅这样还不够，奥托还瞄准了巴黎。只有将巴黎洗劫一番，才能一雪艾克斯拉夏贝尔之耻！

在这样的形势下，洛泰尔落荒而逃，离开了拉昂，前往埃唐普③避难。他将希望都寄托在于格·卡佩身上，希望这位巴黎伯爵能担起保卫巴黎的重任。在巴黎城内，根本没有时间召集军队作战，巴黎又一次需要依靠自己的力量孤军奋战。日耳曼军队已经逼近，人们可以看见蒙马特高地上大批骑兵在攒动。敌人们来了，然而他们却只是在远处谨慎地搭起了帐篷。奥托对是否要进攻巴黎城还是略有迟疑，他知道这座城市之前曾经在

---

① Meuse，也称马斯河，发源于法国香槟-阿登大区上马恩省郎格勒高原，流经比利时，最终在荷兰注入北海，和莱茵河口连成三角洲，全长 925 公里，是欧洲的主要河流。

② Attigny，法国香槟-阿登大区阿登省的一个市镇，属于武济耶区阿蒂尼县。

③ Étampes，法国法兰西岛大区埃松省的一个市镇，它是埃松省其中一个副省会。

迎战维京人的战争中大获全胜，他是否能比那些来自北方的侵略者技高一筹呢？

军队中有一位皇帝的侄子，鲁莽而自大，他向奥托主动请缨要带领他的部下去打开进入城门的缺口。奥托同意了，就让这个头脑发热的年轻人去试试巴黎市民的深浅吧！但是，还没等这位侄子带领的人马接近巴黎市的城墙，卡佩的人就已经蜂拥而出，将这一先头部队包围了起来，并干净利落地将他们歼灭。皇帝的侄子也没能幸免。

这一严厉的警告让奥托不再想要进一步去试探愤怒的巴黎人，他开始构想别的计划。为了让巴黎人知道日耳曼军队的存在，也为了考验他们的神经，他派出了一位拥有巨人般的个子且力量惊人的日耳曼士兵，每天站在巴黎人民奋勇抵抗的象征物——大城堡前，用其低沉的嗓音像念经一样咒骂巴黎以及整个法兰西长达数小时。

对于于格来说，必须制止这一让人忍无可忍的挑衅。但是，为了这个原因就要让两军开战吗？不，既然对方只派出了一个人，那就来一场一对一的单挑吧！

他挑选了一位名叫伊夫的骑兵来捍卫法兰克民族的荣誉。城门打开了，伊夫高傲地骑在战马上，前来迎战门口那位巨人。双方展开了对垒，他们各自的拥护者大声叫喊着为他们助威，同时也用恶毒的语言咒骂对手。日耳曼人的长枪将伊夫手中的盾牌击了个粉碎，并刺进了他的胸膛。这位巴黎荣誉的捍卫者从他的坐骑上掉了下来，倒在地上。难道日耳曼人已经赢得了这场挑战的胜利吗？现在他只想尽快将对手结果掉。巴黎人民觉得万分沮丧，他们开始颤抖，并为伊夫感到悲伤。但就在这位自以为获胜的日耳曼巨人向倒在地上受伤的猎物靠近时，伊夫睁开了眼睛，移动手腕，突然间掷出了他手中的长枪……枪尖插在了巨人没有穿戴盔甲的肚子下方，那里正好是皮革连接金属的地方。巨人缓缓倒下，身上的盔甲在倒地时发出一声巨响。巴黎人民爆发出一阵欢呼声，这一一秒制胜的转机从某种角度上来说，让他们赢得了这场战争的胜利！

11 月 30 日，在巴黎城外驻扎两星期之后，日耳曼人终于意识到他们的邻国是多么的坚不可摧，于是奥托准备收拾行李离开。冬季将至，天气寒冷，军队被困在一片泥浆地里，没有什么能让他们抵抗严寒。他们只好拆除了帐篷，离开了蒙马特高地，向苏瓦松地区进发，再次去挑衅洛泰尔训练有素的部队。

这次巴黎城门保卫战的胜利让于格·卡佩理所当然地成为了整个法兰西王国内地位仅次于国王的人。欧里亚克①的奥韦尼亚·热尔贝神父，也是后来的西尔韦斯特二世主教曾经记录道："洛泰尔国王只是法兰西王国名义上的第一位统治者，而于格虽然没有正式的头衔，但是他才是真正意义上的第一位国王。"

有关日耳曼人的传说

法兰克人伊夫和日耳曼巨人之间这场令人难忘的比试衍生出了巨人伊索雷的故事。这个故事从 12 世纪开始就被写入武功歌②中，用来激起法国人心中的英雄主义，以对抗外国侵略者。在歌中，这名巨人成为了撒拉逊人③，而那位英雄则摇身一变为查理曼大帝手下一个名

① Aurillac，法国奥弗涅大区的一个市镇，也是康塔尔省的首府。
② 中世纪的一种文学体裁。
③ 中世纪欧洲人对阿拉伯人或西班牙等地穆斯林的称呼。

叫纪尧姆·德·奥朗热的骑士，他是基督教的捍卫者。在巴黎，伊索尔墓园路（Rue de la Tombe-Issoire）[①]上仍然保留着以这位巨人的名字命名的墓地，并且这里被认为就是当初这位巨人倒下的地方。

在接下来的八年时间里，于格·卡佩似乎关心自己的个人野心多过关心巴黎。在复杂而敏感的政治背景下，他开始上位的准备。尽管时不时地会遭到洛泰尔国王的阻挠，但是他还是有一群忠心耿耿的拥趸为他效力。他想去罗马拜见主教大人，向洛林地区的公爵宣战，与日耳曼人结成同盟，一起调转枪头对付洛泰尔……在这段时间里，他忙到根本无暇顾及巴黎，可惜这正是这座城市需要重建的时刻，刚从奥托的魔爪中挣脱的巴黎人民又陷入了于格·卡佩对个人荣誉的追求中。

而之后的形势则变得越来越有利于于格去夺取他的荣耀。洛泰尔于公元986年去世，并将王位传给了他年轻的儿子路易五世[②]，他当时年仅二十岁。但或许是命运的安排，这位年轻的国王在第二年就因为摔落马下而过世了。葬礼结束后，所有国家的上层人士在桑利斯[③]举行会议，并一致通过由于格·卡佩来继承王位，他被公认为是最有资格继承王位的人。于是，接下来的事情办得简单而利落，大家迅速前往努瓦永，于格于987年7月3日在那里接受了象征王家头衔的勋章。这位法兰克人的新任国王双膝跪地，宣读他庄严的誓言：

"我于格，蒙上帝之恩，马上就要成为法兰克人的国王。在我即将加冕的今天，我在上帝和他的圣徒面前承诺，我将会保留你们每一个人所有符合

---

① Tombe-Issoire 伊索尔墓园，与巨人的名字 Isoré 的发音近似。
② 路易五世（Louis V，967—987），加洛林王朝西法兰西王国支系的末代国王。
③ Senlis，法国瓦兹省的一个市镇，属于桑利斯区桑利县。

教规的特权，你们所使用的法律，以及你们正在执行或是修订过的审判权利。我发誓将在上帝的帮助下，尽我最大的努力，去保障你们的安全，正如每个国王必须在他的国家中对每一位主教和每一座教堂应该做的那样。最后，我发誓将好好照料每一个愿意服从我的法令和权力的人民。"

于格在接受了敷圣油仪式之后，正式成为了"法兰克人、布列塔尼人、丹麦人、阿基坦人、哥特人、西班牙人及瓦斯孔①人"的国王。这一夸张称号背后的事实其实并不那么令人欣慰：所谓的丹麦人其实只是纽斯特利亚地区的诺曼底人；而哥特、西班牙和瓦斯孔人也仅仅是南部的一小部分居民。另外，这位国王所直接管辖的区域也只不过限于法兰西岛，位于贡比涅和奥尔良之间的部分，当然这其中包括了他的都城所在地——巴黎。

而法兰西王国其余部分的统治权则模棱两可地分散在了各地的执政者手中。显然，国王是最大的统治者，只不过他该怎样让这些强大的诸侯力量接受他的统治呢？他手里只有有限的军队力量以及为数不多的财政资源。幸运的是，他有广大的修道院为他提供强有力的经济与战略支撑，其中最突出的就是圣日耳曼德佩与圣德尼修道院。

于格·卡佩非常信任这些修道院。法国国家档案馆里保存有一张国王赐予圣莫尔-德福塞②修道院土地的文书，展现出国王在 989 年时是如何同教会巧妙周旋的。他非常需要教会的力量来做支撑，因为从纯政治的角度来看，于格势单力薄却异常谨慎：他不是大变动时期上位的国王，也没有宏伟的计划来彻底颠覆上一个朝代。他心心念念的只是自己的血统能千秋万代，

---

① Vascons，来自拉丁语，是古罗马人对伊比利亚半岛人的称呼。这一地区包括现在几乎整个纳瓦拉地区，阿拉贡地区西北部，西班牙里奥哈地区的东北部和中部，以及西班牙的吉普斯夸省。

② Saint-Maur-des-Fossés，法国法兰西岛大区瓦尔德马恩省的一个市镇，位于巴黎郊区。

将加洛林王朝取而代之。没过多久，他的努力就有了回报：在他登基六个月后，他就获取了与独子罗贝尔①共同执政的权力，而后者很快就在奥尔良进行了加冕仪式。

如果说于格·卡佩是在为巴黎的将来而努力的话，那么他成功了。他所建立的卡佩王朝的统治从 987 年一直延续到 1328 年，然后旁系家族又从 1328 年延续了这一统治直至 1848 年，直到法国七月革命开始和法兰西帝国建立才终结了这一朝代。于格的确没有为巴黎带来真正的变革，然而他的继承者们却让这座城市发出了耀眼的光芒。

巴黎的第一个证券交易所出现在哪里？

想要找到第一个证券交易所，就要先来看一下应该如何来穿越中世纪的巴黎。这时就要提到于格·卡佩的儿子罗贝尔二世在 10 世纪末对"秃子查理河堤"进行的重建，一座崭新的桥（即后来的兑换桥）代替了渐渐废弃的罗马时代的破败工程。因此，之后的五百年里，巴黎的中轴线不再是一条直线，而是一条从中间被截断的弧线。

塞纳河右岸的主轴线从圣马丁路迁移到了圣德尼路，经过这条崭新的街道，可以从西岱岛王宫去往享有盛名的王家修道院。

从 12 世纪开始，一些来自王国的不同农业社团的"中间人"受私人所托来到这里，在这座桥上进行债款和债券的结算与交换，于是，

---

① 罗贝尔二世（虔诚者）（Robert II le Pieux，972—1031）是卡佩王朝的第二位国王，996—1031 年在位，生于奥尔良。由于卡佩王朝早期极端软弱，罗贝尔在其父王尚在位时即已被加冕为国王。

这座伟大的桥就被命名为了"兑换桥"。而正是在这座兑换桥上诞生了巴黎的第一个证券交易所！

再说说"穿越巴黎"。当你来到圣德尼路，你会看到与这些大道同样宏伟的圣德尼门（Porte Saint-Denis），这是应路易十四的要求在1672 年建造的，恰巧位于巴黎古城墙的位置。而同一条线上往东两百米的圣马丁门（Porte Saint-Martin）则要显得寒酸许多。这一鲜明的对比也突显出了这条中世纪的主轴线在那个时代的重要性与主导地位。

想一想还挺有趣，在五百年的时间里，巴黎这座城市仅仅拥有两座桥，分别分布在左岸和右岸，但是两岸之间却没有互相连接的桥梁。一直到 15 世纪时才建造了另外一座桥，人们才得以从塞纳河去往西岱岛。

如今我们看到的塞纳河上的四座桥都是在 19 世纪时重建的。而1607 年建成的新桥①，并不是巴黎的第九座桥而是第五座。另外，这也不是巴黎最新的桥，而是最古老的桥。是不是觉得脑子有点转不过弯来了呢？

---

① Pont-Neuf，是法国巴黎塞纳河上最古老的桥，"新桥"这个名称是为了从许多连结两岸的桥梁中区别出来而取的。neuf 在法语中既有数字九的意思，也有新的意思。因此文中写到这不是巴黎的第九座桥，也不是巴黎最新的桥。

千 禧 年 传 说

艺术与工艺地铁站是一座非常漂亮的车站，有点儒勒·凡尔纳的小说《海底两万里》的感觉。内里都是闪闪发亮的铜质装饰，让这个车站看上去像是奇怪博士脑子里想象出来的不真实的列车。我们想要登上这辆列车，开始一次漫长的旅行。然而旅行的目的地不是别处，正是另一个时空中的此地。

不过美梦很快就破碎了，停在地底的这辆列车纹丝不动。我们只好将它遗弃，抽身而出，沿着两边都是木质扶手的古老的自动扶梯上到地面，来到位于圣马丁街上的法国国立工艺学院[①]。

法国大革命爆发之前，这里一直是圣马丁田园隐修院[②]。这座小礼拜堂就是在当年圣马丁拥抱并治愈那位麻风病人的地方建造起来的，之后变成了一座小教堂，11 世纪时又成为了一个重要的修道院。这座修道院所在的位置大约位于如今的圣马丁路、维尔伯瓦路（Rue Vertbois）、蒙弋尔费埃路（Rue Montgolfier）以及柏利路（Rue Bailly）一带。

让我们回到公元 1000 年（千禧年），这是一个值得纪念的日子，然而法兰西王国的教区居民们却激动不起来。当时，在某些巴黎教堂内，一些阴郁悲观的修道院院长宣称在这个日子，敌基督者③将马上出现，世界末日即将到来。从某种意义上说，就像是那个年代的帕科·拉巴纳④。然而知识渊博的神学家却立即用书本上的真理反驳了这一天真的想法，并保证世上没有任何人能预测世界末日的日期与时间。

说到底，千禧年并非一个让人激动或害怕到足以成为最后的审判或是成为最后文字记载的日子。千禧年的传说在19世纪时在法国被浪漫主义者以及包括儒勒·米什莱⑤在内的历史学家普遍传播。他们想要让中世纪的基督教义呈现出一个充满热情和狂热的阶段，一个人们无法控制自己情绪的沸腾的时代。

不管有没有《启示录》⑥中的可怕场景，千禧年都会是一个由于教会的复兴而导致对宗教无比狂热的年代。那些忠实的信徒则更加巩固了罗马教廷的想法，认为自己拥有绝对的审判权，可以为所欲为。从那时起，我们可以说，教会已经被完全纳入了封建制度的体制中。修道士与非信教者不分你我

---

① Conservatoire national des arts et métiers，成立于1794年的法国国立工艺学院位于法国巴黎，作为国家的一所高等教育机构，该学院执行国家委托给它的三项任务：高等职业技术培训，技术与创新研究，传播科学文化和技术。

② Le prieuré Saint-Martin-des-Champs。

③ Antéchrist，他出现在《启示录》使徒约翰的书信中，以假冒基督的身份来暗中对抗真基督。也称为"伪基督、假基督"。

④ 创建于20世纪60年代的法国高级时装品牌，创始人帕科·拉巴纳（Paco Rabanne）是西班牙人。他的设计有别于其他设计师的作品，塑料、皮革、激光唱片、金属等一系列稀奇古怪的材料被他一片片缝为霓裳，他希望从另一种角度创造一种潮流，一种属于自己的独特标志。

⑤ 儒勒·米什莱（Jules Michelet，1798—1874），出生于法国巴黎，为法国历史学家，被誉为"法国史学之父"。

⑥《新约·圣经》中收录的最后一个作品。作者为拔摩岛的约翰，基督教会传统上相信即是耶稣的门徒约翰。主要是对未来的预警，包括对世界末日的预言：接二连三的大灾难，世界朝向毁灭发展的末日光景，并描述最后审判，重点放在耶稣的再生。

地混杂在一起，而主教与国家的贵族阶级对于土地的管理权，以及一些能获取盈利的特权，例如瓜分税收等又有着惊人的利益上的统一。简而言之，教权与俗权已经紧密地联系在一起。更为严重的是，教会的全部税收都被并非拥有教会职位，却被赋予了宗教头衔的贵族阶级所占有，就如同同一个族系中的幼子继承兄长的产业般理所当然。

对于罗马以及真正的基督教徒来说，是时候清除教会中这种滥用职权的行为以及重新找到通往上帝的路了。罗马不愿意继续成为贵族老爷们手中的玩物，必须将属于教会的东西还给它真正的主人！

这一新的想法在位于勃艮第的克卢尼本笃会修道院里得以实施。这一修道院不想遵从任何临时统治者的意愿，只认定罗马教皇为唯一的当权者。在这场纯粹而严酷的精神战斗中，涌现了两位著名的修道士，分别叫做拉乌尔·格拉贝和阿德马尔·德·夏巴纳。这两位克卢尼修道士在连年的战争与侵略中一直试图说服法国人民为了世界的和平与安全而跟随上帝的旨意。

罗马教皇也不断鼓励忠诚的教徒支持这些新兴的修道院，因为这里是真正的信仰庇护地，可以让虔诚的信念遍布整个法国及至整个欧洲。

由圣伯努瓦院长制定的克卢尼及其附属修道院内的教规，除了仍然保留培养谦逊的品格所必不可少的体力劳动之外，其余例如祷告、写作、唱诗、抄写经文等活动都退居精神活动之后。克卢尼修道院想要将自己打造成一个充满知识与智慧的地方。

紧接着，这一追求将自我意识和精神命运掌握在自己手中的宗教组织也开始出现在巴黎。圣马丁田园修道院（Monastère Saint-Martin-des-Champs）于 1709 年成为了克卢尼修道院中的一支。

整个城市被笼罩在上帝的光辉中，克卢尼的光芒照亮了巴黎以及其忠心耿耿的教区居民。

　　然而在这一"夺回教会主权"的运动开始之前，还出现了某些反对王室的情绪。于格·卡佩的继任者罗贝尔二世因为混乱的私生活而惹恼了罗马教廷。

　　最初，由于纯粹的政治原因，年仅十六岁的王子罗贝尔在父亲于格的安排下娶了当时已经三十三岁的"老女人"罗萨拉。她是意大利国王的女儿，佛兰德伯爵的遗孀。这场政治婚姻就是为了将这位克雷西昂蓬蒂约①伯爵的家产从此以后变为法兰西王室的财产。

　　在经历了十几年寡淡无味的婚姻生活之后，罗贝尔终于遇见了他理想中的女人贝尔特。贝尔特时年三十二岁，是布卢瓦伯爵的遗孀，并且还带着一群孩子。更为复杂的是，这位让二十六岁的年轻国王意乱情迷的女人还是勃艮第与普罗旺斯国王的女儿，而她的妈妈则是加洛林王朝最后一位国王洛泰尔国王的姐姐……从辈分上来说，贝尔特其实是年轻的罗贝尔的表姑奶奶。教会当然不愿意看见这种乱了辈分的联姻，即便这种关系离得很远并且拐了好几个弯。然而，刚登上王位不久的罗贝尔二世还是离弃了结发妻子罗萨拉，并找到一位愿意帮忙的主教来为他和亲爱的贝尔特举行婚礼。

　　年轻的教皇格列高利五世却怒愤难平，法兰西国王居然用这样的婚姻来藐视罗马教皇的权威和教会神圣的法规！为了表示他对教会的服从，并为了平息教皇的怒火，罗贝尔派出一名使者前去觐见这位至高无上的教会权威，并命他简洁清楚地表明心意：

　　"我们在某些事情上可能与罗马教廷存在分歧，你要向格列高利五世教

---

① Crécy-en-Ponthieu，法国皮卡第大区索姆省的一个市镇，属于阿布维尔区克雷西昂蓬蒂约县。

皇保证我将满足他一切的要求，只要他同意我和我妻子的结合。”

教皇简直快气晕了：罗贝尔什么都同意，就是不同意我对他提出的要求！格列高利五世坚决不肯让步，他仍然要求将两个年轻的恋人分开。这位使者只好带着一条“绝不妥协”的口信狼狈地回到了巴黎……

“我绝不会跟我的妻子分开！”罗贝尔高喊道，“她对我来说比世界上任何一样东西都要珍贵，我要让全世界都知道这一点。”

作为回击，教皇在帕维耶①组织了一次主教会议，并且在这次会议上做出了一个决定：“罗贝尔二世不顾教廷禁令，与近亲联姻，应该亲自前来向我们谢罪。如果他拒绝前来，将被剥夺教籍。”逐出教会可是最严重的警告！

然而沉浸在幸福爱情中的罗贝尔却没有回应教皇的召见，也显然不打算修补他与罗马教廷之间的关系。于是，教皇在罗马重新召集了一次主教会议，在这次讨论中，诞生了一条更为严厉可怕的教会决定：“罗贝尔二世必须离开他在违反教规的情况下结婚的表亲贝尔特，并且根据教会关于乱伦婚姻的规章，要判处七年的刑罚。如果他不愿认罪，将被开除教籍。”

最初，罗贝尔并不愿意执行这条规定。然而，当他被逐出教会之后，立即失去了一大批忠诚的教徒追随者，整个西岱岛王宫立即变得空空荡荡。所有的王侯将相、大臣参事在一批又一批教会人员的煽动下，也对国王感到灰心失望。在一个可以承诺他们死后将升入天堂的教皇和只能提供给他们俗世间的荣华富贵的国王之间，他们很快就做出了抉择。就连最后一批留在王宫内的侍从也不得不用火来净化国王用过的餐具，并在每次使用过后都念经祈祷。因为他们害怕会受到这一可怕宣判的牵连，哪怕与这位受罚者有一点儿

---

① Pavie，法国热尔省的一个市镇，属于欧什区欧什西南县。

简单接触都会给他们带来永远的惩罚。

于是，法兰西国王与王后就带着这样的罪孽跨过了千禧年。西岱岛上的国王在自己的宫殿里成为了囚犯，这样的状态一直持续了好几年。最终，可怜的贝尔特动摇了。她无法忍受以这样的方式成为法国王后，而想到要一直与世隔绝地幽禁下去，这一念头让她觉得害怕。

公元1001年，在共同生活了四年之后，贝尔特与罗贝尔同意彼此分开。他们在眼泪与悔恨中告别，同时也高调地表明了他们伟大的爱情与撕心裂肺的心痛。贝尔特坐上一辆由四匹马拉的轻便马车，穿过大桥，去到北岸，踏上长长的圣雅克路，翻过了圣热纳维耶芙山，最后向着南面罗讷河边的维也纳奔去，回到了她父亲的王宫里。

而另一厢，罗贝尔二世则表现出了极度夸张的虔诚的悔意。他放声大哭，唉声叹气，每天都去巴黎的教堂，在做弥撒时吟唱得比任何人都响亮，在祷告场的大型节日上过夜，和衣躺在地上以示自我忏悔。

他拼命补救，但仅仅精神上的忏悔是不够的。他几乎在所有的地方都建造了修道院，并且在巴黎重修了曾经被维京人重创的圣日耳曼奥塞尔教堂和圣日耳曼德佩修道院。为了重新得到上帝的眷顾，他还在自己的王宫里建了一座向圣尼古拉祝圣的小礼拜堂，这座礼拜堂在一个半世纪之后成为了巴黎的圣礼拜堂①。

罗贝尔二世在考虑自己灵魂归属的同时，也不忘营造舒适的生活：他重新修缮了西岱岛的王宫，将其扩建并修建了庶务总管办分处。这一建筑是专门给王宫内的庶务总管居住的。这一职位在当时可算是位高权重：他负责执行初级或中级的司法官员下达的审判，并且拥有许多特权，其中包括可以从

① La Sainte-Chapelle，法国巴黎市西岱岛上的一座哥特式礼拜堂。

每一桶酒和每一批粮食中抽取一定的税收。

在这里要顺便纠正一下一个已经根深蒂固的错误说法："庶务总管"一词并非来源于掌管王官所有大蜡烛的"蜡烛官"。这个词语是来自于拉丁语conservius，专指那些奴隶的同伴，以及在王官里服务的人。

通过重建西岱岛的王官，罗贝尔二世重新赋予了巴黎首都的地位——这个曾经被加洛林王朝的国王们所遗忘的身份。当然，有关这一地位以及其地理界限的划分还是相当模糊，但是不管怎样，这个曾经的巴黎郡又一次和王室扯上了关系。不过，这座城市到底位于哪儿呢？是躲在西岱岛城墙背后的那一部分吗？还是塞纳河右岸有不少漂亮民宅，却又被周围的沼泽地限制了发展的地块？又或者是塞纳河左岸聚集着修道院、教堂以及它们的果园的地区？

"门房处"的命运如何？

王官的厨房、门房处的守卫室和骑兵室，与时钟码头路[1]上的四座塔楼及圣礼拜堂一起，成为了中世纪王官的遗迹。王官的其余部分都在奥斯曼巴黎大改造以及整修格雷万蜡像馆[2]期间被翻修一新。奥斯曼重修了王官主体，而格雷万蜡像馆则重修了门房处。自从1392年

[1] Le quai de l'Horloge，是一条位于巴黎西岱岛上的小路，因为靠近西岱岛王官的钟楼而得名。

[2] Musée Grévin，巴黎格雷万蜡像馆于18世纪末，由法国著名的《高卢日报》的创办人亚瑟·梅耶创建。鉴于当时参加这个博物馆建设的幽默漫画家、雕塑师、舞台服装设计师阿尔弗雷德·格雷万对博物馆的杰出贡献，博物馆最终以"格雷万"命名。

这里被查理五世以及其继任者弃之不用后，就一直被作为监狱使用，直到 1914 年关闭。这一具有纪念意义的古迹在今天一直力求能重新营造出当时监狱的阴森气氛，朝向时钟码头的底楼先前就是一排单人牢房。

真正留存下来的古迹在今天并不多，它们将我们带到了 18 世纪，那个关押人数越来越多并最终引发法国大革命的年代。

首先我们看到的是关押女犯人的天井。天井里有一个水池，那是女犯人洗衣服的地方，而周围的栏杆则将她们与男犯人分隔开来。接着我们可以看到吉伦特派①的小礼拜堂，1793 年 10 月 29 到 30 日他们在这里度过了最后时刻。另外，还有路易十八②时期建造的玛丽·安托瓦内特礼拜堂，这是为了纪念 1793 年这位王后在牢房里度过的最后一段时光。

而这两座礼拜堂中间的部分，则是当时雅各宾派首领罗伯斯比尔被送上断头台，等待终结命运的地方。

站在 18 世纪风格的立法大楼前，可以看到右边通往咖啡馆的小扶梯。当年所有的犯人就是从这座楼梯中走出来去往断头台接受审判。这才是这座可怕的监狱最让人动容也是最默默无闻的真实见证。

公元 1003 年，罗贝尔二世所做的一切表忠心的努力终于得到了回报：他的第一任妻子、"老女人"罗萨拉在她的隐居地佛兰德逝世。罗贝尔终于

---

① 法国大革命时期立法大会和国民公会中的一个政治派别，主要代表当时信奉自由主义的法国工商业资产阶级。
② 路易十八（Louis XVIII，1755—1824），法国国王，1814—1824 年在位，法国波旁王朝复辟后的第一个国王，是被送上断头台的法国国王路易十六的弟弟。

获得了自由，并且可以符合教规地再婚。这件事对于他来说已经刻不容缓，因为他急需生下一名继承人。于是这次他娶了未满十七岁的康斯坦丝·阿尔勒为妻，既非寡妇，也非已婚妇女。

这位当时三十一岁的国王对于他的新婚妻子来说已经是个小老头儿了。新任王后经常将一些年轻人带到普罗旺斯的王宫里，呼吸一下新鲜的空气，但这一举动却让王宫中的老臣子感到震惊！因为这群身份低微的年轻人都留着短发，脸上也没有蓄须，在一帮老臣子眼里，他们的穿着古怪而滑稽，脚上的靴子都有一个可笑的往上翘起的尖嘴，活像个小丑！如果不好好看管他们的话，所有法国的年轻人都会有样学样地穿上这些奇装异服！虔诚的修道院院长摇着脑袋前来劝说国王，不停地说着宫廷已经不复从前，现在的年轻人只顾吃喝享乐。总而言之，巴黎快要完了！

罗贝尔二世却对妻子朋友们的靴子没那么在意，他只想尽快完成夫妻的使命，为这个王国带来一位继承人。要想知道他究竟对这个任务有多专注，只要看看他和康斯坦丝生下了七个孩子就知道了。不过，还有另外的惊喜在等着他：他最亲爱的贝尔特回到了王宫！当然，是偷偷摸摸的。幸运的是，偌大的宫殿有足够大的地方可以避免两个女人尴尬的碰面。

事实上，康斯坦丝并不想待在巴黎。周围的教士臣子整天盯着她，指责她青春的狂妄、荒唐的行为，甚至是她生活的乐趣。还不仅仅是这些，她还要整天在王宫的小径上遇到一群乞丐，他们都是应她那虔诚的丈夫的召唤而来，并为他们提供吃穿用品。这个只想在奢华而无忧无虑中忘我生活的年轻姑娘却不停地需要面对这些贫苦与不幸。在某些日子里，宫殿里甚至会涌来上千个穷人，一个比一个穷，一个比一个脏，浑身发臭，且极不知趣。

然而最可怕的事情在复活节前夕发生了。在节前的那个礼拜四，三百名穷人进入了王宫。他们坐在桌边高声谈笑，而国王则在一群随从的簇拥下现身，向他的穷苦人民布施。晚饭过后，在一场秩序井然的宗教仪式中，崇高的圣上为某些圣徒洗干净双脚，由一名基督教执事开始唱颂《圣经》中的《约翰福音》[①]篇章，里面讲到耶稣亲自为其门徒洗脚："吃晚餐的时候，耶稣从桌边起身，脱掉衣服，拿出束在腰间的布。然后他在一个浅盆里倒了一些水，开始给他的门徒们洗脚，并且用束在腰间的那块布将他们的脚擦干……"

如果王宫里只是有这些穷人的话，康斯坦丝恐怕也就听之任之了，但是其中还有麻风病患者！罗贝尔二世很高兴看到王宫中有麻风病人，因为这可以更好地凸显出国王对教义的忠诚和慈悲之心。因此，他不仅在宫中接待他们，还热情地握住他们被病痛腐蚀得不堪入目的双手。就连宫中的一些高官都对于这种尽管善意却有些过分的举止表示惊讶不已。

"耶稣基督就曾经这样对待过麻风病人。"罗贝尔国王认真地对大臣们说。

根据《圣经》记载，耶稣确实曾经治愈过麻风病人。因此，罗贝尔也打算在他华丽的宫殿中效仿这一谦逊的举动。不管怎么样，人们最终还是会将治愈麻风病人这一奇迹归功于他，他需要做的只是在病人身上象征性地比个十字架，病痛就会消失……天真的市民相信或是假装相信了这一奇迹。于是，从罗贝尔二世开始一直到路易十六，人们都人为地赋予了国王疗伤止痛的能力，他能治好瘰疬、瘘管、脓疮在内的所有疾病。

和这些乞丐与病患在一起，罗贝尔二世感到无比幸福。和贝尔特生活在

[①]《圣经·新约》正典的第四部福音，共 21 章，是四福音书中最迟写成的一部。本书中记载的耶稣言行有许多未记录在其他三卷福音书中，文体浅显但深邃，特别强调耶稣的神性和基督徒属灵生命的建造。

一起，他越是觉得罪孽深重，就越是努力让自己成为一名合格的基督教徒，谦逊而仁慈。最终，康斯坦丝因为无法忍受这样的生活而让出了王后的位置。她离开了巴黎，让罗贝尔和他的乞丐、麻风病人以及情人过日子去吧！她带着孩子们去了位于埃唐普的城堡，去过属于她自己轻松愉快的生活。

1031 年，虔诚者罗贝尔二世——因为人们觉得没有一个名字比这个更适合他了——已经五十九岁了。这是一个更通情达理的年龄，而且他的身体依然健康。一切看似越来越好，直到这一年的 6 月 29 日，一场日食的发生扰乱了他对宗教的虔诚信仰。因为所有人都在说，太阳的消失预示着死亡。

而实际上，这位国王也很快就被一场高烧击垮，几乎透不过气来……三个星期后他就过世了。人们将他的遗体从他病倒的地方——默伦运送到了圣德尼修道院，埋葬在他的父亲于格·卡佩身边。

修道院里的修道士们对于这位满怀仁义的已故国王心怀感激，因此在他们的圣徒传记中，发挥了自己的想象，认为这位伟人的故去必将伴随着极不寻常的异象与灾难的发生：彗星滑过天空，河流决堤，洪水泛滥，推倒房屋，淹没幼童……这一切都是为了表明就连上苍都为这位虔诚者的逝去而哭泣。

罗贝尔的虔诚倒是让巴黎受益良多。他是在巴黎惨遭维京人侵略后第一个带头重建城市的国王。当然，我们必须承认当时只有那些隐修院、修道院、教堂和他自己的宫殿享受了重建的恩惠，但毕竟还是跨出了了不起的第一步。

*

罗贝尔二世虔诚者的儿子亨利一世[1]的继位，标志着一个艰难时期的到

---

[1] 亨利一世 (Henri Ier, 1008—1060)，法国卡佩王朝国王，1031—1060 年在位。虔诚者罗贝尔二世与王后康斯坦丝之子，生于兰斯。

来：饥荒、流行病、火灾接二连三发生。然后，巴黎人民分成了两派，一派拥护新国王亨利，而另一派则要求立他的弟弟罗贝尔为王。由于惧怕巴黎城内的部分人民反对他的统治，亨利审慎地选择了先去往费康①——他的同盟——诺曼底公爵处暂避风头。

他选择离开是正确的，因为此时的巴黎城内已经几乎没有食物了。市场上，人们都把狗肉和老鼠肉拿来卖，甚至还有人把刚挖出来的尸体拿来出售。这些东西都得好好弄熟了才能吃，不然自己恐怕也会变得和这些尸体一样……而在教堂里，饥饿的难民挤作一团，他们都希望能在这里找到解决问题的办法，或者，就在这里等死。之后接二连三的事件让情况变得越来越糟。1034 年，比以往任何时候都要猛烈的一场大火摧毁了灾民赖以寄居的房屋；而第二年伴随着饥荒而来的瘟疫则让更多的人不幸遇难。

就在这段时间里，亨利一世一直在追杀那些反对他即位的抗议者，因此很少有机会关心巴黎的近况。

于是，轮到教会出手来平息这一切的动荡以奠定它的统治地位了。1049 年，来自阿尔萨斯②的罗马教皇利奥九世刚一上任，就开始着手清理教会内部买卖圣职的行为。因为在法国，尤其是在巴黎，主教以及修道院院长并不一定是最虔诚信教或是最功勋卓越的那个人。这个头衔完全可以用钱向宫廷购买。这一墨守成规的惯例不仅满足了那些极富野心的有钱人，就连国王也在这场交易中获得了丰厚报酬。而各地的高级教士们也成为了君王必不可少

---

① Fécamp，法国上诺曼底滨海塞纳省的一个港口城市，濒临英吉利海峡，西南方距勒阿弗尔约 35 公里，东南距鲁昂约 60 公里。
② Alsace，法国东部一个地区的名称，它被莱茵河南北分开成两个部分：北部的下莱茵省和南部的上莱茵省。

的帮手。在战争来临时，他们往往无法拒绝国王提出的军事支援的要求。

为什么这位教皇要来干涉圣职买卖一事呢？亨利一世有了疑问。罗马教廷试图通过肃清教会内的陈规，将自己的影响力扩大到所有的基督教国家。这是让法国的教会人士无法忍受的！为了给教皇一个下马威，也为了表明法国不是那么好惹的，没有一位主教回应利奥九世发出的邀请，他希望召开一次讨论教内圣职买卖的主教会议。

另外，这位教皇也没少和法国国王发生口角。利奥九世在雷根斯堡①逗留期间，去参观了圣宜美拉修道院（Abbaye de Saint-Emmeran），并且在那里发现了一件据说是装有圣德尼尸体的遗骸盒！然而所有人都知道圣德尼是被埋葬在巴黎附近的。可是这位教皇居然公然宣称圣德尼唯一的遗体真迹收藏于日耳曼帝国！

亨利国王拒绝接受这一所谓的真相。于是，他当着蜂拥而至的巴黎市民的面，庄重地打开了埋葬于圣德尼修道院里的石棺。从石棺里面传出的味道是如此柔和而甜美，这令所有在场的人都相信只有圣人的遗骨才能散发出这样的味道！于是人们继续放心地在位于巴黎市郊的这座教堂内向圣德尼的遗体祷告。

然而亨利一世还想要采取更进一步的行动，以此来削弱教皇在人民心目中的影响力与操控力。他不顾罗马人的反对，要在巴黎修建一座修道院，而他则是修道院的主人。

在为圣马丁修建的小礼拜堂旁边，亨利一世建造了一座圣马丁田园修道院，在其周围筑起了高墙，并赠与这座修道院财富和土地，给予固定的收入、一定的权力和特权，还免除了一切税收……

---

① Ratisbonne，德国巴伐利亚州的直辖市，是上普法尔茨行政区和雷根斯堡县的首府，天主教雷根斯堡教区主教的驻地。

这是一项巨大的工程，直到亨利一世的儿子腓力一世①继位时才得以完成。在 1067 年为这座修道院祝圣时，圣马丁田园已经是一座占地甚广的教堂，周边围绕着圆齿状的围墙，并且拥有十八座瞭望台和四座坚固的哨塔。

这座著名的修道院在 1079 年归入了克卢尼修道院。原本掌管这一修道院的议事司铎随即被七十位本笃会的修道士所替代。圣马丁田园修道院至此变成了一座隐修院，用当时的说法，成为了"克卢尼的第四位修女"。因为克卢尼修道院不仅仅在法兰西，另外还在瑞士、西班牙和英国同样拥有分支。

这一举动或许是腓力一世向罗马教廷做出的让步，向教皇示好，讨其欢心，并且在王室和教会这两个公然势不两立的阵营之间做出妥协……

可是，历史总是有惊人的巧合，罗贝尔二世的孙子也陷入了一场不伦之恋。1092 年，腓力一世狂热地爱上了贝特拉德，安茹②地区老伯爵的未婚妻。为了追求幸福，他离弃了他的原配妻子，并将她关进了滨海蒙特勒伊③的城堡里。而在此期间，温顺的贝特拉德则嫁给了她的老未婚夫。如果连自己喜欢的人都得不到，那做个国王又有什么意思？于是贝特拉德被抢走了，过程并不复杂，因为受害者完全是心甘情愿的！这位二十二岁的年轻姑娘疯狂地爱上了比她年长三十岁的国王，并且觉得能入住西岱岛王宫，成为名正

① 腓力一世（Philippe Ier，1052—1108），卡佩王朝国王，1060—1108 年在位。腓力一世为国王亨利一世之子，母为基辅大公的女儿基辅的安娜。
② Anjou，法国旧制度下的行省，它除了东部和北部被削去一小部分外，大致对应于现在的曼恩-卢瓦尔省。省府为昂热，因高卢人的一族安德卡夫人而得名。它可以分为卢瓦尔河以北的外安茹以及河阴的内安茹两部分。
③ Montreuil-sur-Mer，滨海蒙特勒伊，法国北部-加来海峡大区加来海峡省的一个市镇，属于蒙特勒伊区蒙特勒伊县。

言顺的法兰西王后是一件满足而令人幸福的事。

巴黎人民倒是也接受了这位王后，并且每当她走出宫殿时都爆发出热烈的欢呼。好心的民众觉得他们的国王有权利获得他想要的幸福。可是，法兰西王国以外的地方却有不一样的声音……

新上任的罗马教皇乌尔班二世对此事表示震惊："腓力一世和他祖父罗贝尔二世几乎如出一辙的两桩违背教规的婚姻显而易见地表明了整个王国的衰弱，以及，你们国家教会的没落即将到来。"他如此写道。然后，由于他无法说服这对情侣分开，只好将他们逐出了教会。从此，腓力一世和他的漂亮妻子不能进入任何一座教堂，而所有修道院的大门也不再对他们敞开，至少原则上来说是如此。因为还是有一大部分人与这位国王保持了一份友好的默契。

这种状况维持了整整十二年！在这段时间里，教会不停地用教规劝说，不停地进行谈判，不停地给予兑现不了的承诺，而西岱岛王宫内这段不伦恋也整整持续了十二年。终于，1104年的某一天，贝特拉德突然间醒悟了！这种戴罪生活的状态让她无法忍受，她要为自己犯下的罪行忏悔！于是，她离开了巴黎，去往普瓦图一处简陋的棚屋，每天身穿简朴的衣服，过上了隐居的生活。

我们可以想象腓力一世在得知贝特拉德离去之后的惊愕表情，没有什么能让他放弃贝特拉德！然而，不久之后在巴黎召开的主教会议上，腓力一世身穿棕色粗呢布衣，光着双脚出现，宣布他已经放弃了他原本已经失去的东西……然后，腓力一个人孤零零地回到了王宫，他的贝特拉德已经去了普瓦图的小屋，驱逐出教的禁令也取消了，世界重新回复了原来的样子。

这一带究竟如何体现了
"艺术与工艺"?

此后继任的法国国王都会赐予圣马丁田园隐修院一份可观的捐赠，而隐修院院长的收入也相当丰厚：他的年收入高达四万五千斤银子。

属于隐修院院长名下的财产还有牢房，后来在 16 世纪时成为了王家圣马丁监狱，主要关押那些在大马路上拉客的妓女。一想到这些不知廉耻的女人和严肃正经的修道士同处一院的样子，人们就不寒而栗。

从 1702 年开始，隐修院因为年久失修而重建。院内建筑的主体有三十一条交叉道，而前厅的面积大约为 30 乘以 36 法尺（分别约为 10 米和不到 12 米的长度）。但人们很快就发现之前用于建造这座隐修院的材料都有问题，当初的建造者简直就是在马马虎虎地敷衍那些修道士们。泥瓦匠只用了泥土和掺杂着碎石头的瓦砾，而木工用的全部都是陈旧的木材……后来这位木工由于受到心灵上的谴责前来忏悔他的罪行，并且在重修之际在总账单上给了隐修院一笔两万五千斤银子的折扣。

另外，修道士们也得益于这次重建，在圣马丁路上造了一排宽敞而漂亮的房子，并在维尔伯瓦路路角处盖了一座喷泉，还开设了一个公共集市。

建造在巴黎外围的这座隐修院拥有自己的围墙，而如今我们看见的那部分是 1273 年修建的。这一渐渐发展的小镇最终于 14 世纪被归入巴黎市，而外面的围墙也被并入了查理五世兴建的新城墙中。

法国大革命的发生将这座隐修院变成了法国国立工艺学院，如今依然位于圣马丁路292号。而其中的工艺品艺术博物馆①则像当年的克卢尼修道院一样，成为了人类文明进步记忆的庇护所。

博物馆的外围也和内部一样弯弯曲曲，那是因为千禧年时代的建筑都旨在传播罗马艺术，主要的艺术风格都统一服从罗马的标准。南边钟楼的底座都覆盖着双色瓦片的小顶棚；而教堂蜂窝形式的半圆形后殿则是11世纪罗马式工艺的残留。教堂内部，我们可以看到1067年修建的祭坛底座，现在看到的外立面则是12世纪初建造的，那正是哥特风格开始显山露水的年代：罗马艺术风格中弧度饱满的拱形结构混杂了尖形穹隆，后者是典型的哥特艺术的象征。

隐修院中更伟大的印记还体现在修道士们的饭厅内，这里如今已经成为了图书馆，是12世纪哥特艺术的卓越见证。而那个时期所修建的围墙现在则成为了维尔伯瓦路上的一面护墙以及一座经过部分重修的小炮塔。

在柏利路的拐角，也是这座围墙的东南边界上，透过这条街道7号房屋的阶梯外沿，可以看到一座尖角圆塔。

最后，在维尔伯瓦路和圣马丁路的交界处，矗立着维克多·雨果曾经提到过的维尔伯瓦塔楼，当时他反对一位建筑师要摧毁这座塔楼的建议并有过以下尖锐的言论：

"要毁掉这座塔楼？没门儿。要毁掉建筑师？没问题。"

---

① Musée des Arts et Techniques，位于巴黎第3区，是法国国立工艺学院的一部分。

PHILIPPE AUGUSTE

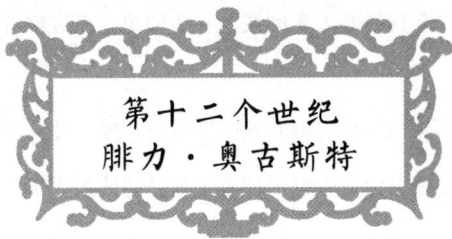

巴黎，法国的首都

在腓力·奥古斯特站下车，距离民族广场站（La Nation）两站路，感觉早已远离了 12 世纪时古城墙内的巴黎。不过，这一区域仍然保留了对腓力·奥古斯特国王的一些记忆：以他名字命名的街道；为了纪念其在对日耳曼皇帝的战役中大获全胜的布汶大街（Avenue de Bouvines）①；以及 1843 年时在民族广场边上竖起的一根纪念柱，那上面矗立着高达四米的腓力·奥古斯特像……而这个远离市中心的地块是否就是这位国王想要为他的都城所画下的界限呢？

整个城市都留下了腓力·奥古斯特不可磨灭的印记，一位自负且在战斗中屡获胜绩的国王。他就是这样在一场又一场的战役中巩固了他的政权。

当然，最先要捍卫的自然是他的都城——巴黎，因此他为它建造了一座牢固的城墙。这座被称为奥古斯特古墙的城墙厚三米，高九米，并且在某些地方加固至二十五米高。这一巨大的防御工事在将近两个世纪的时间里都将巴黎的地域固定在某个范围内，而其中有一大部分的残垣至今还能看到。

如果想要重新寻获这些遗迹，就得走远一些，从塞纳河右岸开始你的旅程。因为当时右岸受到侵略大军的威胁更为紧迫，而这座古城墙也是从那里开始建造的。

在城市西边，塞纳河被一圈厚重的铁链所包围，并且有坚固的卢浮宫堡垒做依靠。也就是说沿河一带已经拥有了自己的防御工事。然而腓力·奥古斯特还想要打造一个更为坚实的安全基地，围绕这一基地连结起城市中所有的防御工事，从而可以更有效地保卫整个王国。

首先要建造的是建筑的主体，他在那里建起了一座高达三十二米的坚固的城堡主塔。这座主塔的形状颠覆了军事建筑的外形，不再是以往普通的长方形轮廓，而建成了圆形，这样就增加了袭击的难度，在减少了攻击面的同时，也简化了警戒放哨的工作，方便巡视者的监察以及弓箭的发射。

同时，这座防御城堡也在不断地加建：它这个巨大的矩形四周围绕有坚固的高墙。每一面墙内以及每个角上都矗立着一座塔楼。从美丽城和梅尼蒙当过来的塞纳河分支在其周边围成了一圈宽阔的壕沟。而位于东边的大门相对来说比较狭窄，因为两边各立有一座塔楼。如果要想进入城堡内部，会有一座吊桥缓缓放下，让那些坐着战车的军队越过壕沟，然后迅速收起。卢浮宫堡垒因此变得几乎坚不可摧。它为巴黎抵挡一切可能的侵袭，同时也可以在民愤四起的时候为国王提供庇护所。另外，在紧急情况下为腓力·奥古斯特及其家人提供的住所也在该城堡的主塔内，位于所有防御工事的中心位置，是防御措施最为严密的地方。

---

① 布汶（Bouvines）是法国北部–加来海峡大区诺尔省的一个市镇，属于里尔区锡苏万县。1214 年 7 月 27 日，当时西欧的两支大军在今天法国北部的里尔市附近的布汶进行了战斗，结果以法国国王腓力二世为统帅的法军击溃了以神圣罗马帝国皇帝奥托四世为统帅的反法联军。

卢浮宫堡垒的遗迹在哪里？

城堡主塔，也叫"大塔"，其实从来就没有做过王室住宅，从1295年开始便成为了监狱以及王家珠宝的存放处。直到1527年，弗朗索瓦一世将其推翻重建，一座中世纪的军事堡垒从此被文艺复兴时期的城堡所代替。

1984年到1989年，卢浮宫的地下商场重新修整期间，考古学家在方形大厅下发现了由腓力·奥古斯特修建的军事堡垒的遗迹。当年那些塔楼以及城墙的巨大地基在卢浮宫的考古地下室内被发现。站在那些厚重的大石头面前，我们似乎可以感受到当年卢浮宫所担负的防御重任。

而卢浮宫中富丽堂皇的圣路易展厅可谓是腓力·奥古斯特建造的城堡中最后的中世纪遗迹。在原本城堡主塔的位置，我们至今还能看到水井和壕沟等古代堡垒的遗留。

到了1360年，查理五世时期，卢浮宫才正式成为王宫。从那时开始，几乎每位国王都以自己的方式来布置这座宫殿。拿破仑三世统治期间，他从1854年开始进行了大规模的整修工程，尤其下令要拆除王宫周围长达几世纪之久的那些个防备不利的小要塞。如今我们见到的卢浮宫的样子大致上就是从这位国王手中保留下来的。而经过最后一道工序的改造——密特朗总统执政时期，由建筑师贝聿铭设计建造的玻璃金字塔——最终为这座全世界最大的博物馆配备了一个符合其身份地位的别具一格的入口。

这座古城墙起始于如今艺术桥的位置，以"角塔"（Tour du Coin）为标志，穿过卢浮宫，延伸至小礼拜堂路（Rue de l'Oratoire）。在这条路上我们至今还能在改建后的教堂祈祷室内看到这座塔楼的碎片。让我们接着往下走。在穿过圣奥诺雷路（Rue Saint-Honoré）时，这条路上门牌为148号和150号人家家里的烟囱让我们清楚地看到这两栋楼是倚着城墙而建的，而且148号楼的宽度恰好和城墙的宽度一样。

在这里我们看到了圣奥诺雷门。卢浮宫路（Rue du Louvre）11号内仍然保留着另一座塔楼的塔基，圆形的形状就像是从地上生出了一块石磨。经过证券交易所之后，城墙的轨迹就朝着日光路（Rue du Jour）的方向延伸。这条路位于当初城堡圆形主塔的内部，因为在这条路的9号，我们还能看到一段保存完好的塔楼残垣。继续走，穿过古老的蒙马特门（Porte Montmartre），位于蒙马特路（Rue Montmartre）30号的一块石板隐约勾起了当时的回忆。然后我们又来到了艾蒂安-马塞尔路（Rue Étienne-Marcel），这条路同样也位于当初环形城墙的内部。我们就这样慢慢走着走着，来到了一处重要的古迹——无畏的约翰塔（Tour Jean-sans-Peur）前。这是一座建于1409年的城堡主塔，由勃艮第公爵发起建造，紧靠城墙，外面就是田野了。在这座塔楼的底层，你会发现腓力·奥古斯特塔圆形塔基的遗迹，原来这是一座塔中塔！

我们继续向前走，来到了圣德尼路135号上的圣德尼门。在右手边，这座城墙进入了一条叫做画家路（Impasse des Peintres）的死胡同，这条路位于城墙的外围。然后我们来到了圣马丁路199号的圣马丁门，从这里开始，城墙又再度闭合，并且朝东南方向斜伸出去，顺着博布尔路（Impasse Beaubourg）的拐角，转到了圣阿瓦巷（Passage Sainte-Avoie）。这条小巷通往档案馆路（Rue des Archives）和弗朗-布儒瓦路（Rue des Francs-

Bourgeois)，后者的大部分都贴合城墙外围的弧形轨迹。在弗朗-布儒瓦路的55—57号，有一座凸出地面的颇具现代感的塔楼地基，而铺砌的路面则让我们找到了碉堡间护墙的痕迹。然后在圣日尔韦医院路（Rue des Hospitalières-Saint-Gervais）的10号，我们又找到了同样的痕迹，之后在玫瑰路（Rue des Rosiers）8号的庭院里，则看到了另一座塔。古城墙在这一轴线处开始往上走，直到塞维涅路（Rue de Sévigné）后又转向南面，穿过波岱门（Porte Baudet）和圣安托万路（Rue Saint-Antoine）的交叉口，向右边的教堂延伸。在那里一条叫做查理曼大帝的小巷子（Passage Charlemagne）里，可以很明显地看到墙的厚度变成了其他地方的两倍。然后我们就看到了屹立至今的最漂亮的城墙部分，它沿着查理曼大帝中学外围而建，位于圣保罗花园路（Rue des Jardins-Saint-Paul），蜿蜒六十余米，其中还包括了蒙哥马利塔（Tour Montgomery）。这座塔得名于一位苏格兰警卫的名字，他因为在1559年的一次骑士比武中刺伤了亨利二世[1]而被囚禁于此。图内尔酒店（Hôtel des Tournelles）的花园里还有另一座塔楼，我们可以看见一些"苦工做的标记"，这是辛勤建造石塔的工匠们刻上去的签名。最后，这座古城墙终止于塞纳河畔30—32号的塞莱斯坦码头（Quai des Célestins）。

看完了右岸的城墙，我们又取道位于圣路易岛上的普尔捷路（Rue Poulletier）去往塞纳河左岸，当时这个地方荒无人烟，并且被分成两个小岛。城墙尚在的时候，每天晚上这里都会拉上一条粗重的铁链以禁止任何船只在塞纳河上通行。

左岸的城墙从图内尔码头（Quai de la Tournelle）1号起始，该码头的名

---

① 亨利二世（Henri II，1519—1559），法国瓦卢瓦王朝国王，1547—1559 年在位。

字源于一座尖角塔楼。圣日耳曼大街7号乙的一栋窄小建筑也是倚靠着延伸至此的城墙而建。另外，我们还在工地路（Rue des Chantiers）7号的庭院里找到了一处古迹：泥瓦匠的住处还留存着围墙内回转炮塔梁托的遗迹。还是跟随着古城墙的踪迹，我们一直走到了学院路（Rue des Écoles），在这条路的邮局下方，我们可以看到在城墙上挖出的一道拱门，以便让流经此处的塞纳河分支比耶夫尔河通过。

现在我们又来到了勒穆瓦纳红衣主教路（Rue du Cardinal-Lemoine）上，在这条路上能找到从学院路起始的城墙外围壕沟的痕迹。在这条路上48—50号的消防队旁边，我们找到了壕沟的一小块遗迹，在阿拉斯路（Rue d'Arras）9—11号的花园内又找到了另一块。这些美丽的古城墙遗迹还可以在其他几处地方看到：勒穆瓦纳红衣主教路的60—64以及68号，都庵路（Rue Thouin）的4号和6号，克洛维路（Rue Clovis）的1号和7号……尤其是在笛卡儿路（Rue Descartes）的47号，当你耐心地穿过三道数码控制门之后，可以登上这道城墙去看一看。这条充满魅力的小路被完好地保存下来，简直令人妒忌，于我而言，不啻为对我孜孜不倦地寻找和研究的最美丽的奖赏。这真是一个神奇的地方！

同样是在笛卡儿路上，我们在50号看到了博尔德莱门（Porte Bordelle）或是圣马塞尔门（Porte Saint-Marcel）的一块面板。然后我们来到了圣雅克壕沟路（Rue des Fossés-Saint-Jacques），这里仍然属于城墙外围的沟渠部分。再来是圣雅克路151号，这里是圣雅克门（Porte Saint-Jacques）的所在地，也是左岸最重要的部分。古城墙从苏弗洛路（Rue Soufflot）开始呈下行趋势，一直到维克多-库赞路（Rue Victor-Cousin）。

圣米歇尔门（Porte Saint-Michel）则位于圣米歇尔大道的56号，从那里开始，城墙沿着右边的王子先生路（Rue Monsieur-le-Prince）延伸，在这条路上的 40 号，有一块颇具纪念意义的牌子，上面写着"旧时壕沟边的路"。这条路上还有一家叫做"长城"（La Grande Muraille）的中国餐馆，也许并非出自本意地看守着腓力·奥古斯特时期的工程。这家餐馆最靠里面的那面墙，以及一直延伸到拉辛路（Rue Racine）上的那些墙，事实上就是原来的古城墙部分。

城墙在圣日耳曼大道上被截断，然后又继续它的脚步。在这条路上的加泰罗尼亚之家餐厅（La maison de Catalogne）出现了一座塔楼，就位于圣安德烈艺术路（Rue Saint-André-des-Arts）和老剧院路（Rue de l'Ancienne-Comédie）的交汇处。

从马萨里尼路（Rue Mazarine）一直到塞纳河一带，都留有外围壕沟残留的印记，尤其是这条路 27 号的停车场以及 35 号的小花园内。而在多菲纳街的 13 号，上到位于二楼的语言学校，可以在那里的露天平台观赏塔尖上的美丽景色。

再往前走一点，马萨里尼路原本应该和纳韦尔路（Rue de Nevers）在此处连通，但是一堵墙却将这条路变成了死胡同，而这面墙正是古城墙的一部分。我们只好从马萨里尼路折返，取道盖内戈路（Rue Guénégaud），在这条路的 29 号拐入门槛出版社（Éditions du Seuil）的大楼，而在这栋大楼庭院的最深处，我们又发现了城墙内的一座塔楼……

最后，这座石头防御工事终止于塞纳河边著名的奈斯勒塔[1]。这座塔位于孔蒂码头（Quai de Conti），如今法兰西学会[2]的位置。学院左翼的一块石板让我们想起了当年的这个地方。

---

[1] La tour de Nesle，位于巴黎塞纳河南岸的属于原巴黎老城墙的护城塔，由腓力二世建于 13 世纪初。

[2] Institut de France，法国的学术权威机构，由 5 个学院组成，其中最出名和最权威的是法兰西学术院。

古城墙留下的其他残迹可能还被某些个体留存或存在于某些建筑的地基内。关于这一古迹的找寻工作至今对于众多考古痴迷者而言依旧是一场真正的寻宝之旅。

能找到腓力·奥古斯特古城墙的残留是我在追寻古迹过程中的第一个大惊喜！我渴望邀请你们和我一起继续这个有些漫长而复杂的寻宝游戏，是因为如此一来你们就能更好地了解一直激励着我的这种热情以及让我沉迷的挑战由何而来，至今仍然有许多谜题尚待解开。我心灵深处的声音一直告诉我，巴黎本身就是一个魅惑难当的谜题……

*

腓力·奥古斯特古城墙无疑是让人叹服的！它在方方面面都设想周全，并且有许多新奇的创造。它也让当时王国的统治者不得不扩展领土，重振巴黎。

当腓力二世在1179年登基时，年仅十五岁的他少不更事，还只是个小毛孩。这位过于年轻的法兰西国王当时只主管着法兰西岛地区。然而，他想要改变自己的命运。他四处征战，誓要成为整个法兰西的国王，并极力表明不同地区是一体的，他要为它们创造共同的历史、语言以及目标。在他的打造下，巴黎渐渐具备了一个新王国首都的风貌。他自己也从最初的腓力二世成为了生气勃勃的腓力·奥古斯特国王，罗马教廷正式接纳他成为他们中间的一份子，并将他载入史册。

当然，这位国王所用的手段也是残忍而迅速的，完全符合了那个时代的节奏，不过坦白说，有时也委实可憎。举个例子，在刚上任时期的经济需求的推动下，他决定向犹太团体下手。1181年某个星期六的早晨，巴黎的犹太人们都被关进了监狱，为了重获自由，就必须向国王上缴他们的财产……这还不够，第二年，腓力又干脆利落地取消了犹太人对于基督教徒的债权。

这对于国家财政来说可是件大好事：这些债务人只能将五分之一的钱上交给国库。

1182 年 6 月 24 日，腓力·奥古斯特颁布了一道驱逐令。这是有史以来第一次，一个基督教国家用一道正式的法令将所有犹太人驱逐出境。巴黎犹太教徒们的庇护之所，塞纳河左岸，西岱岛阿塔西里路（Rue de l'Attacherie，如今叫做塔西里路，Rue de la Tacherie）上的大教堂也被改造成了耶稣礼拜堂，而犹太人的住所也被政府拿来售卖。用这些从犹太人身上搜刮来的钱财，腓力·奥古斯特在早先犹太人的聚居地，如今空无一人的尚波（Champeaux）建起了一个市场。他命人在那里建造了两栋被围墙包围起来的建筑，围墙的大门一到晚上就关上。这一市场倒是带来了一些新的好处：批发商们从此有了可以安全寄放货物的场所，既可以遮风挡雨，也可以防止强盗劫掠。很快，这个尚波市场就成为了巴黎城内最受欢迎的地方，面积宽敞，从食物到纺织品应有尽有。同时，这个地方也为之后延续了八个世纪之久的巴黎大堂（Les Halles）打下了坚实的基础。

尚波市场是如何消失的？

由于其品种丰富的供给量，尚波市场不断扩展。16 世纪时，弗朗索瓦一世对此地进行了重建。于是在这个市场中兴建了一些外形十分奇特的房子，成为了这里的一大特色。在底楼，有屋檐的大厅可以为那些棚户商贩遮风避雨。而大厅中间的拱廊里则可以找到方格形的货架，人们可以在这里买到面包和乳制品。

到了 19 世纪，这一市场出现了严重的管理和卫生上的问题，必须再进行一次大规模的翻修。关于这次重建的竞标于 1848 年开始，最后由法国建筑师维克多·巴尔塔①胜出。他在 1852 年到 1870 年之间建造了十座覆盖着玻璃顶盖和玻璃隔板的售卖场馆，依靠铸铁立柱支撑。1936 年时又新增了两座场馆。

到了欢欣鼓舞的 20 世纪，老旧的市场必须做出让步。因为日益增长的巴黎人口和新制定的卫生标准使得政府不得不对这一区域做出调整，并将市场迁移到别处。1969 年，整座市场被搬迁到了大巴黎区的兰吉②。

接下来，在 1971 年到 1973 年间，愚昧、无知以及狂妄自大的现代主义和以盈利为首要目的的原则最终推倒了这些由巴尔塔主持建造的场馆。对于巴黎来说这是一个让人伤感的年代：这座市场被彻底摧毁，而在另一边却竖起了极其现代化的蒙帕纳斯大厦③！它以巴尔塔场馆的形式继续存在着，只是被挪到了马恩河畔诺让④。

而随着最后一次重建，如今的巴黎大堂商场满目绿色，建筑师帕特里克·贝尔热和雅克·安齐尤蒂为其打造了绿植和玻璃交错的建筑结构。

腓力·奥古斯特注视着巴黎发生的每一处变化，他深切地认识到这座城

---

① 维克多·巴尔塔（Victor Baltard，1805—1874），法国建筑师。
② Rungis，法国法兰西岛大区瓦勒德马恩省的一个市镇，属于亚伊莱罗斯区谢维利拉吕厄县。
③ 蒙帕纳斯大厦建于 1972 年，共 59 层，高 209 米，是巴黎市区除埃菲尔铁塔外最高的建筑，也是市区唯一的一座摩天大楼。
④ Nogent-sur-Marne，法国法兰西岛大区马恩河谷省的一个市镇，属于马恩河畔诺让区马恩河畔诺让县。

市需要发展与扩大。巴黎大堂附近有一片面积宽广而陈旧的公共墓地，看上去让人颇感不快。在墓碑与墓碑之间，以及公用沟渠前，垃圾堆积如山。野猪经常在此处抖动身体拱食，不知羞耻的女人在这里贩卖身体。必须在那里立一堵墙来结束这些乱糟糟的局面！很快，这些逍遥成性的人们被邀请去别的地方进行这些见不得人的勾当，野猪被赶回了猪圈，垃圾也得到了清理。从那以后，人们只能在白天进入此地，在墓碑前祷告或是为逝者入殓。一到晚上，所有的一切都在上了锁的大门后被关上。

腓力想要一个井然有序、干净整洁的城市，绝不能像是一个对公众开放的大型垃圾场。一天，当他站在西岱岛王宫的窗前，观察塞纳河上船只的移动以及来来往往的马车时，突然看见一辆马车陷入了污泥中。拉车的马匹奋力蹬蹄，车轮却在原地打滑，泥浆四溅。而这一大动作还散发出一阵动物粪便及腐烂物的恶臭气味。

如何阻止这些难以忍受的味道呢？腓力暗自思忖。过去，罗马人曾经很仔细地在街道上铺过石板，然而经年累月之后，陆续堆积的散发着臭味的垃圾和尘土将这些石质路面深深地藏在了下面，只留下一些模糊的印记。腓力召集了城中的有产者和宗教协会的会长，告诉他们：不管他们用什么方式去筹钱，全巴黎市所有地区的主干道必须以最快的速度铺上"坚固而耐用"的石子儿；当马车在路上通行的时候不许再掀起一阵阵味道恶心的泥浆！

*

1187 年，一位来自耶路撒冷的拉丁主教埃拉克利斯突然来到了巴黎。这位主教带来了一个令基督教教徒心碎而泪奔的消息：埃及苏丹萨拉丁占领了耶路撒冷！这座启示之城居然落到了撒拉逊人的手里。在获知这一可怕的消息后，当时的教皇乌尔班八世由于受惊过度随即去世。埃拉克利斯只好用别的方式来全力挽救这座城市：他在法国、英国和德国召集军队，出征巴勒斯坦。这位主教开始到处布道，宣扬进行第三次十字军东征的必要性。他一字一句坚定不移地重复再重复：必须解放耶路撒冷！

他在尚在建造中的巴黎圣母院大教堂中做了这番激励人心的演讲。这座从前的圣艾蒂安主教教堂，由于损毁严重，且其逼仄的内部空间早已容不下日益增长的巴黎人口，早就被巴黎市的主教莫里斯·德·苏利遗弃。然而就是在这里，教士们在花了超过二十五年的时间之后，打造出了一座崭新的大教堂。

当时的教堂还远未完工，埃拉克利斯大多数时候是站在工地上或是做礼拜的地方进行布道的。在大大小小的石块、钢丝、滑轮、梯子、木梁后面，矗立着一座半完工的大教堂。教堂内的祭坛已经渐渐露出了其宏伟华丽的面容：四层高的祭坛直指穹隆，次梁却降下了高度，与教堂内的圆柱横向相接；祭坛周围双向的回廊则正对着教堂中的偏祭坛。

工地上，一位工头手拿一张巨大的羊皮纸，按照上面的图纸和轮廓指挥磨石工、木工、屋顶工、铁匠、泥瓦匠和车夫们辛勤劳作，构建一个他能想象得到的最宏伟的教堂。尽管主教经常由于不耐烦而发怒，一直催赶进度，但是这个庞大的工程依然不紧不慢地进行着。在这一年的十月，如同往年的这个季节一样，整个工程渐渐停滞并进入了休整期。冰期快要到了，灰浆有结冰的危险，于是泥瓦匠放下手中的镘刀，将未完工的部分覆盖上稻草，然后就离开了工地，从容地等待来年春天再继续开工。磨石工们依旧在寒冷的季节里工作，只是放慢了速度，并躲到工地上临时用木板搭建起来的棚屋里御寒。

就在这个宏伟的工地上，埃拉克利斯抽泣、大哭、威胁，并宣称如果耶路撒冷不能重获自由，世界末日的大火必将打开天庭的大门。可怕的咒语上升、蔓延，在祭坛上方的穹隆下回荡。所有听其布道的人们都毛骨悚然——

这位受人尊敬的主教的言论让强大者担忧，让脆弱者颤抖。

　　腓力·奥古斯特见此情景，也不得不参与到这一神圣的事业当中来。他也必须出力夺回"圣地"和耶稣的陵墓。另一边，整个欧洲的大氛围变得前所未有的好战。不论是在巴黎还是在英国，不论是贵族还是平民，都积极要求加入这次以信仰为名的征讨。作为法国国王，他别无选择，只能加入这次远征。当然，他不能说走就走。首先，他需要和英国国王"狮心王"理查一世①达成一项和平协议，后者也将参加这次远征。两位君王签订了一个忠诚条约："我们将在上帝的指引下共同完成这次远征。我们分别向对方承诺将互相信任，共结友谊……"

　　1190 年的 3 月 15 日，腓力·奥古斯特不满二十岁的妻子伊莎贝尔在分娩双胞胎时死于难产，孩子也胎死腹中。十年前，尚是个孩子的伊莎贝尔·德·艾诺因为领地而嫁给了腓力·奥古斯特：她带来了阿图瓦②地区作为嫁妆。腓力从来没怎么喜欢过这位年轻、瘦弱，并且整天哭哭啼啼的女孩儿，然而她的去世却突然抹去了之前对于她的所有不满。他要求一定要将王后风光下葬。王后的葬礼在巴黎圣母院大教堂的祭坛处举行，并且就在当场凿了一个墓穴来存放她的遗体。

　　安葬完了妻子，在进行十字军东征之前，这位法国国王还有其他任务要完成。他深知巴黎其实是一座几乎没有防御能力的城市。尽管在西岱岛上有一些老旧的城墙，但是整座城市却越来越向着塞纳河的两岸发展。一旦被入

---

① "狮心王"理查一世（Richard Cœur de Lion，1157—1199），继任英格兰国王之后称理查一世。因其在战争中总是一马当先，犹如狮子般勇猛，因此得到"狮心王"的称号。在 10 年国王生涯中，几乎全部时间都花在戎马弓刀之上，他参与过包含十字军东征在内的许多战争，而他的军事表现也使他成为中世纪最杰出的军事指挥官之一。

② Artois，位于法国中部地区，曾经是阿拉斯的首都，如今归于加来海峡省。

侵，没有任何实质性的东西可以保护这座城市，这样的风险绝对不能被忽略。诺曼底人和英格兰人时不时地会前来进犯法兰西王国，也就是在此时，奥古斯特萌生了要从城市北部一直到塞纳河右岸建造一座围墙的想法。

腓力·奥古斯特对这座都城有一个宏伟的计划。他希望新建城墙的安全性能吸引越来越多的人口定居于塞纳河边。于是他为这座重燃生机的城市制定了一份真正的城市规划：在未来城墙的内部，在即将建造的住宅与住宅之间，要到处都有植物，随处都有花园。

*

在指定了六名巴黎贵族在其离开期间执行他所下达的命令之后，腓力国王又去了一趟圣德尼修道院。在那里他接受了一场庄严的"神圣的钉子与荆棘"的降福仪式，并被授予一面布满了金色十字架的旗帜，那是他参与战事的象征。在一切准备就绪之后，腓力终于踏上了征讨"圣地"之旅。

1190 年 7 月 4 日，法国国王与英国国王在弗泽莱①会师。他们一起沿着罗讷河谷前行，沿途兴奋的群众纷纷向这两位伟大的君主致敬，因为他们即将前去打败狂妄自大的撒拉逊人。腓力一行取道马赛，而理查一世则继续向热那亚②进发……

就这样，腓力·奥古斯特在一年半的时间里远离了巴黎以及他的王国。而这到底是为了什么呢？到头来只是一场空。对他来说，这次十字军东征可以简单概括为在西西里岛③上长达六个月的等待：每天都满怀希望地等待岛上的地中海风暴能够平息，但每次又都失望而返。然后，他们又驻扎到位于

---

① Vézelay，弗泽莱是法国勃艮第大区约讷省的一个市镇，属于阿瓦隆区弗泽莱县。
② Gênes，意大利北部的港口城市。
③ Sicile，西西里是意大利南部的一个自治区，是意大利最大的区，同时也是地中海最大的岛。

阿卡①市内的一处营地，然而不幸的是，他们没能让萨拉丁的军队后退一丝一毫。似乎是想让这出悲剧的演出更完整一些，腓力国王病倒了，而且病得很严重。一场致命的高烧让他的头发和指甲全部脱落，炎症还侵袭到眼部，将他折磨得筋疲力尽，奄奄一息。此时的腓力只急着做一件事，那就是赶紧离开这个不宜久留之地，忘掉那些虔诚的美梦，回到巴黎！他派遣密使去求见狮心王理查一世，请求他让他不用再履行当初结盟的誓言，并允许他尽快出发，回到法国的土地。

"如果法国国王在没有完成使命的情况下就离开，"这位英国国王轻蔑地说，"他的个人名誉将会遭受耻辱，而整个法兰西王国也将因此蒙羞。我觉得他是否要做出这样的行为并不取决于我的意见。如果他一定要在死亡和回到自己的国家之间做出选择的话，也应该由他自己来决定！"

而对于腓力来说，其实一切早已有了安排：他带领一些随从出发去往苏尔②，留下法国十字军战士留在原地，听从理查一世的指挥。终于，腓力于1191年12月27日回到了巴黎，此时的他已经不再是十八个月前那个踌躇满志，步履轻快，骑在战马上的将军了……年仅二十六岁的他看上去就像是一个病痛缠身、头发稀疏的独眼老人，了无生气。而他自己也已经意识到时日无多，必须尽快做一些能永垂青史的事情。

自从腓力从那令人伤心的远征之地回来之后，塞纳河右岸的城墙建造工程就开始大幅度推进。这位君王亲自跟进右岸的进度，并着手规划包围左岸的城墙。

---

① Saint-Jean-d'Acre，阿卡是一座位于以色列北部加利利西部的城市，距离耶路撒冷约 152 公里。
② Tyr，又译提洛、提尔，是黎巴嫩南部行政区中的城市，在以色列阿卡北方 23 英里（约 37 公里）。

在这段时间里，狮心王理查一世依然固执地坚持东征。他占领了港口雅法①，重建了耶路撒冷的拉丁统治，然而却在夺取"圣城"的时候遭遇了失败。最终，为了给这次艰难的远征画上句点，他与萨拉丁达成了停战协议，并于 1192 年 10 月撤出了巴勒斯坦。然而不幸的是，在回去的路上他的军队遭受了暴风雨的袭击，他的船只在克基拉岛②港口搁浅了。于是这位堂堂的英国国王被当成一名普通的雇佣兵束手就擒，成为了日耳曼皇帝亨利六世③的阶下囚。

这件事让腓力·奥古斯特暗自窃喜，而此时他的手中还握有理查一世的弟弟"无地王"约翰④这张王牌。为了接替其哥哥的王位，尽快被加冕为英国国王，约翰愿意做出一切妥协。他帮助法国国王夺取了位于诺曼底的几个原属于英国的重要要塞，并允许他占领吉索尔⑤以及其他几个由英国金雀花王室⑥所掌控的城堡。

不过任何事情总会有结束的一天，理查一世最终于 1194 年 2 月 2 日被释放。就像是干柴遇到烈火那样，腓力和理查一世之间的战争也一触即发，战火立即在法兰西点燃。这其中当然有政治上的原因：法国国王想要将其疆域扩展至其本来的边境，而英国国王则想要保留其欧洲大陆的板块。除了这

---

① Jaffa，雅法是世界上最古老的港口城市之一。在 1949 年与特拉维夫合并成为特拉维夫-雅法市。

② Ile de Corfou，伊奥尼亚海岛屿，属希腊克基拉州。克基拉岛曾先后被罗马帝国、拜占庭帝国、热那亚人和威尼斯人所管治。

③ 亨利六世（Henri VI, 1165—1197），出生于荷兰的纳梅亨，霍亨斯陶芬王朝的德意志国王，于 1190—1197 年在位；以及神圣罗马帝国皇帝，于 1191 年加冕。自 1194 年起也是西西里国王。

④ Jean sans Terre，约翰，英格兰国王，于 1199—1216 年在位。他父王把在法国的领地全部授予几位兄长，由于已经没有领地可以封给约翰，他被称为"无地王"。

⑤ Gisors，法国厄尔省的一个市镇，属于莱桑代利区吉索尔县。

⑥ 安茹王朝（Angevin）的一支，由亨利二世之父安茹伯爵杰弗里五世所建立的封建王朝，是英格兰中世纪最强大的王朝。包括庶系旁支（兰开斯特王朝和约克王朝）在内的十五位金雀花君主于 1154 年至 1485 年统治英格兰，其中就有狮心王理查一世。

摆上台面的明争之外，两位国王之间还有因为私人恩怨引起的暗斗。他们互相憎恨对方，因为他们在各方面都大相径庭。理查一世具有与生俱来的好战心与蛮力，他可以随时拿起斧头，奔赴战场；而腓力则恰恰相反，他所进行的任何战斗都是时代的需要，为了更好地管理他的国家，改变同时代人的命运，推动整个民族的进步。

然而，法国军队并不具备长时间与英国军队抗衡的能力，它正面临处处溃败的局面。事实上，英法两军之间并不存在所谓的对抗，只有一边倒的溃散、撤退，被突破的防线，被烧毁的村庄，以及被占领又被遗弃的城堡……

1194 年 7 月 3 日，在完全偶然的情况下，两支军队在位于旺多姆①附近的费雷特瓦勒森林正面相遇。由理查一世率领的骑兵队刚一出现，法国军队立即掉头就走。他们逃得太快，以至于腓力都没来得及拿走他的漂亮餐具以及银质的珠宝匣子。更为严重的是，他在逃跑的过程中还遗失了被他称为"档案"的东西，也就是他偶尔会用到，却从不离身的账本！连他自己都在怀疑，在这样的战争年代，是不是真的有必要将这些"废纸"一张不落地到处携带呢？

于是，这些"王家档案"从此不再跟随国王到处旅行，而是被安放在了巴黎，在卢浮宫内一堵厚重而安全的墙后边。也正因为此，出于当时的需要以及战争的经验，腓力·奥古斯特在无意中创立了最最古老的法国国家档案馆！

临死都要充好汉的狮心王理查一世最终如愿以偿：他像自己所希望的那

---

① Vendôme，是法国中央大区卢瓦尔-谢尔省的一个市镇，位于省会布卢瓦市西北 35 公里，滨临卢瓦尔河河畔。

样战死沙场。1199 年 3 月 26 日，在包围利穆赞区沙吕市①的一座城堡时，他不幸中箭，身负重伤。伤口引发了坏疽症，十一天后他便去世了。

　　然而英法两军之间的战争依然持续着，这一回轮到无地王约翰上阵了。由于约翰的一再妥协，腓力胜券在握，他分割了金雀花王朝位于法国的土地，攻克了诺曼底、曼恩②、图赖讷③，并且很快占领了金雀花王朝的摇篮：安茹和普瓦图。

　　最终，无地王约翰于 1214 年 7 月 2 日，在罗什奥莫安讷地区④被腓力的儿子、未来的路易八世⑤彻底打败。与此同时，1214 年 7 月 27 日，路易八世的父亲腓力二世也在著名的布汶战役中横扫日耳曼皇帝奥托四世⑥，从而再次强大并巩固了卡佩王朝的统治。

　　如果说腓力·奥古斯特在军事上漂亮地战胜了他的几个主要对手——英国、德国和西班牙（于 1213 年在米雷⑦取得胜利），那么更为重要的是，他在对巴黎的重建中获得了巨大的成功！在 12 世纪末期，巴黎这座城市迎来了崭新的飞跃。在几十年的时间里，巴黎市的人口翻了一番，达到五万；几条交通要道也得到了修建和改善；整座城市贸易业繁荣，集市与市场不断兴建与发展。从那时起，巴黎渐渐成为了全欧洲最大的城市之一，而更值得一提的是，它是西方最强大王国的首都！

---

① Châlus，法国利穆赞大区上维埃纳省的一个市镇，属于利摩日区沙吕县。
② Maine，法国历史上的一个行省，首府为勒芒。
③ Touraine，法国历史上的一个行省，首府为图尔。
④ La Roche-au-Moine，位于如今法国曼恩-卢瓦尔省的萨维尼埃尔。
⑤ 路易八世（Louis VIII le Lion，1187—1226），法国卡佩王朝国王，1223—1226 年在位。
⑥ 奥托四世（Othon IV，1175—1218），罗马人民的国王，神圣罗马帝国皇帝。他是德国传统豪族韦尔夫家族中唯一成为皇帝的人，是理查一世的外甥。
⑦ Muret，法国南部-比利牛斯大区上加龙省的一个市镇，属于米雷区米雷县。

MAUBERT-MUTUALITÉ

飞跃的大学时代

白色的字母映衬着青花瓷的背景，莫贝尔-医保互助会地铁站是最为经典的 RATP ① 制造风格。如果不是站内那些毫无创意的上世纪 80 年代风貌的橙色座椅，那一切就都完美了。

出了地铁站，我们可以往医保互助会的方向走，那里外观低调，曾经是装饰艺术运动②集会的庇护所。我们也可以从另一个方向去往莫贝尔广场（Place Maubert），那里的集市和小路无一不充满了历史风情。

在第二帝国时期的大改造之前，这个广场比如今看到的还要更小、更长且更窄，很难找到广场的入口。广场喷泉边简陋的土堤可以让我们回想起这里当年的面貌，那是一块三角形的地块，从北一直延伸至加尔默罗路（Rue des Carmes），然后再折返至拉格朗日路（Rue Lagrange）的拐角处。

最早的巴黎大学就是在这里开始萌芽。当时的学生们都是坐在露天的莫贝尔广场或麦秆路（Rue du Fouarre）上听老师们授课。

"麦秆路"和"莫贝尔广场"
是如何得名的?

Fouarre 在古法语中是草料③的意思。那些充满求知好奇心的年轻人都是从塞纳河坐船前来，他们一下船就来到这里，坐在麦秆上听老师讲课。

那为什么广场又被称为"莫贝尔广场"呢？其实这是一个叫做毛布斯的老师（Magister Maubus）名字的缩写。这位老师的拉丁名字叫做阿尔贝·冯·博尔斯塔德，人称阿尔贝老师，是一位德国的多明我会修士，他在 1245 年被巴黎大学授予神学导师的称号。我们还可以在不远处找到阿尔贝老师路（Rue Maître-Albert），这是一条弯曲的小巷，早在 11 世纪时就已经以遗失路（Rue Perdue）的名字存在了。不过最终，这条路并没有遗失，它存在了近一千年，并且在一次又一次的道路施工、改造工程以及城市规划中，都没有改变其原来的样子！

阿尔贝老师是一位多明我会的修士，但是他在授课的时候坚持"远离"那些教会预先设定的课程。"远离"这个词在他身上还有另一层意思：他离开了威严的巴黎圣母院总部，来到位于圣雅克路上的多明我会女

---

① 巴黎大众运输公司，负责营运整个法兰西岛大区的公共交通。
② 演变自 19 世纪末的 Art Nouveau（新艺术）运动。它虽然是现代装饰艺术上的一种运动，但同时也影响了建筑等许多其他方面，受到了非洲、埃及、墨西哥印第安人原始艺术、维也纳工业组织运动早期作品等艺术风格的影响。
③ 在现代法语中为 fourrage。

修院授课。这座修道院的空间有些窄小，前来听课的学生只能紧挨着坐在一起。于是，他又将授课的地点转移到了塞纳河左岸的烂泥地里，他想要怀着对宗教虔诚的信仰和对健康身心的追求，在充满新鲜空气的地方授课。不论是在阳光下还是在细雨中，他都坚持站在木箱上，面对一群坐在草垛上的热情洋溢的学生。如今的学生们经常游行示威，就是为了要求给他们更多的教学场所。而当时的学生们则别无他求，在那个随时都有可能死于一场感冒，或是感染上恶瘤脓疮的时代，学习知识已经是他们唯一能追求的幸福了……

这一授课的习惯持续了很长一段时间，人们甚至还看到了人群里有一位面容瘦削的佛罗伦萨青年坐在草垛上听课。他就是大名鼎鼎的但丁·阿利吉耶里①，当时他还没有写出他那举世闻名的《神曲》。这也就是再走两步就能找到但丁路（Rue Dante）的原因。当时这位著名的诗人所熟悉的麦秆路一直是全天开放的，这条路因为每天都有一大批热情的学生造访而热闹非凡。然而好景不长，一切都在1358年发生了改变：为了阻止那些血气方刚的年轻人到这里来与这一带的妓女们调情，从那以后，这条路一到晚上就关上了它的两扇木门。

莫贝尔广场坐落于一个重要的交通中轴线上，从这里可以前往与巴黎密切相关的城市：从嘉兰德路和圣热纳维耶芙路分别可以通往里昂和罗马。同时，它也处于通向圣地亚哥-德孔波斯特拉②的道路上。于是在12

---

① 但丁（Dante Alighieri，1265—1321），意大利中世纪诗人，现代意大利语的奠基者，欧洲文艺复兴时代的开拓人物，以史诗《神曲》留名后世。但丁是欧洲最伟大的诗人，也是全世界最伟大的作家之一。
② Saint-Jacques-de-Compostelle，是西班牙加利西亚自治区的首府。相传耶稣十二门徒之一的雅各安葬于此，是天主教朝圣圣地之一。

世纪时，人们在此处建造了一座穷人圣朱利安教堂①，这座被看成是从罗马艺术过渡到哥特艺术的建筑典范尽管规模不大，却成为了朝圣者和旅行者们的庇护所。目前我们看到的教堂外观修复于17世纪，然而在教堂外面我们依然能够看到12世纪时留存下来的美丽护墙，以及纪念柱和柱头等的遗迹。教堂内部，中殿中的两根开槽梁也是从12世纪保存下来的遗物。当巴黎大学开始兴起与筹建时，大学校长就坐镇于这座教堂内，完全不顾外边街道上和广场上那些聚集了越来越多学生的学院和学校，还有塞纳河左岸一众讲课和听课的师生，而名正言顺地将此处命名为"大学"。

在成立了所谓的"大学"之后，莫贝尔广场就渐渐被学生们所遗弃，它慢慢成为了一个不祥的、危险的，甚至是让人畏惧的场所。一些留存下来的古老的雕刻描绘了当时此处遍布绞架和刑具的场景，还有一种类似于铁颈圈的东西。这里成为了人们将亵渎神明、违背誓言以及犯重婚罪的罪人们示众的地方，并在他们身上刻上永远戴罪的标记——简直就是一个执行死刑、充满痛苦的刑场。另外，由于塞纳河的河岸没有被很好地填平，高度不够，导致这里经常容易被涨潮的河水所淹没。在阿尔贝老师路的29号，有一块刻有拉丁字母的石板，尽管上面有一半的字已经看不清楚了，但仍然记录下了1711年河水涨潮时的高度。

不过，河水泛滥的情况和阴森愁苦的气氛终于在19世纪奥斯曼男爵对巴黎大改造的十字镐下消失殆尽。因为他在这一带打造出了热闹的圣日耳曼大道和蒙吉路。

---

① Saint-Julien-le-Pauvre，法国巴黎的一座教堂，也是该市最古老的教堂之一，兴建于13世纪，哥特式风格，位于塞纳河左岸的巴黎第5区。

*

12 世纪时，知识的传播与教授仍然掌握在武断而古板的教会手中。神学、科学、语法、修辞以及辩证法等科目只在修道院内传授。所有人都要遵守教会学校的规定，并遵从西岱岛上巴黎圣母院学校教授的正典。在如此多的禁锢与刻板的规定面前，一些不愿受到束缚的人渐渐冒了出来……这些可不是危险的叛乱分子，但也还算不上人道主义者。总之，不论他们是教徒还是俗子，想要的仅仅是一些自主的权利，在面对教皇以及教会学校——这一唯一有资格颁发学业证书的机构时可以有相对自由的选择权。于是，他们一起来到了位于塞纳河左岸、老师与学生们聚集的地方，爬上了圣热纳维耶芙山，占据了绝对的高度。

在这里，所有的呼声都融合在了一起：教师们想要获得教书的权利，而学生们则想要选择自己的老师。但是这些要求遭到了巴黎主教强烈的反对，因为这触及到了他的特权！

1200 年，腓力·奥古斯特国王觉得是时候来调和一下这些不和谐的矛盾了。他给予了民间学校以相对的自由，并授予它们合法的经营权。于是，这些学校从此以后统一在拉丁语中被称为 Universitas parisiensis magistrorum et scholarum，即包含了学生与学者群体的巴黎大学。而 Universitas 一词在这里严格沿用了其拉丁语中的含义，意为"社会"或"团体"，简而言之，就是所有人都进行同一活动的集会。就这样，腓力国王为教育能真正获得自由，并从此以后摆脱教会监管提供了一个大环境。于是，13 世纪便开始成为了"大学"的时代……

一些在学生圈中最有名望的老师聚集在圣热纳维耶芙山上开办了课堂，大批学生争相听讲。老师们试图远离正统的教育方式，也就是不强迫学生接受所谓"正确的观点"。他们还希望能教授医学，而这一点尚有难度，因为教皇洪诺留三世在 1219 年时曾经下令禁止向修道士传授医学，原因是他害怕这些无聊的科学会将笃信神学中的上帝的信徒转变为真正的博学多才的有识之人。因此，对于希波克拉底①和盖伦②的研究只能更为秘密地进行，并在隐瞒教会的前提下，请来不同宗教信仰的教师进行传授，这也标志着某种教育独立性的真正确立。

很快，塞纳河左岸就布满了各种类型的学院与学校，不仅招收法国学生，也面向整个欧洲的学生开放。

主教雅克·德·维特里神父在其著作《西方史》一书中，向我们描绘了一幅正在形成中的拉丁区的场景，让人为之惊愕。在这些教士的眼中，学生们不论是在学习计划还是在私人生活方面都过度自由与开放的习性让他们大为震惊。不论是否带有偏见，这位主教所目睹的一切还是能让我们对中世纪的巴黎有一个大概的了解。

在雅克·德·维特里主教眼中，整座城市就像一头"道德败坏的母山羊"，因为他在任何地方都能看到妓女的身影！他在书中向我们描绘了左岸旁的一栋房子，二楼有一所学校，而底楼则住着一名神情欢快的女子……学生们就这样从学习知识的幸福感又轻松地过渡到了感官愉悦上的追求。在这个由法国人、诺曼底人、布列塔尼人、勃艮第人、德国人、佛拉芒人③、西西里人以及罗马人所组成的学生小团体内经常发生没来由的斗殴，而老师们对于叮当作响的钱袋的关注也大于纯粹的科学教育，他们总是想尽办法从学

---

① 希波克拉底（Hippocrate，前 460—前 377），为古希腊伯里克利时代之医师，对古希腊之医学发展贡献良多，故今人多尊称之为"医学之父"。

② 盖伦（Galien，130—200），古希腊的医学家及哲学家。他的见解和理论在他身后的 1000 多年里是欧洲起支配性的医学理论。

③ 如今主要分布在比利时北部，以及荷兰和法国等国。

生身上榨取钱财。所有这些都被主教看在眼里，他觉得根本就没必要去听辨谁对谁错，因为在他看来，所有人对于其他事物的关心都要大于他最崇尚的永恒的灵魂和神的绝对权力。

尽管拉丁区令人不快的行为遭人鄙视，然而那里的学校却成倍增长。富裕的资产阶级以及各类教派人士，例如多明我会修士、方济各会修士等都纷纷资助或开办一些提供学生们食宿的基金会，方便他们学习。在莫贝尔广场和圣热纳维耶芙山之间，几乎到处都开设了学院。其中的一些学院只是为了一小部分学员而设，因此到后来有相当大一部分学院之间开始互相吸收、合并或吞食：爱尔兰学院吞并了伦巴第学院，丹麦学院被卖给了加尔默罗会女子修道院，多尔芒-博韦学院合并了普莱斯勒学院，而著名的科克雷学院也被圣巴尔贝学院所收购……从十五岁到五十岁，各个年龄层总共四万两千名学生，在将近七十五所学院中上课。而同一时期，在其他欧洲国家的首都，却只有很少量的类似学校。巴黎成为了名副其实的知识文化界的中心。

那些消失的学院到哪儿去了？

最古老的学院之一——勒穆瓦纳红衣主教学院（Collège du cardinal Lemoine）以其创始人的名字命名。人们都觉得它现今已经完全不复存在了。该学院曾经在 17 世纪末被夷为平地，所有关于它的文字记载都可以证明。难道真的找不到一丁点儿痕迹了吗？为此我不辞辛劳地去往能感受到古老的石头气息的所有地方打听这所学院的下落。巴黎著名的历史学家雅克·伊莱雷提到了如今的"巴黎拉丁天堂剧院"①就建立在旧学院的废墟上，并且还提及了一条神秘的私家小道，不过显然我们无法进入这条小路。然而我们惊喜地发现整座建筑的楼面都是由大块古老的石头砌成的，而这些石头可能来自于17世纪——这其实就是勒穆瓦纳红衣主教学院的一部分！再继续走近一些，在隐蔽的角落附近还能发现当时通往扶梯的入口，你甚至还可以在米灰色的石头上依稀辨认出学生们用手刻画上去的痕迹，写着"3C"，典型的17世纪字母书写体。这一记号表明了这位刻下字迹的同学是住在3楼C房间，这是多么让人激动的收获啊！

如今还能看到的当时最漂亮的那所学院是1224年建立的圣贝尔纳教派学院（Collège des Bernardins）。它于14世纪时进行了扩建，成为了不可多得的巴黎中世纪民用建筑的完美见证，尽管其哥特风格的镶有蔷薇花装饰的窗户往往被人们所忽视。在普瓦希路（Rue de Poissy）的24号，那里还一直保留着拱形的地下室，也就是旧时的食物贮藏室，而一楼则成为了学院的食堂。最后一栋依然屹立的楼房是巴黎拥有最长哥特式大厅的房子，其长度超过三十五米。经过长达五年的重新修整后，这一开阔的空间又恢复了中世纪的样貌，并作为研究和学习之用。另外，这里也同时向公众开放，这让我们感到无限惊喜。

在加尔默罗路14号内，掩藏着1314年建造的普莱斯勒学院的残迹。在长长的挂着窗帷的窗户后面，至今还住人的地方就是16世纪时期建造的小礼拜堂。

而在同一条马路的17号，伦巴第学院中小礼拜堂的遗迹也依然存

① Le Paradis Latin，位于巴黎第5区勒穆瓦纳红衣主教路28号。

在。这个小礼拜堂建于 1334 年，其正门修建于 1760 年，其余部分则显得有些奇怪，好像是被古老喷泉中的水洗刷和侵蚀了一般。

成立于 1321 年的康沃尔郡学院藏身于旧时巴黎的一条小巷子里，这条小巷通往嘉兰德路的 12 号乙和多玛路（Rue Domat）。走进第一个院子，你会发现这座学院的入口就在你眼皮底下，而它已经有将近七世纪之久的高龄！

苏格兰学院则位于勒穆瓦纳红衣主教路 25 号，在法国大革命期间变成了监狱所在地，并于 1806 年交还给英国国教教会。你会在这里发现一座楼梯和一个庭院，尤其引人注意的是临街那栋大楼上的题字"苏格兰学院"以及 FCE[①] 的徽章。所有这些异常明显的记号都表明对于一所一直想要变得国际化的大学来说，在每个国家都明确标示出自己的存在是多么重要。

在让-德-博韦路（Rue Jean-de-Beauvais）的 9 号乙，可以看到一座 17 世纪风格的小礼拜堂嵌在一座现代化的建筑中间，这是 1365 年创立的多尔芒学院留下的纪念。

跟着我走，继续来到瓦莱塔路（Rue Valette）21 号，那里的楼梯是古迹的见证和残留。走进建于 1394 年福尔泰学院的庭院，那里一片寂静。一束光线通过敞开的天井照进这座位于巴黎中心的历史缺口。那座高耸的楼梯漫长得仿佛没有尽头，身在此处，让你有一种想要与世隔绝的欲望……而法国著名的宗教改革家约翰·加尔文[②]就曾经是

---

① Fief du collège d'Écosse，意为苏格兰学院领地。
② 约翰·加尔文（Jean Calvin, 1509—1564），法国著名的宗教改革家、神学家，更正教的重要派别——归正宗的创始人。

这里的学生，他在这里开始了自己追求宗教改革之路。这位学院中最出名的学生后来跃上屋顶逃往日内瓦，在那里他开始起草他的革新理论。然而就像是命运的讽刺，福尔泰学院后来不幸成为了反改良主义运动的发源地：由吉斯公爵①创立于 1572 年的著名的神圣联盟，在这里策划了圣巴托罗缪大屠杀②。

与这些激进主义相反，圣巴尔贝学院则以其开放的思想著称，曾经教授了一门如今已经被人遗忘的学科：逻辑学。这所学院位于瓦莱塔路，它曾吞并了科克雷学院，后者因为培养出了文艺复兴时期的诗人约阿希姆·杜·贝莱③和皮埃尔·德·龙沙④而闻名。

1229 年，腓力·奥古斯特逝世六年，路易八世也已去世三年，法兰西王国处于尚未成年的路易九世⑤的统治之下，并由他的母亲布朗谢·德·卡斯蒂耶⑥王后摄政。在这一时期，大学常常爆发一阵阵骚动。那时的大学生可谓声名狼藉：这些被认为是国家精英的年轻人却让巴黎城中的有产阶级充满

---

① 吉斯公爵 (Duc de Guise, 1550—1588)，法国军人和政治家，法国宗教战争中天主教和神圣联盟公认的领袖。
② 法国宗教战争中天主教势力对基督新教的胡格诺派的大屠杀暴行，开始于 1572 年 8 月 24 日圣巴托罗缪日，从巴黎扩散到其他一些城市，并持续了几个月。该事件成为法国宗教战争的转折点。
③ 约阿希姆·杜·贝莱 (Joachim du Bellay, 1525—1560)，文艺复兴时期欧洲诗人，七星诗社的成员。
④ 皮埃尔·德·龙沙 (Pierre de Ronsard, 1524—1585)，法国诗人。他在 1552 年为自己的女神写下了著名的十四行诗《爱情》。因为作品大获成功，从此便被承认了作家的身份，并被公认为卓越的爱情诗人。
⑤ 路易九世 (Louis IX, 1214—1270)，卡佩王朝第 9 任国王，1226 年开始在位直到死亡，他也曾经发起第七次、第八次十字军东征，被认为是中世纪欧洲的君王典范，绰号"圣路易"。
⑥ 布朗谢·德·卡斯蒂耶 (Blanche de Castille, 1188—1252)，她是安斯卡里德·伯贡蒂的公主，1223—1226 年为法国国王路易八世的王后。

恐惧，一到晚上街上就空无一人。这些学生被指控以偷窃为生，甚至在城市的各个地方诱拐妇女以满足他们最低级的本能需要，然后再将她们杀害。这些指控并非只是空穴来风。为了平息城中的恐惧，巴黎主教纪尧姆·德·塞涅莱只好威胁将所有佩带武器在大街上闲逛的人逐出教会。不过年轻人对这样的威胁毫不在意，继续他们横行霸道的行为。主教在盛怒之下，下令逮捕那些罪行严重的人，并将另一些人驱逐出境，在别处施以绞刑。

这一年的 2 月，封斋前的那个星期一①，在嘉年华会结束后，一群学生来到圣马塞尔区的小酒馆内喝酒。夜已经深了，略带醉意的他们在结账时与老板因为酒钱引发了一场激烈的争论，显然最后的账单超过了他们的支付能力。很快，这场争论就激化了，他们声调上扬，难听的话也脱口而出……酒店老板大声叫骂着，他的声音大到让附近的壮年男子都应声赶来。一场对战在大学生与巴黎市民之间展开，最终，学生们被粗暴地赶出了酒馆。

第二天，觉得被羞辱了的学生们重新回来包围了圣马塞尔区的这个小酒馆。他们拿着棍子将小酒馆洗劫一空，然后又一条街一条街地对商户进行劫掠。他们一路痛打遇上的有钱人，在这场暴行中造成死伤无数。

这一过分的暴行激怒了整个巴黎城，巴黎人民一起前来觐见摄政者。布朗谢·德·卡斯蒂耶毫不犹豫地站在有产者一边，并派出警察和弓箭手去"惩罚肇事的大学生"。

这个学生和那个学生总是相像得让人分不清，那些荷枪实弹的警察们也无心分辨到底谁才是真正的凶手。他们只是愉快地接受了命令，向城墙进发，并击倒了在那一带活动的一些学生。这些由摄政者派来的手拿武器、头戴帽盔的执法者向弱势的学生群体扑去，打死和打伤了部分学生，并抢劫了

---

① Lundi gras，封斋前的星期一，是儿童嘉年华会。

所有经过的路人。

巴黎大学觉得自己受到了嘲弄，它的特权被踩在了脚下，它的自主性也遭到了质疑，而它的学生们更是受到莫大的威胁。转瞬间，这个求知的世界变得动荡不安起来。为了向当权者施压，教师和学生们只好采取了一个新的方法：罢课。旋即，课程中断了，整个学校空无一人。尽管"罢工"这个词在六个世纪之后才出现，但是在当时已经出现了这种尖锐的无法缓和的冲突。师生们离开了巴黎去别的城市授业上课，昂热、奥尔良、图卢兹和普瓦提埃等地都很高兴能享受到久负盛名的巴黎大学教学的待遇。就连英国国王亨利三世都兴奋地摩拳擦掌，并且在牛津大学接收了几名来自法国首都的优秀学生。

政府和学生，双方都一意孤行，任何一方都不肯让步。这两方面之间的主要矛盾在于：大学想要争取自身的特权和独立性，而当权者则要显示自己建立统治秩序的能力。几个月过去了，巴黎大学成了一个空壳。

法国政治家莫里斯·多列士①曾经说过："必须知道如何阻止罢工。"其实这一问题在中世纪就已经出现了。幸运的是，教皇额我略九世出面稍稍缓和了一下僵持的局面。他坚持认为巴黎是一个接受高等教育的地方，尤其是宗教方面的教育。于是，他开始推动双方进行谈判。当时年仅十六岁的皇帝路易九世也在其母亲摄政期间参与了进来。

于是，布朗谢·德·卡斯蒂耶王后终于不再赌气，同意补偿那些被警察和弓箭手所伤的学生受害者，另外恢复大学的特权，并且让巴黎市区的业主以合理的价格出租公寓给学生。而在教士这一边，巴黎主教、圣热纳维耶芙修道院及圣日耳曼德佩修道院的院长和圣马塞尔教务会的议事司铎们一起宣

---

① 莫里斯·多列士 (Maurice Thorez，1900—1964)，法国政治家。多列士于1930—1964 年去世时长期担任法国共产党领导人，在 1946 年至 1947 年还曾在保罗·拉马迪埃的政府中担任过法国副总理。

誓，将在以后的日子里给予大学教师和学生以尊重。这一在教会和非教徒的教师之间展开的关于"个体与公众对抗"的早期斗争终于暂时平息了。然而这种对抗关系时至今日依然存在。

教皇额我略九世承认那些前往昂热及奥尔良避难的学生获得的文凭有效，条件是他们必须立即回到巴黎。另外，这位教皇也赋予学生公会以投票方式确立章程的权利，并允许他们在有学生受害而凶手逍遥法外的情况下用"停课"——即罢工——来作为斗争的武器。更妙的是，在 1231 年 4 月 13 日颁布的教皇谕旨 Parens scientiarum universitas① 中，这位大祭司承认了巴黎大学在司法和文化领域的绝对独立性。

这场罢工持续了整整两年，前往别处避难的教师和学生们终于可以回到巴黎！巴黎大学开始复课了，而人们也都很高兴地看到拉丁区在寂静多时后又恢复了往日的活力。

*

在路易九世（这位国王更为出名的称号是"圣路易"）的统治下，大学获得了飞速发展。这些学校渐渐脱离了窄小的穷人圣朱利安教堂，搬到了索邦神学院（La Sorbonne），这一学院在今天依然存在。这所如今涵盖了巴黎地区所有学科的学院，最初只是路易九世的心腹罗贝尔·德·索邦②于 1257 年在这一地区创立的其中一所学校而已。

为什么这个学院会取得飞速的成功？因为它的创建者是一位真正的教育学家。其他的一些办学者开办学校是为了给穷学生提供食宿，唯一的目的是要从他们中间招揽未来的教士，或者至少要让他们成为那些出资者或权贵的

① 拉丁文，意为"科学之母大学"。
② 罗贝尔·德·索邦（Robert de Sorbon, 1201—1274），法国神学家，曾担任法王路易九世的私人神职人员，是索邦学院的创建者。

债务人。罗贝尔·德·索邦则不打算为了个人的荣耀与利益而培养忠心耿耿的随从，他一直致力于培养年轻人吃苦耐劳的精神，对学习的求知欲，以及对精神层面高要求的鉴赏力。

当各个院校正如火如荼地在神学及哲学方面较劲时，巴黎大学的师生们坚持用可靠的理论依据来武装自己，并由此奠定了之后几个世纪的教学基础。如今，当人们提到"索邦大学"时还是会用"巴黎大学"来代替，这就是这所大学之所以能在芸芸大学中脱颖而出，战胜所有竞争对手的原因。

现在的索邦大学还留存着
哪些过去的痕迹？

享有盛名的索邦大学迅速发展到了整个欧洲。然而到了15世纪，高校的掌控权又重新回到了教会手中，而他们只承认那些能被他们更好地控制的大学。而随着人文主义的产生，又有一些新的不信奉国教的学院创立了。索邦大学渐渐失去了其影响力，并且和之前在巴黎圣母院大教堂中建立的学校一样，成为了一所抵制新思想的大学。

1470年，索邦大学创办了自己的刊物，记载了其从繁盛时期到开始走向衰落的过程。自那以后，索邦大学渐渐成为了王族与教皇势力掌控下的教育机构。

17世纪，对罗马教皇忠心耿耿的枢机主教德·黎塞留①试图动用

---

① 德·黎塞留（Armand Jean du Plessis de Richelieu，1585—1642），法王路易十三的宰相及天主教的枢机。

其私人资产来拯救索邦大学。他在索邦大学投入了一大笔钱用于重新给旧大楼上的徽章镀金。如今我们看到的校园结构事实上不是始于建校时期，而是德·黎塞留改建之后以及从 19 世纪遗留下来的。在学校的小礼拜堂中，我们会不得不叹服吉拉尔东①为德·黎塞留雕刻的陵墓。枢机主教在礼拜堂的上方建了一个穹顶，让我们可以看到外面的景色。在这座礼拜堂周围，除了极具年代特征的穹顶和三层式的建筑结构外，其余地方都是现代化的建筑，中世纪的印记几乎荡然无存！在庭院不规则的路面上，我们还可以找到标记了建筑物原始结构的白色圆点。而其他索邦大学的原始印记，则都埋在了石头底下。所谓 19 世纪新文艺复兴时期风格的巨大壁炉力图让人想起中世纪那些壁炉。事实上，那个年代对学院的重新修建并没有从根本上恢复学校的声誉。

对于巴黎而言，圣路易做的不仅仅是保证了巴黎大学的独立性。他还从君士坦丁堡皇帝鲍德温二世②手中获取了一大笔财富。这位急需经济资助的皇帝向圣路易进献了一个真正的十字架、一块罗马剑子手给耶稣喝醋时使用的海绵以及用于将这位上帝之子钉在十字架上的长枪上的铁块。有了来自圣地耶路撒冷的带荆棘的圣冠、摩西③的手杖、耶稣的鲜血以及圣母的乳汁，这位法国国王手中所拥有的圣物绝非常人能及！为了给这些圣物找一个理想的保存之所，西岱岛上的圣尼古拉礼拜堂（Chapelle Saint-Nicolas）显然显得

---

① 吉拉尔东（François Girardon，1628—1715），法国雕塑家。
② 鲍德温二世（Baudouin II，1217—1273），君士坦丁堡最后一位拉丁皇帝，1228—1261 年在位。
③ 《圣经·旧约·出埃及记》等书中所记载的公元前 13 世纪时犹太人的民族领袖。

有些寒酸了，必须找一个更好、更大、更漂亮也更华丽的地方来安置它们。

建筑师皮埃尔·蒙特勒伊被选中将这座不起眼的建筑改造成哥特风格的艺术杰作。这座焕然一新的教堂于1248年4月26日，也就是圣路易出发进行十字军东征的前两个月竣工，并接受了庄严的祝圣仪式。教堂中保存的圣物后来在法国大革命中散落各处，或是被摧毁，但后来又被重新找回存放于巴黎圣母院大教堂圣礼拜堂中的宝藏厅内。尽管如今这座圣礼拜堂屹立于巴黎立法大楼的楼群之中显得有些奇怪，但它却始终矗立如初，仿佛从未被触动过。

路易九世在出发东征后的五年时间里，一直在位于开罗的大本营中度过他的戎马生涯，他还缔造了位于塞泽尔艾①和雅法的城墙，最后在接到他的母后布朗谢·德·卡斯蒂耶去世的消息后匆匆赶回了法国。

回国之后，圣路易又开始操心起巴黎的城市管理。在这座已经拥有十六万居民的城市中，安全问题又被提到了首要位置。在巴黎，拦路抢劫他人和随手杀死某个自己讨厌的人似乎是一件非常简单的事，这样的状态令人惶惶不安。市政府的力量似乎微不足道，因为这座城市作为首都，其身份显得有些尴尬：和法国其他城市不同，巴黎没有设立代表国王负责行政的执法大法官，因为国王不需要在自己的首都设立这么一个代表自己执法的职位。可是，当他身处遥远的世界那头参与远征军战斗的时候，谁又能代表他来治国安家呢？

于是，圣路易鼓励贵族及资产阶级自发组织起来，并要求他们在自己人中间选举出一位商业行政官负责领导整座城市的商业发展方向。这名行政官将驻守在"贵族接待室"中发号施令，这个地方就等同于这座城市的法庭，

① 以色列城市，位于地中海沿岸，距离巴勒斯坦城市多尔20公里处。

而行政官则负责裁决所有和这座城市有关的商业与河道运输的相关事宜。

　　同时，圣路易还命令另一位巴黎行政官驻守在大王官的军事堡垒中，这名行政官担负着司法与税收的职能，裁定不同行业中的争端，拥有王家军队的指挥权，并负责保障巴黎大学的特权。从 1261 年起，艾蒂安·布瓦洛就担任了这一重要职位。这是一位完美的管理者，仁慈而公正，他让巴黎的大街小巷迎来了长久的安全与宁静。

　　到了 1270 年，圣路易终于可以放心地启程进行一次新的远征。他为巴黎建立起了一个和谐的构架，和现在我们所看到的城市构架相差无几。如今，商业行政官的职位演变成了巴黎市市长，执法行政官则成了现在的警察局局长，而他们的职能丝毫未有改变。

第三阶级的诞生

当我们提到"巴黎市政厅"这个站名时，可不能把它与其他地铁站拿来相提并论。在地铁一号线的站台上，会有一个长期展览向你介绍法国首都巴黎的主要政治机构的历史。如果你对于"省长"、"市长"或是"地区议会"等词汇依旧模糊不清的话，这可是让你补上一课的绝佳机会。

我们现在来到了巴黎市政厅广场（Place de l'Hôtel-de-Ville），这里是塞纳河右岸最古老的市镇。圣热尔韦教堂（Église Saint-Gervais）躲藏在如今的巴黎市政厅建筑后面，毫无疑问是塞纳河右岸第一个基督教圣地。

从 12 世纪开始，强大的水上商贸组织，由水上贸易的私人老板组成，他们都是巴黎船民的后代，在此地争取到了一块地皮，用于修建格列夫港（Port de la Grève）。到 13 世纪末，这一水上组织已经成为国王身边的民众代表。当圣路易创建巴黎第一个市政机构时，巴黎市市长理所当然地就由这个组织中的人来担任，而城市的标志也就自然选择了"河中的一条船"。

也是在这里，靠近格列夫港的地方，巴黎市市长艾蒂安·马塞尔带领人民起义与王室政权抗争，并于 1357 年建立了巴黎商人召开会议的地方，这个地方被称为"柱房"（Maison aux piliers），也就是我们现在看到的巴黎市政厅。

另外，我们可以在邻近的花园内找到艾蒂安·马塞尔的雕像，他骄傲而笔挺地骑在用青铜铸就的战马上。这一雕像是 1888 年在十分特殊的政治背景下落成的，人们借纪念已故市长之举来无声地进行政治抗议。通过竖立雕塑，巴黎的市政官员表达了他们的不满，因为政府决定将市政府归于警察局长的监督之下。事实上，第三共和国时期，因为有了 1871 年巴黎公社暴动的经验教训，统治者想要通过监督巴黎来预防任何革命的可能，尤其是拒绝在巴黎设立市长。人们用雕塑来表达对艾蒂安·马塞尔的颂扬，是因为他们需要赋予这座城市一个强烈的政治符号。而当时的政府及总统萨迪·卡诺①绝不想再轻易上当，他们断然拒绝出席雕塑的落成典礼。最后由塞纳省的省长、"垃圾箱之父"欧仁·普贝尔②致了开幕词。一直到 1977 年巴黎市民才得以重新选举了他们自己的市长——雅克·希拉克③。

还是让我们回到巴黎市政厅。艾蒂安·马塞尔行使其市长权力的所在地"柱房"在两百年之后得以重建，采用了文艺复兴的风格，但是又于 1871 年被巴黎公社社员烧毁。而后又重建成为我们如今看到的新文艺复兴风格的样子。

---

① 萨迪·卡诺（Marie François Sadi Carnot，1837—1894），法国工程师出身的政治家，1887 年当选为法兰西第三共和国的第四任总统。1894 年 6 月 24 日被意大利无政府主义者桑特·格罗尼莫·卡塞里奥刺杀。

② 欧仁·普贝尔（Eugène Poubelle，1831—1907），法国政客，后人称之为"垃圾箱之父"。1883—1896 年任塞纳省省长期间，他在 1884 年 1 月 15 日签署一项法令，规定"每所房屋的主人都应向其房客提供一个或数个公用的容器，以便后者放置生活垃圾"。

③ 雅克·希拉克（Jacques Chirac，1932—　），法国戴高乐派政治家，前法国总统兼安道尔大公。

沿着市政厅路一直走，便可以从正面欣赏到艾蒂安·马塞尔的雕像。在左手边，栏杆路（Rue des Barres）的一段阶梯让我突然想起我们正站在一块高地上。这是塞纳河右岸沼泽地中的第一片住宅区，因为塞纳河涨潮的河水无法漫到这里。

　　这一片天然的"栏杆"让我们回想起了卡佩王朝第一任国王时代，也就是公元 10 世纪末时巴黎的第二道城墙，那是一片悬垂于大壕沟之上的高耸的木制栅栏。2009 年 4 月，对里沃利路的挖掘工程向我们彻底揭示了这一围墙的存在：一条深达三米的沟渠，被挖掘成 V 字形，约有二十米长，十二米宽。而除了这条路后来被命名为"栏杆路"之外，悬垂于壕沟上的围墙却没有任何遗迹保留至今。

　　在与水上粮仓路（Rue du Grenier-sur-l'Eau）的交叉口，出现了一座 19 世纪风格的房屋。原本二楼美丽的百合花装饰①都在大革命期间被刮去。再沿着市政厅路往前走，可以看到桑斯公馆（Hôtel de Sens），它位于这条路的尽头，是中世纪建筑的卓越见证。

　　沿着圣保罗路（Rue Saint-paul）往前走，可以看到圣保罗-圣路易大教堂（Église Saint-Paul-Saint-Louis），其大门上的时钟是最初的圣保罗大教堂留下的原始遗迹。

　　接下来我们继续参观 14 世纪的巴黎那些弯弯曲曲的小巷，位于弗朗索瓦-米龙路（Rue François- Miron）上呈齿状分布的房屋是典型的中世纪风格。在这条路的 44 号，一座叫做乌尔斯坎的房屋（Maison d'Ourscamp）完好地保存了哥特风格的食物贮藏室，同时也是文化遗产保护协会的所在地，这样的协会必不可少，它的宗旨就是宣传巴黎文化遗产的价值，保存古老巴

---

① 百合花是法国波旁王朝的王室标志。

黎的风貌。

走到弗朗索瓦-米龙路的路尾，转上档案馆路，右拐，在这条路的 26 号可以看到巴黎唯一的一座中世纪时期的隐修院，这是一座新教徒的女修道院，建造于 15 世纪初。

再继续走，直至这条路上的 58 号，便来到了始建于 1375 年、宏伟的奥利维耶·德·克利松门（Portail d'Olivier de Clisson）前。这位克利松是查理五世国王身边最骁勇善战的战士之一。多亏了他和他的战友们，查理五世才得以于 14 世纪末重新夺回国家政权。这扇大门如今成了法国国家档案馆的一部分，而这座档案馆从大革命开始就屹立于此［之前此处是苏比斯公馆（Hôtel de Soubise）］，它是 18 世纪初古典建筑风格的典范。

假如你面朝这座房屋站立，然后朝左边看，你会看到可以通过一条栅栏进入一个更为古老的庭院。其实，这条通道与一座 16 世纪的小礼拜堂相连，而那座名为"栗树"的庭院周围也是一圈同一时代的房屋建筑，所有这些构成了吉斯公馆（Hôtel des Guises）①，如今我们还能在令人肃然起敬的克利松门的三角楣上看到这座公馆的徽章。

然后，我们来到了蒙莫朗西路（Rue de Montmorency）的 51 号，在这里可以看到法国炼金术士尼古拉·弗拉梅尔②的房子。这座房子建于 1407 年，后来成为了巴黎留存至今最古老的房屋！其实那位神秘的炼金术士从未在此居住过，然而他却用这屋子慷慨收容了来此地耕种周围土地的农民。只要看看这座房屋的外立面就能知道，那上面用哥特字体刻着："我们这些耕

---

① 吉斯公馆又叫克利松公馆，建于 1380 年，位于档案馆路 58 号，如今只剩下了回转炮塔旁两扇纪念碑式的防御大门，是巴黎 14 世纪时期的一栋私人建筑，其建筑风格与桑斯公馆极为相似，如今成了国家档案馆。

② 尼古拉·弗拉梅尔（Nicolas Flamel，约 1330—1418），法国瓦卢瓦王朝时期的炼金术士，对炼金术界的传奇物质——贤者之石的研究使他闻名于世。

种的男男女女住在这座建于公元 1407 年的宅子的门厅里，我们每天都毕恭毕敬地念诵一遍主祷文和圣母经，为上帝赐予我们的恩惠祈祷……"

而位于沃尔特路（Rue Volta）3 号、建于 14 世纪初的房子，曾一度被认为是巴黎保留至今最古老的房屋，这里曾经居住过修道院及圣马丁镇上的司法大法官。房子的底楼由两间典型的中世纪店铺组成：门朝右边开，门上装有铁饰品；井栏将店铺与街道分隔开来，而窗洞既没有玻璃也没有栅栏。然而，有人怀疑这一建筑的年代真实性，并且相信这座房屋只是 17 世纪时重建的产物。

尼古拉·弗拉梅尔是谁？

尼古拉·弗拉梅尔曾经是一名做过陪审员的书商，他的工作是为大学里的学生们提供手抄书本。然而，约莫在 1382 年，他一夜暴富，并且为教堂贡献了很大一笔捐款。

当时的国王查理六世[①]很好奇地想要知道这笔短期致富的财产的来源，于是他要那时的侦查长克拉穆瓦西爵爷去调查这位奇怪而又慷慨的炼金术士。

受到国王派遣的侦查长来到了这位富裕的书商那里，要求他解释一下这笔短时间内获取的财富由何而来。尼古拉承认自己是一名炼金术士，他修炼出了点石成金的本领，能让所有廉价的金属转瞬间变成

---

① 查理六世（Charles VI le Insensé, 1368—1422），又称"疯子查理"，瓦卢瓦王朝第 4 位国王，1380—1422 年在位，是查理五世之子。

高纯度的黄金！

尼古拉·弗拉梅尔的一番胡言乱语在很长一段时间内都让那些觊觎财富的人们蠢蠢欲动。他们一直想象有一笔庞大的财富隐藏在某处……有些人认为他将这批金银财宝埋在作家路（Rue des Écrivains）的房子的角落里。1724 年，史学家亨利·萨瓦尔在他的《巴黎古物历史与研究》一书中提到，这些好奇的寻宝者们"多次在这所房子中翻找、挖掘与忙碌着，但是这里只有两间地窖，墙上随心所欲地涂满了令人难以理解的符号"。这间尼古拉·弗拉梅尔与他的太太唯一居住过的房子在1852 年开凿里沃利路时被摧毁。这一次的结果仍然一样，没有挖掘出任何东西。不过那笔传说中的珠宝至今仍让那些富有想象力的冒险家们沉溺于幻想之中……

*

1285 年，腓力四世①登上王位，他想要建立一个绝对君主政权的国家。他一直致力于实现这一愿望，并果断地将所有权力集中于他一人手中。祖先们创造了神权下的君主政权，而他则想要更为绝对和完整的个人权力。为了赋予他的中心政权一个强有力的象征，他开始改造西岱岛上的王宫，用了十七年的时间将其扩建、重建，这项巨大的工程直到 1313 年才得以完工。

这座改造一新的王宫变成了什么样呢？为了将他的地盘扩张到塞纳河畔，腓力四世迁走了当地的业主，并沿着河岸边建起了漂亮的城墙。这座城墙并不具备真正意义上的防御功能，它只是用来炫耀国力强盛的一个华丽标

① 腓力四世（Philippe IV le Bel, 1268—1314），又称"美男子腓力"。他是卡佩王朝第 11 位国王，1285—1314 年在位，是卡佩王朝后期一系列强有力的君主之一。

签罢了。王宫内部还建造了许多宽敞的房间，而国王本人的寝宫更是需要重新布置，屋内铺就了最奢华的帷幔、银饰和大理石。

国王的住所，也就是王宫中安排与照顾国王生活起居的地方，由以下职位及场所构成：管理王室马车的车马侍从、用来停放马车的车棚、负责桌布等的餐具管理处、选择及购买葡萄酒的司酒处，最后还有厨房和水果贮藏室。然而对于国王本人的特殊服务，还包括了一支规模极大的私人随从队伍：五名内侍、三名打扫房间的仆人、两名理发师、一名裁缝及一名点蜡工——最后一位的职能正如同其职位的名字一样，专门在国王身边帮他预热封印用的蜡油，以便国王能在官方文件上盖上印戳。除了这些贴身仆人之外，另外还有两名御医、三名神甫、十五位记录账目的文书、三十名军队侍卫，以及一群王宫仆从、训猎师和狩猎者。加上让娜·德·纳瓦尔王后的随从，所有负责西岱岛王宫日常事宜的侍从加起来超过了两百人。尽管这座宫殿是国王发号施令的权力中心，但是腓力四世整年当中却只有冬季的大部分时间居住在这里。其余的时间里，腓力都和他的大臣们一起从一个城堡去往另一个城堡，在茂密的森林里以及有众多猎物出没的法兰西岛上享受愉快的狩猎生活。

可是，不论将西岱岛王宫改造得再怎么富丽堂皇，如果美男子腓力不能独掌大权的话，一切也都是徒劳。他心里一直对罗马圣廷及其圣殿骑士团①耿耿于怀，觉得他们的存在给他的王位带来了威胁，影响到了他至高无上的统治。因为前者执意认为精神主宰要大大超越帝王的短暂统治，而后者则由最富有也最强大的宗教团体构成。于是，美男子腓力暗下决心要打压这两个

----

① 1118 年为保护圣墓及朝拜圣地而在耶路撒冷建立的组织。

团体。

1304 年，教皇本笃十一世突然辞世，死于无花果消化不良。这让腓力抓住了机会登上政治舞台施展他的权力。在意大利的佩鲁贾，新任教皇的选举会久拖未果，并分化成了意大利和法国两大派系。这场吵吵闹闹的争执持续了十一个月，最终，一个让众人盼望已久的洪亮的声音终于响起：

"Habemus papam!"（拉丁文：我们选出了教皇！）

这位在圣彼得大教堂内登上教皇宝座的克雷芒五世来自加斯科涅①，是前波尔多的大主教。腓力早就周密布置一定要赢得这场选举，并串通克雷芒，支付给他一大笔钱，因此新上任的教皇对国王言听计从。在里昂进行了加冕仪式后，克雷芒五世便定居阿维尼翁②，静听法国国王的差遣。

圣庭的事解决了，腓力便掉转枪头开始对付圣殿骑士团。1307 年 10 月 13 日星期五的清晨，国王的军队包围了圣殿外墙，这堵围墙建造在塞纳河右岸上，原先的沼泽地被圣殿骑士团骑士排干了水。这块骑士团的封地内居住着一批僧侣士兵，有一处大的牲口棚，还有一座教堂——可以说是耶路撒冷圣墓教堂③八角形圆屋顶的哥特式复制品，以及一座拥有正方形城堡主塔及四个侧翼转塔的坚固堡垒。这片巨大的领地被围墙包围着，然而这一防御工事在腓力国王的弓箭手眼里却毫无用处。因为根据教会法规，圣殿骑士不能对基督教徒们拔剑相向。于是他们只好束手就擒，在完全没有反抗的情况下被国王的军队带走。其实，他们既不相信"黑色星期五"这个不祥的日子，也并非想要归顺法国国王，而是因为从法律上来说，他们需要绝对服从

---

① Gascogne，指法国西南部的一个地区，位于今阿基坦大区及南部-比利牛斯大区。
② Avignon，位于法国南部普罗旺斯-阿尔卑斯-蓝色海岸大区沃克吕兹省，罗讷河左岸的一座城市。
③ Saint-Sépulcre，东正教称之为"复活教堂"，是耶路撒冷旧城内的一所基督教教堂。许多基督徒认为，教堂的基址即是《圣经·新约》中描述的基督耶稣被钉死的地方，而且据说耶稣的所谓"圣墓"也在其中，他们因而对此地顶礼膜拜。

教皇的指令。只是他们不知道，克雷芒五世只不过是铁腕腓力手下的一个傀儡罢了。

圣殿外墙是如何消失的？

圣殿骑士团被腓力铲除之后，其所有财产也收归医疗机构所有。1667 年，已经毫无用处的圣殿外墙被建筑工人手中的工具捣毁，以便在这块空地上建造一些特殊用途的公馆，以及一些租赁给手工艺者的房屋。

在法国大革命期间，这座圣殿中的堡垒变成了一座监狱，路易十六和他的家人被监禁其中，而年幼的路易十七①于 1795 年 6 月 8 日在这座狱中去世。

至于圣殿中的教堂，则在 1796 年被卖给了个人，随后将它夷为平地。剩下的城堡主塔成为了保王党人朝圣的地方。而后因为拿破仑皇帝不满人们对这些被押上断头台的国王的崇拜，于 1808 年下了一道谕令拆毁了这座主塔。

如今，关于圣殿骑士团的所有记忆都浓缩于那几块蓝色镶绿框的珐琅路牌上：圣殿大道（Boulevard du Temple）、圣殿路（Rue du Temple）、圣殿广场（Square du Temple）及老圣殿路（Rue Vieille-du-Temple）。先别急！如果你来到小丑路（Rue Charlot）的 73 号，转向

---

① 路易十七（Louis XVII，1785—1795），原名路易-查理，是路易十六和王后玛丽·安托瓦内特的第二个儿子。法国大革命期间，10 岁的路易在狱中死于肺结核。

左边，你将会看到圣殿外墙留下的最后遗迹——一座 13 世纪时期的转塔。到目前为止还看不到要将这座转塔重新开发的迹象，不过我仍然希望 2009 年 9 月在圣殿周围开工的挖掘项目至少能让这座转塔重见天日。

针对圣殿骑士团的诉讼书一早就已经起草好，并且在酷刑逼供下得到了这些不幸的人的认罪签字，他们准备向全世界忏悔他们的罪行。所有的所谓"调查"都使用了辅助手段：打碎骨头、烫伤肌肤、打折手臂、打断脚踝，以及用一种熟练的技巧将他们阉割。

对于圣殿骑士团的指控主要由鸡奸罪和异教罪构成，对于那些自己承认罪行的人将给予从轻处罚。

1314 年 3 月 18 日，圣殿骑士团的领导者雅克·德·莫莱以及其他三位组织内的要人被带出了牢房，并拖到巴黎圣母院教堂前的广场上，在这里他们将要听取宣读有关于他们的判决书。这四名罪犯身穿破破烂烂的衣服向前移步，头发和胡须都搅在了一起。当看到受到整整七年羞辱与折磨的囚犯时，原本紧紧挨在一起的人群发出了一阵同情的窃窃私语声。按照事先谈好的条件，这些战败的圣殿骑士团成员们开始忏悔他们的罪行与过失。事实上，他们只不过是在背诵别人给他们的文本以换取较轻的刑罚。

然而，法官却宣布将判处这些囚犯终身监禁！就在这时，雅克·德·莫莱突然站了起来，他不再是一个可怜兮兮的顺从的受害者，而重新成为了骑士团的领袖，他坚定的声音飘扬在整个广场上。面对所有的巴黎人民，他宣称他是无辜的，他叫喊着：

"他们强加于我们头上的罪名都是莫须有的！圣殿骑士团的法规是神圣的、公正的、信奉天主教教义的。是的，我理当被处死，但那也是因为我可耻而怯懦的行为，由于害怕被施以重刑而说谎，听信了教皇和国王的欺骗，做出了虚假的忏悔！"

另一位圣殿的领导者于格·德·佩罗在莫莱的带领下也大胆地站起来为自己辩护，发誓说他是清白的，并且揭露了严刑拷打者的罪行，否认自己招供的证词……

一阵因为恐惧而产生的战栗掠过人群。这些被当权者宣称是道德败坏的违法者和异教徒突然显露出了他们真实的一面：他们只不过是一群惊慌失措的、掉入美男子腓力编织的陷阱中的可怜人。

民众中渐渐涌起了骚动，尽管发展得甚为缓慢，却像波涛一样，汹涌得足以让那些枢机主教们面容惨淡。巴黎市民慢慢地向前移动，并靠近了高高在上的主教讲坛，坐在上面的主教们脸色相当难看：巴黎人民可不喜欢那些欺骗他们、对他们撒谎的人！主教们感受到了危险的气氛，必须尽快将这件事情做一个了结。囚犯们被迅速押解到教会会长那里，并将尽快执行判决……

必须平息巴黎市民的怒火，并且终结此事。当天晚上，根据国王的指令，雅克·德·莫莱在塞纳河上的一个小岛——位于西岱岛对面的犹太岛上被活生生地烧死了。

他们将囚犯捆绑在一根柱子上，并要求他绕着巴黎圣母院走一圈，让他的眼中充满上帝的形象而死去。

"即便肉体给了法兰西国王，但是灵魂却始终属于上帝。在被熊熊火焰包围之前。"雅克·德·莫莱说道。

根据编年史作者杰弗里·德·帕里斯的考证，据当时在场的人回忆说，这位圣殿骑士团的首领在临终时留下了一句诅咒：

"上帝知道谁才是真正犯错和有罪孽的人。不幸者马上就会将这些错判我们的人推翻。上帝将为我们的死复仇，所有站在我们对立面的人都将受到应有的惩罚。"

这诅咒确实让人大为震惊。因为教皇克雷芒五世在四十二天之后就去世了，据说是死于肠癌；而美男子腓力也在八个月后坠马身亡。距离雅克·德·莫莱的死仅仅十四年之后，卡佩王朝的直系支系便渐渐没落，将御座让位给了接下来的瓦卢瓦王朝①。

圣殿骑士团的领导人是在
哪里被烧死的？

犹太岛是正对着西岱岛的无人居住的三座小岛之一，它是圣日耳曼德佩修道院院长的领地。这里之前可能就是烧死异教徒、巫师术士以及犹太人的场所。

1577 年，当亨利三世国王②决定建造巴黎第一座石桥，即后来的新桥时，他想改变一下这里古怪的气氛。他命人填平了分隔三座小岛的塞纳河支流，而这些小岛也被合并到了西岱岛内。

雅克·德·莫莱被烧死的地方就位于今天的瓦尔嘉朗广场（Square du Vert-Galant）上，在新桥前面，亨利四世的雕像旁边，也就是现在西岱岛最西端的地方。

---

① 1328—1589 年统治法国的封建王朝。由卡佩家族的旁支瓦卢瓦伯爵查理之子腓力六世继承王位（1328—1350），建立瓦卢瓦王朝。
② 亨利三世（Henri III, 1551—1589），法国瓦卢瓦王朝国王，1574—1589 年在位。

卡佩王朝直系分支的终结导致了法国和英国之间无休止的争战，从而引发了长达一百十六年之久的百年战争。1328年，美男子腓力的儿子查理四世①过世，没有留下男性继承人。不过已故国王的妹妹伊莎贝尔·德·弗朗斯育有一子，名为爱德华三世②，是英国国王。爱德华想要同时戴上法国国王的王冠，然而法国人民拒绝一位外国人来做自己国家的领袖。最后，美男子腓力的侄子腓力六世·德·瓦卢瓦③登上了王位。百年战争的引发固然有很多方面的原因，例如经济与人口问题，然而继承王位一事显然成为了这场战争的导火索。

　　通晓兵法的爱德华三世在对阵法国军队的战役中取得了一系列重要的胜利。1340年，英国海军在佛兰德地区的雷克鲁斯歼灭了法国舰队；1346年，英国弓箭手又在皮卡第地区④的克雷西将法国军队打了个落花流水……

　　然而法国的首都巴黎还是毫发无伤。在这个城市中有一件很重要的事情就是追随和适应一直变化着的时尚潮流。这个季节人们可能才刚刚习惯穿上长款上装，到了下一个季节马上就需要换成短款大衣了。一直不变的是，服装的颜色始终是鲜艳而多彩，就像是天边一直悬挂着的那道欢快的彩虹。

　　可是所有的欢愉都被一场黑色的瘟疫一扫而空。这场瘟疫带来了死亡、破坏、惊慌和绝望。流行病最开始于1348年8月降临在巴黎南部的鲁瓦希昂弗朗斯镇⑤。几天之后，巴黎也难逃厄运，疾病在整座城中肆虐，

---

① 查理四世（Charles IV le Bel，1294—1328），卡佩王朝嫡系的末代法国国王，1322—1328年在位。
② 爱德华三世（Edward III，1312—1377），英格兰国王，1327—1377年在位。
③ 腓力六世（Philippe VI，1293—1350），法国瓦卢瓦王朝的第一位国王，1328—1350年在位。
④ Picardie，该地区位于法国的北部。
⑤ Roissy-en-France，法国法兰西岛大区瓦勒德瓦兹省的一个市镇，属于萨塞勒区。

每个人都不禁为之战栗。人们对一切都抱着怀疑的态度，不论是对他人、对邻居、对亲人，还是对朋友，都会在心底默问一句：他会是瘟疫携带者吗？在已经有超过三个世纪历史的主恩医院（Hôtel-Dieu）里，每天都有五百名病人死去，医院中的修女们冒着生命危险进行救治：在瘟疫刚刚袭来之时，医院中还有一百三十六名修女，而几个月之后，只剩下了四十余位。人们迅速将病死者的尸体扔到巴黎城内"无罪者墓地"（Cimetière des Innocents）的墓穴中埋葬，然而很快，这些墓穴就被填满了，必须到城外另觅地方来安葬死者。

为了阻止瘟疫蔓延，人们将患病者居住过的房屋烧毁。另外，他们还在大街上排起长队举行虔诚的仪式，希望获得上帝的怜悯。巴黎人民不断地祈祷，然而人还是在不断地死去。最后连医生都只能垂下双手宣告他们对这场疾病也无能为力。一些心术不正的江湖术士甚至企图借此机会搏一搏运气，以高价出售一些药剂，并配上祈祷和一些完全毫无用处的荒诞的仪式。

到了年底的时候，不知道是因为什么原因，这场瘟疫突然间悄无声息地平息了。然而巴黎城经过此劫后元气大伤，这座饱受折磨的城市倍感消沉：至少有六万巴黎市民在这场灾难中丧生，占据了总人口的40%。

国内开始了一场从农村到城市的迁徙，一群农民涌入了伤痕累累的巴黎城前来避难。他们离开了自己的土地和农场，因为每户农家都有父亲、儿子或是工人在这场灾难中死去，他们缺少人手，只能获得微薄的收成。这群农民希望能在巴黎城内寻获充饥的食物，可是城里什么都没有。而这些被不幸打击折磨得惊慌失措的农民反而更为这座城市雪上加霜……

灾难还在继续。对抗英国的战争造成了不小的开支，法国国王不得不征收新的赋税。打那时起，所有在巴黎及其市郊售卖的货物、手工制品以及食物都需要缴纳一笔特殊的赋税。于是，面包的价格上涨了，人们再一次跌入了更为黑暗的深渊。

1356年9月11日，又一场彻底的灾难向法国袭来：新上任的国王约翰二世①在普瓦提埃战役中被英国人俘虏。在波尔多度过了一个冬天之后，这位被囚禁的国王被带到了英国。不过他也没什么可抱怨的，因为他受到了贵宾般的款待。然而法国人民却需要支付三百万古斤的银子来赎回他们的国王。

在这段时间内，整个巴黎群龙无首，由巴黎市市长艾蒂安·马塞尔暂时掌管大权。首先，他觉得巩固城市边防是当务之急，因为法国军队的连连战败让人十分担心英军会随时袭击首都。在这一年的9月末，一大批工人开始动工、填土、加固、修建。塞纳河左岸一些又窄又浅的沟渠被挖深和拓宽；而右岸则开通了新的引水渠道以完善已经存在的循环系统。在塞纳河的这一边，人们建造了一些凸出于城墙之外的棱堡，而原本的城墙也不断拓展，并将卢浮宫、圣马丁隐修院和圣殿外墙都合并了进来。

所有这一切显然需要雄厚的经济实力来做后盾，于是巴黎市市长又增加了一项新的针对饮料的赋税。从今往后，不论是喝光酒瓶里的葡萄酒还是酒壶中的啤酒，都是在为巴黎的防御工事做出贡献！

除了修建城墙，还需要一批军队力量来保卫城市的安全。艾蒂安·马塞尔组织召集了一支民间护卫队，而他自己则以一个正直的人民执法官的身份而非军队首领的架势管理着这支护卫队。那些受到鼓舞加入护卫队的壮年男子被分街道分区域地组织起来，整个巴黎被划分成若干区域，时刻对抗来自英国人的可能突袭。

---

① 约翰二世（Jean le Bon，1319—1364），也称"好人约翰"，瓦卢瓦王朝第二位国王，是法兰西国王腓力六世的儿子，1350—1364年在位。

在西岱岛的王宫内，十八岁的查理王子①一心想要巩固摄政权并参与朝政，然而瓦卢瓦家族却因为在军事上的连连战败而失去了在民众心中的信誉。与此同时，巴黎市长艾蒂安·马塞尔及巴黎主教罗贝尔·勒科克则颁布了一条法令，宣布整个国家必须由所有群体，包括贵族、教士和资产阶级团体共同参与管理。

在伦敦，仍然在囚禁中的约翰二世大发雷霆，他下令禁止执行这一法令。而几乎就在同一时间，这位囚徒国王还和囚禁者签订了一份耻辱的条约，同意将吉耶讷②、圣东日③、普瓦图、利穆赞、凯尔西④、佩里戈尔德⑤、鲁埃格⑥、比戈尔⑦等地割让给英国，并且答应将赎金增加到四百万埃居……约翰二世不仅不同意让君主政体处于人民的监管之下，更将一部分国土出卖！这一疯狂的举动引致了诸多愤慨与不满。

当国王的律师勒尼奥·德·阿尔西从英国归来，并带来这份耻辱的条约时，艾蒂安·马塞尔知道行动的时候到了。1358 年 2 月 22 日早晨，他成功召集了三千名佩带武器的壮年男子，在西岱岛上距离圣礼拜堂不远的圣埃洛伊隐修院（Prieuré de Saint-Éloi）内集合。市长面对人群发表了一番讲话，他讲到了巴黎，即将拱手让给一群贪婪而贫穷的强盗手中的巴黎。他们现在

---

① 即后来的查理五世（Charles V le Sage，1337—1381），瓦卢瓦王朝第三位国王，1364—1381 年在位。

② Guyenne，法国的一个旧省，位于法国西南部，范围根据不同历史时期曾在阿基坦地区、比利牛斯大区和普瓦图-夏朗德地区之间变化。

③ Saintonge，法国的一个旧省，位于法国西部，范围根据不同历史时期曾在阿基坦地区、安茹地区以及普瓦提埃地区一带变化。

④ Quercy，法国的一个旧省，位于如今的法国洛特省、塔恩-加龙省的北方大部，以及多尔多涅省、科雷兹省和阿韦龙省的几个区县。

⑤ Périgord，法国的一个市镇，位于阿基坦地区的多尔多涅省。

⑥ Rouergue，法国中部的一个旧省，位于如今阿韦龙省的位置。

⑦ Bigorre，位于法国南部-比利牛斯大区上比利牛斯省阿杜尔河畔的一个市镇，属于巴涅雷德比戈尔区巴涅雷德比戈尔县。

正徘徊在城墙之下，正在想如何伸出双手来窃取巴黎人民的财富……年幼王子身边的军队对巴黎市里成群的强盗做了些什么？而王子的同党们又是怎样安抚这座城市所遭受的苦难的？被这番充满激情的演讲所鼓舞的巴黎人民将心中的怒火彻底地爆发了出来。他们想要获得共同治国的权力，可拥有它的人就在那里，毫无生气、胆小懦弱。就在对面，街道的另一边，在西岱岛的王宫内躲藏着年轻的王子和王国的贵族。

沸腾的民众穿过街道向王宫奔去。忽然，他们发现有人试图逃跑，是勒尼奥·德·阿尔西，从英国带回卖国条约的那个人！勒尼奥疾步走着，他心里很害怕，他开始奔跑，冲进了一家糕饼店。只见几个人快步追上了他，然后就在满是点心托盘和面粉袋的店里，割断了他的喉咙……

艾蒂安·马塞尔跟在他临时组建的军队后面渐渐接近了王宫。他被众人簇拥着走进了宫殿，找到了王子的房间，强行将门推开……查理王子对这突然的闯入显得惊慌不已，于是在年轻的王子与巴黎市长之间展开了一场气急败坏的辩论。艾蒂安·马塞尔谴责王子对于维护城市秩序、打击遍布市郊的强盗毫无作为；而王子则回应说这些事情是掌管财政大权的人，即巴黎市长本人需要承担的责任……

这场争吵越来越激烈，王子身边的两位骑兵军官约翰·德·孔夫兰和罗贝尔·德·克莱蒙想要出手相助。可是他们还没有来得及介入这场争论，已经被市长的部下用剑刺穿了身体……鲜血喷溅出来，王子浅色的长上衣沾上了猩红的血迹。宫里的随从惊慌失措，急急忙忙四下逃窜，只剩下查理王子在那里苦苦哀求市长饶过他的性命。

"陛下，您不会有任何危险，"艾蒂安·马塞尔说道，"我的部下都心地仁厚，他们来这里是只为了帮助您……"

说完这些话，艾蒂安·马塞尔取下了头上象征巴黎的蓝红相间的帽子，戴到王子的头上，这意味着代表整座城市允诺保障王子的安全。然后呢？没有然后了。这场起义并不是一次革命，没有理论和学说的支持，也没有周全的计划，一时兴起的愤怒到此结束。被自己的鲁莽和愤慨所驱使的巴黎市长和他的部下自认为已经得到了满意的结果。于是他们匆匆离开了王宫，去格列夫广场和那里的拥护者们一起悬挂彩旗。自此，巴黎人民终于获得了属于自己的一部分权力，第三阶级也由此诞生了。

第二天，塞纳河左岸的奥古斯丁女子修道院（Couvent des Augustins）内召开了议会，艾蒂安·马塞尔将司法官吏、神职人员以及大学教员等人召集到一起，共同决定实行由所有阶级共同管理的君主政体，并恢复三十六人委员会①，也就是说最多可以有三十六名行政官员参与表决。通过这次议会，艾蒂安·马塞尔实际上已经建立了他自己对于巴黎的全权统治。

查理王子心里清楚，在他自己国家的首都，他已经没有任何立足之地。他必须逃跑，去往别处重新集结武装力量。一个月后，那一年的 3 月 25 日，查理离开了巴黎，去往桑利斯。艾蒂安·马塞尔自以为派出十名资产阶级代表陪着王子，就能看守住他，并强迫他最终屈服，然而他错了。

就在查理王子逃出巴黎并重新召集军队的同时，处于艾蒂安·马塞尔政权统治之下的保王党派都没有落得什么好下场：建造王宫的木工头头马特雷，还有建造巴黎桥梁的工头佩雷，都被斩首后五马分尸。

巴黎市长开始创立他的新秩序。他在自己的城市里接待了查理二世②。

---

① 艾蒂安·马塞尔曾于 1355 年成立过一个 36 人的委员会来共同行使管理国家的权力，后在查理王子的要求下被解散。
② 查理二世（Charles de Navarre，1332—1387），他是卡佩王朝的埃夫勒伯爵，1343—1378 年在位；以及纳瓦拉国王，1349—1387 年在位；阿尔布雷特的领主，约翰二世的女婿。

查理二世又被称作"恶人查理",他是美男子腓力的曾外孙,一直觊觎着法国的王位。恶人查理还与英国有着密切的往来,这一关系让巴黎民众感到气愤。另外,他还一直呼吁要加强英国军队的力量……以上种种都表明,谁与恶人查理为伍,就等同于背叛!大家开始觉得只有让瓦卢瓦家族的人回来才能获得最终的安宁。而查理王子的出逃导致整个巴黎都被封锁了起来,这一感觉就显得更加强烈了:整座城市严重缺少食物,脆弱的巴黎人开始感到饥饿与穷困。

所有这一切都必须尽快结束。这一年的 7 月 31 日,接近中午时分,艾蒂安·马塞尔正在视察圣安托万门(Porte Saint-Antoine)附近的防御情况,一群满怀敌意的人将市长包围起来,并开始呼喊军队口号:

"蒙茹瓦圣德尼①!死亡!死亡!"

艾蒂安·马塞尔问道:

"为什么想我死呢?我所做的一切都是为了你们好,就像为我自己所做的那样……"

话还没说完,市长就被人群推翻,他踉跄着倒在了地上。于是,就像猎狗分食猎物那样,众多的斧头和剑争相插在他的身上,把他分成了碎片……

两天以后,查理王子耀武扬威地回到了巴黎。8 月 4 日,他将人们召集到巴黎大堂,并发表了一番讲话。他在讲话中"揭露"了艾蒂安·马塞尔和恶人查理联合起来让英军进入巴黎的阴谋。

"就在巴黎市长被杀的那天晚上,他们原本打算处死所有法国国王及王子身边的人,并且巴黎城内很多房屋上都被做上了记号。"王子说道。

---

① Montjoie Saint-Denis, 是法国的一句战争口号,从查理曼大帝时期一直沿用至中世纪。从 12 世纪以来,每次战事起,法国国王都要来到圣德尼修道院求得神佑并请走方形王旗,以期许神明能保佑法兰西取得胜利,这面王室军队携带的军旗上面就写着"Montjoie Saint Denis!",以壮士气!

我们现在可以很清楚地知道：是巴黎点燃了怒火，也是巴黎引起了纷争。即便是二十五年之后，关于巴黎人民这次起义的记忆仍然让法国王室不寒而栗。1383 年，年轻的查理六世在王宫的大殿内宣读了一份法令，该法令削减了巴黎市长手中的权力，因为之前的市长"不论是在行动上还是在言论上，都犯下了叛乱、违抗、独断、凶杀及巫术等众多亵渎君主的罪行"。第二道法令，则是国王要收回"坐落于格列夫广场上的'柱房'"。查理六世想要通过削弱市长的权力以及关闭市政大厅来遏制巴黎人民的行动。当然，这纯粹只是他的幻想而已。

CHÂTEAU DE VINCENNES

危机中的巴黎

继第 8 世纪时的圣德尼修道院成为"王家陵园"之后，巴黎城内又一座王家住宅及庇护所便是具有优雅外形主塔、明亮通透且光芒四射的文森城堡。

由于亲眼目睹艾蒂安·马塞尔身边的人在西岱岛的宫殿内刺死了自己的两位骑兵军官，查理五世拒绝再入住那所给他带来心理阴影的宅子。他努力寻找另一处可以行使其国王权力的场所，并首先在巴黎的边境，如今的塞莱斯坦码头建起了一座圣波勒公馆（Hôtel Saint-Pol）。这栋巨大的住宅被众多漂亮的花园包围着，尽管如今已经消失，但是对于当时健康情况欠佳的查理五世来说，绝对比空气逼仄的巴黎更适合他居住。查理五世同样很欣赏卢浮宫，并将自己的私人图书馆搬到了其中的一座用珍贵木材建造的塔楼中。这里存放了查理五世私人收藏的书籍，同时，也成为了将来国家图书馆的前身。

最后，他又对文森城堡进行了改造。1371 年，城堡的主塔及其围墙竣工；1380 年，城堡外面的大围墙也造好了。查理五世进行如此声势浩大的工程，不仅是要建造一栋实用性强的住宅，更是希望拥有最为宽敞的居住空间。文森城堡的翻修计划反映出了法国王室想要从根本上改变这栋建筑物的性质，他们希望能在巴黎的边界上竖起一栋坚实的壁垒。

这栋建筑竟然被完好保存下来，它代表了一段特殊而有趣的历史。比之档案或是历史证词，构成这栋建筑的每一块石头都更好地讲述了一个现代化国家的诞生。其实，查理五世的计划不仅仅是远离随时有可能踩入政治陷阱的巴黎城区，并且还打算行使一项新的权力职能：君王身边的人，包括他的家人、军官、誊录员、秘书等都应位高权重，构成君王身边紧密而有效的团体。这一"国家事务管理"的雏形是君主政体中的一个重要转折点，它宣告了一种现代化国家管理模式，即由内阁支持君主形式的诞生。

另外，老百姓也确实需要这样一个强化的权力模式。进入 15 世纪之后，战争、饥饿、死亡等灾难纷至沓来，避无可避。广大人民成天提心吊胆，因为君王和他的王子们一直为了扩张自己的领土与特权而不停征战，重新勾画王国的版图。就连受苦民众最后的稻草，道德的标杆宗教组织，也发生了内讧："大分裂"①事件使得西方教会分成两派，罗马和阿维尼翁的两位教皇都想要登上圣彼得大教堂的王位。而基督教徒们的内讧则激发了土耳其苏丹的野心，他难以抑制想要借机吞食摇摇欲坠的拜占庭首都君士坦丁堡的欲望。在欧洲，英国国王亨利四世②虽然需要应付苏格兰人和威尔士人的不断起义，但还是不影响他始终坚持要向法国收回布列塔尼、诺曼底以及佛兰德等失地的决心。

1380 年，查理六世继位，随即便患上了精神病。看不清东西的查理六

---

① 14—15 世纪时期（1378—1417）天主教会的一场宗教危机，它在长达 40 年的时间里将天主教分裂为两个阵营。

② 亨利四世（Henry IV, 1367—1413），英格兰国王，1399—1413 年在位。

世常常在圣波勒公馆的过道上闲晃，并用一把柳叶刀割下自己大腿上的一块肉，然后趴在地上像狗一样喝完碗里的水……然后，某段时间内，他的病又自愈了，于是他重新拿回国家管理权，直到下一次病发。而在国王患病期间，会由不同的摄政者接连担负起让国家正常运转的重任，同时也趁机掠夺王室的财产……所有在查理五世时期争夺回来的政治和地理上的权力很快就像艳阳下的冰雪消失殆尽！巴黎再次陷入悲惨的境地，在冬日的深夜，会有狼群潜入城内吞食那些栖身于黑暗巷子中的可怜的穷人……

*

1407 年 11 月 23 日，与英国无休止的战争迎来了新的转折。就在那天晚上，查理六世的弟弟、奥尔良公爵路易一世①受够了和嫂嫂伊萨博·德·巴维埃王后一起待在巴尔贝特公馆（Hôtel Barbette）里的日子。王后则刚刚在公馆中产下了一个瘦小而虚弱的男孩，没过几天就夭折了。路易完全有理由相信，他才是这个死去孩子的父亲。这一快速而悄无声息的死亡堵上了所有人的嘴，似乎也正好逃避了那些不恰当的疑问：

如果这个孩子没有死呢？如果这不是一个男孩，而是一个叫做贞德的女孩呢……难道我们的圣女贞德真的是查理六世的王后和他的弟弟的爱情结晶吗？有很多历史学家支持这一观点，包括我。不过这就是另外一段故事了……

远离查理六世发癫犯痴的圣波勒公馆，伊萨博王后独自居住在位于老圣殿路上精致而小巧的巴尔贝特公馆中，这座公馆如今没有留下任何印迹。尽管已经三十六岁，伊萨博仍然想要点燃她心中最后的爱欲之火。她修长而精致的面孔依然美丽，身材依然纤瘦，完全看不出她已经为查理六世生下了十

---

① 路易一世（Louis Ier de Valois，1372—1407），他是百年战争时期奥尔良派的最大代表。

一个孩子。王后似乎与她的小叔子路易有一段不清不楚的暧昧关系，有言之凿凿的流言为证："年轻的公爵总是喜欢在任何女人面前展示他男性的魅力。"

这两个人疯狂地相爱着，温柔的战栗中既有偷吃禁果的喜悦，也有政治利益的驱使。在他们甜蜜的拥抱之间，也不乏二人都心知肚明的利益关系。他们彼此都需要对方，或者说他们自己认为有这个需要。

查理六世的精神病让伊萨博成为了王国的摄政者，她需要主持议会，然而却并不是常常能够随心所欲地行使领导权。而勃艮第公爵"无畏的约翰"①则趁机扩张势力，不过他却遭到了奥尔良派领导人路易一世的反抗。除了个人之间的争斗，还引发了关于对战英国问题的争辩：到底是应该如勃艮第公爵所愿延长休战期，还是要像奥尔良公爵建议的那样重新开战呢？

巴尔贝特公馆的夜晚是令人愉快的，人们在欢笑声与无忧无虑的生活中似乎已经遗忘了那个过早升入天堂的小灵魂。突然间，一位国王身边的随从来到公馆传话给奥尔良公爵：

"大人，国王想要马上召见你。他急着想要与你谈一件关乎你和他的重要事情。"

路易已经习惯了他哥哥的这种爱好，常常喜欢在深更半夜把他叫去对他说一通疯言疯语。不过，虽然国王已经疯了，但他毕竟还是国王。于是，他起身向王后告辞。

夜色下的巴黎城，路易骑在他的母骡子上，缓慢地向圣波勒公馆前进。他愉快地低声哼着小曲儿，有五六名侍从在一边点着蜡烛，为他照亮前面的路。然而又走了几步之后，当他途经一个挂着圣母画像的小酒馆时，突然有

---

① 无畏的约翰 (Jean sans Peur, 1371—1419)，勃艮第公爵，约翰二世的孙子，百年战争时期勃艮第派的代表。

二十几个人从墙角窜出来，飞快地扑向他。

"你们是谁？我是奥尔良公爵！"路易一世恼怒地喊道，心想自己肯定是遇上了一群鲁莽的强盗。

可是，他再也没有机会多说一个字。他从坐骑上摔了下来，双膝跪地。就在他刚准备起身之际，便遭遇了斧头、剑和木棍的袭击。

"杀人啦，杀人啦！"

这是鞋匠的妻子发出的叫喊。她听到了街上的动静，来到窗前想要向巡查队发出警告。

"闭嘴，你这个臭女人！"杀人者喊道。

在听说暗杀的消息后，巴黎市长蒂戎维勒先生命人关闭了巴黎的城门，并要求弓箭手守护街道的安全。他担心会引起路易一世同盟军的暴动并发动武装反击。

奥尔良公爵路易一世是在
哪里被暗杀的？

即便巴尔贝特公馆没有留下任何可以追寻的遗迹，但是那条通往其小门的小巷子还留存至今。弗朗-布儒瓦路 38 号旁边有条名为弓箭手的小巷子（Impasse des Arbalétriers），这就是奥尔良公爵被暗杀的地方。

两天后，一支长长的游行队伍从存放奥尔良公爵尸体的白大衣大教堂（Église des Blancs-Manteaux）一直绵延到塞莱斯坦大教堂（Église des

Célestins），也就是公爵将要下葬的地方。西西里国王、贝里①公爵、波旁②公爵和勃艮第公爵，几个王国内举足轻重的人物都亲自为奥尔良公爵扶棺。公爵的棺材上覆盖着蓝色天鹅绒，并点缀着白色的百合花。

最初，巴黎市长对于这一案件的调查错误地认为是一位被出轨的丈夫所为，但很快便真相大白：原来勃艮第公爵"无畏的约翰"才是幕后的真凶！

这一大逆不道的行为被昭然于天下后，约翰立即收起了送葬时那副忧伤而忏悔的嘴脸，并高调承认了杀人行径。他宣称，这是为了整个王国和光荣的法兰西的利益而做出的举动！谁都不应该为了这个胡乱挥霍国家金库中的钱财去建造私人城堡以及维持情妇花销的家伙而感到痛惜。

形势变得有些错综复杂。一方面，勃艮第公爵因为承诺会降低税收和监督君主政体而得到众多巴黎人民的拥护；另一方面，被害的奥尔良公爵的儿子查理却要求为父亲报仇，并希望能得到贵族阶层的支持。不过这位年仅十三岁的小公爵并不是一块做领导的料。第二年，家人很快就把阿马尼亚克③伯爵贝尔纳的女儿博内许配给了他，而他的岳父也实际上成为了奥尔良地区真正的领导者。从此以后，阿马尼亚克派与勃艮第派之间展开了一场残酷的战争，使国家陷入四分五裂的境地。

在意识到两派对峙的要点是夺取巴黎之后，勃艮第公爵约翰决定将他位于莫公塞伊路（Rue Mauconseil）上的私人公馆变成有卫队守护的军营以及

---

① Berry，法国旧制下行省，首府是布尔日。法国大革命后，贝里在行政上被划分入谢尔省、安德尔省以及卢瓦雷省的最西部分。

② Bourbon，古代法国中部的一个行省，位于卢瓦尔河的左岸，其省会是穆兰，基本上相当于今天的阿列省及部分谢尔省。

③ Armagnac，法国西南部历史上的著名地区，现属热尔省。奥尔良派后来也被称为"阿马尼亚克派"。

坚实的堡垒。不得不说这个堡垒的地理位置相当优越：这座公馆背靠坚固的奥古斯特古城墙。这一古老的防御工事早已被弃之不用，因为巴黎城的边界早就大大超越了 13 世纪时的范围，而这座古城墙也在二十五年前就被更宏伟的护城墙所代替。不过，这一过时的防御堡垒不仅仅可以起到加固勃艮第公爵公馆的作用，城墙内已经被废弃的塔楼还成为了穷人们的庇护所：塔楼外干涸的壕沟成了流浪乞丐暂时逗留的居所，而那些环形的小路也成为了巴黎人民散步与玩球的场所。

为了完善这座公馆的防御功能，约翰又在城堡内建造了一座傲然矗立的塔楼。这座坚固的塔楼高达二十七米，像是一块坚不可摧的岩石般藐视着周边的卢浮宫和圣波勒公馆这两座王室建筑。有了这座城堡，勃艮第伯爵就不用担心喜怒无常的国王，也不用害怕情绪激动的民众，可以高枕无忧地在围墙内安然度日。

如今我们还能看到勃艮第公馆的
哪些遗迹？

公元 16 世纪时，勃艮第公馆被整个翻修，成为了一个戏剧厅，并被用来举行秘密的宗教仪式。1634 年，路易十三统治时期，又驻扎进了一批王家军队。这里上演过法国剧作家皮埃尔·高乃依①的主要戏

---

① 皮埃尔·高乃依（Pierre Corneille，1606—1684），17 世纪上半叶法国古典主义悲剧的代表作家，法国古典主义悲剧的奠基人，与莫里哀、拉辛并称法国古典戏剧三杰。主要作品有《熙德》、《西拿》、《波利耶克特》和《贺拉斯》等。

剧作品，以及几乎所有让·拉辛①的悲剧。

在这个剧院里，拉辛发现了年轻的女演员拉尚梅莱②，她在拉辛的剧本《昂朵马格》中饰演赫尔迈厄尼一角。这位年轻女子向世人证明了她拥有激荡的热情以及一名戏剧演员所需要的强大爆发力。每当一幕戏结束，她便匆匆站到幕布前，眼睛放着光，双膝弯曲，向这一幸福的时刻颔首致意。从那时开始，拉辛便再也离不开这位女演员了，他向她表明爱意，这份感情维系了六年。塞维涅侯爵夫人③曾经在她的书中写道："拉尚梅莱一站到舞台上，整个剧场都蔓延开一种倾慕的骚动。一种强大的魅力笼罩住演出厅，而她则在台上随意调动我们的眼泪。"

1783 年，演员们共同出资筹建了一座崭新的歌剧院（Opéra-Comique），勃艮第公馆作为戏剧院的历史也到此结束。这座旧日的剧院后来成为了贩卖皮革的大厅，然后在 1858 年时被完全拆毁，以便开凿艾蒂安·马塞尔路。

在现在的艾蒂安·马塞尔路 20 号，仍然矗立着勃艮第公爵约翰为了守护整座公馆而建造的塔楼。让我们来参观一下这座令人称奇的巴黎城中著名的中世纪勃艮第风格建筑。这栋塔楼的底层是一个门卫室，二楼则是内宅的房间。三楼有漂亮的起居室，王家骑士侍从的卧

---

① 让·拉辛（Jean Racine，1639—1699），法国剧作家，与高乃依和莫里哀合称 17 世纪最伟大的三位法国剧作家。拉辛的戏剧创作以悲剧为主，作品被称为古典主义戏剧代表作。主要作品有《昂朵马格》、《菲德拉》、《阿达莉》。

② 拉尚梅莱（La Champmeslé，1642—1698），17 世纪法国著名女演员。

③ 塞维涅侯爵夫人（La marquise de Sévigné，1626—1696），法国书信作家，代表作《书简集》。

室分布在四楼。公馆主人勃艮第公爵富丽堂皇的房间在第五层。

登上螺旋式楼梯的最高处，我们看到了勃艮第公爵留下的两件很有意思的纪念品：首先是缠绕在拱门上的宏伟的石头橡树。这棵橡树长有三种形状的树叶：橡树本身的叶子让人想起勃艮第公爵的父亲；英国山楂树树叶是用来怀念他的母亲，最后一种啤酒花则代表他自己（这种花来自北方，因为公爵的母亲是佛拉芒人）。然后我们看到的是两面彩色玻璃，第一扇玻璃上绘有公爵的武器，而第二扇玻璃上则是一把刨子。这是为了回应奥尔良公爵路易的威胁，他曾经想要用木棍来袭击约翰。然而最后的结果是约翰将其刨平了，因此这场暗杀其实是一次有计划的报复。

当无畏的约翰在建造其位于巴黎的塔楼时，阿马尼亚克派在南部建立起了一支雇佣军队伍。这支军队里的雇佣兵早已准备好了皮囊和绳子，想要劫掠他们途经的每一个地区。他们来到了法兰西岛，破坏了那里的农场与田地，然后又一路前行，来到塞纳河左岸保护圣马塞尔郊区的壕沟前。他们原本想要进入巴黎城，然而 1410 年 11 月 2 日在比塞特①签订的一纸协约阻止了这一军事行动。根据协约条款，每位君主都必须回到自己的领地，在没有得到查理六世同意的情况下不得踏入首都巴黎。

整个冬天就在相对平静的气氛中过去了。但是阿马尼亚克派和勃艮第派之间的战争在春天来临时又在博韦②和皮卡第重燃战火，而巴黎是双方野心

---

① 全称 Le Kremlin-Bicêtre，是法国法兰西岛大区瓦勒德马恩省的一个市镇，属于亚伊莱罗斯区莱克朗兰比塞特勒县。

② Beauvais，位于法国皮卡第大区，是瓦兹省的首府，也是皮卡第大区中人口数排名第三的城市。

勃勃想要争取的主要目标。到了8月，巴黎最高法院为了维护整座城市的和平，下令拘捕那些给公共安全带来危害、传播危险言论的人。最高法院还任命巴黎的一名叫做瓦莱朗·德·卢森堡的行政官员为圣保罗伯爵，负责监督这项法令的执行。和大家一样，这位伯爵是国王的忠诚拥护者，但同时，他也是勃艮第派的追随者……

很快，这位伯爵和他的朋友约翰就组织了针对阿马尼亚克派的一场围堵。他们组建了一支有五百名士兵的勃艮第派军队，并且别有用心地只招募那些屠夫、剥皮工人、皮货商和外科医生。简单来说，他们想要的就是那些擅长手握屠刀，并对流血场面司空见惯的冷血士兵。这支凶残的队伍被冠以一个冠冕堂皇的名字"王家民兵部队"，他们奉命在巴黎城里拘捕那些帮助阿马尼亚克派的人。

于是在巴黎城内开始了一场盲目而暴力的镇压行动。为了摆脱嫌疑，大家只得举报自己的亲友、邻居或是同行中的竞争对手。当看到那些疑犯被民兵扔进地牢并抄家后，往往又会大松一口气，因为在大部分情况下，这些被举报者大都会被扔进塞纳河中溺死。就连国王和他的皇亲国戚也感觉到了巴黎城内这种异常的不安全感，他们离开了圣波勒公馆，住到了防御工事更好的卢浮宫城堡内，以防那些狂暴的屠夫掉转枪头对准他的王冠。

这场拘捕行动让城中最负盛名的三百多位有产者在巴黎市长的带领下离开了巴黎以求自保。同时，他们也不愿意成为这场恐怖行动无声的见证人。

也许只有上帝才能平息这场骚乱。于是圣礼拜堂的议事司铎、圣贝尔纳教派的教士、加尔默罗会的修士以及圣三会的僧侣一同发愿，一起游行。他们光着脚一直行进到圣日耳曼奥塞尔大教堂，而最高法院的议员们也虔诚地跟随。在这里，没有人去想是该站在阿马尼亚克派一边还是该支持勃艮第派，人们只是希望通过宗教的信仰让所有人和谐相处。所有的心愿都通过祷告、唱诗和圣歌来表达，希望那些王爵大公们之间能建立起哪怕短暂的和平……

但是这些美好的仪式并没有感染到任何人，尤其是勃艮第公爵。1411年11月，他在勾结了英国军队之后，以他们为先锋进驻了巴黎城。三千多名巴黎市民跑来迎接他，并表示支持。自此以后，巴黎及其郊区一带便彻底归入勃艮第派的管辖范围，而阿马尼亚克派则被赶出了法国，其财产也被没收。至于巴黎最高法院，则因为被怀疑与阿马尼亚克派相互串通，而被罚税收一千古斤银子以支付英军此次远行的费用。英国国王亨利五世①抓住了眼前这个机会，想利用法国的国内矛盾来收复之前丧失的几块土地。

1413年4月末，巴黎的平民阶级对于他们的城市和国家负债累累的境况忍无可忍，于是在一位被称作"卡博什"②的屠宰场剥皮工人的带领下发动了起义。"卡博什"原名西蒙·勒库斯特利耶，因为他的职业就是敲碎牛的脑袋并取出它们的脑髓，于是便被人们称作"卡博什"，而他的拥护者则将自己称作"卡博什派"。

无畏的约翰出于战术上的考虑决定先支持这一革命势头，并派兵支援卡博什派，然后等他们帮自己推翻国王之后，再踢开这些贫民，独揽大权。整个5月期间，卡博什派以一种惊人而澎湃的暴力手段占领了这座城市。他们攻陷了巴士底狱③，屠杀了被关押在里面的囚犯，杀死了那些或多或少看上去像是阿马尼亚克派的巴黎市民，还割下了巴黎市长的脑袋。他们甚至强迫巴黎最高法院颁布了一项有二百五十八条条款的法令，在巴黎城内实施异常严格的公共开支的审核，重组司法权力部门，并制定过桥税制度。当然，这

---

① 亨利五世（Henry V，1387—1422），英格兰兰开斯特王朝国王，1413—1422年在位。

② caboche在法语中是"脑袋"的意思。

③ 一座非常坚固的要塞。它是根据法国国王查理五世的命令，按照12世纪著名的军事城堡的样式建造起来的。到18世纪末期，它成了控制巴黎的制高点和关押政治犯的监狱。

项法令注定将成为被废除的一纸空文。在卡博什派占领巴黎期间，这些新的统治者们身披白色的风帽斗篷走在大街上，这成为了辨别他们的标志，而那些拒绝穿戴白色斗篷的人则会迎来不幸的命运。就连国王也必须接受并穿上暴动者们热衷的苍白装束。

任何一位有觉悟的人都不堪忍受这样的暴力，绝大部分巴黎人都希望能早日终止卡博什派疯狂的行为。而勃艮第派也成为了众矢之的：他们是血淋淋的造反派的同盟！于是，人们将希望又转而寄托在了阿马尼亚克派身上。而阿马尼亚克派的军队其实就驻扎在巴黎附近，正等待着这一时刻的到来！他们顺理成章地进入巴黎城，赶走了勃艮第派。

两个月过后，8 月 4 日，卡博什派仍然试图煽动巴黎民众。他们在格列夫广场上发表演说，鼓动巴黎市民站起来反对阿马尼亚克派。然而，一个声音在人群中响起：

"想要获得和平的人都排到右边去！"

很快，所有人都站到了广场的最右侧。可见大家都不赞同卡博什派的做法！那些最为极端的卡博什派甚至想要以市政厅做掩护，进行最后一次徒劳无功的战斗，然而约翰和卡博什早就消失得无影无踪了，他们离开了巴黎，逃之夭夭。

1415 年 10 月 25 日，约翰在阿让库尔①发起了反攻。这一天，法国军队——确切地说是阿马尼亚克派的骑兵队在英国军队的袭击下全军覆没。阿马尼亚克派的失败事实上也就是勃艮第派的胜利。就在一年之后，无畏的约翰在加来②秘密会见了英国国王亨利五世。两个人瓜分了地盘，同时也表明

---

① Azincourt，法国洛林大区默尔特-摩泽尔省的一个市镇，属于南锡区马尔泽维尔县。
② Calais，法国加来海峡省的一个城市，法国重要的港口。

了各自的野心：勃艮第派将不会阻止英国军队征服诺曼底地区；作为交换，英国则会放弃进攻巴黎，将它留给勃艮第派……

*

1418年5月29日凌晨两点钟，八百名勃艮第派骑兵从圣日耳曼德佩门进入了巴黎，并唤醒了城内的居民们：

"快起来吧，正义的人们，拿上你的武器！法国国王万岁！勃艮第公爵万岁！"

约翰的士兵们冲进圣波勒公馆，控制住了国王身边的人，并给他披上一件阅兵服，将他架上马，然后牵着他走上大街，就像是一位戴着王冠的提线木偶。从疯癫状态中稍稍清醒过来的查理六世下意识地向民众假惺惺地微笑，对于在都城刚刚发生的可怕事件浑然不知。当下的巴黎洋溢着一阵欢腾的气氛，人们疯狂而热烈地欢迎勃艮第派，并希望这一最后的胜利者能让他们摆脱国王身边那些愚昧的大臣，为他们带来富裕的生活，赶走苦难的阴影。这些人手拿生锈的长枪和笨重的带血狼牙棒，闯入旧日主人富丽堂皇的住宅，并叫喊着：

"杀死他们！杀死这些走狗，这些阿马尼亚克派的叛徒！"

在这场疯狂的行动中，所有人都忘记了时年十五岁的查理王子，他是将这个王朝延续下去的唯一保障。不过在这一戏剧性的时刻里，还有一个人保持着清醒的头脑，思忖着怎样才能保全这个王朝，他就是新任巴黎市长唐吉·勒·沙泰尔。他穿过骚乱的城市，跑到圣波勒公馆，匆忙进入王子的房间。王子还在床上呼呼大睡，他将自己很好地隐匿起来，并没有受到外面事件的惊吓。但是大难很快就将临头，市长拿起一条毯子披在王子肩上，将他拖到了巴士底狱附近，战败者们正躲藏在那里以避免受到愤怒民众的袭击。几个小时之后，王子走出了城墙，从一个隐蔽的、防守不力的边门离开了巴黎。这位未来的查理七世①乔装成一名城中的有产阶级，身穿一件灰色的宽袖长外套，头戴一顶样式简朴的帽子，在一群忠心耿耿的士兵掩护下，穿过城墙，飞奔而去，将再次陷入暴力统治下的都城远远地抛在了身后……

出了城的查理王子既没有了王冠也似乎看不到未来，他当时显然不知道他是应该在别处重建他的王国还是要经历十八年未必会成功的征战来重新夺回巴黎的政权。

最后，他在布尔日建都，并宣告自己成为唯一的掌权者：

"作为法国国王唯一的儿子、继承人和继任者，于情于理，我都应该承担起整个王国的重任……"

他明文规定任何人不得服从那些侵占了巴黎的不合法团体所订立的制度："叛乱分子刺杀了国王身边的大臣，并掌握了王国的国玺。但是我禁止你们听从他们的任何指令，除非是用我们自己的私人印章或是亲笔签字签署的指令。"

查理王子自封为王国的主人，然而约翰却在巴黎掌控了疯癫的君王，另外英国国王还在诺曼底自称为法国的国王。整个国家被撕裂，被瓜分，没人可以预料谁会在这场割据战中最终获胜。

而巴黎更是一个瓜分猎物的战场。人们屠杀了阿马尼亚克派人，然后却和他们的所作所为如出一辙。所有的头目和官员被关押在巴士底狱，并由刽子手卡普吕什动手，一一结果他们的性命。犯人们被一个接一个叫出牢房，他们需要穿过一个低矮的门洞，不得不俯下身躯……然后等待已久的斧头便砍了下来，他们的头颅顺势滚到了石子铺就的大街上。即便是阿马尼亚克派

---

① 查理七世（Charles VII le Victorieux，1403—1461），又称"胜利者查理"、"忠于职守的查理"，法国瓦卢瓦王朝国王，于 1422—1461 年在位。他最后打赢百年战争，为法国在接下来几个世纪的强盛奠定了基础。

的首领贝尔纳伯爵也没能逃脱这一刑罚，和他的同伴一样在卡普吕什的屠刀下身亡。圣安托万镇的大街小巷血流成河，而那些施行者却丝毫不为所动。整个城镇完全变成了另外一副模样……

无畏的约翰开始担心这一过于暴力的行为，之前的经历让他很清楚地知道，巴黎人民的耐心是有限的。为了表明他的大公无私，他下令拘捕了卡普吕什，并处以斩首之刑。而这也暂时终结了勃艮第派的疯狂行动。

接下来的7月14号成了巴黎城的节日！无畏的约翰和伊萨博·德·巴维埃王后一起进入巴黎城，并受到了巴黎人民的鼓掌欢迎，他们觉得终于看到了和平与安定的曙光。

但是约翰并没有享受太久这来之不易的胜利果实。一年之后，在1419年的9月10日，查理王子与勃艮第伯爵相约在法兰西岛的蒙特罗会面。两个党派之间的气氛又变得异常紧张和激烈，根深蒂固的深仇大恨让双方的嗓门立马拔高。巴黎市的前任市长唐吉·勒·沙泰尔已经成了年轻的查理王子身边的大臣，他拔出了利剑，然后深深地插入约翰的腹部。

这是一场早有预谋的冷血谋杀？是淤积的愤怒导致的爆发？还是一场精心策划的陷阱？这个问题尚待讨论。然而阿马尼亚克伯爵和勃艮第公爵的先后遇害又让法国的历史向前迈进了一步。因为此时，英国国王趁机上位了。

根据1420年签订的《特鲁瓦条约》，查理六世宣布放弃其儿子查理王子的继承权，并愿意在其死后将自己的女儿和整个法国送到英国国王亨利五世的双手中。

一年多之后，亨利五世和查理六世并肩出现在巴黎。我们可以想象巴黎人民的惊讶与不解：到底谁才是法国国王？这一疑问不无道理，因为查理六世不过是一个影子，一个象征罢了，亨利五世才是实际的继任者，法国和英国两国的国王，也是西方最强大的统治者。不过这一美梦最终被残酷的命运所击碎……1422年8月，三十六岁的亨利五世得了一场可怕的痢疾。他被难以忍受的疼痛折磨得虚弱万分，在文森城堡主塔内的床上一病不起，一位修士前来为他的即将离去而祷告。亨利五世祈求自己的灵魂能够升入天堂，并将法国的政权管理托付给他的弟弟，贝德福德①公爵约翰。在交代完这一切之后，他不出预料地断了气，而大家忙着考虑如何处置他的遗体。为了将他的遗体运回威斯敏斯特②，人们想要找一位可以用香料保存尸体的人。然而，周围找不到拥有这一精细手艺的专家。人们只好将国王的尸体放进煮沸的水中，最后只剩下了一副骨肉分离的残骸，而白骨森森的尸骨被小心地放入了数个小盒子中保存。

七个星期以后，查理六世也于当年的10月染上了一种怪病，很快就一命呜呼了。在得知父亲的死讯之后，查理王子迫不及待地宣告自己成为法国国王查理七世。诸圣瞻礼节那天，他身穿鲜红的王袍，肩披烫双金边的貂皮，足蹬一双轧制着百合花的半筒靴，步入了位于布尔日的圣艾蒂安大教堂。

对于这位年轻国王的拥护者来说，法国真正的首都在布尔日，至少在英军仍然占领着塞纳河周边地带以及一部分国土的情况下是如此。如果要细数被贝德福德公爵所控制的地区，其数量还是相当惊人的：一大部分国土，包括波尔多、诺曼底、香槟大区、皮卡第、法兰西岛，还有巴黎。另外他还间接统治着约翰的儿子，腓力三世③所占有的勃艮第、阿尔图瓦以及佛兰德等

① Bedford，英国贝德福德郡的郡治，位于东英格兰。
② Westminster，英国首都伦敦西敏市内的一区。
③ 腓力三世（Philippe III le Bon，1396—1467），又称"好人腓力"，是瓦卢瓦王朝的第三代勃艮第公爵，百年战争末期欧洲重要的政治人物之一，1419—1467年在位。

地区。

对立的双方，贝德福德公爵和查理七世，都不满足于自己目前占有的土地，还想要用武力征战来获得整个国家。这必将带来连年的战争、围攻、对城市的争夺、对有利地区的占领……在这样的战争环境下，不可避免地会破坏土地，生灵涂炭，甚至引发饥荒与瘟疫……

最终，这位身形消瘦、有着一双迷途牝鹿一般眼睛的查理七世，聪明地依靠了圣女贞德（可能是他不为人知的同母异父的姐姐，并且是一位会被上帝授予圣人光环的圣女）的勇敢与顽强，从而激励他获得了这场对弈的胜利，捍卫了自己的王位与土地。

很快，从阿夫朗谢①到皮卡第，所有省份的人民都行动起来，反抗英国军队占领法国的领地。1439 年 4 月 13 日，警钟召唤巴黎人民起来抗议，所有的街道都被封锁了。古老的酒桶装满了泥，而运货马车则被翻转过来组成防御工事，以阻止英军的进攻。然而在有些地区，人群还是被敌军的弓箭手冲散，顿时乱了手脚，惊慌失措地四下逃散。

同一时间，法国国王的军队从巴黎外围绕过来，占领了圣德尼。法国人精心策划，故意走漏风声，让英国人相信他们的军队将从北部发动进攻。而事实上，在英国军队加快速度往北部移动的同时，一大部分法国军队正兜了个大圈子从城市的南面——圣雅克门进入巴黎。

巴黎市民为法国军队齐声欢呼，等待已久的自由终于要来了！在最后一搏中，英国军队调动了他们最后一支队伍包围了巴士底狱，似乎那里厚重的墙壁和城堡坚硬的外壳能为他们最后的反击注入力量。然而所有的希望到底

---

① La Croix-Avranchin，法国芒什省的一个市镇，属于阿夫朗谢区圣雅梅县。

还是落了空，高傲的英国人很快就在这座城堡前举旗投降。

国王的军官们前往巴黎圣母院，去那里聆听一曲《感恩赞》，同时也为国王的华丽回归画十字祝福。由上百辆满载谷穗的板车组成的游行队伍欢迎法国国王正式进入巴黎城。传令官奔走在大街小巷，宣布整个国家又获得了国王期许的和平。

"那些曾经违背过国王旨意的人，不论在场与否，都将得到宽恕。"

宽宏大量的国王决定将之前的恩恩怨怨全都抛开，那些侵略者的同盟军，被称之为"不被承认的法国人"的叛国者，最终也获得了大赦。查理七世以宽容的胸怀重建了法兰西王国。

不过，他的慷慨也是有限度的。在这么多事情发生之后，他始终没有离开布尔日。他同意接见了一位来自巴黎的代表，这位使者请求他尽快回到传统意义上的法国都城巴黎。国王听完，一言不发。因为他不想再回到一座能唤起他可怕记忆的城市，他曾经很不体面地从那里逃离，并且在他的内心深处觉得那是一个有辱其王冠的地方。

但终究，巴黎毕竟还是巴黎。在拖延了一年半的时间之后，查理七世最终还是于1437年11月12日隆重而正式地回到了这座城市。在这个具有特殊意义的时刻，为了庆祝这段巴黎人民期待已久的重归于好的关系，也为了歌颂伟大国王与古老首都的再次合体，所有大教堂钟声齐鸣，鲜花铺满了街道，家家户户的窗户上都悬挂起了王家小军旗，欢乐的人群熙熙攘攘地挤在国王随行队伍必经之路上。

伴随着嘹亮的军号，八百名弓箭手进入城市，宣告查理七世的到来。这位国王身穿天蓝色的斗篷和金色的盔甲，骑着一匹身披布满百合花图案的蓝色天鹅绒的白马。挤在路边的民众迅速欢腾起来，爆发出热烈的欢呼声，因为他们终于看到了期盼已久的君主。而查理七世则用一个腼腆的举手礼动作向他们致意。

不过国王并没有在巴黎待多久。三个星期过后，查理七世怀着愉快的心情又一次离开了巴黎，回到了布尔日。在那里，他继续组织战斗，要将法国领土上的英国人完全赶出他的王国。

*

查理七世的继任者路易十一①，仍然与巴黎保持着距离，不过他清楚地意识到了这座城市的战略意义。因此他需要在不远处一直监管着这座城市，而这就成为了文森城堡的职责所在。当英国国王亨利五世在城堡主塔内去世后，这座塔楼就荒废了。也许它的存在还能稍稍提醒人们英军曾占领过法国领土以及金雀花家族②曾经在此居住过。此后，这座主塔就成了一座监狱。尽管路易十一长了一副唯利是图的粗俗外表，但是他还是喜欢不那么严肃阴森的居住环境。1470 年，他在城堡围墙的西南角建造了一座造型别致的大平层房屋，并且重新修建了城堡中的小礼拜堂。重建后的礼拜堂只拥有一层楼的中殿，并且有着令人眩晕的面积，成为了 15 世纪末华美的哥特式建筑的典范。确实，防御性的建筑已经过时了，英法之间的百年战争也已经结束将近二十年，曾经被英军占领的陆地上的领土也已经被夺回或重新分割，昔日的对手手中只剩下加来这一沿海开放口岸和贸易港湾。如今，只有对勃艮第公爵查理·勒·特梅莱尔③之间的战争尚未结束，只是勃艮第派失去了决定性的力量支撑，他们之间的战役也显得没有了意义。最终，路易十一于

---

① 路易十一（Louis XI，1423—1483），法国瓦卢瓦王朝国王，查理七世之子，又称"万能蜘蛛"，1461—1483 年在位。

② 安茹家族其中一位伯爵若弗鲁瓦·金雀花，娶了亨利一世（英格兰国王和诺曼底公爵）的女儿马蒂尔达为妻。他们的儿子亨利二世于 1154 年成为英国国王，自此开创了金雀花王朝。

③ 查理·勒·特梅莱尔（Charles le Téméraire，1433—1477），又名"大胆查理"，瓦卢瓦王朝最后一位勃艮第公爵，于 1467—1477 年在位。

1477 年轻而易举地将勃艮第重新收归法国政府管辖。

另一方面，人们的道德品性也在战争中一览无遗。路易十一有一天在文森城堡中核查了一遍贵族的人数，发现竟然没有一个人参与到战斗的队伍里。于是，他给每个人发了一个文具包。

"既然你们没有拿起武器来为我服务，那么就用你们手中的笔吧。"国王说。

也许这是因为他敏锐地觉察并预见到了文字沟通和历史记录变得愈发重要。

路易十一发动了战争，但他也善于缔结条约，善于结盟以及善于利用国家遗产。到他的统治末期，整个国家基本实现了统一。他的儿子查理八世①已经将目光投向了更远的外部、意大利，以及那些还能争夺土地的地方，他将要去征服那不勒斯王国，以及跨越阿尔卑斯山脉……

文森城堡后来扮演了怎样的角色？

1661 年初，年轻的路易十四的总理、枢机主教马萨林患上了重病。他双腿剧痛，并且咳嗽不断。在排除其他可能的病因后，医生们觉得是巴黎的空气对他不利。于是，人们将他搬到了文森城堡中，因为据说那里的空气更为清新怡人。然而，这位垂死的大臣还是在那年3 月在城堡中咽下了最后一口气。同时，一个临时的官廷也在城堡中搭建了起来，因为当时卢浮官的一部分被烧毁，一些大厅的天花板也

---

① 查理八世（Charles VIII l'Affable，1470—1498），又称"和蔼的查理"，法国瓦卢瓦王朝嫡系的最后一位国王。他是一名年轻的军事家，于 1483—1498 年在位。

坍塌了下来。

路易十四重新布置了路易十一时期建造的那排房屋。不过他对于凡尔赛宫的热情让他很快抛下了文森城堡。法国大革命期间，文森城堡变成了一座兵工厂。1948年，法国军史处在那里建立。

1958年，在戴高乐将军①刚刚当选共和国总统后，他决定不在爱丽舍宫（Elysée Palace）②居住。他觉得这座位于巴黎的宫殿不够方便，并且也不够级别来接待外国元首。于是他很认真地考虑过要将共和国的权力中心搬到文森城堡，然而最终这一想法并未得到实行。

于是，在重新经历了一段漫长的沉睡期之后，城堡主塔开始摇摇欲坠，并于1995年关闭。又过了十二年，城堡被全部翻新重建，替换了两万块石头，这座城堡终于作为巴黎中世纪建筑的见证得以再次向公众开放。

---

① 戴高乐（1890—1970），法国军事家、政治家。1958年成立法兰西第五共和国并出任第一任总统。在法国，戴高乐通常被称为"戴高乐将军"。
② 法国总统官邸，巴黎重要建筑之一。始建于18世纪初，距今已有200多年。"爱丽舍"一词源于希腊语，意为"乐土、福地"。

第十六个世纪
王宫－卢浮宫博物馆

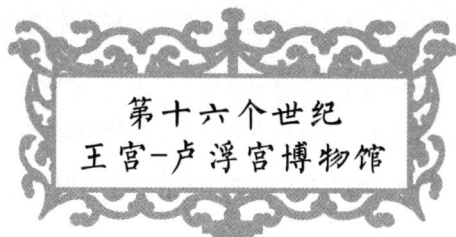

文艺复兴的阴暗与光明

当我们从王宫－卢浮宫博物馆地铁站出来时，抬眼看下这个名为"夜游者之亭"（Kiosque des Noctambules）的公共艺术作品，就会明白这里是艺术圣地。2000 年，为了庆祝地铁建成 100 周年，艺术家让-米歇尔·奥托涅尔在科莱特广场（Place Colette）上建造了这座色彩缤纷的建筑。这一作品引发了民众的争议，其实一个世纪前法国建筑师赫克托·吉马尔设计的"新艺术"（Art nouveau）地铁口也有同样的遭遇。事实上，这位"新艺术"的王者所设计的旧日地铁口也曾经让很多人震惊不已，但如今被所有人接受和喜爱。另外，这站地铁在王宫广场上还有一个吉马尔风格的地铁口，你可以比较一番：一边是穿在金属杆上的玻璃珠子；另一边则是大家喜闻乐见的旧日地铁口，黄绿两色的站牌，铁质的边框和红色的灯泡就像黑夜中的两盏引航灯。

王宫－卢浮宫博物馆这个站名其实是一种误导：王宫并不指代卢浮宫，它是黎塞留枢机主教为了近距离地待在卢浮宫的路易十三身边而建造的一所豪华住宅。在这位枢机主教和国王相继过世之后，奥地利的安娜王后①成为了摄政王，她想要通过入住新的王宫来体现她的权威与品位，并且希望能有一个比老旧的卢浮宫更为让人心情愉悦的生活环境以及会客场所。其实，她从来就没喜欢过这座古朴而了无生趣的城堡，那些冷冰冰的房间，还有总是吹进一阵阵穿堂风的阴暗走廊。卢浮宫对她来说代表着悲伤、忧郁和死亡。尽管人们也提醒她这座城堡质量过硬，优点诸多，例如可以在那里设立权力中心，在人民暴动或是敌军侵略时保住王室政权等等。然而王后并不是一位战略家，她不愿意听取这些军事战略上的观点。1644 年，她带着两个儿子——未来的路易十四和奥尔良公爵腓力一世②住进了黎塞留主教生前的住宅，并从此将这里命名为"王宫"。

经过多次大规模的翻新之后，这座王宫成为了共和国的财产，如今国家议会占用了主楼，而文化部则占据右侧的翼楼。人们对于这座王宫感兴趣的地方还在于花园周边的一排长廊，这排长廊让这里成为了 18 世纪时巴黎最舒适的一处场所。而建于 18 世纪末的王宫大剧院（Théâtre du Palais-Royal）则刚好将花园围住，成为了全巴黎最美丽的景点之一。

还是让我们回到卢浮宫。16 世纪时它依然是当时所有大事件的中心。进入到由建筑师皮埃尔·勒柯设计的卡利庭院（Cour carrée），地面上一处水井的遗迹标明了旧时城堡主塔的位置，其面积不超过现存庭院的四分之一。

后来，卢浮宫成为了当时巴黎城内面积最大的一处建筑，并且因为丰富的藏品而成为了世界上最杰出的博物馆……而所有这一切都是从弗朗索瓦一世时期开始的。从这位国王开始建造的这项工程整整持续了三百年，最后在 19 世纪拿破仑三世时期才得以完工。

---

① 奥地利的安娜（Anne d'Autriche，1601—1666），西班牙公主，法国国王路易十三的王后。
② 奥尔良公爵（Philippe d'Orléans，1640—1701），路易十三之子。

H、K、HHH、HDB……
怎样读懂卢浮宫内的标识?

每一位参与了卢浮宫日臻完美的君王都在馆内留下了自己的印记。我们看到的刻在外立面上的大写字母 H 代表亨利二世 (Henri II)。在南边墙上，还可以看到表示"波旁·德·亨利"(Henri de Bourbon) 的 HDB，也就是建立波旁王朝的亨利四世。而 K 则代表查理九世①。

卡利庭院和许里长廊 (Aile Sully)②是在路易十三时期开始动工建造的。我们同样也能在这两处看到代表国王的字母：两希腊字母 Λ Λ (lambda) 或是字母 A 和字母 L 交织在一起，代表路易十三和他的王后奥地利的安娜。最后路易十四圆满完成了整个项目，他让建筑师勒沃在卡利庭院北边和东边又各建造了两座庭院。因此我们还能看到代表这位国王的记号：一个有王冠装饰的大写 L 字母，或是字母 LB，表示"波旁王朝的路易"(Louis de Bourbon)。

绕卢浮宫一周，这座古老的建筑直到今天都让我们惊叹不已……

太阳王路易十四当时想要一个面朝巴黎城的宏伟的王宫入口，让所有巴黎人民时刻处于他至高无上的权力统治之下。1671 年，他命令建筑师克劳德·佩罗（其弟弟是童话集《鹅妈妈的故事》的作者夏尔·佩罗）建造一排

---

① 查理九世 (Charles IX, 原名 Charles-Maximilien, 1550—1574)，法国瓦卢瓦王朝国王，于 1560—1574 年在位。
② 为了纪念许里公爵，他曾协助亨利四世建造卢浮宫。

面向圣日耳曼奥塞尔大教堂的雄伟廊柱，然而整个工程并没有完成。因为路易十四后来又将目光投向了凡尔赛宫，无暇再顾及卢浮宫的改造。一直到1811年，这项历时一个半世纪之久的工程才最终得以完工。

沿着塞纳河一直走，你会看到一排与河流成直角的长条形建筑，延伸至王宫，这就是"小艺廊"（Petite Galerie）。这一长廊其实是在查理五世时期的城墙壕沟的遗址上建造起来的，由凯瑟琳·德·美第奇王后①授意建造，她想要将卢浮宫和杜伊勒里宫（Palais des Tuileries）②连结起来。小艺廊则在宗教战争期间为人所熟知，人们在很长一段时间内都坚信，艺廊二楼面对塞纳河的阳台，就是查理九世在圣巴托罗缪日向抗议者扣动火枪扳机的地方。但这其实是错误的印象，因为这一艺廊在圣巴托罗缪大屠杀发生的当年，也就是1572年才刚刚建成。如今，艺廊的一楼和一直被人误解的二楼成为了卢浮宫的阿波罗长廊（Galerie d'Apollon），为那个伟大世纪建成的华美宫殿平添了一份美。

"大艺廊"（Grande Galerie）则沿塞纳河西边而建，是在亨利四世时期竣工的。在这里我们同样可以看到代表这位国王的字母：交错在一起的一个大写的H和两个大写的G，表示亨利（Henri）和他最宠爱的情人加布里埃尔·德·埃斯特雷（Gabrielle d'Estrées）。路易十三时期，人们曾经在这里轧制钱币，也就是著名的"金路易"③。亨利四世常在大艺廊的二楼组织观

① 凯瑟琳·德·美第奇（Catherine de Médicis，1519—1589），法国王后。她是瓦卢瓦王朝国王亨利二世的妻子和随后3个国王的母亲。
② 1559年法国国王亨利二世去世后，其遗孀凯瑟琳·德·美第奇决定搬出亡夫居住的卢浮宫，另建新宫。1564年，凯瑟琳·德·美第奇下旨在卢浮宫西面约250米远的地方营建杜伊勒里宫。"杜伊勒里"的名字来于该处的一座石灰窑（tuileries）。
③ Louis d'or，法国金币名。铸于1641—1795年间。币上铸有路易十三和路易十四等人头像。

看猎狐表演，传授儿子们打猎的技巧。

始于卡鲁赛尔门（Porte du Carrousel），终于弗洛尔宫（Pavillon de Flore）的这栋建筑是在山体滑坡之后重建的。我们可以注意到这里代表亨利的 H 已经被拿破仑三世（Napoléon III）的 N 所替代。不过我们可以猜测也许那个巨大工地上的工人们并不怎么喜欢这位皇帝，因为在莱斯吉埃宫（Pavillon Lesdiguières）小尖塔的上方，那个代表拿破仑三世的 N 是倒过来的，也就代表着想要颠覆皇室的政权！

绕过弗洛尔宫的拐角，我们就会与业已消失的杜伊勒里宫不期而遇。这个在 16 世纪为凯瑟琳·德·美第奇王后所建的宫殿，并没有在她去世后保存并翻修。后来在 1871 年被巴黎公社成员烧毁后，本应有机会重建，却莫名其妙地于十二年之后被夷为了平地。如今在第一帝国时期建造的作为杜伊勒里宫正门入口的卡鲁赛尔凯旋门（Arc de Triumph du Carrousel）成了这座宫殿唯一保存下来的遗迹。

现在让我们来看看拿破仑庭院（Cour Napoléon），也就是如今建造起玻璃金字塔的地方。巨大的展厅回廊出现在我们眼前，里面都是法国历史上伟人的雕像。我们应该感谢拿破仑三世建造了这座环绕庭院的建筑，它如同障眼法让人们忽略了里沃利路上的沿街房屋与塞纳河边上的建筑并不是平行的。不过，里沃利路却是由法兰西第一帝国皇帝拿破仑一世①下令开凿的，并修建了那些可以遮风避雨的回廊，在 19 世纪初为巴黎市民提供了一条散步通道。同样是他建造了金字塔一旁，从卢浮宫直到罗汉廊（Guichets de

---

① 拿破仑·波拿巴（Napoléon Bonaparte，1769—1821），出生于法国的科西嘉岛，世界著名的军事家、政治家。他是法兰西第一共和国执政官，是 19 世纪最著名的法兰西第一帝国的缔造者，于 1804 年 11 月 6 日加冕称帝，把共和国变成帝国。

Rohan）的建筑，而那上面象征拿破仑一世的蜜蜂纹章也让我们回想起当初这项工程的资助者。在路边，帝国的元帅们面无表情地看着车辆来来往往穿过这东西向的交叉道。这些车辆如果想要出城，就必须再次与元帅们在王宫外的大街上相遇，再得以进入环城大道。

从罗汉廊开始的这些面向里沃利路的建筑由拿破仑三世这位建筑大师一手缔建，这些宏伟的建筑见证了若干个政权的建立，甚至连共和国政体都在这里留下了痕迹！我们可以在百里叶宫（Pavillon de Marsan）的壁炉和檐壁上看到代表第三共和国的字母 RF（La République Française）。

围绕卢浮宫参观完一周后，从玻璃金字塔进入到博物馆内部。1793 年 11 月，法国大革命时期，这一博物馆向公众敞开了大门。拿破仑四处征战为博物馆提供了大量的藏品，同时，它还得到了来自各方享有盛名的捐赠者的慷慨捐赠，因此从刚开业时的六百五十件展品发展至今，已经拥有近三十五万件珍贵收藏！

再说一说展厅，它们的职能从王家贵族的房间变成了博物馆，经历了重大的变革。但是其中的一些建筑还是保留了原貌。以 16 世纪为例，人们依然保留着亨利二世进行阅兵仪式的房间和从他的寝宫通往女像柱大厅的扶梯。在这些宏伟华丽的建筑中，我们仍然可以看到圣路易礼拜堂中祭坛的后半部分，它被精心地布置到了西墙边。这堵墙要比其他地方厚出两倍，是卢浮宫中对于当年奥古斯特古墙的一处见证。这块墙面同时也是观看席的一部分，国王每逢节日和接待日都端坐于此接受朝拜。国王的御座设在中央拱廊的下方，两边各有一根装饰着凹槽的立柱。另外，我们还能在那里看到四根始建于文艺复兴时期的女像柱。如果她们可以说话的话，她们一定会向我们详细描述那个充满希望的世纪……

*

当弗朗索瓦一世于 1527 年回到巴黎时，他只是一位因战败而蒙羞的国王。他在远征意大利对战查理五世①的战争中战败被俘。在被囚禁一年之后，他用两百万埃居的赎金为自己赎回了自由。这笔赎金的一部分是由巴黎的富人和穷人们一起筹集的。为了回报巴黎人民的好意，弗朗索瓦一世决定暂时入住卢浮宫。

不过，尽管在意大利一败涂地，弗朗索瓦一世也并非一无所获：他为自己的国家带来了文艺复兴的种子！他从意大利带回了艺术珍宝以及新兴思想，试图延续中断已久的政治策略。早在 1515 年，除了取得了马里涅大捷以外，弗朗索瓦一世还带回了行李中藏有《蒙娜丽莎》的艺术大师达·芬奇。

就像是一个新时代的象征，老旧而厚重的卢浮宫城堡主塔被推倒了。克洛维哨塔、诺曼底堡垒和巴黎伯爵塔都渐渐消失，这意味着中世纪的结束。属于新时代的工程紧锣密鼓地展开：中世纪堡垒的建造逐渐让位于文艺复兴风格的城堡。1546 年起，建筑师皮埃尔·勒柯在卢浮宫的西侧建造了建筑的南半翼，另外还有建筑物前面的三个突起部分，环绕大门而建的立柱，以及带有圆形或三角形门楣的窗户，这些都标志着巴黎文艺复兴时代的到来。

不过，这座新建的卢浮宫似乎成为了弗朗索瓦一世的艺术遗作，因为一年之后他就过世了，没有等到工程结束的那一天。归根结底，二十年前从意大利带回的艺术的承诺最终并没有完全兑现。弗朗索瓦一世放弃了塞纳河沿岸的建设，转而将目光投向了卢瓦尔河一带。他在那里建造了工程浩大的香波城堡（Chambord），并改造了布洛瓦城堡（Châteaux de Blois）以及昂布瓦

① 查理五世（Charles Quint，1500—1558），神圣罗马帝国皇帝。

斯城堡（Châteaux d'Amboise）。艺术巨匠莱昂纳多·达·芬奇就在昂布瓦斯附近的城堡居住到去世，而他最为著名的作品《蒙娜丽莎》则悬挂在枫丹白露城堡（Château de Fontainebleau）的墙上，那里是弗朗索瓦一世生前最为钟爱的住所。

《蒙娜丽莎》是怎么入驻卢浮宫的？

弗朗索瓦一世去世后，这幅肖像画离开了枫丹白露城堡，被挂到了卢浮宫中。然而不久之后路易十四就将之取出，用来装饰凡尔赛宫国王内室（Cabinet du Roi）的墙面。1798年，《蒙娜丽莎》又回到了已经成为博物馆的卢浮宫。过了没多久，两年后，法兰西第一共和国执政官拿破仑·波拿巴将它挂到了杜伊勒里宫约瑟芬的房间内。最终，这幅名画又于1804年归还给了卢浮宫。

1911年，这幅莱昂纳多·达·芬奇的作品被一名意大利工匠温琴佐·佩鲁贾所盗，想将这幅画作归还给自己的国家。工匠将这幅名画藏匿在自己位于巴黎住处床底下的箱子里长达两年之久。他偶尔也会打开箱子，蒙娜丽莎便只冲着他一人微笑。

在这幅名作被找回之后，它又被重新挂回了卢浮宫。期间它被取出几次，因为它需要在美国、俄罗斯和日本到处旅行以供当地民众欣赏。2005年起，这幅著名的画作在进行了专业的翻新后，被重新安置在卢浮宫中的万国大厅（Salle des États）展出直到现在。

只是，文艺复兴并不仅仅是艺术与建筑的兴盛时期，它同时也是宗教分歧的黑暗时刻……

1534年10月18日早晨，当巴黎人民看到巴黎城的墙上贴着标题耸动的大字报时有如当头棒喝：教宗弥撒的滥用，骇人听闻，是可忍孰不可忍。其中写道："人们只能躲在一小块面饼后面"。一看就是讽刺小册子的写手特地撰写用来影射圣餐饼。对于教徒而言，这些圣餐饼就是耶稣的血肉。

这一举动是某些性急的新教徒所为。他们想以此来表明和罗马天主教断绝关系，并发起宗教改革。这一对于基督教弥撒仪式及其教义的正面攻击引起了一片轰动与愤慨的声音。更雪上加霜的是，不知道哪位匿名人士悄悄将其中一份大字报挂到了昂布瓦斯城堡中，就贴在弗朗索瓦一世房间的旁边！这么一篇讽刺挖苦基督教的文章似乎震撼了上帝、国王甚至整个国家！

而当时的巴黎已经是整个欧洲人口最多的城市，有三十万居民信奉基督教并一直参加宗教仪式。在这种泛滥且盲目的宗教氛围下，人数约为一万至一万五千人的新教徒团体直到当时还是颇为低调的。然而这起"海报事件"为宗教改革点燃了来势汹汹的导火线，由此引发了镇压运动。为了遏制这种自由思想的蔓延，弗朗索瓦一世用一种颇为极端的方式来禁止海报的印刷并下令关闭所有图书馆。至少通过这种方式人们将不会再读到那些离经叛道的忤逆言论！

一场逮捕异教徒的行动在法国如火如荼地展开。人们以"神圣的真理"为名处决、焚毁，以及没完没了的游行……而游行事实上已经成为了向宗教表明忠心的最高形式！每当礼拜节日，或是为了驱赶流行病，为了避免每一年的坏收成，为了获得圣人的恩典，为了祈求奇迹的出现，又或是为了平息上帝的怒火，巴黎人民总是相互召唤着加入神圣游行的队伍，穿越整个巴黎。

有时，当危难降临这座城市时，人们会召唤圣热纳维耶芙的亡灵。圣日耳曼德佩修道院里的修士们身穿缀满花朵的白色长袍，手捧巴黎保护者的圣物沿着街道一直行走。同一时间，各种游行队伍在巴黎城区内穿梭，有教会的队伍，有市政厅中部分市镇官员的队伍，有从最高法院中走出来的队伍，还有巴黎圣母院中神职人员的队伍。

然而对于这些"误入歧途"的新教徒们，人们就不能仅仅依靠常规的游行来解决了，必须使用特殊的、不寻常的、轰轰烈烈的手段！1535年1月21日，弗朗索瓦一世亲自加入了一个盛大的赎罪游行队伍，这支队伍携带着巴黎市内最为神圣的圣物进行游行。这些圣物都出自于巴黎圣礼拜堂：一顶荆棘皇冠、一滴耶稣的鲜血，以及一滴圣母胸前的乳汁。为了确保此举肯定可以平息上帝的怒火，六位新教徒在巴黎圣母院前的广场上被处以火刑。弗朗索瓦一世借着这一浓厚的宗教气氛，发表了一篇公开讲话，以贬低这一"离经叛道"的宗教改革：

"我希望这些错误可以被驱逐出我的国家，并且我不会原谅任何人……如果我的孩子也牵涉其中，我愿意亲自将他们了断。"

法国的其他地方也和巴黎一样，文艺复兴所带来的一切美好，一切鲜活的艺术以及对人文主义诞生的颂扬，都在那一天戛然而止。剩下的只有积怨、仇恨和猜疑。所有后续发生的事情都以一种不可逆转的态式接踵而至……

*

1572年8月23日深夜，弗朗索瓦一世的孙子查理九世在卢浮宫召见了巴黎市长，命令他关闭巴黎所有的城门，封锁塞纳河上所有的铁链，以禁止船只通行，并在城中所有十字路口架好大炮。整座城市成为了猎捕新教徒的巨大陷阱。

第二天清晨，正好是圣巴托罗缪日，一支军队悄悄靠近了位于贝提斯路（Rue Béthisy）和干树路（Rue de l'Arbre-Sec）交汇处的一座公馆，那里是海军司令加斯帕尔·德·科利尼的住所。这位位高权重的人物是宗教改革派的标志性首领，两天前在一场刺杀行动中被火枪打伤，正在卧床休养。

天主教派的士兵们撞开了公馆的大门，除掉了阻拦他们去路的卫兵。海军司令在自己的房间里已经知道外面发生了什么事，并且让自己的家人尽快逃跑。大家从窗户和屋顶上四下逃窜，有些人很快就消失不见了。海军司令则选择独自面对那些不请自来的擅入者。

"年轻人，请给我这个满头白发的老人一点尊重。"这位五十三岁的司令对突然闯入的野蛮士兵喊道。

然而，他没来得及再多说一个字，一把利剑就劈开了他的头颅。没有了生命的躯体倒向窗口，在楼下的石子路上摔个粉碎。

科利尼将军事件的后续如何？

科利尼将军居住的公馆，也就是他被刺死的地方在开凿里沃利路时就不在了。但是一块放置于里沃利路 144 号的石板提醒我们此处应该就是公馆旧址。1811 年，拿破仑在不远处的 160 号为信奉宗教改革的人们建造了一座卢浮堂（Temple de l'Oratoire）。在这个新教徒教堂祭台的后堂内于 1889 年竖立起一座海军司令的雕像。这座由雕塑师古斯塔夫·克罗克雕刻的白色大理石雕像高十米，是在天主教徒和新教徒达成和解的情况下举国募捐而兴建的。

就在海军司令被杀害的那一刻，阴沉的钟声在圣日耳曼奥塞尔大教堂内响起，这是大屠杀开始的信号。卢浮宫内，新教徒中的贵族们，同时也是国王请来的宾客被钟声惊醒，他们被要求解除身边的武器，并被引领到庭院中。然后，得到获准的瑞士守卫在法国守卫的帮助下，将他们一个一个用长戟刺死。其中的一些人想要逃走，在大厅中奔跑，但很快又被重新抓住，鲜血在王宫的大厅中流了一地。与此同时，那支突袭了贝提斯路公馆的军队已经完成了刺杀任务，于是向着圣日耳曼德佩区进发，准备去消灭那里的新教徒。这支队伍需要穿过西岱岛，到达塞纳河左岸，然后再穿过比西门（Porte de Buci），但是这道门却被查理九世下令关闭了。于是他们又前去寻找钥匙，再打开，最后终于通过了这道门。然而此时的太阳已经升起，新教徒的首领们也已经收到了一位游泳横渡塞纳河的马贩子的通风报信。他们在塞纳河边一块名叫"学者草地"（Pré-aux-Clercs）的废弃场地上集合。当他们看到那些士兵向他们扑来时，立刻明白与他们进行搏斗只是徒劳，于是急急忙忙地徒步或骑马逃跑。敌我双方你追我赶，一直追到蒙福尔拉莫里①，有些人逃得无影无踪，另一些做了剑下的亡魂。

在巴黎的"无罪者墓地"内，就在这天早上，那些早已枯萎凋零几年的山楂树居然开了花，人们都觉得这可能是上帝发出的信号。大家争相跑来观摩奇迹：那些白色的小花朵表明上帝本人都在向那些大屠杀中被害的异教徒报以友善的微笑。

而巴黎城内的天主教徒则都投身于这场恐怖的大屠杀中，他们每个人都奋力清除身边的新教徒，不论是男人、女人或是小孩。科利尼将军的遗骨被他们发现后，马上就将之阉割，然后扔进了塞纳河中。在河里腐烂了三天之

---

① Montfort-l'Amaury，位于法国法兰西岛大区的伊夫林省。

后，又被高高吊起挂到了蒙福孔绞刑架上。大街上到处都有被撕裂和毁容的尸体，因为他们急于表明这些被处死的都不是人类，而是被撒旦引诱的魔鬼。他们将这些尸体像垃圾一样扔进河里，塞纳河因而都染成了红色……查理九世试图阻止这场屠杀，却显得软弱无力。大屠杀仍然持续了几天，然后又蔓延到了法国其他城市。

在巴黎，有多少无辜的人在这场屠杀中被害？想要估算出具体的数字很难，历史学家的说法是大约有三千名被害者在此次事件中遇难。

*

随后的几年里，宗教派系之间的关系依然很紧张。而另一方面，亨利三世去世之后将没有任何继承王位的子嗣，只能将王位传给他的远亲、新教徒亨利·德·纳瓦尔①，这引起了广大天主教徒的不满！神圣联盟及其首领亨利·德·吉斯公爵无法接受这样的结局，于是开始动用军队的力量。1588年5月12日清晨，亨利三世为了预防人民暴动，打开巴黎城门放了四千名瑞士雇佣兵。这些士兵就驻扎在圣德尼区，并且占据了巴黎市的各个战略点：小桥、圣米歇尔桥、新市场、格列夫广场以及无罪者墓地，并包围了卢浮宫。

亨利三世想要逮捕并处决神圣联盟中的煽动者，而巴黎人民却一起起来捍卫天主教的领袖。在代表了十六个巴黎街区的资产阶级军队的带领下，手工艺人、商人和学生也纷纷拿起了武器，巴黎城内到处可见长戟、火枪、剑、矛和镰刀。将近正午时分，巴黎人民已经用装满了泥土和石子的大桶排成行，用这些所谓的"街垒"封锁了城内所有的要道。那些躲在无罪者墓地的士兵没有办法出来，而另一些人则被困在了塞纳河左岸。他们遭到了市民

---

① 亨利·德·纳瓦尔（Henri de Navarre，1553—1610），法国国王亨利四世，也是法国波旁王朝的创建者。

的射击，以及从屋顶上扔下的瓦片的侵袭，五十多名瑞士士兵被杀害，尸体铺了一地。最终，这些雇佣兵不愿意再为了法国国王挨枪子儿，他们放下武器，双膝跪地投降，央求手拿武器的市民们饶命：

"善良的法兰西！行行好吧！"

"吉斯公爵万岁！"巴黎市民回应道。

在莫贝尔广场上，一名律师开始煽动人群：

"来吧，先生们，你们已经够耐心的了。赶紧去用'街垒'把那个该死的国王堵在他的卢浮宫里吧！"

于是亨利三世决定召见天主教派的首领吉斯公爵，后者在这个"街垒日"一直秘密躲在他的马莱公馆（Hôtel du Marais）中。在听说国王的召见令后，他身穿象征其同盟党的白缎紧身上衣，走出公馆，手握整个巴黎的控制权，让军队包围了市政厅。

第二天，当亨利三世独自一人走出卢浮宫时，所有人都以为他只是像往常一样去花园散个步……谁知他却掉转方向去了位于杜伊勒里宫的马厩，突然跳上一匹马拼命奔跑着逃往了沙特尔①方向，他相信能在那里找到几个效忠于他的亲信。

发誓要夺回王权的亨利三世于那一年的 12 月在布洛瓦②刺杀了吉斯公爵并逮捕了神圣联盟的成员，然后他准备围攻巴黎，从神圣联盟手中重新夺取这座城市。

1589 年 7 月末，亨利三世和他的军队占领了圣克鲁地区。巴黎城内，每

---

① Chartres，在法兰西岛大区和中央大区交界的厄尔-卢瓦尔省，位于一个山丘之上，在厄尔河左岸，博斯的中部。
② Blois，法国中部城市和市镇，卢瓦尔-谢尔省的首府。

个人都配备了武器，随时准备进行防御战，因为他们最担心的事马上就要发生了：他们几乎可以确定新教徒会和国王一起冲杀过来，以报圣巴托罗缪日之仇。

然而战斗没有打响。8月1日，一位狂热崇拜吉斯公爵的修道士雅克·克莱芒将手中的匕首刺入了亨利三世的腹部。

"你这该死的修道士，竟然敢刺杀我！"亨利三世惊呼。

肠子流了一地，然而这位国王却过了好几个钟头才死去。

国王死后，唯一能继承王位的人，新教徒亨利·德·纳瓦尔宣读了他的名言："巴黎值得一场弥撒。"（Paris vaut bien une messe.）然后他打开了巴黎所有城门。此时的巴黎已然四分五裂、死伤遍地，成为了一个恐怖的所在。

最后，他宣布皈依天主教，并于1594年以亨利四世的名号登上了王位。

*

最终，这个世纪在融和的氛围下走到了尾声。1598年4月30日，国王签署了《南特敕令》，尽管这份敕令有不足之处，但它承认了新教的信仰自由和应有地位，向宗教自由迈进了一步，并由此结束了法国二十几年的内战。事实上，在这一天，亨利四世给巴黎及法国在本世纪画上了最美丽的一个象征符号。在满目疮痍与分裂的环境下，带来了人道主义和自由的希望。

然而，就在十二年之后，1610年的5月13日，亨利四世乘坐着他的四轮华丽马车前往兵工厂公馆（Hôtel de l'Arsenal）探望因为发烧而卧床的大臣苏利时，途经铁器路（Rue de la Ferronnerie），马车被堵在了狭窄的街道上：一辆装载着干草和酒壶的双轮运货马车挡住了去路。国王身边的随从纷纷下车前去清除障碍，只剩下国王一人留在车里……此时，一位名叫弗朗索瓦·拉瓦亚克的天主教徒在他背后窥伺已久。这名天主教徒有一些精神上的问题，常常出现幻象，他觉得上帝正在对他说话，他肩负重任，要劝说国内所有的新教徒皈依天主教徒，而这辆王家马车此刻正停在他面前……拉瓦亚克突然冲了上去，用匕首两度刺向亨利四世（如今这条街道上依然刻有代表国王的纹章，以表明刺杀地点）。国王血流不止，大家赶紧将他送往卢浮宫并紧急招来一位外科医生，但为时已晚。亨利四世在被送进王宫的那一刻已经停止了呼吸。

INVALIDES

"伟大世纪"的代价

巴黎荣军院站显得有些忧郁。虽然它可以将我们带回繁荣昌盛、波澜壮阔的伟大世纪——17世纪——但首先需要通过那些灰色而阴暗的过道。不过这都无关紧要，在我们刚刚到达地表时，路易十四为巴黎打造的那些富丽与华美的画面就出现在了我们眼前。

这一远离市中心的塞纳河左岸地带，从前只是一片泥泞的沼泽地，归圣日耳曼德佩修道院所有。格勒纳勒平原以及瓦雷讷（Varenne）地铁站名称的由来，其实都指代同一样东西：禁猎区①，即一块不适用于耕种的土地。这也解释了为什么这一大片土地长久以来一直处于荒废的状态。

在这片荒芜的土地上建造一座"荣军院"（Hôtel des Invalides）是路易十四本人的主意，用于安置军队中的伤残军人。作为一名英明伟大的君主，我们可以对这位"太阳王"报以绝对的信任，他在这方面可是个行家！他明白对这些伤残军人的尊重就是对整个法国的尊重，并且可以让自己成为最宏伟的建筑物的缔建者，增添自身的荣光。

1669年，负责建造王家建筑的主管让-巴蒂斯特·科尔贝在纸上写下了几个关于巴黎规划的零星想法：“有一系列项目需要跟进——凯旋门（Arc de triomphe），为了纪念征战的胜利——巴黎观象台（Observatoire pour les cieux）——要体现巴黎的宏伟与壮丽。”

献给路易十四的两座凯旋门是由巴黎市政府出资建造的，替代了战时的两扇城门。市政规划出于美化城市及减少无用建筑的需要而拆除了这两座城门。其中的圣德尼拱形门是为了庆祝在佛兰德地区取得的胜利；而较为简朴的圣马丁门则是为了纪念夺回弗朗什-孔泰②地区。

当然，在这些由市政府或是国王本人发起的巴黎重建项目中，我们只关注为当时的王朝歌功颂德的纪念碑多少有些不公平。因为他们也确实做了很大的努力让城市的生活变得更安全、更舒适。

17世纪的巴黎，最漂亮最有特色的宅邸，艺术与建筑的结晶，往往出现在那些肮脏不堪的小茅屋、积满污垢的小巷子，或是充斥着苦难、犯罪与疾病的小村落等处。那里总是有一些大胆而复杂的建筑，与一些连烟囱都摇摇欲坠的小木屋混杂在一起。在这些被贫困与丑陋主宰的地方，经常有一些拦路抢劫的强盗相互爆发冲突，或是争夺某个迷了路的有钱人。火鱼派（Rougets）总是身穿红色大衣，而格里松派（Grisons）则身着灰色，另外还有身穿缀有羽毛装饰长毛外套的翎毛派（Plumets）。这些强盗一直在弱小的民众之间散播恐怖的气氛，并强迫他们服从指令。

整个巴黎充斥着装水的木桶、家禽贩子的柳条筐、满载着谷粒的运输车，堵塞着拥挤的街道。为了顺利通行，必须在那些出租马车、四轮马车、手推车以及拉去屠宰场的牲口队伍之间开辟出一条通道，而那些可怜的行人

---

① 在法语中为 garenne。
② Franche-Comté，于1982年成立，位于法国东北部，是法国22个大区中最年轻的大区，首府贝藏松。

随时随地都有可能被掀个人仰马翻。一位名叫盖拉尔的艺术家雕刻了一幅描绘巴黎拥堵街道的版画，并附上几行诗以表达当时路上行人们的担忧：

在巴黎的街道上行走，不想被碰撞、跌倒或受伤，

就必须要眼观六路，耳听八方。

如果你听不到从一片喧嚣声中传来的或高或低的声音：

让开！让开！那边让一下！靠边站，让一让！

那么你难免会被压成肉酱。

在塞纳河边，还有一项长期工程破土动工了，那里要修筑一件在我们看来已成为了巴黎一道永恒风景线的作品：塞纳河堤岸。过去几个世纪里，君主们在治理河流方面已经取得了明显的成效。亨利四世和路易十三在他们统治期间便有效整治了塞纳河两岸，尤其是沿卢浮宫一带和格列夫广场一带。宽窄恰好的石质堤岸，可以让市民们沿着河流散步时不会溅上太多泥浆，尤其是这样的堤岸还能有效阻挡涨潮时的河水。

在塞纳河右岸的延伸段，格列夫码头和梅吉斯里码头之间是一段土质疏松的狭长地带，每到下雨天就变得泥泞不堪，马车陷入泥地直至没入河中的事件屡有发生。为了摆脱这讨人厌的泥浆的困扰，1664 年，路易十四要求热斯夫雷侯爵在圣母桥（Pont Notre-Dame）①与兑换桥之间建造一个码头——这一码头如今被冠以其建造者的名字，而 7 号线夏特雷站的站台也是从支撑这一码头的拱廊开始建造。站在开往伊夫里镇/犹太城（Mairie d'Ivry-Villejuif）这一边的站台上，你可以看到那里的拱形圆顶比别处的要低，因

---

① 巴黎跨越塞纳河的桥，连接塞纳河右岸的热斯夫雷码头与西岱岛上的科西嘉码头（Quai de la Corse）。

为这是在 17 世纪时期建成的。

在这座码头建成十一年后，另外一座建于巴黎圣母桥和市政厅广场之间的码头进一步完善了堤岸工程，人们将这座码头称为"勒佩尔蒂埃码头"(Le Pelletier)，用了当时巴黎市长的名字［这两个码头于 1868 年被合称为热斯夫雷码头（Quai de Gesvres）］。而在塞纳河左岸，同样的工程也于那时启动，尤其是孔蒂码头的建造。

*

路易十四创造了，并亲力亲为跟进这一系列的变化，但大多是出于一国之君的责任，其中并没有多大的个人热情。说到底，他其实并不是那么喜欢巴黎，并且从来没有真正信任过巴黎人。因此最后他还是选择离开首都，并将其整个政府和王宫迁到了凡尔赛宫。他非常清楚地记得当他年幼时是如何在巴黎饱受欺凌的……在他十一岁时爆发的"投石党运动"①让他的王位摇摇欲坠，使得他后来执政后再也不轻易相信任何人或事。而他的母亲，奥地利的安娜，这个王国的摄政者，也正是在这场暴动之后，决定远离这个给他们带来威胁的地方……

1649 年的 1 月 5 日到 6 日，巴黎正在庆祝其三王来朝节②。在这个寒冷的冬季，大街上空空荡荡，但是每家每户的窗户都张灯结彩，到处摆满了愉快的宴席。王宫中，愉快的节日氛围也一直延长到深夜。王后吃了她的那块国王饼③，发现藏在饼里的小瓷人，于是大家为她戴上了纸质的王冠，所有

---

① 投石党运动（1648—1653），西法战争（1635—1659）期间发生在法国的反对专制王权的政治运动。fronde 一词在法文中具"投石"之意，此系源于枢机主教马萨林的支持者被巴黎暴民投以石块破坏窗户。
② 三王来朝是个流传很广的《圣经》故事，是讲小基督出生后，有三位从东方来的客人知道救世主降生，便去朝拜圣母子，献上带来的羔羊美酒等礼物。
③ 吃国王饼是三王来朝节的传统，即在多层饼里找出"国王"或"王后"，凡是找到这个小瓷人，就可以选择自己的国王或王后给自己戴上王冠。

来宾都觉得愉快而尽兴。

将近午夜时分，王后像往常一样回到她的房间，梳洗后准备入睡……然而，她突然坐起身来叫醒了两个儿子。然后这位奥地利的安娜就和路易及腓力一起，通过后门的楼梯，穿过暗门，来到了王宫的花园。在那儿有一队车马随从等着他们：三辆四轮马车载着未来的年轻君主、他的弟弟以及他的母亲，驶离了巴黎。

这一紧急撤离的消息很快传遍了整个王宫，并疯狂散播了开来。随即每一个人都收到了追随王后离开巴黎的指令。于是当天晚上，几个小时之后，一队长长的带有王室徽章的车队穿过原野，向巴黎城外驶去，马车里坐着的是匆忙穿上衣服的男人、披头散发的妇女以及睡意蒙眬的孩子。

经过一段让人筋疲力尽的旅程之后，外观厚重的圣日耳曼昂莱①城堡在一片缀着霜花的景象中浮现在众人眼前，如同一艘艘带塔楼的船舰，阴惨惨地浮出冰冻的海面。城堡里面还没有做好迎接王族贵客的准备，一些冬天用不到的家具已经被搬走了，所有的房间都显得空荡而冰冷。只有国王和他的弟弟、母亲以及枢机主教马萨林②能睡在城堡中略显简陋的床上，而其他人则只能将就着睡在地上铺就的草垫上。

城堡的走廊里挤着一群不知所措而又大发脾气的人。来到这里的一部分王室贵族和王宫大臣们，身穿已经不再光鲜的衣服，蓬头垢面，满脸不安，都在痛惜失去了在巴黎安逸舒适的居所，并且互相交头接耳，谈论着巴黎的最新消息。王后携子逃逸的消息在巴黎引起了一片惊愕。尽管国王尚且年

① Saint-Germain-en-Laye，法国巴黎西部的一座城市，它位于法兰西岛地区的伊夫林省。
② 马萨林（Jules Cardinal Mazarin，1602—1661），法国外交家、政治家，法国国王路易十四时期的宰相（1643—1661）及枢机主教。他是幼王路易十四的教父并得到奥地利的安娜的宠幸。

幼，但他仍然是一国之父，整个国家的保护者，具有神权的君主，只要他在首府一出现，就能安定民心、鼓舞士气。而他的出逃引起了城内一片恐慌，产生了一种对于未知的害怕及灾难即将降临的恐惧。该采取哪些举措呢，最高法院进行着无休无止的争辩。最终，他们决定派出一队代表去圣日耳曼昂莱请求摄政王将国王带回巴黎。但当这些代表来到城堡时，王后却无情地拒绝接见，甚至连表面功夫都不想做，根本就懒得多费唇舌。

在此期间，巴黎市政厅俨然成为了一个游乐场，揭竿而起的有产阶级和投石党贵族常常在那里举办节日活动，热情的法兰多拉舞让市政厅变得热闹非凡，而小提琴演奏则让人翩翩起舞，对于娱乐的追求盖过了对于战争的渴望。然而，巴黎人民仍然没有忘记他们的怨恨，他们将炮口掉转对准了巴士底狱的石墙，并发射了六枚炮弹，不过这对于厚重的墙体来说并没有造成很大损害。在完成了这一壮举之后，他们又毫不费力地包围起这个监狱堡垒高墙。为了庆祝这一胜利，男男女女从各地涌来，将堆在监狱地窖里的美酒喝了个桶底朝天。

摄政王安娜对于首都巴黎的这股怨气持续了七个月之久，最后她还是回到了王宫。

两年后，路易十四在巴黎遭受了新的屈辱。1651 年 2 月 9 日晚上到 10 日，投石党首领因为害怕奥地利的安娜带着两个儿子再一次离开首都巴黎，便关闭了巴黎所有城门，并调派了一队资产阶级组成的民兵队来看守城门。当天晚上，没有人可以进出城门，但是大家仍旧不放心王后和她的幼子国王到底是不是还待在城内呢？或者他们又已经偷偷溜走了？为了安抚大家的情绪，路易的叔叔奥尔良公爵加斯顿派一名瑞士守卫队的队长亲赴王宫，向大家证明年幼的国王还在巴黎……

事实上，安娜王后本来的确打算离开巴黎，因为她害怕投石党卷土重来，并带领人民暴乱。然而，瑞士守卫队队长的出现阻挠了她的去路。年幼的路易十四早就穿戴整齐，此时也只能赶紧睡回床上，并装出熟睡的样子，他将被子一直拉到下巴底下以掩饰已经穿好的衣服……瑞士队长拉开了床上的帘子，如同一出戏剧表演即将开场。他意识到自己任务的重要性，先环顾了一圈整个房间，最后，他满意地看到了躺在床上的年轻君主……然而这还不够，因为王宫外还有一大群人敲打着路面，强烈要求也能亲眼看一看路易十四。不过，这就需要所有人去路易的寝宫。于是这群混杂着工人、脚夫、洗衣妇的人群悄悄潜进王宫，带着满脸的不安靠近了国王的床，看到了假装熟睡的那个孩子。几个好心的妇人在这个有着一头金色卷发的孩子面前双手画十，低声祷告，然后带着满足而放心的表情又默默地回到了街上。

这样的耻辱永生难忘。于是我们也终于可以明白，为什么路易十四后来会让巴黎成为一座开放的城市，美其名曰要使其变得更加美丽，实质上是想削弱它的力量。当城墙都被城市里的林荫大道所代替时，城市的安全就显得岌岌可危了……

"林荫大道"（Boulevard）是典型的
巴黎式用词吗？

1670年，路易十四下令摧毁查理五世时期建造的城墙，因为他觉得这面城墙已经毫无用处：一方面是因为军事力量的进步，另一方面则是要加快城墙外围地区城市化的进程。

在塞纳河右岸，原来城墙的位置被一条纵贯巴士底狱到马德莱娜广场（Place de la Madeleine）的林荫大道所代替，人们可以在那里尽情漫步。

法语中的 boulevard 就是从那个时代开始出现的，用来指代这一新鲜事物，因此这是非常典型的一个巴黎式用词！

实际上，这个词有两个来源。首先它来自于荷兰语中的 bolewerk，意思是"防御工程"（bol 表示"梁柱"，voerk 表示"工程"）。这一表达方式其实指的就是原来的城墙。后来，城墙被摧毁后，那里就成了一条两边种有参天大树的槌球场地，于是巴黎人民就把这样的街道称为"绿球"（boules vertes），后来逐渐演变成了 boulevert，直至发展到现在的 boulevard。如今，"林荫大道"已经成为了巴黎市民消遣、散步和畅想的绝佳场所……

路易十四在凡尔赛宫保留了他喜欢的建筑及艺术风格。同时，他也建造了具有史无前例的规模、可以收容大量曾助他征战的伤残士兵的建筑。他没有抛弃那些为他取得胜利立下赫赫战功的功臣，因为他很清楚，没有这些被征召的步兵，就没有他的丰功伟绩。因此，他悉心照料这些在战争中受伤的卑微、弱小的人群，而他对于他们的感谢也铭刻在了石头上。他成功了。今天，我们远远眺望这座被金色光线笼罩的圆顶建筑，它矗立在开阔的空地上，足足高达一百五十米，这里就是重拾和平与宁静的昔日战场：巴黎荣军院（Les Invalides）。

*

当路易十四舒舒坦坦地坐在他华丽的四轮马车中巡游巴黎、穿过新桥时，看到上面挤满了诗人、流浪汉、报贩及杂耍艺人。可是当他看到他们当中不乏失去了一条腿或一只手，甚至是失去双腿，还有独眼或全盲的人时，他的心不免一紧。这些人在战场上奋力厮杀，战功累累，如今却因为残疾而不得不悲惨而屈辱地出来讨生活、谋生计。

从人道主义的角度来说，路易十四心中只不过产生了一点小小的震动。然而从政治角度来说，这对他无异于一场巨大灾难：这军功章的背面，或者说粉饰过的太平盛世之下，此情此景也未免太刺目了些。这位好战的君主想要的不仅仅是骁勇善战的英猛威名，另一方面他也不想让这些断腿残臂的伤残形象和凄苦生活引起人民与统治阶级之间的冲突。因此，必须让这些伤残士兵远离巴黎市中心，躲藏得越隐秘越好，因为他们活生生是其统治下阴暗面的代表，他绝不允许在他光辉的执政史上有如此不堪入目的一面存在。

最终，选择将巴黎荣军院建立在孤立隔绝的格勒纳勒平原上，也是为了满足国王的心意。至少这么一来他对这些伤残士兵就眼不见为净了。而那金光灿灿的圆形屋顶的其中一个功能是否也是为了掩饰繁华背后那些遭受创伤者如黑夜一般的苦难呢？

1674 年，路易十四以颁布法令的方式为刚刚竣工的这座建筑定义了它的功能："一座伟大的能够容纳及居住所有残疾或年迈军官和士兵的王家住宅，并且将提供足够的资金来维持他们的生计。"

国王把残障士兵集体安置的做法其实不无道理，因为连年不断、此起彼伏的战争每天都会产生新的伤患。这一年的 8 月 11 日，四万五千名士兵在孔代亲王①的指挥下，击败了由荷兰人和西班牙人组成的由奥兰治

---

① 孔代亲王（Prince de Condé，全称 Louis Joseph de Bourbon，1654—1712），大同盟战争和西班牙王位继承战争期间，法国国王路易十四的主要将领之一。法国元帅和第三代旺多姆公爵。

亲王①纪尧姆率领的六万人军队。在这场位于蒙斯②——一个距离布鲁塞尔五十几公里的城市附近，战斗持续了一天一夜，有七千名法国士兵战死。然而，困扰国王的不是那些躺在地上的尸体，而是那些仍然活着回到法国却断了胳膊少了腿或是瞎了眼睛的人。

在建造巴黎荣军院的八个方案中，路易十四最终选定了建筑师利贝拉尔·布吕昂的设计。这位建筑师曾经设计建造了巴黎著名的沙普提厄医院（Hôpital de la Salpêtrière）。与建造收容残障军人的荣军院一样，当时的沙普提厄医院也面向公众开放，收留了四千名流浪汉、乞讨者及病人。这样的收容不存在尊重或关怀的成分，而是这些人对于国王来说，都是威胁社会安定的因素。而这一次，面对这些残障军人，路易十四又一次想起了当时的可怕场面……因此这位国王对于巴黎的管理始终秉承了其一贯原则，他想要建造一个干净透亮的城市，摆脱那些流浪汉和残疾军人的阴影，把他们关在远离巴黎的郊区。

建造巴黎荣军院的计划简单、宏伟、一目了然：在一块占地六公顷的土地上建起一座主楼，周围则分布着一些线条笔直的较小的副楼，而整片土地的正中心，则是一座向路易十四和巴黎荣军院致敬的大教堂。

1674 年 10 月，战争中的第一批幸存者入住了他们的新居。在那里举行了一场感人肺腑的仪式：鼓声震天，路易十四在军事大臣弗朗索瓦·德·卢瓦的陪同下亲自接待了这些年迈而残疾的士兵。而这些在战争中负伤的士兵

---

① 奥兰治亲王头衔起源于历史上的奥兰治亲王领地（今法国南部），现在是奥兰治-拿索家族成员的固定头衔，即荷兰王位继承人。
② Mons，比利时埃诺省首府。

似乎也不记恨为之卖命的君主，他们一起为他鼓掌，可能是因为当他们看到今后不再需要过居无定所的日子后大舒了一口气。

是的，这里的确是一处稳定的住处和庇护所，但并不代表着他们可以从此安然度日。荣军院的纪律非常严苛：他们必须进行严格的军事训练，禁烟禁酒，并且遵守教义。这些可怜的残疾人不得不在他们退役之后仍然执行军队里盲目而顽固的规定！

士兵们每四人或六人被安置在一间空空荡荡的房间里，曾经拥有军官头衔的人则可以两人或三人住上带有壁炉的房间。尽管收住条件相当严格，并且对入住者的纪律也越来越严厉，但是曾经计划安置一千五百名伤残者的荣军院最后还是住进了六千人。

如今只要匆匆浏览一圈位于荣军院北边的"荣誉庭院"（Cour d'honneur），就可以亲身感受那些被战争摧毁了的人们的生活。因为所有的一切都不可思议地被保留了下来，完好如初：装有栏杆的楼梯，以及充满17世纪末风格的梁柱和走廊。这一庭院包括了一楼的士兵食堂和楼上的士兵宿舍。如今，食堂已经被军事博物馆（Musée de l'Armée）所占据，但我们仍然可以想象这一大面积的用餐场所，欣赏着那些歌颂路易十四军事胜利的壁画，我们能感受当时那种对国王感恩戴德的气氛。

上到二楼，我们就来到了位于长廊两边的寝室。坡度很缓的楼梯引领我们拾级而上，提醒我们这一切都是为了残障人士而设计。来到上面，我们发现墙上刻着一些名字和画，另外我们还发现了一些证据可以证明当时有很多繁琐的工作让这里的残疾士兵绝对不会觉得无聊。再往西北方向走，来到位于士兵雕像后方的勒凯努瓦①走廊（Corridor du Quesnoy），你可以看到在右

① Le Quesnoy，法国北部-加来海峡大区诺尔省的一个市镇。

面的护墙上方一只翻毛皮高跟鞋的轮廓，这让我们想起了路易十四时期贵族中着高跟鞋的穿衣风格：这是那个"伟大世纪"的印记！从这条走廊往西，还可以在护墙上方看到很多其他具有显著时代特征的标记。

建筑的主门位于北边的小楼，行政办公室及政府官员的居所也在那栋楼里。在主门入口前，竖立着一匹木制的马。这一货真价实的刑罚工具代表了荣军院里让人深感畏惧的处罚手段。只要有一点错误与纰漏，就会遭受严重的惩罚和侮辱……这匹木马其实是一根示众柱，犯了错的士兵必须站在这匹马前忍受其余的士兵或是游客长达数个小时的嘲笑。没错，这里还有游客！荣军院自建成之后便成了巴黎人民喜欢前来散步的场所。人们来到此处一方面是乐于欣赏别人的不幸，另一方面也是喜欢听那里年迈的士兵讲述他们战斗的经历。他们把这里当做了一本永远开启的历史书，随时可以前来浏览翻看。一些年轻的游客甚至还哼起了时髦的悲歌：

告诉我们美人儿，

你的丈夫在哪儿？

他身在荷兰吗？

荷兰人将他抓走了……

一些上了年纪的士兵经常讲述他们与荷兰人之间的战争，那个时候不是战死在那个低地国家的围垦地里，就是在与英国人的战斗中被打穿皮囊。因为当时这两个国家之间曾经不断地缔结联盟，然后解散，然后再重新缔结。

"在战斗中，有超过八十艘荷兰军舰和十六条用于火攻的小船来回运输弹药。"一位失去了双腿的海军说道，"他们的大炮炮口探出舷窗，而小船上的水兵们则向我们的军舰靠近，然后将他们自己的小船外部点燃后乘坐其他的小舰艇逃逸。整个海面成了一片火海，船只互相碰撞，火舌发出噼啪声，桅杆也被折断……天哪，相信我，炮弹一发，到处都是火苗，船上的四爪锚勾住了舷墙，动弹不得，我耳朵里听到的全都是伤员们的惨叫……"

不过，尽管荣军院的实用性很强——除了是一处收容所和济贫院之外，还是军人制服的生产场所，但它仍然欠缺一栋能使之更尽善尽美的建筑，那就是圣路易大教堂（Église Saint-Louis）。建筑师利贝拉尔·布吕昂一直犹豫并拖延着这一教堂的建造，他始终对自己的设计不甚满意，并时不时地回过头来研究这个自认为不够完美的计划。这让当时的军事大臣卢瓦大感不快，不过他还是耐着性子等了两年。最后，他辞退了这位满脑子不切实际想法的建筑师，换上了他的学生，一个不满三十岁的年轻人——儒勒·阿杜安-芒萨尔。

其实，并非仅仅是建筑上的美感困扰着布吕昂，还有特权与优先权的问题：如何在同一个宗教建筑物中既标榜王室的作用又显示出公共用途呢？如何在同一时间但是用不同的方法在此处迎接太阳王路易十四和他谦卑的臣民呢？最后，阿杜安-芒萨尔想到了一个解决办法。他将这个建筑的整体分成了有着紧密联系却互相分隔的两个部分：大殿是给荣军院的士兵们用于祈祷的教堂；而穹顶下方的祭坛则成为了王室成员专用的小礼拜堂。

卢瓦大臣亲自过问教堂的建筑，不断地为这栋建筑拨款，并监督工程的进展。他几乎每天都要亲临工地，却往往失望而返。因为所有的一切都进展得极为缓慢，所有微小的细节都需要反复斟酌：重新修改墙上的壁画，将天窗排列整齐，修改那些刻在石头上的军事战利品，并加上一些有象征意义的徽章图案……

"你们得加快点儿速度，如果你还希望我能看到这座教堂完工的话。"

大臣对建筑师耳语道。

可是，就在这栋宏伟的建筑即将竣工之前，这位军事大臣于 1691 年与世长辞了。

卢瓦大臣在荣军院留下了些什么？

路易十四的雕像位于正对荣军院入口的北部，他的脸曾在法国大革命期间被毁坏，但又在复辟王朝时期得到完美修复。

虽然没有雕像，但卢瓦侯爵巧妙地将自己的名字以字谜的方式镶嵌在了荣誉庭院中。屋顶的三角楣由军事战利品构成，这是为了向军队荣誉致敬：在它朝东的那一面，也就是当你背对拿破仑雕像时的右边，从这位帝王身后开始数的第六个三角楣上，那个小圆窗的装饰是一头狼用坚定的眼神注视着庭院中的一切！于是我们马上明白了，这分明就是"狼在看"，也就是卢瓦名字的诠释①。这位侯爵就这样为自己投入了大半生精力而打造的作品附上了自己的标签！

这项建筑工程持续了三十九年。卢瓦大臣去世后，路易十四亲自监督施工进度，他甚至有时会匿名来工地视察。他将他华丽的四轮马车停在远处，只带几名陪同的大臣，快步走过分割士兵教堂和王家礼拜堂的分界线。在建筑师阿杜安-芒萨尔的指引下，路易十四经常前来确认某座雕塑或是某个尖

---

① 军事大臣的名字为卢瓦（Louvois），在法文中与 Le loup voit，即"狼在看"的发音相同，故此说他将自己的名字巧妙地藏于建筑之中。

形穹隆所体现出来的效果。

最后，全巴黎最高的圆顶建筑终于于 1706 年竣工。这时太阳王路易十四已经是一名牙齿都快掉光的老人了，脸上的皮肤也已变得枯黄。

然而这位强大的帝王所要达成的心愿却永存了下来：这座为广大残疾士兵而建的收容所一直屹立至今，尽管住在其中的士兵从原来的六千人减少为一百多人……不过，这个太阳王路易十四建立的荣军院已经成为了彰显军队荣誉的显著标志，同时，它也在其金光灿灿的外表下掩盖了战争的阴暗与卑劣，以及这些为了国家的荣耀而牺牲自我的战士们所承受的灾难与苦痛。

为什么荣军院里会有拿破仑的雕像？

法国大革命期间，荣军院中的大教堂成为了"胜利之殿"（Temple de la Victoire），因此从那时开始，这座教堂对于军队和士兵而言就是一座圣殿，承载了他们的历史。

而拿破仑一世在荣军院中备受尊敬，他经常来探望这些残障军人，在荣军院内组织了第一场为军队授勋的仪式，并捐赠给荣军院一大笔钱。

1840 年 12 月，从圣赫勒拿岛①带回的拿破仑一世的遗体很自然地就被放置于荣军院里的大教堂中。似乎当时的国王路易-菲利浦②一直在犹豫该将他最后的安身之所安放在哪里。在经过了两年的举棋不定

① Sainte-Hélène，大西洋中的一个岛，属英国，拿破仑的流放地。
② 路易-菲利浦（Louis-Philippe Ier，1773—1850），法国国王，于 1830—1848 年在位。

之后，最终，他命令建筑师路易·维斯孔蒂［他也是圣叙尔比斯泉（Fontaine Saint-Sulpice）的设计者］在荣军院中建造一座纪念碑。于是，建筑师在圆形大教堂的下方挖了一个巨大的洞穴，身穿绿色士兵军装的第一帝国皇帝拿破仑于1861年4月在他的侄子拿破仑三世统治时期被正式安葬于此。

这座陵墓是从一大块绛红色斑岩上挖凿出来的，这是代表帝王的岩石。整座墓碑位于一块来自孚日省①的青色花岗岩地基之上，饰以一圈象征荣誉的月桂花环，其碑文则记载了拿破仑一世取得的所有胜利。在存放遗体的地下室，围绕着这位第一帝国皇帝的遗体，则安放着其家族成员的棺木，例如被称为"雏鹰"的拿破仑二世②；另外还有战争中为法兰西而战的伟大人物，例如沃邦、蒂雷纳、福煦、朱安及勒克莱尔等大元帅。

而在大教堂外部的西侧，也许你会注意到在一棵大树底下有一块不起眼的被遗弃的墓石。事实上，这是从圣赫勒拿岛和拿破仑一世的尸体一起运来的原始墓地上的一块石头！

同时，在荣军院二楼，拿破仑雕像也占据了很显眼的位置，即使身处荣誉庭院也能看见。这座雕像是在1833年由路易-菲利浦命令雕塑师夏尔-埃米尔·瑟尔建造在旺多姆纪念柱上的，后来在1863年又被拿破仑三世取了下来，放在此处以代替先前与这里更为相称的一幅

---

① Vosges，法国洛林大区所辖的省份，位于法国东北部，邻近德国、卢森堡、比利时等国家，处于欧洲的中心位置。

② 拿破仑二世（Napoleon II，1811 — 1832），法兰西第一帝国皇帝拿破仑一世之子。出世后即被封作"罗马王"，为拿破仑一世法兰西第一帝国皇位的继承人。由于身患肺结核，拿破仑二世身体状况一直很差，于1832年在维也纳去世，并未实际统治。

画像：那是拿破仑一世身着恺撒长袍的肖像画。而另一座他头戴双角帽，一手插在背心口袋中的雕像最先则放置在库尔布瓦①的一个圆形广场上。随着法兰西第二帝国被推翻，这尊铜像也被扔进了塞纳河中。也因为此，这一雕像躲过了1870年的普法战争以及1871年的巴黎公社运动，并于1876年被重新打捞上来。不过此后，它又被人们遗忘了将近三十五年，直到1911年，终于被安放到了巴黎荣军院。

---

① Courbevoie，法国法兰西岛大区上塞纳省的一个市镇。它是巴黎的一个郊区，位于巴黎市中心西北8.2公里处。

BASTILLE

来自市郊的怒火

巴士底狱地铁站努力让自己跟得上那个时代的节奏，并且成为了巴黎市民酒后缅怀过往的谈资：站台上的彩色壁画记录下法国历史上一些重大时刻，老旧的画面更让人们想起曾经屹立在此处的那座要塞。在地铁 5 号线的站台上，我们可以看到一些淡黄色的石块，那其实就是巴士底狱的墙基！这些石块于 1905 年开挖地下铁路的时候被发掘了出来。当我们途经布尔东大道（Boulevard Bourdon）一角的地铁出口时，还可以发现巴士底狱的另一段墙面。

幸运的是，地铁站中还为我们保留了一些当年的遗迹，尽管很不起眼。一旦爬上通往地面的楼梯，那些大革命期间的所有痕迹都荡然无存——如今的巴士底狱已经成了一座歌剧院！我们面前这一厚重的用石板和玻璃搭成的建筑"未老先衰"，一脸倦容地占据了整个广场。它是为了庆祝攻占巴士底狱二百周年而建的，如今渐渐老化，很可能不需要再来一场大革命的洗礼，自己就会慢慢消失了。

想要尽可能寻找到一些往日的印记，那么在歌剧院附近搜索或是转向青铜色"七月圆柱"顶端的金翅自由神像探寻都会让你无功而返。不如走到亨利四世大道（Boulevard Henri-IV）和圣安托万路的拐角处看一看那里的地面吧：棕色石板明确指出了当年城堡所在地的旧址。在巴士底狱广场 3 号一栋建筑的外墙上，一幅地图清楚地告诉我们当时这座城堡的面积有多大。而塞纳河沿岸的兵工厂港口（Port de l'Arsenal）也让我们回想起了城堡护墙外的沟渠，其中一些古老的石块正是当年这座军事建筑的残留。最后，在亨利四世大道的末端，仍然是在塞纳河沿岸，我们还发现了"自由塔楼"（Tour de la Liberté）的地基。这是巴士底狱城堡中八座塔楼的其中一座，在修建地铁的时候被发掘出来，并在亨利-加利广场（Square Henri-Galli）上重建起来。

让我们回到巴士底狱。1789 年，人民阶级的仇恨、资产阶级的反对和贵族阶级的野心被激化，他们共同起来抗议，想要推翻王室的专制政权。之前的章节中曾经讲道，1413 年时的巴黎人民已经有过一次这样的反抗经历。

而 1652 年时，由于投石党的不满并企图窃取年幼的路易十四的王位，巴士底狱曾经在历史上扮演过另一个完全不同的角色。那一年的 7 月 2 日，起义贵族的首领孔代亲王带领他的军队进驻了巴黎。天刚一亮，一场残酷的对战就在圣安托万门爆发了。孔代亲王的军队被王家步兵队的强大火力压制，死伤无数。巴黎城里到处都是火枪射击的声音，很多民居被点燃。然而很快，王家军队、投石党士兵以及贵族人马之间的形势突然调转了过来，因为路易十四的表妹、奥尔良的玛丽-路易斯出现在了巴士底狱前。于是，城堡的大门开了，贵族阶级都躲进了这栋建筑并向她致意。玛丽-路易斯则沿着扶梯爬上了塔楼，在高处用望远镜观察周边的情况。

远处，在巴尼奥雷①地区附近，玛丽-路易斯在清晨的阳光下看到了身着蓝红色制服的王家军队。于是她命令巴士底狱内的重型炮都调转炮头对准巴尼奥雷并立即开火。可怕的炮声让整座城堡的墙壁都为之震动，高塔上露出的炮口瞬间消失在了浓烟中。炮弹呼啸着砸向王家军队，盲目地攻击着一排排的骑兵。巴士底狱的炮弹起到了一定的作用：由于士兵纷纷落马，为路易十四效忠的骑兵军官也只好先放弃了攻击。于是，巴黎暂时掌握在了起义的贵族阶级手中……

就在那个值得纪念的 7 月 14 日之前，巴士底狱一直是一个需要夺取或推翻的象征。我们也不知道中间究竟发生了什么事，总之，这座城堡成为了专制王权的代表，让广大人民心生畏惧。

总体来说，被关在巴士底狱中的囚犯——从未超过四十余名，有时甚至更少——监狱中的待遇还不算差。因为这里关押的都是一些没落的年轻贵族，他们有权在监狱中享受一些应得的优待：有些人还搬来了家具，使自己的日常生活更为舒适；他们甚至可以吃到家人送的晚饭，或是得到允许在白天外出，但条件是晚上必须回到监狱睡觉。

因为撰写一些反动的小册子而于 1717 年被关进巴士底狱的大文豪伏尔泰，也在这里待了十一个月。在他被释放后，他从摄政王奥尔良的腓力公爵②手中获得了一千埃居的生活费。

"我非常感谢您，亲爱的陛下，愿意负担我的膳食费用。但是我请求您

---

① Bagnolet，法国法兰西岛大区塞纳-圣但尼省的一个市镇，属于博比尼区巴尼奥雷县。
② 腓力公爵（Philippe Charles，1674—1723），1674—1701 年为沙特尔公爵；1701—1723 年为奥尔良公爵；1715—1723 年为法国摄政王。

不要再帮我支付我的住宿了。"这位文豪答谢说。

不过，这样的好事可不是人人都能遇到的。保留至今的档案也同样记录了一些让人厌恶的罪行。"我把一个叫 F 的人送到你那里去，这是个混蛋透顶的家伙。让他在你那儿待上八天，然后就可以把他解决了。"这是 1760 年时警察局长安托万·德·萨尔丁写给巴士底狱典狱长贝尔纳·德·洛内的信。在同一张信纸上，这位纪律严明的典狱长做了如下备注："把那个叫 F 的人弄进来，在限定的日期之后，问一下萨尔丁先生他想要以什么样的理由将那个家伙了结。"

监狱里的霸道恶行悄无声息地感染着位于市郊、人口稠密的圣安托万镇。在监狱灰色阴影笼罩下的手工艺者们，时刻准备宣泄自己内心的不满……

即便是在这座监狱消失很多年以后，当人们在圣安托万镇上闲逛的时候，还是可以在某些后院中看到工匠们正在忙碌地进行手工作业，并能闻到古老手工艺作品散发出的清漆和木屑的味道。进入达穆瓦庭院（Cour Damoye），来到广场的 2 号门，你会看到一条非常典型的属于这一城郊地区的偏僻小道。而位于夏朗顿路（Rue de Charenton）拐角处的那栋房子也是这个人流拥挤的小镇留下的美丽遗迹：这里曾经在 1848 年欧洲革命①时期竖起过一座阻止敌人进入小镇的巨大街垒。

所有的一切都在发生着飞速的变化。古老的家具制造厂已经被时髦的啤酒店所取代。这一区域从 21 世纪之初便已经成为了追赶时尚的潮流之地！

---

① 1848 欧洲革命，是指反对君主政体的一系列共和派的叛乱。1848 年 1 月革命运动首先在西西里岛掀起，然后扩展到法国、德国和意大利诸国，以及奥地利帝国。法国革命取得胜利，建立了第二共和国，确定了普选权。

现在已经没有工人会把变形的破家具搬进房梁突出的公寓房里，那些波波族①把鲜活的城市生活活成了生活的艺术。

*

18世纪时，圣安托万镇和其他郊区市镇并不完全一样。从路易十四年代开始，这里就是一个具有特权的区域，贫穷的手工业者可以不需要加入任何专业机构，在这里自由劳作。橱柜工匠、细木工匠、鞋匠、五金匠和制帽工紧挨着住在一起，而他们的店铺，同时也是作坊，就随着弯弯曲曲的市镇小道布满了罗凯特路（Rue de la Roquette）、沙罗纳路（Rue de Charonne）和夏朗顿路……

在一整天里，来自郊区的农民驾驶着双轮运货马车和驴车在这片区域不停穿梭。他们前来售卖农场里的鸡蛋、牛奶、蔬菜和水果；还有一些妇女带着她们做好的菜在塞纳河畔练摊，把那里改造成了一个露天大食堂；另外还有一些言语粗俗、行为粗暴的卖鱼妇人……这些外来的贫苦阶层构成了圣安托万镇的一道日常风景，并且随时都有可能宣泄出他们心中的怨气。也是这群人，不论是对于流行病、坏收成或是附加税收的抱怨都会感染街边的那些手工艺人，带来抗议与反叛的危险。

1789年4月27日，整个市镇一片骚动。骚动的中心是一个叫做让-巴蒂斯特·雷维永的手工作坊主，他在蒙特勒伊路（Rue de Montreuil）上经营着一家规模颇大的画纸厂。几天之前，这位看上去对他的三百五十名工人还算慷慨的雷维永先生却向巴黎市政府提出了一系列对穷人不利的建议。这位临时的"经济学家"自认为对整个民族与穷人的命运了然于胸，他甚至有了改

---

① 布尔乔亚和波希米亚的缩写组合单词 Bobo，音译为"波波族"，标榜自由和浪漫的生活方式。

造整个社会的计划！雷维永的这些想法太过乌托邦，不够成熟理智，只是他一时兴起的灵光乍现，并不实用明确。他建议取消城门入口处那些商贩的赋税，这样他们就可以将商品卖得稍微便宜一些。这倒不算是个坏主意，然而他还要求顺带减少工人的工资，这样一来，才能保证整个生产销售过程顺利进行。而那些每天只赚五个苏①的工人们还指望通过雷维永的改革能让他们赚到十五个苏呢！

于是，在塞纳河左岸的圣马塞尔镇，首先爆发了对"让人挨饿的雷维永"的声讨。

"让富人们都去死吧！"向格列夫广场行进的愤怒的人群喊道。

在巴黎市政厅门前，人们点燃了一个碎布片做的娃娃，其实这是雷维永的人像！之后游行的队伍再次出发，来到了圣安托万镇。被调来的三百五十名守卫过来维持夜间秩序，然而天刚亮，圣马塞尔镇的皮革商和圣安托万镇的手工艺者便突然从蒙特勒伊路上窜了出来。雷维永和他的家人早就逃之夭夭，但他的画纸厂却被洗劫一空。工人们将值钱的东西一件一件装入袋子里，顺带还把酒窖里存放的酒卷了个干净。

几小时之后，守卫们总算控制住了局面，他们等来了支援，并试图赶走这些劫掠者。这些闹事者爬上了屋顶，不停地往下面扔石头和火把……很快，守卫这边就死了十二个人，而暴动者这方也死伤一百多人。从屋顶上掉下的工人尸体被抬着在整个市镇内游行，游行队伍里还混杂着民众的哭喊声。尽管局势尚未明朗，但人民的内心深处已经深受震撼：大革命正在悄悄开始，它与这血腥的一天中幸存的人们结成了同盟，而更为可怕的暴力行为即将来临。

---

① 苏，法国辅币名，旧时相当于1/20古斤，后来的1/20法郎，即5生丁。

如今我们仍然可以在圣安托万镇路（Rue du Faubourg-Saint-Antoine）的184号看到一座建于17世纪的小喷泉，就位于雷维永的画纸厂旁边。这个地方是激烈情绪爆发的中心和导火索，也是旧制度的象征。而摧毁这一象征则用了一百多条人命为代价。

接下来的几个星期，被关在巴士底狱塔楼七楼的萨德侯爵①号召人民起来抗议……这位侯爵因为其丈母娘获得了一张盖有国王印章的通缉令，控告他品行放荡而被关押于此，他在这里写成了他最著名的代表作《索多玛的一百二十天》，书中详尽地剖析了他本人卑劣而动荡的灵魂。当他在纸上尽情地进行创作期间，他获得了一根白铁做的长管道，末端呈漏斗状，方便他平时将自己的文字垃圾丢弃到城堡外的沟渠中。于是萨德便将这一工具变成了一个临时的扩音喇叭，对着来自市镇的群众高声叫喊道……

"他们正在无情地杀害巴士底狱中的囚犯！好心的人们，快来救救我们吧！"

这一绝望的怒号吸引了过往民众的注意，大家一想到在这厚重城墙背后发生的恐怖场面就不寒而栗……而事实上，这位亲爱的侯爵在监狱中的日子却舒适惬意：他住得相当宽敞，一人占了两个单间，用来放置他的家具和图书；另外监狱的伙食也不错，以至于他都胖了一圈……

---

① 萨德侯爵（Marquis de Sade，1740—1814），出生于巴黎，是一位法国贵族和一系列色情和哲学书籍的作者，成名作为《索多玛的一百二十天》。

巴士底狱究竟是个什么地方?

在巴黎市的东部，为了保护圣安托万大门，于 1370 年建起了这座"巴士底狱"，当初只是一座堡垒。这一拥有防御工事的城堡不仅在东面与卢浮宫遥相呼应，还是住在不远处圣波勒公馆内的查理五世的避难所。这座"圣安托万城堡"由八座塔楼构成，每座塔楼之间都有将近三米厚的坚实城墙相连接。而在所有这些防御工事的外围，还有一圈宽二十五米深九米的沟渠。

从 17 世纪开始，巴士底狱在军事方面的作用便渐渐减弱。枢机主教黎塞留将此处变成了一座专门用来关押与当权者作对的人的监狱。在这些人被关进来之前，不需要经过任何审判！一纸盖有国王印章的指令便足以将一个人收押。

1788 年，国王身边的大臣、巴士底狱的看管人皮热骑士建议关闭这座城堡，这样一来可以为王室节省约十四万古斤银子的开支。因为每年国王都要在监狱人员的开销上花费一大笔钱：典狱长、官员、士兵、医生，还有神甫……尽管雇用了一大批人员，但是监狱里被关押的人却一年比一年少：1774 年时有十九人，到了 1789 年初只剩下九人，而又过了几个月后只有区区七人被囚禁在巴士底狱中……

1789 年 7 月 14 日清晨，攻占巴士底狱的行动从荣军院开始了。从三个月前攻击雷维永的画纸厂开始，人民心中的怒火就再也没有平息过。浓浓的火药味似乎还在圣安托万镇的上方飘荡，真真假假的流言遍布每一条街道。

有人说统治者正在酝酿一个大阴谋，可是这个阴谋是要对付什么人？什么事呢？又有人说政府已经在巴黎市周围重新集结了军队以建立新的统治秩序；还有传言说今年的收成又很差，大家又会忍饥挨饿……

而在此前一天，几家面包店被抢，资产阶级民兵队自觉前来平乱，警钟响了一整个晚上。人民团结起来自我防卫，抵制外国雇佣兵进入巴黎。一些工人打造了长矛，不过他们还需要更厉害的武器，例如火枪。也许荣军院的军火库有足够的供给？好吧，那就向荣军院进发！这座收容所的大门旋即被冲破，一大群人抢得了三万两千把火枪和几台旧大炮，唯一缺少的只剩弹药……

"巴士底狱有火药！"有人喊道。

"去巴士底狱！去巴士底狱！"

就像海水退潮般，巴黎人民离开了荣军院，向塞纳河左岸进发，翻过几座桥之后来到了那座厚重的城堡前。攻占巴士底狱？当时可能没有人真正想到这一层，他们只想尽快去储藏室拿取子弹和炮弹。

当城堡典狱长洛内侯爵看到人潮涌来时，他固执地毫不让步，绝不打开军火库的大门。巴黎市政厅派出的一队代表出面向洛内侯爵要求为资产阶级民兵队配备一些弹药，可是这些市政府官员的请求也被侯爵彬彬有礼地拒绝了。但是他礼貌地邀请他们共进午餐，这极有可能是拖延时间的一种方式，以等待王家军队前来支援。尽管双方的交涉相当客气，但是巴黎人民这方却没有得到任何进展：洛内侯爵始终拒绝他们的要求，他甚至保证不会向抗议者开火，只要他们不试图进入巴士底狱城堡。紧接着，第二批、第三批市政厅代表都相继上前交涉，然而都无功而返。

下午一点半，巴士底狱周围聚集的人群变得越来越激动，攻击性也越来越强。典狱长知道他们并不具备足够的能力来保护这座监狱——看似骄傲的堡垒实际上只由三十几名瑞士守卫率领八十二名老弱病残的士兵共同看守。

但不管怎么样，必须合法地使用武力。洛内——这位脸颊瘦削、性格刻板顽固的典狱长，在命运的驱使下成为了一枚可怜的棋子，被放到了已然超越他自身能力的位置上。在一小队激愤派开始攀爬城堡外的吊桥时，他在万般无奈之下，不得不下令向人群射击，一百多名进攻者倒在了石子路上。

这天下午，两支负责巴黎安全的卫兵队在换岗后也加入了抗议者的行列。这些受过战争历炼的士兵拉来了早上从荣军院弄来的五门大炮，然后朝巴士底狱的大门开火……墙内立即燃起了熊熊烈火，足以让那些看守城堡的老兵们惊慌失措。于是，这些士兵强迫冥顽不化的洛内侯爵举起了象征投降的白旗。城堡外的吊桥被放了下来，人群蜂拥着冲进了巴士底狱。处于极度疯狂与兴奋状态下的巴黎市民解放了关押在里面的犯人，并且对于里面竟然只有七名囚犯大感惊讶。尽管这七名囚犯都不是什么等待救赎的大英雄，只不过是些卑鄙的诈骗犯和造假者，这种行为却是一种象征——人们终于解放了囚犯，胜利归来！

一心守护巴士底狱的洛内侯爵被拖到街上，然后被一名年轻的厨师拿着一把菜刀砍掉了脑袋。他的首级被插入一根长枪顶端，在小镇上绕城示众。这一让人毛骨悚然的仪式化行为代表了深刻的仇恨与不满，并造成了无法挽回的结果。从那一刻开始，这场革命便再也没有了转圜的余地……

凡尔赛宫内，路易十六在夜间被利昂库尔地区①的罗什富科公爵叫醒，这两个人之间的一段对话简直可以与萨沙·吉特里②创作的剧本相媲美。

"陛下，巴士底狱被攻陷了，典狱长被杀，人们把他的首级挂在了长

---

① Liancourt，法国瓦兹省的一个县，属于克莱蒙区。
② 萨沙·吉特里（Sacha Guitry，1885—1957）。法国演员，剧作家。他被视为法国两次大战之间的轻松喜剧代表作家。他善于描绘巴黎风情，剧作情节常围绕男女爱情纠葛展开，他还参加了33部影片的拍摄，是影剧双栖明星。

枪上。"

"这是一场暴动吗？"

"不，陛下，这是一场革命。"

从当年的 7 月 16 日开始，巴士底狱便被下令拆除。八百名工人一起动手，以每天二十五个苏的工资来推翻这座在人民眼中始终是"专制主义象征"的堡垒。拆除下来的石头一部分被用于建造巴黎协和大桥（Pont de la Concorde），另一部分则成为了英雄事迹的纪念品：一位叫做帕洛伊的头脑灵活的手工艺人将这些石头打造成巴士底狱城堡的样子，将它们销往全国各地。

想要参观巴士底狱最后的囚室吗？

关于这个问题的答案想必是一致的，所有人都会说："除了在地铁站内还能看见几块巴士底狱当初的基石之外，其余的一切都早就不复存在了……"那你们就错了！其实还有一间单人囚室尚未被摧毁，这是众多肮脏不堪的囚室中的一间，就位于城堡的地下室内，是当权者用来关押最顽固不化和最难以驯服的犯人用的。

有一天，当我在巴士底狱广场附近和一位朋友闲聊的时候，一家小酒馆的老板认出了我。他与我分享了对于巴黎这座城市的热爱，并告诉我其实酒馆下方的地下室原本是巴士底狱的一座单人牢房，并且奇迹般地在狂热的大革命时期躲过了一劫。然后，我立刻核实了此事，他说得果然没错……所有的一切都与他说的相符：囚室的位置以及墙壁的形状。于是我心潮澎湃地走进这间承载着历史的囚室。置身于店主垒起的酒瓶之间，我仿佛突然间听见巴士底狱中传来的囚犯的呼喊声，以及那个7月14日大炮的轰鸣声……

这家酒馆在不久前已经变成了韩式烧烤店，但是那间位于亨利四世大道47号的地下室依然保留了这个不为人知的历史秘密。

1790年7月14日，攻占巴士底狱一周年，为了庆祝这个纪念性的日子并且调和所有爱国人士之间的关系，法国国民军总司令拉法耶特将军①在战神广场（Champ-de-Mars）组织了一场盛大的欢庆活动。来自九十三个省份的六万名代表前来庆祝法国的统一，而法国国王路易十六则站在国家祭坛上，在激动地攀爬到周围护栏上的巴黎人面前，虔诚地向民族宣誓。

1880年，当法兰西第三共和国需要选择一个日子来作为国庆日时，1790年7月14日这一重大的日子被认为是最具有纪念意义的一天，因为它见证了和平与调停的时刻，其意义甚至大过发生了激烈冲突的1789年7月14日，那天是充满暴力的内战日。

*

在巴士底狱被拆除之后，这个地方的历史就变得坎坷而曲折，尤其是在建筑规划方面。1792年6月16日，国家立法议会颁布法令，决定在巴士底狱原址上建造一座广场，广场正中将竖起一根带有自由神像的纪念柱。一个月后，这一计划开始正式动工，然而这项工程很快就因为审美上的一些反对意见而中断了。第二年，广场中央建起了一座用于歌颂大自然魅力的喷泉，

---

① 拉法耶特将军（Marie Joseph La Fayette，1757—1834），法国贵族，曾参加美国革命，最终使英国失去美洲殖民地，1789年出任法国国民军总司令，提出人权宣言和制定三色国旗，成为立宪派的首脑。

代替了被废弃的纪念柱。

1810 年，拿破仑一世想要在这里建造另一座喷泉。这座巨大的喷泉要用从西班牙暴动的人民手中得来的铜质大炮熔化后铸造。奇怪的是，这座喷泉的形状被构想成一头高二十四米的大象，而泉水就从长鼻子中喷出。

很快，喷泉的底座就完成了，然后一个用石膏打造的模型也于 1813 年完工。然而，第一帝国垮台之后，这一可能是巴黎历史上最丑以及最不相称的庞然大物就一直以模型的形式存在了好几年。石膏渐渐开裂，不过一位年迈的守卫还一直睡在大象的一条腿旁。在维克多·雨果的名著《悲惨世界》中，他将此处描写成巴黎内战中的那个男孩——加弗罗什①的避难之所。

这一模型在 1846 年被彻底推翻，大象的残骸也因而躲过了在圣安托万镇上让人惊恐不安并持续了几周的大批老鼠的侵袭。

1833 年，路易-菲利浦国王下令要在广场中心建一座纪念柱以向法国七月革命②"光荣的三天"（即 1830 年 7 月 27、28、29 日）中牺牲的英雄们致敬。在这场革命中，由于君主立宪政体的建立，查理十世③被赶下了王位。1840 年 4 月 28 日，这座高达五十四米的"七月圆柱"正式落成。在绿色立柱的顶端，一座金色的自由神像正好呼应了 1792 年时国家立法代表的愿望，它代表了"打破枷锁与传播光明的自由的翅膀"。

1871 年，随着蒙马特高地上炮声的响起，法国巴黎公社运动爆发，并企图摧毁这根纪念柱。因为对于那些极端的共和主义者来说，它是君王与他的人民之间联盟的象征。不过最终，共和国没有被推翻，这根立柱也依然挺立。

---

① 德纳第夫妇之子，爱潘妮的亲弟弟，革命时代下早熟的孩子，聪明有主见，是个包打听。但不被母亲疼爱，从小流浪街头。在起义中无所畏惧，最终中弹身亡。
② 是指 1830 年 7 月推翻复辟的波旁王朝，拥戴路易-菲利浦登上王位的革命。建立的新王朝也就是七月王朝。
③ 查理十世（Charles X, 1757—1836），法国波旁王朝的末代国王。

纪念柱下到底埋藏了些什么？

历史有时候会出现一些离奇的片段。我们发现，在七月圆柱底下埋葬了1830年法国七月革命中牺牲的504名烈士遗体，竟然混入了几具埃及木乃伊，距今已经超过了两千到三千年的历史！

它们是拿破仑一世远征埃及时带回来的，并埋葬在国家图书馆附近，位于黎塞留路（Rue de Richelieu）上的花园中，而这个地方恰好也是七月革命之后埋葬革命者的地方。当人们打算将这些革命英雄重新安葬到纪念柱下方的时候，没有人想到要去分辨哪些是英雄的尸体，而哪些又是埃及运来的木乃伊。人们就这样直接将遗体搬运了过来，甚至都没有仔细瞧一眼。因此，很有可能仍有几具法老的尸体至今仍然安眠在巴士底狱广场地底，也就是圣马丁运河的旁边，因为这条河流就从广场底下穿过。不知道古埃及的"冥界之王"欧西里斯①的小船是否也是通过运河，再转至塞纳河间和乌尔克运河，将死去的贵族与贫民带往冥界的呢？

---

① Osiris，埃及最重要的九大神明之一。他生前是一个开明的国王，死后是地界主宰和死亡判官。他还是复活、降雨和植物之神，被称为"丰饶之神"。

RÉPUBLIQUE

第十九个世纪
共和国

跌宕起伏的五幕剧

从共和国站出来，就可以看到共和国广场上巨大的共和国女神雕像。她头戴弗里吉亚软帽，一手举着橄榄枝，另一边则放着《人权宣言》①。她作为法国人民引以为傲的象征，每天用她铜铸的坚毅目光注视着众人的活动已有一个世纪之久……不论是被插上黑色或红色的旗帜或是被置于请愿旗之上，她始终支持她的人民进行坚持不懈的战斗。在她的脚下，也就是石质的底座上，有代表共和国三字箴言的符号：火炬象征着"自由"，三色旗标志着"平等"，而丰饶角则代表了"博爱"。

这一纪念性的雕塑落成于1884年7月14日，如今已成为了巴黎一道必不可少的政治风景。而这一非宗教性质的女神形象也见证了年轻的第三共和国的鼎盛时期。尽管如今在我们看来第三共和国是当时的胜利者，然而它也曾经面临风险和动荡……在它成立后不久就出现了巴黎公社运动，我们仍然可以从如今的科尔德里路（Rue de la Corderie）14号追溯当时的记忆：正是在这里第一国际②决定于1871年2月16日在巴黎发动起义。

过去，共和国广场（Place de la République）被称为水堡广场（Place du Château-d'Eau），位于圣殿大道尽头的十字路口。法国大革命之后，巴黎的两大集市——塞纳河右岸的圣洛朗集市（Foire Saint-Laurent）和位于左岸的圣日耳曼集市日益衰落。因此，圣殿大道就成了欢庆节日和举行表演必不可少的场所。由于当权政府不愿意在此处搭建舞台，因而集市的大厅就暴露在了这条大道巨大的圆形拱门之下，成为一个供人们消遣娱乐的中心，住在西边的贵族和东边的贫民常常汇聚于此。

这条大道的中心地带则位于圣德尼凯旋门、圣马丁门和旧时的昂古莱姆路（Rue d'Angoulême），如今的让－皮埃尔－坦博路（Rue Jean-Pierre-Timbaud）所围绕的区域，并一直延伸到冬季马戏团③。

这一地带是分隔东西的一条真正的分界线。圣殿大道上的另外两块区域——一边通往巴士底狱，另一边通往马德莱娜大教堂——就没有那么热闹了。贵族和有产阶级不愿意与巴黎的普通老百姓和下层人民走得太近；而工人阶级也不敢跨入那个仍被旧制度统治的富人区。人们很真实地感受到两个世界的区别，来自西部，出身贵族的浪漫主义作家阿尔弗雷德·德·缪塞④对街道另一端的贫民阶级评价道："他们就是一些大个子的印度人。"

水堡广场的十字路口周围是一圈高楼，还竖立着一座由工程师皮埃尔-西蒙·吉拉尔设计的喷泉，这也是"水堡"名字的来源。1828年时，大家都欢呼雀跃地看到圣殿大道上出现了第一列由马匹牵引的公共汽车，这是一条

① 1789年8月26日颁布，是在法国大革命时期颁布的纲领性文件。
② 即国际工人联合会，是1864年建立的国际工人联合组织。马克思是创始人之一、实际上的领袖。由于会名太长，被简化为International（国际），第二国际成立后，始称"第一国际"。
③ Cirque d'hiver，位于巴黎第11区，著名的马戏、花式骑术以及音乐会的举办场所。
④ 阿尔弗雷德·德·缪塞（Alfred de Musset, 1810—1857），法国贵族，剧作家、诗人、小说家。

从巴士底狱到马德莱娜大教堂的环线。

渐渐地，这个喷泉对于这条重新修整后的大道来说显得有些太小了，于是在 1867 年时被拆除并运到了拉维莱特①，成为了被拉去屠宰场的牲口们的饮水池。后来经过部分改造之后，这座喷泉便一直安放在拉维莱特公园，并被取名为"努比亚狮喷泉"（Fontaine aux Lions de Nubie）。

*

19 世纪 30 年代，巴黎市内的众多戏剧舞台为这座城市勾勒出一幅热闹而极富创意的景象。这个如梦似幻的世界中最为活跃、躁动却又广受欢迎的中心即为圣殿大道。不过，人们却给这条城市主干道取了另外一个名字——"犯罪大道"（Boulevard du Crime）。因为每天晚上，在这条大道两边的各种戏剧演出中，总是上演着刺杀、下毒或是勒死的戏码，以博观众一笑。在这条马路两旁约十五个剧院中，有些大型剧院可以容纳超过三千个席位，例如昂比居伊剧院（Théâtre de l'Ambigu）、圣马丁门剧院（Théâtre de la Porte Saint-Martin）、历史剧院（Théâtre Historique）和奥林匹克竞技场剧院（Le Cirque olympique）；其余一些小型剧院也可容纳五百多人，如福南布勒剧院（Les Funambules）和德拉斯芒喜剧剧院（Les Délassements comiques）。

售票柜台前，领座员高声预告着节目表或是为某个情节做广告，试图吸引老顾客的注意力。当夜幕降临，剧院建筑在街道旁的树荫下若隐若现，好戏马上将要上演。看客们买好了票陆续进入各自的演出大厅坐好，大厅里的灯光变得越来越暗，只有杯中的咖啡闪着亮光，人们静静等待演出正式开始。每一家剧院门口都有出售美味小吃的店铺，有椰子味的松饼、撒了香料的面包、苹果酱卷饼，还有只卖两个苏的冰淇淋。商贩摊铺上悬挂着的彩灯

---

① La Villette，法国卡尔瓦多斯省的一个市镇。

倒映在石头路面上，投射出摇曳而浅红色的光。他们手中疯狂的摇铃声有时甚至盖过了那些夸夸其谈和谈笑风生。然后，突然间，整条街道变得空空荡荡，人们全部进入剧院中落座。一直要等到幕间休息时，这条"犯罪大道"才又重新恢复生机。

舞台上，幕布徐徐拉开。观众席开始变得喧哗，他们中间还会发出几声口哨声。但如果这幕剧不那么受人欢迎，观众也会毫不留情地指责演员的演技。

这条大道上当之无愧的明星当属弗雷德里克·勒迈特，他从 1823 年起就是昂比居伊剧院里的常胜将军。他出演的《向阳客栈》是一出格调阴沉、配有音乐和芭蕾的剧目。弗雷德里克用其出色的即兴而嘲讽的表演在舞台上自由切换、游刃有余。这出剧在初演时就火爆异常，后来又被演员们改得面目全非：一位声音洪亮的巨人成了剧中的主角。这位巨人名叫罗伯特·马凯尔，是一位古道热肠而又幽默风趣的强盗及杀人犯。

"杀掉那些暗探和警察对我而言是件轻而易举的事！"他站在舞台上，在人们几近疯狂的掌声中大声喊道。

1841 年，弗雷德里克·勒迈特已经成了"犯罪大道"上无可争议的最受欢迎男明星，至于最受欢迎的女明星则应该是克拉里斯·米鲁瓦。这两位明星级的人物狭路相逢，最终，克拉里斯以一出《上帝的恩惠》(La Grâce de Dieu) 力压弗雷德里克。这是一出悲中带笑的歌舞剧，观众们对观看此剧乐此不疲，就像他们喜欢这条街上一直长盛不衰的"快活剧院"(Théâtre de la Gaîté) 一样。每天晚上，都有同一位观众会坐在最前排的同一个座位上等待开演。这位观众等到克拉里斯小姐出场后，都会任由手中的手杖啪嗒落在地上。而此时所有被响声惊扰的观众都会向这个笨手笨脚的人投去指责的目光，然而他们却发现原来这位忠实的观众正是弗雷德里克·勒迈特——只见他面容沉着，黑色小胡髭下的双唇紧紧地闭着。直到某天晚上，人们没有再听到手杖掉落的声音，因为克拉里斯小姐与弗雷德里克先生陷入了爱河，开始了一段长达十三年的关系。

而他们的爱情故事最终也如同一出只值两颗星评分的狗血剧般收场。在克拉里斯小姐抛弃了她的明星爱人之后，又想与弗雷德里克重归于好，却没有成功。于是，沉浸在痛苦与嫉妒中、喝得醉醺醺的克拉里斯在弗雷德里克的杯子里倒入了大剂量的鸦片，这是那个年代常用的毒药。幸运的是，弗雷德里克最终幸免于难，而这个疯女人也没有因为情杀罪而被定罪：弗雷德里克选择原谅了她，不过从此却再也不想见到她。

*

1848 年，这条原本幸福而无忧无虑的街道和整个巴黎一样，陷入了焦灼的境地。这时路易-菲利浦已经统治法国第十八个年头，君主政体渐渐地失去了其效力，陷入经济与丑闻的僵局，几乎所有人都在反对这位国王。粮食的收成不尽如人意，面包的价格也涨了 60%，而一场来自爱尔兰的植物病害更是让这个四面楚歌的国家雪上加霜，土豆几乎颗粒无收。巴黎正面临着一场饥荒。

地主们陷入了困境，工厂主也在证券交易中倾家荡产，抱有共和主义梦想的知识分子以及波拿巴王朝的拥护者将他们的全部不满都宣泄到当时的选举制度上，因为它只允许极少数的人进入最高法院发表意见。变得孤立无援而又处处受到掣肘的路易-菲利浦却仍然拒绝考虑改革选举制度。

当时超过二十个人的公众聚会都是被禁止的，不过没关系，人们还是可以打法律的擦边球。既然不能一起开会，但总可以一起聚餐吧！政府也无权干涉这种在刀叉和佳肴掩盖下的餐会，而事实上，人们就在这样的集会上开始了一系列有关革命的讨论。

1848 年 2 月 22 日，在巴黎组织的一场宴会是一次具有重要意义的聚餐。一支混杂着学生、工人和手工艺者的队伍鱼贯穿过协和广场（Place de la Concorde），一直走到香榭丽舍大道（Champs-Élysées）的尽头。在那里将会举办一场盛宴，并且发表仪式性的演讲。来自东部的贫民和来自西部的贵族前所未有地团结到了一起。从那天早上开始，几支不同的游行队伍就一直在巴黎市内穿行，而警察和军队都屏住了呼吸……

最终，这一天平静地过去了。然而第二天晚上，唱着《马赛曲》的起义者却冲向了位于嘉布遣大道（Boulevard des Capucines）上的外交部。那些保卫大楼的士兵很快就被包围了。一位威严的大胡子领导者试图用手中点燃的火把做武器攻击一名军官，然而一声响亮的射击声划破了夜空。领导者手中的火把摇晃了一下之后，倒了下去并滚落到地上。人群惊慌起来，士兵们开始向不同的方向射击……最终有十六名起义者在这场战斗中牺牲。他们的尸体被整齐地排列在一架四轮马车上在巴黎城区内绕城示众，越来越多的人自觉加入了这支祭奠的队伍。

"我们要报仇！拿起你们的武器！"

从那时开始，国王的宝座便变得岌岌可危。2 月 24 日，一场冰雨袭击了巴黎，所有大道都被封锁，人们只能互相依偎着在临时的露天火盆边取暖，却收效甚微。于是，他们决定自己起来抵抗这场寒冬，抵抗这深入骨髓的细雨，推翻这片压抑而灰色的天空……而这灰暗的颜色便成了革命胜利的巨大背景。

躲到杜伊勒里宫中的路易-菲利浦此时开始向身边的军事统帅们求援。他以恳求的语调问道：

"我们还有防守的可能性吗？"

可是没有一个人敢正面回答国王提出的这个问题。于是路易-菲利浦明白了。他心情沉重地来到王宫中的办公室，在退位书上签了字。

共和国正式建立了，临时政府要求圣殿大道上的戏院重新开演，尽快让巴黎人民的生活恢复正常。

不过此时的演出不再仅仅局限于戏院的舞台上，在这个共和主义盛行的时代，俱乐部也开始流行起来——当时的人们称之为"克里乌吧"（Clioub）。不管在巴黎的任何街区，无政府主义者、社会党人，以及巴贝夫主义①者都喜欢聚集到那里，有时对立，有时又团结一致地对资产阶级进行长篇大论的抨击与嘲讽。

一天晚上，在位于白尔吉尔路（Rue Bergère）上一家音乐学院的大厅内，也是最重要也最极端的一家俱乐部里，在革命家奥古斯都·布朗基②的倡议下，演说家们纷纷阐释了资产阶级是如何榨取老百姓的血汗。大家就好像在看一场戏剧演出，而此时年轻的讽刺剧作家欧仁·拉比什登上了演讲台。在铺着绿毯的演讲台前，在威严的三色旗和三字纲领"自由、平等、博爱"下站着神情严肃的俱乐部会员们，欧仁开始面向广大工人阶级发表演说：

"市民们，我很不凑巧地从我出生之日起，就无辜地诞生在一个被人羞辱和咒骂的资产阶级家庭中。然而我觉得说这个阶级以专门吸取无产阶级兄弟的血汗为喜好还是难免有些夸大其词。请允许我向你们举个例子，希望能修正一下你们的看法。因为喜欢公平公正的你们应该会乐于听到真相：我住

---

① 巴贝夫（François Noël Babeyf，1760—1797），法国革命家、空想共产主义者。主张消灭私有制，建立"普遍幸福的"、"人人平等的"社会；并设想建立以农业为中心的、具有平均主义和禁欲主义特点的"共产主义公社"。

② 奥古斯都·布朗基（Louis-Auguste Blanqui，1805—1881），法国早期工人运动活动家、革命家、空想社会主义者，巴黎公社的传奇人物，巴黎公社议会主席。

在一间位于五楼的公寓里，最近我正在往我家里搬运生火的木头。品德高尚而又工资低廉的工人勤快地一次又一次爬上五楼，将柴火搬到我的家里，他自己则热得满头大汗，汗水湿透了衣服。于是，我便偷偷尝了一下他滴下的汗水，不得不说，那味道简直糟糕透了！"

底下响起了一阵窃窃私语，斥责最后那句荒唐而可笑的陈述。然而拉比什却不紧不慢地走下了讲台。一群极端分子一拥而上，扑向这个喜欢挖苦人的反动分子，想用拳头告诉拉比什他的幽默用错了场合。幸好当时在场的还有作家马克西姆·杜坎，他赶紧出手，拼命将他的这位同行拉到了安全地带。

几个月之后，1848年12月，路易-拿破仑当选为第二共和国总统，无产阶级的反抗势头也稍稍得到了压制。这位定居于爱丽舍宫的行政长官在维护国内和平方面没有让民众们失望：他取缔了发表演说的俱乐部，并且依靠他的国家军队来预防任何形式的起义活动。

选民给予路易-拿破仑的是四年不可连任的任期，然而他却想利用国家力量继续维持统治。1851年12月3日早晨，一份由路易-拿破仑签署的海报在深夜时贴满了巴黎的大街小巷。海报向所有人民号召道："如果你们信任我的话，请支持我，让我可以完成对你们承诺的伟大使命……"

其实这位皇帝手中早就掌握了让民众支持他的方法：军队已经占领了首都，议会也已经被解散，一部分议员被逮捕……他用最快速的行动来预防民众会有的一切反应。

就在张贴海报的第二天，整个巴黎打破了先前沉寂的状态，巴黎人民架起了超过六十个路障。街上的军队则刻意营造出恐怖的气氛报以还击——喝醉的士兵们在街上被一群咄咄逼人的民众惊吓到，于是擦枪走火。十分钟的连续射击后，倒下的有不愿屈服的反抗分子，有路过的行人，还有老人和孩子。大街上躺着很多尸体，受伤的人拼命爬行求生，大家尖叫着四散而逃……在最终清点后发现有二百一十五名群众死于这场枪战。这短短的十分钟已经足够让恐怖蔓延到巴黎的所有街区，慢慢地，这一氛围也传遍了整个法国，气氛变得沉默而压抑。

一年以后，路易-拿破仑成为了拿破仑三世，这位前共和国的总统开始带头进行改造巴黎的计划。他想将这个法国的首都打造成一个现代、明亮而干净的城市，消灭贫民区，取缔那些极有可能转化为革命摇篮的危险俱乐部。塞纳省省长、欧仁·奥斯曼男爵承担了这一改造重任。他开始着手拓宽巴黎的街道，使得大街上很难再设置路障，发生暴动的时候皇家军队便可以更畅通无阻地通行。

在这种秩序井然的改造大氛围下，"犯罪大道"成了拿破仑三世的一块心病。他要阻断那里让他感到心绪不宁的热闹与生机，这条道路必须被夷平！于是，1854 年，拿破仑三世在那里建造了欧仁亲王的军营。如今，这里被称作"韦林共和国卫兵营"（Caserne Vérines des Gardes républi cains），为了向一位在二战中在德国被枪决的中校致敬。

奥斯曼男爵的巴黎大改造计划让整座城市变成了一个巨大的工地，不过，改造后的巴黎焕然一新，成为了一个拥有宽阔街道的都市。另外，法令还规定将城市的范围扩展至奥特伊、帕西①、蒙马特和美丽城这些巴黎旧城墙的地方，并将整个巴黎分为了二十个行政区。还没有正式更名为"共和国广场"的水堡广场也在 1862 年扩建，而"犯罪大道"上几乎所有的演出大厅都在这次改造中消失了……

---

① Auteuil，Passy，均位于塞纳河右岸，巴黎第 16 区，大部分为住宅区，设有众多的外国使馆，还有巴黎最宽的福煦大街。

一些不愿意就此关门歇业的剧院则搬到了别处。历史剧院更名为夏特雷剧院（Théâtre du Châtelet），而同样位于夏特雷广场上的奥林匹克竞技场剧院也变成了城市剧院（Théâtre de la Ville）；快活剧院搬到了帕潘路（Rue Papin），成为了抒情快活剧院（Théâtre Gaîté-Lyrique）；疯狂戏剧剧院（Théâtre Folies-Dramatiques）挪到了勒内-布朗热路（Rue René-Boulanger）上，后来在20世纪30年代成为了一家电影院；昂比居伊剧院则在"犯罪大道"上幸存了下来，却于1966年被拆除改建成了一所银行……而该次拆除的许可证是由法国文化部长安德烈·马尔罗①签署的!

"犯罪大道"上还留下了些什么？

首先，我们可以在马塞尔·卡尔内于1945年拍摄的电影《天堂的孩子》中再次看到这条大道。这部杰出的影片以写实主义和浪漫手法为我们还原了"犯罪大道"上的演员、看客和小贩们的音容笑貌。

不过我们还可以找到更为直接的痕迹。位于圣殿大道41号上的德雅泽剧院（Théâtre Déjazet）建于1851年，幸运地躲过了奥斯曼男爵的巴黎大改造而得以留存。它曾经历了几次易名，从"疯狂的迈尔"（Folies-Mayer）到"疯狂的协奏"（Folies-Concertantes），再到"疯狂的消息"（Folies-Nouvelles），最终于1859年被当时著名的戏剧女演员维尔日妮·德雅泽买下。1939年时，剧院闭门谢客后变成了一家电影

---

① 安德烈·马尔罗（André Malraux，1901—1976），法国著名作家、文化人，曾任戴高乐时代法国文化部长，曾被提名为诺贝尔文学奖候选人，代表作有《人类境况》。

院。而如果不是艺术界和戏剧界人士群起抗议的话，这家剧院很可能已经在 1976 年变成了一家大型超市。

位于这条大道东边，阿姆洛路（Rue Amelot）上的冬季马戏团是另一个幸免于难的场所。建于 1852 年的这个马戏团原本位于"犯罪大道"的尽头，在电影开始流行的最初年代，它也曾经被改造成一座电影院，不过又于 1923 年重新变回了马戏团，并与另外几家著名的马戏团——布廖内（Bouglione）、弗拉泰利尼（Fratellini）及扎瓦塔（Zavatta）齐名。

大道西边，圣马丁门剧院同样也是这条大道上所剩无几的古迹之一。起初在路易十六的王后玛丽·安托瓦内特的要求下被改建成了一个歌剧院，之后又变回了戏院，但是在巴黎公社运动时期被摧毁。如今我们看到的这座剧院是于 1873 年重新修建的。

在长达十八年的时间里，法兰西第二帝国将首都巴黎打造成了资产阶级的天堂。战争的危机已经远离，而克里米亚半岛和墨西哥的投机与证券业正在蓬勃兴起，这让法国国内的投资者可以更为大胆地创造财富，发展工业。人们天天在圣日耳曼地区过着歌舞升平的日子，这里俨然成为了整个奢华城市的中心地带。

标志着法国进步的重大时刻始于 1867 年的那次万国博览会。为了这次盛大的展会，战神广场上搭建了一个巨大的，用钢筋、玻璃和砖头构成的圆形宫殿。这一临时搭建的场馆外形极为大胆与现代，成为巴黎市内新的地标。4 月 1 日，巴黎万国博览会在拿破仑皇帝的主持下开幕，天空万里无云，太阳的光线透过玻璃的反射让整座场馆显得熠熠生辉。从天刚亮开始，就有一大群人聚集在入口处排队。这次博览会集合了不同文化背景下的艺术与科技作品，在这里可以看到最新型号的火车头、印第安人的圆锥形帐篷、让人惊讶的电力装置以及来自日本的纸做的房屋。四十二个参展国家汇集在此展出他们的创造和发明。每个参展国都想借此机会表明他们的强盛：英国的展台采用了镀金的埃及金字塔的形式以展示他们从澳大利亚攫取的金矿；而更加让人刮目相看的是普鲁士展出了一架克虏伯大炮。当然，没有人想要仔细去揣摩对方暗含的挑衅或威胁的意味，毕竟这次展会还是以欢快的节日为主基调的。

阗脏的小巷、阴暗的胡同早在巴黎大改造时消失了。如今的这座城市处处是宽广而畅通的街道，道路两边耸立着覆盖着灰色板岩圆顶的高楼。夜晚来临的时候，家家户户炉灶上瓦斯的光亮照亮了整个巴黎，将它变成了一个热闹的大游乐场。新的夜生活中心又回到了那条圣殿大道上，这个充满魅力的地块从马德莱娜大教堂开始，沿着蜿蜒曲折的路径，一直可以通到水堡广场，其间还会经过宏伟的歌剧院，这是最能体现奥斯曼改造巴黎野心的象征。这条路上还散布着许多座位舒适、铺着毡垫的咖啡馆，那里经常有众多优雅名士光顾。

整个城市遍地都是舞厅，晚宴也是一个赛过一个的奢华，欢乐的气氛满得快要溢出来。整个法兰西第二帝国都在认真地享受着，几乎没有了睡觉的时间。在上流社会的专栏作家亨利·德·佩内眼中，整个巴黎的人都是"在晚上七点半用晚餐，然后九点钟观看演出，午夜时分开始去舞厅跳舞，凌晨三四点吃顿宵夜，如果之后可以并且有时间的话才会想到去睡觉"。

各国的君主、大臣和工业主们也蜂拥来到这个疯狂的巴黎。不知道在什么地方俄国沙皇会遇到土耳其的苏丹；荷兰的王后又会偶遇意大利的国王；而普鲁士的国王又会碰到埃及总督……大家都假装全世界正在这种愉快的气氛中互相调和，并向世界和平的目标迈进。

　　然而，三年之后，这个无忧无虑的法兰西第二帝国却在普法战争①中轰然倒塌。这场战争是由于德国宰相俾斯麦②想要建立统一而强大的德意志而发起的。1870 年 7 月，这场战争在欢快雀跃的氛围中筹备完毕。在各条大道上，人们疯狂地簇拥着整装待发的士兵们，妇女们已经准备好迎接即将胜利归来的英雄，而爱国的酒店小老板则免费为这些身穿制服的功臣们提供酒水……

　　可是，溃败是注定的。法国军队被包围，拿破仑三世被俘后也被囚禁到了色当③。9 月 4 日星期日早上，夏季温暖的阳光不再眷顾巴黎，赋予其耀眼的光芒，整座城市在无尽的蓝天下颤抖。齐聚到协和广场上的疯狂而愤怒的人群无疑又为普法战争的失败雪上加霜，人们想要摧毁这个君权政体的象征。

　　拿破仑三世的妻子欧仁妮皇后想要和忠诚的奥地利及意大利的大使一起逃走，这一小队人马穿过狄安娜长廊（Galerie de Diane），一直行进到弗洛尔宫，进入卢浮宫后来到博物馆的大厅内。皇后突然发现自己正面对着一幅杰利柯的作品《美杜莎之筏》④，画面上有几具扭曲的躯体……

　　"这幅画让我觉得有些古怪。"皇后说道。然后眼泪顺着她的脸颊流了

---

① 1870—1871 年普鲁士同法国之间的战争，因争夺欧洲大陆霸权和德意志统一问题而发起。最终这次战争使普鲁士完成了德意志统一，结束了法国在欧洲的霸权地位。
② 俾斯麦（Otto Eduard Leopold von Bismarck，1815—1898），劳恩堡公爵，普鲁士王国首相，德意志帝国首任宰相，人称"铁血宰相"。
③ Sedan，法国东北部阿登省的一个市镇，在默兹河畔。
④ 法国浪漫主义画家杰利柯于 1818—1819 年创作的油画作品，画中事件为 1816 年的沉船事件，是法国浪漫主义的标志。

下来。

她从通往圣日耳曼-奥塞尔广场的那扇小门走了出去。人们看到没落的皇后坐上了一辆四轮马车快速离去……欧仁妮皇后去了一位住在布洛涅森林附近的美国牙医朋友处避难，然后就开始了在英国的流亡生涯。

尽管法兰西第三共和国其后宣布成立，却没能停止战争。首都巴黎遭到轰炸，死神随时都会降临，将一家人掩埋在住宅的废墟里。荣军院、万神殿，还有索邦大学的屋顶都被炸飞，到处都是一派混乱的局面，而普鲁士人则进一步收紧了他们的包围圈。很快，整个城市就被隔离了开来，一场围攻开始了。当然，人们还是照常出行，因为巴黎还是那个巴黎。有人甚至还在家设宴，佯装请客人来家中晚餐，而宴请的菜式是一只焖烧的老鼠，浑身通红地放在盘子里，尾巴高耸着，并且还在它的嘴边精致地摆上了香芹等配菜作为装饰。

1871 年 2 月，普鲁士士兵占领了荒无人烟的香榭丽舍大道。巴黎穿上了丧服，巴黎市政府的阳台上黑纱飘荡。胜利的普鲁士军队趾高气昂地在大道上走了一圈，很快就离开了，留下身后一群怒火中烧的巴黎市民。

3 月开始，巴黎公社的反抗运动遍及所有的街区，红色的旗帜飘荡在灰色的天空下。筋疲力尽、士气低落而又不知所措的法国士兵向空中鸣枪后宣布就地解散，军队与普通市民之间的关系变得融洽起来。

不过，仍然忠诚于当权政府的军队还是对整个城市造成了无数杀戮。在蒙马特高地、卢森堡公园以及其他地方，盗窃、枪杀的行为比比皆是，时不时还能看到他们用机枪推搡行走中的囚犯队伍。在万神殿前，尸体一层一层地堆积起来。5 月 28 日晚上，最后一批依然坚守在拉雪兹神父公墓① (Cimetière du Père-Lachaise) 的公社成员边退边战，最终，他们相继在最后一堵墙（公社社员墙）前壮烈牺牲。5 月末，在两万人的牺牲作为代价后，新的秩序重新建立了起来，巴黎公社运动中的幸存者被大赦后送上火车，流放到各地。

第三共和国第一任总统阿道夫·梯也尔②提出："共和国要么是保守的共和国，要么就根本不是共和国。"之后，1875 年 1 月 30 日，在第二任总统麦克马洪③的任期内，国家议会以非常接近的票数通过了法兰西第三共和国的基本法，支持方和反对方的票数分别为 353 票对 352 票!

*

在这段时间里，"犯罪大道"上的戏院倒是幸免于消失的命运。在圣马丁门剧院，奇境般的科幻剧成为了当下的时髦玩意儿。1875 年，由儒勒·凡尔纳和阿道夫·德·埃内里合作编写的舞台剧《八十天环游地球》获得了空前的成功。人们竞相蜂拥去一睹出现在舞台上的真实的大象、大蟒蛇，硬纸板糊成会冒烟的火车头，在水中航行的军舰，印第安人的袭击，印度的宗教仪式，爪哇人的舞蹈以及在充满异国情调的舞台上各种生动的角色。

另外一些街区也吸引了不少新观众。比如蒙马特地区的维克多-马赛路 (Rue Victor-Massé) 上一家叫做黑猫 (Chat Noir) 的小酒馆从 1886 年开始就一直放映皮影戏，风靡了整个巴黎。

其中一出叫做《大象》的皮影戏一直是所有观众最为期待的黑猫酒馆的开场戏：白色的幕布被照亮，一个黑色的漫画般的影子开始移动。这个影子

---

① 拉雪兹神父公墓是世界上最著名的墓地之一，位于巴黎的第 20 区。
② 阿道夫·梯也尔 (Adolphe Thiers, 1797—1877)，法国政治家、历史学家，奥尔良党人。1871—1873 年，梯也尔担任法兰西第三共和国首任总统，并充当了残酷镇压巴黎公社的罪魁祸首。
③ 麦克马洪 (Marie Edme Patrice Maurice de Mac-Mahon, 1808—1893)，法国军人，法兰西第三共和国第二任总统 (1873—1879)。

手中牵着一根线，拉啊拉啊，忽然间又消失了。这根线似乎可以无限伸长，打成一个结，在这之后又是一条线，最后终于牵出了一头大象，并留下了一颗被夸张的解说者说成是"能散发香气的珍珠"的东西。然后这颗奇特的珍珠在观众的眼皮底下居然开出了一朵花……此时，幕布也随之徐徐开启。

这个小型戏院在获得了意想不到的成功之后，皮影戏这一新的艺术也随之诞生。戏院专门开辟了一整个放映厅预留给这一人气超高的戏种。而这一戏种的发明者亨利·里维埃创造出了整个影子世界，并不断地想尽新办法让他的影子剧团更为生动有趣。对于巴黎市民来说，在黑猫酒馆度一晚就好比经历了一次长途旅行。巴尔干半岛的国王、英国的贵族，还有来自法国外省的工厂主们不远万里屈尊前来观看表演，当然这些尊贵的客人不可避免地会要求小剧场在演出结束后让他们去后台一探究竟。这一举动惹恼了发明者里维埃，于是他与机械师商量出了一个反击与报复的办法：他们假装操作失误，让一块布满云朵的布景板将白色粉尘撒落在这些不受欢迎的人精致的礼服上，而另一处作为背景的装饰则"不小心"将其中一人的礼帽碰掉在了一堆垃圾里……大多数情况下，这些好奇的贵宾便不再坚持，迅速逃离了后台。

*

当"犯罪大道"逐渐消失在那些倡导现代化和进步的人的十字镐下，另一种真正的"犯罪"在未来的共和国广场周围悄悄发生。19 世纪末期，这些民众喜欢的舞厅变成了高危地带，人们在第三共和国一片混乱的状态下继续过着夜夜笙歌的生活，用跳舞来麻醉自己，一些年轻的女孩们却为之心醉神迷。那是一个奇怪的圈子，鱼龙混杂，在让人晕头转向的音乐声下掩盖着走私与犯罪的勾当。人们可以在那里遇到穿着考究的工人，与平民老百姓混在一起的堕落的资产阶级，略为紧张的年轻姑娘，天真纯朴的外省人，以及风骚放荡的轻佻女子。

这里还是秘密卖淫的据点。廉价的娼妓身穿庸俗、破烂而奇怪的服饰，慵懒地看着大街上来来去去的行人，只要有人肯出几个法郎的价钱，她们便愿意出卖自己的肉体。但是当心，危险总是潜伏在弱不禁风的表象之下：在这些笑意盈盈的女人破旧的衣衫下，很可能真实的身份是女强盗！她在和客人交欢时会伺机抢光客人身上的所有财物，而一旦客人有一点反抗的举动，她就会毫不犹豫地将尖刀插入他的腹部！

"阿帕切人"①，在巴黎人眼中一直都是大喊大叫、粗鲁暴力的小流氓、骗子、小偷和妓女。他们通常都会将鸭舌帽歪戴在一边，露出屁股上方的一块刺青，嘴里叼着烟头，常常让有产阶级们心生畏惧。而族人之间也会因为利益问题而发生内讧，因为他们通常都分成几个架构完善的帮派，每个帮派之间往往相互敌对、嫉妒、冲突与对抗。

"在巴黎，梅尼蒙当和美丽城这两个多石的高地为阿帕切人定居于此提供了较为有利的地形条件，"1900年时一位《晨报》的记者证实道。而身处那个时代的人对此是再清楚不过了。这些年轻的小混混们就像那些未开化的野蛮人一般，与那个时代的美洲印第安人一样，拒绝随着工业化的进程而改变。

而事实上，那些贫穷的街区也都集中在东部，就在著名的梅尼蒙当和美丽城高地上，而共和国广场就位于这一片区域中心地带的出口处。

这群穷人拒绝融入到新的社会秩序当中，很大程度上是因为他们知道即便他们融入其中，也不过是新的社会制度下供那些达官贵人剥削、消遣和折磨的丑角罢了。

---

① 专指法国"黄金时代"（19世纪末期至一战爆发）生活在巴黎的流氓团伙。

阿帕切人很快也有了他们自己的故事与主角。1902 年，巴黎的报纸开辟了大篇幅的专栏以刊登那些让大家感兴趣的事件，其中一个故事的主角是一名贪吃的妓女，圆圆的脸蛋上长着一双杏眼，而浅金色大卷的头发则为她赢得了"金盔"的外号。

"金盔"的真名叫做阿梅莉·埃莉，当年只有二十岁，在共和国广场附近的一间大众舞厅内跳爪哇舞。就在那里，她第一次遇见了一位叫做马里于斯·普莱涅尔的年轻工人。两人一见倾情，堕入了爱河。在这两个卑微的年轻人之间，一种迷途孩童般的温存正在滋生。但是很快，马里于斯就变得易妒、专制而具有占有欲。为了留住"金盔"，就必须进入她的世界，于是他渐渐地变成了一名小混混。马里于斯扔掉了他寒酸的工作服，转身成为了奥尔多①一带最为恐怖的流氓头头曼达！然而，对爱情并不专一的"金盔"却让这个可怜的年轻人大失所望：她又投入了一位帅气的科西嘉人多米尼克·勒卡的怀抱。而勒卡恰好是波潘库尔地区②匪帮的头目，是奥尔多派的死敌。这是赤裸裸的背叛！于是，一场决斗在大街上展开。一切都发生得太快，就如同古代悲剧中的情节一般：1902 年 1 月 9 日，勒卡被左轮手枪射出的两发子弹击中，又被几名好心的医生所救。几天后，在"金盔"的搀扶下，他走出了位于巴黎第二十区的特农医院（Hôpital Tenon）。曼达就等候在那里。他手拿一把尖刀冲向了他的情敌，再次将他刺伤。科西嘉人愤怒地告发了曼达……最后攻击者和受害人一道被判处了苦役。

后来，在第一次世界大战期间，阿帕切人和工人及农民一起组成军队作战，很多人在战场上流血牺牲，因而人数也就变得越来越少。

---

① Orteaux，位于巴黎第 20 区。
② Popincourt，位于巴黎第 11 区。

"金盏"的命运又如何?

之后，阿梅莉·埃莉为摄影师拍摄过一些情色照片，并以出卖照片给嫖客为生；也找过一些富豪情人做靠山，还当过马戏团里的驯兽师，最后默默无闻地在巴尼奥雷市成了一名贩卖针织品的商人。期间，她嫁给了一名工人，应该过得很幸福，并且常常在夜里为他讲述过往的事迹。最后，她于1933年去世，享年五十五岁。死时依然贫穷，并且很快就被人忘却了。

而曼达和勒卡谁都没能从圭亚那回来。曼达在服苦役的过程中去世；而勒卡则在刑满释放后，一直留在卡宴①当一名建筑工直到死去。

阿帕切人的故事还被搬上了舞台：一出名为《金盏》或者叫做《阿帕切人》的情节剧在"犯罪大道"的戏剧舞台上成为了热门剧目，经久不衰。1952年，这部剧被雅克·贝克拍成了电影，由西蒙娜·西尼奥雷和塞尔日·雷吉亚尼主演。

"金盏"、曼达和勒卡的故事就发生在共和国广场周围。1879年，正值鼎盛时期的法兰西第三共和国在市政及参议院选举中彻底战胜了保皇党人和波拿巴主义者，水堡广场在竖起了如今那座耳熟能详的威严的共和国女神雕塑后，从此更名为"共和国广场"。

---

① Cayenne，南美洲的一个港口城市，法属圭亚那的首府，有卡宴河流到大西洋。

尽管法兰西第三共和国的统治一直摇摆不定，然而这座共和国女神像却从此根深蒂固地植根于此。她将一直在那里，作为见证者为巴黎描绘其政治体制的版图……

CHAMPS-ÉLYSÉE-CLÉMENCEAU

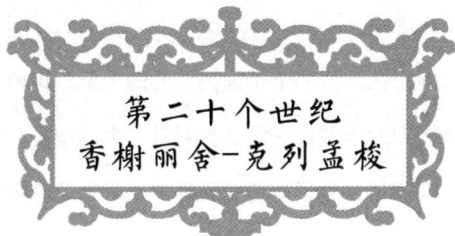

第二十个世纪
香榭丽舍-克列孟梭

权 力 大 道

香榭丽舍-克列孟梭①地铁站……我们还可以在站名上加上"戴高乐"和"丘吉尔"的名字，因为这两位二战中的杰出人物的雕像也屹立于此，和一战中人称"法兰西之虎"的克列孟梭的雕像放在一起。尽管香榭丽舍大道的尽头曾经发生过最为血腥的纷争，但那里也肩负了和谐与融洽的使命，位于附近的大小皇宫②便是最好的见证。它们是 1900 年万国博览会时建成的，后来成为了来自各国人民交流与沟通的象征性建筑。

在这条大道的起始点，不仅仅有代表拿破仑光辉战绩的凯旋门（Arc de triomphe），还有这条大道本身，也因为 1914 年爆发的第一次世界大战而被载入了 20 世纪的史册。

1920 年，向牺牲的无名将士致敬的风气大行其道，国民议会建议将这些战士的墓碑建在先贤祠。然而政府和当时共和国的总统亚历山大·米勒兰③似乎对这一建议大为不快。因为他们正在精心筹备另一项计划：他们想在这一年的 11 月 11 日在先贤祠隆重地奉上莱昂·甘必大④的心脏，这位前总理在第二帝国没落后曾亲手重建了国家防线。同时，这也是为了纪念停战两周年和共和国诞生五十周年。

一个是当权者的想法，另一个是国民议会的主张，这两个完全不同的计划导致了两个政治派别的出现：左派支持对甘必大的颂扬；而右派则想宣扬对一战中牺牲士兵的尊重。为了避免正面冲突，米勒兰总统想到了一个折中的方法：将甘必大的心脏供奉于先贤祠，而在同一天将无名士兵的尸骨葬于凯旋门前的星形广场下。而事实上，这样的方法没能让任何一方满意：左派中的极端分子拒绝参加一场"军人的节日"；右派中的反动分子则叫嚣着反对向"非宗教人士"甘必大奉上敬意。

于是，八具来自一战各个战场上的法国士兵的遗体被运送到了凡尔登大本营，然后人们随意选定了其中的一具。这名无名士兵的遗体最终被转移到了巴黎，并在丹费尔-罗什洛广场举行了一场晚上的葬礼。

1920 年 11 月 11 日早上，一支由战争中的受害者——残废军人、一位寡妇、一位母亲和一名孤儿组成的庄严的送葬队伍伴随着一具放在炮架上的棺木穿过巴黎城。送葬队伍一行在先贤祠前象征性地停了一会儿，那里同一时间正在供奉甘必大的心脏。然后，这支队伍一路前行，来到凯旋门前，将棺木放了下来。

---

① 克列孟梭（Georges Clemenceau，1841—1929），法国政治家、新闻记者，第三共和国总理，法国近代史上少数几个最负盛名的政治家之一，他的政治生涯延续了半个多世纪，与法国多次重大政治事件紧密相连。为第一次世界大战协约国的胜利和凡尔赛和约的签订作出重要贡献，被当时欧洲人称为"胜利之父"。

② 巴黎大皇宫（Grand Palais）和巴黎小皇宫（Petit Palais）都曾是 1900 年世界博览会展览场。如今大皇宫变成了一个公共展览厅，并且还会举行各式各样的大型节庆活动；而小皇宫则成为了一座美术馆。

③ 亚历山大·米勒兰（Alexandre Millerand，1859—1943），法国律师和政治家。1920年出任法国总理。后来以温和派联盟领袖的资格当选共和国总统（1920—1924）。

④ 莱昂·甘必大（Léon Gambetta，1838—1882），法兰西第二帝国末期和第三共和国初期著名的政治家，他为粉碎旧王朝复辟阴谋、建立和巩固第三共和国作出了贡献。

尽管实际上只有一具士兵的棺木被安放在凯旋门下，然而这一充满象征意义的举动却缓和了正集体沉浸在哀痛中的法国人民的情绪，也让那些失去了父亲、儿子或是兄弟，且不知道他们的尸体是消失在战壕、沼泽地还是轰炸中的家庭有了聊以慰藉的寄情之地。

这一极具政治手腕的两全之策不仅将凯旋门变成了一处庄严的墓地，还产生了另一个具有强烈象征意义的结果：这一无名战士的墓地的设立促成了凯旋门彻底的关闭。从此以后，所有的游行队伍都无法从凯旋门底下经过。那一年的送葬队伍可能是人们看到的最后一次通过凯旋门的游行了！

1940 年 9 月，一支德国军队在香榭丽舍大道上列队行进，他们早就希望能有一天从凯旋门下走过，但是这一愿望被残酷地打击了，最后不得不失望而回。

1944 年 8 月 26 日，巴黎人民看到他们敬爱的戴高乐将军满脸喜悦，步履轻快地从香榭丽舍大道的这一头一路下行至协和广场。

"这真是一片人的海洋！"戴高乐将军看着欢庆胜利的游行人潮自言自语道。

站在窗户前、阳台上、屋顶上，还有爬在梯子上、路灯上的巴黎人民都想在这个阳光普照的日子里，伴着飘扬的三色旗，参与这历史性的时刻。枪炮声在协和广场齐鸣，象征着最后一场战役的回响，引发了一阵小小的骚动。但很快，市民们就恢复了镇定，向着拉响最后一声炮响的巴黎圣母院进发。

1970 年，人们将星形广场更名为刚刚故去的戴高乐将军的名字（戴高乐广场，Place Charles de Gaulle），而政府也将对第一次世界大战中牺牲的无名士兵的纪念和对这位自由法兰西创建者的怀念结合在了一起。

如今，尽管最后一批战死沙场的士兵们的遗体已不知去向，但是在战争中牺牲的所有战士每天晚上都会被人们怀念和追忆。墓碑前燃起的火焰象征着对他们永不磨灭的记忆。

每年的 7 月 14 日国庆节那天，法兰西共和国都要在香榭丽舍大道举行代表着国家、荣誉和军队的游行。所以法国人民总是要聚集于此来庆祝历史上最重要的时刻吗？1944 年汹涌的人潮在这里庆祝戴高乐将军为巴黎赢得了自由；1968 年 5 月 30 日①，几十万巴黎人民聚集于此表示对戴高乐总统的支持；1998 年，又有大批市民在这里庆祝齐达内带领的法国足球队获得当年世界杯的冠军！尽管每次在这里欢庆的事件和人群不同，然而这条大道至高无上的地位却始终不曾改变。

当然，位于星形广场和战争纪念地圆形广场之间的香榭丽舍大道也兼容并蓄了历史的记忆与现代的面貌。如今，奢侈品贸易成了这条大道上的鲜明标识。我们可以跟随萨沙·吉特里的脚步，在他导演的著名影片《回到香榭丽舍》中一睹这条富有传奇色彩的大街……

*

在协和广场对面，塞纳河的另一边，法国国民议会所在地波旁宫（Palais-Bourbon）的十二根考林辛式立柱整整齐齐地排列着，与马德莱娜大教堂的立柱遥相呼应。

这座王宫是 1722 年为路易十四与其情妇蒙特斯庞侯爵夫人的女儿路易斯·德·波旁公爵夫人所建。近半个世纪之后，路易十五的宫廷大总管孔代亲王扩建了这一奢华的住所，并从凡尔赛的大特里亚农宫②吸取灵感，对其

---

① 是指法国"五月风暴"，即 1968 年 5—6 月在法国爆发的一场学生罢课、工人罢工的群众运动。5 月 30 日戴高乐发表讲演，宣布解散议会，重新举行全国选举。至此，各地风潮趋于平静。6 月下旬戴高乐派在选举中赢得大多数席位。
② Grand Trianon，位于凡尔赛宫的西北部，为路易十四和他的情妇蒙特斯庞侯爵夫人的住所，以及国王邀请宾客进便餐的地点。

进行了改装。

1795 年，这座宫殿在法国大革命期间被占领，并开辟出一个全新的半圆形大厅，作为由五百人组成的立法议会所在地。而该大厅的最高席位，即议会主席的位子，则由一位在大革命期间幸免于难的人来担任。之后，波旁宫经历了无数次的重新布置与改建，成为了如今可以容纳五百七十七位众议员的国民议会。

波旁宫的北侧承袭了拿破仑一世时期的新古典主义风格。当时第一帝国仍然处于拿破仑的专政政权统治之下，他在杜伊勒里宫中发号施令，而该宫殿的花园则通往协和广场。拿破仑想要用他的功勋来装点巴黎：为了纪念打败俄奥联军的胜利，他下令建造凯旋门；而为了向跟随他战斗的士兵们致敬，他又建造了马德莱娜大教堂；最后为了平衡塞纳河两岸的建筑，他重新改造了这座位于塞纳河左岸的波旁宫。

历史有时候也难免会让我们觉得好奇：这座作为共和国政体象征的建筑却保留着一个极为典型的王室名称！是的，其实正因为它是共和国的象征，它在议会制度尚且饱受那些渴望强权的人士非议的那段时期，成为了游行示威者想要攻击的首要目标……

1934 年 2 月 6 日，在议院对岸的协和广场上，三万名群众聚集在一起，威胁要对波旁宫发起攻击以推翻被丑闻①玷污的共和国。"反对偷窃，反对无耻的政权"，极右分子、保皇党人、民族主义者和法西斯主义者共同起来

---

① 引发 1934 年危机事件的是一名叫斯塔维斯基的法籍犹太人。斯塔维斯基专事投机和诈骗活动，他用诈骗所得贿赂 1200 多名政界要人，1933 年底事发后逃出巴黎，不久暴卒。由于该案件牵涉包括法国总理肖当在内的上千要人，人们怀疑政府在杀人灭口，极右翼势力趁机号召"向议会进军"。

抗议。"法兰西行动"、"国王的小贩"、"爱国青年团"以及"法国团结"①等极右组织很明确地想要推翻共和国、颠覆政权。人数最多的右翼组织"火十字团"由一些对政府不满的退伍老兵组成,却没有真正明确的政治纲领,在退伍中校弗朗索瓦·德·拉罗克的领导下,在关键时刻选择了撤退,留下了充斥着暴力氛围的广场和议会。

夜晚来临,上千示威者想要冲进波旁宫,这一行动一方面想要表达民众的愤怒,另一方面也是企图推翻政府。很快,警卫就被包围了,他们不得不向人群开枪,双方在夜里开始了长达六个多小时的对峙。有十六名示威者和一名警卫在混战中被杀,几千人受伤。

法国议会主席、共产党总书记莫里斯·多列士见状开始鼓动身边的群众力量:

"我向所有无产者和我们的社会主义工人兄弟发出呼吁,大家赶快到街上去驱逐那些法西斯团伙!"

三天之后,2月9日,共产党在共和国广场上举行的反示威游行同样遭到了警察的镇压。在所有参与抵抗极右分子的无产阶级民众中,有六人死亡,六十人受伤。

"革命广场"是如何变成 "协和广场"的?

1934年,协和广场曾被讥讽为"不和广场",与它的名称截然相

---

① 均为当时法国的极右组织。

反。而在历史上，它曾经还有过其他官方称谓。1789 年大革命爆发之后，它被称为"革命广场"，被视为不祥之物的断头台就曾屹立于此。据统计，有1119 颗头颅在这里被斩落，其中就有路易十六和他的王后玛丽·安托瓦内特的人头。到了 18 世纪中叶，广场上建成的路易十五雕像也被一尊头戴弗里吉亚帽的自由女神的石膏像代替。1795 年，"恐怖时期"结束之后，政府为了国内和平，表达协同、和解的愿景，将此地再次更名为"协和广场"。

1800 年，广场上的自由女神像被摧毁。二十年后，路易十八想在此处建一座纪念碑以纪念他那被押上断头台的哥哥路易十六。纪念碑动工之初，这里又被更名为"路易十六广场"，然而此项工程因为 1830 年七月革命的爆发而中断，广场也从此被重新定名为"协和广场"。

如果你看一眼位于美国使馆对面的克里永大饭店 (Hôtel de Crillon)，你就会发现一块深色的石板上标有"路易十八"的年代记录。另外，我们还能看到写有"路易十六广场"的碑文。再走几步，在广场的方尖碑和布雷斯特市①的雕塑之间，就是当年国王路易十六被斩首的地方。

1836 年，路易-菲利浦在广场中央竖起了由埃及总督穆罕默德·阿里赠送给法国的方形尖碑，也就是我们如今看到的这座尖碑。

---

① Brest，位于法国布列塔尼半岛西端，是布列塔尼大区菲尼斯泰尔省的城市，是一座海港城市，也是一座军港。在协和广场的四面八方分别矗立着代表 19 世纪法国最大的八个城市的雕像，西北是鲁昂、布雷斯特，东北是里尔、斯特拉斯堡，西南是波尔多、南特，东南是马赛、里昂。

让我们再次回到香榭丽舍大道上，沿着协和广场的反方向行走，很快就可以在右手边一处凹陷的地方看到金属门栅栏上的金色公鸡。这里就是爱丽舍宫的入口。自从路易-拿破仑于 1848 年当选为法兰西第二共和国的总统之后，这一原蓬帕杜侯爵夫人①（路易十五的情妇）的旧宅就成为了法国最高统治者的官邸。

然而，戴高乐将军却发自内心地不喜欢这里，这儿对于一位曾经的将领来说显得太精致考究了。另外，这座宫殿的结构也不是很合理，餐厅里端上来的饭菜常常都是凉的，因为厨房设在很远的地方。当然，住在先王宠妾的行宫这一点也是让这位生性严肃的将军大感不快的原因之一。

不过他的继任者们倒没有这些想法。乔治·蓬皮杜为了彰显他在现代艺术方面的兴趣和品味，邀请了以色列艺术家阿冈为爱丽舍宫的私人房间内打上不同颜色并随时变幻的灯光。然而他的妻子克洛德却对这个时刻变化着的冰冷宅子心生畏惧，还在蓬皮杜死后将这里称为一座"不祥的住宅"，一直拒绝踏入那里半步，哪怕只是与下一任入住者进行简短会面。

瓦莱里·吉斯卡尔·德斯坦②则独自一人入住爱丽舍宫，他的夫人安妮-艾莫娜觉得那里的私人房间太过狭小，并且装饰与布置也不适合与他们的四个孩子同住。于是这位当时尚且年轻的总统开始了一段逍遥自在的生活……1974 年 10 月 2 日清晨，当他在一位漂亮女演员的陪伴下回到爱丽舍宫时，他的法拉利跑车撞上了一辆运送牛奶的小型卡车，此事在当时成为了各大报纸与记者圈内的笑谈。

而对于弗朗索瓦·密特朗来说，爱丽舍宫仅仅只是一个办公的场所。他

---

① 蓬帕杜侯爵夫人（Marquise de Pompadour，1721—1764），法国国王路易十五的著名情妇、社交名媛。

② 瓦莱里·吉斯卡尔·德斯坦（Valéry Giscard d'Estaing，1926— ），是 1974—1981 年的法国总统。因主持起草《欧盟宪法条约》，又被誉为"欧盟宪法之父"。

的双重生活让他根本没有时间真正入住这座总统府——他和其"正宫"夫人达尼埃尔在比耶夫尔路（Rue de Bièvre）有个住所，还和另一个半公开的情人维持着地下情，这个女人在他当选总统前六年为他诞下女儿玛萨琳娜。

雅克·希拉克可能是历任总统中最欣赏这座宫殿的人了。他非常愉快地入住了这座总统宅子。"希拉克一直在他工作的地方生活，也一直在他生活的地方工作，"其中一位前参议员如此说道。他的妻子贝尔纳黛特在搬到爱丽舍宫之后则仍然保持了当初在巴黎市政府时的习惯。她从不掩饰对过往时光的追忆，并按照她自己的习惯和品味在王宫的花园里种上了花花草草。

至于尼古拉·萨科齐①，似乎最中意的是爱丽舍宫内的奢华场景，他于2008年2月2日在那里迎娶了妻子卡拉·布鲁尼。这场私密的婚礼在爱丽舍宫的二楼举行，仅仅邀请了二十几位包括亲属与密友在内的一小部分人。

"我从未算计，也从未预料，此前也从未结过婚。我深受意大利文化的熏陶，不赞成离婚……因此我会一直是法国的第一夫人直到我丈夫卸任，并一直是他的妻子直到死去……我们的蜜月旅行是在凡尔赛宫内二十分钟的漫步。这是一次让人难忘的蜜月。"新女主人在入主爱丽舍宫前发表了如此一番让媒体大吃一惊的讲话。

不过萨科齐总统并不是第一任在爱丽舍宫举行婚礼的总统。早在1931年6月1日，在任期间一直保持单身的加斯东·杜梅格总统②，在其离任前十二天也在这里举行了婚礼。

既然要继续游览这条全世界最美的大街，怎么能不去看一眼位于香榭丽

---

① 尼古拉·萨科齐（Nicolas Sarkozy, 1955— ），第23任法国总统。
② 加斯东·杜梅格（Pierre-Paul-Henri-Gaston Doumergue, 1863—1937），法兰西第三共和国第12任总统。

舍大道剧院（Théâtre des Champs-Élysées）装饰艺术墙前的蒙田大街（Avenue Montaigne）呢？

1920 年，在剧院院长雅克·埃贝尔托的带领下，这一剧院成为了艺术领域中的先锋代表：歌剧、芭蕾、戏剧、音乐会在那里相继上演。瑞典芭蕾舞团用拉威尔①、德彪西②、米约③、萨蒂④等法国音乐家的音乐伴奏进行的表演征服了整个巴黎。20 世纪的创意、智慧与美，在此处彰显得淋漓尽致。

大名鼎鼎的巴勃罗·毕加索也曾在香榭丽舍大道附近进行创作。这位伟大的画家出生于西班牙的马拉加，在他刚刚小有成就的时候，就在罗马认识了俄罗斯芭蕾舞女演员奥尔嘉，并娶她为妻，两人定居在距离香榭丽舍大道不远的拉·波埃西路（Rue La Boétie）23 号一栋考究而奢华的公寓房里，以便艺术家能安心作画。

而十五年之前的 1905 年，当时毕加索已经下定决心要定居巴黎。但那时的他只能住得起位于蒙马特高地附近的一间破旧、歪斜且摇摇晃晃的简陋小屋，人们将这种屋子称为"洗衣浮桥"。另外，他还用低廉的十五法郎的租金在同一个院子的三楼租了一间工作室。

一个暴风雨的夜晚，一名年轻女子浑身湿透急急忙忙往家里赶。她是一名专为画家工作的模特儿，也住在蒙马特高地上。她叫费尔南德·奥利

---

① 拉威尔（Joseph-Maurice Ravel，1875—1937），法国作曲家和钢琴家。
② 德彪西（Achille-Claude Debussy，1862—1918），19 世纪末 20 世纪初欧洲音乐界颇具影响的作曲家、革新家，同时也是近代"印象主义"音乐的鼻祖，对欧美各国的音乐产生了深远的影响。
③ 米约（Darius Milhaud，1892—1974），犹太血统的法国作曲家，六人团成员之一。
④ 萨蒂（Éric Alfred Leslie Satie，1866—1925），后来自己改名为 Erik Satie，法国作曲家。他被法国音乐六人团尊为导师，是 20 世纪法国前卫音乐的先声。

维耶，当时已经做过许多著名学院派艺术家笔下的模特儿，然而她却独独记住了毕加索，这位精瘦而腼腆的西班牙人。他的双眼始终燃烧着一种热情，一绺乌黑而挑逗的头发总是垂挂在额前。他们俩常常各自提着一桶水，在院子入口处的公共盥洗室里相遇，也经常有一搭没一搭地聊上几句。

这天晚上，毕加索又在狭窄的走廊里遇见了浑身湿透的费尔南德。那一年他二十四岁，而她也仅仅比他大了几个月。女模特丰满而柔软的胸部从湿透的衣服中透出肉色的轮廓，头上的花边帽下露出充满魅力的金黄色头发，看上去显然要比毕加索有吸引力得多。在这个诱人的造物面前，如果不是眼底那像要将人吞噬的火焰，这位西班牙画家看上去还真是毫无可取之处。毕加索挡住了模特儿的去路，笑着送给她一只从附近捡来的猫。费尔南德扭捏了一小会儿，假装想要挣脱他的阻拦，但很快她就同意去看一看这位大胆邻居的工作室。

这是费尔南德第一次进入毕加索的世界……她被画布上流露出的痛苦所震惊。她就像一只栖息在蒙马特高地上快乐的云雀，突然撞入了这层层叠叠的绝望中，她从这些还是初稿的画作中看到了一种病态的想象力。不过对于这位平时生活井井有条的年轻姑娘来说，最吸引她的还是那些到处散落的画布、颜料，以及随意扔在地上的画笔，最恐怖的是，那只被驯养在桌子抽屉里的小白鼠……

自从闯入这个乱七八糟而又奇奇怪怪的画家世界后，费尔南德带着笑意的眼睛和充满诱惑的面颊给这个充斥着悲伤气氛的小屋子带来了一丝明媚的阳光。从那以后，毕加索就陷入了爱河，充满了幸福和希望的玫瑰色色调开始占据他的画布。

1906 年春天，卢浮宫博物馆举行了一场伊比利亚青铜艺术作品展。 文物属于公元四五世纪，在西班牙的安达卢西亚地区①被发掘出来。毕加索觉得从这场展览中可以看到他的祖国以往的艺术历史，他被这些作品简朴的外形和强有力的表现形式所深深吸引。这位善于从不同的艺术作品中汲取不同营养的画家在几个月后又有了一个重大发现。这天晚上，毕加索到位于圣米歇尔码头（Quai Saint-Michel）附近的野兽派大师亨利·马蒂斯②家中吃晚饭，当然聊天的主题自然是艺术。马蒂斯从桌子上拿起了一件小雕塑，立即吸引了毕加索的注意。那是一件深褐色的木雕，毕加索是第一次看见这样的作品。尽管当时他什么都没说，但整个晚上他都举着这件雕塑不放，他黑色的眼睛一直在探究这个深色的木雕作品，而他的手指也一直在其精简的轮廓上摩挲。他再一次感受到当他站在卢浮宫伊比利亚古代青铜艺术作品前那种让他为之震颤的审美魔力。

第二天早晨，"洗衣浮桥"工作室的地板上便堆满了画纸。每张纸上都用木炭画笔以一种狂怒的情绪涂画着同一个图案：一张只有一只眼睛且鼻子无限接近嘴部的女人的面孔。

在超过半年的时间里，毕加索似乎一直在与他的画板交战。他不停地摸索和试验，画了无数草图：深褐色的木雕、伊比利亚的雕塑，还有对法国画家塞尚③的记忆掺杂在一起……最终，一幅全新的、惊世骇俗且震动人心的作品诞生了。

1907 年，毕加索的朋友来到他的工作室观赏这幅在巨幅画布上创作的，被取名为《亚威农少女》（*Les Demoiselles d'Avignon*）的古怪画作。看

---

① Andalucía，组成西班牙的 17 个自治区之一，首府为塞维利亚。
② 亨利·马蒂斯（Henri Matisse，1869—1954），法国著名画家，野兽派的创始人和主要代表人物，也是一位雕塑家、版画家。他以使用鲜明、大胆的色彩而著名。
③ 塞尚（Paul Cézanne，1839—1906），法国著名画家，后期印象派的主将，从 19 世纪末便被推崇为"新艺术之父"。

着眼前这些扭曲的线条、变形的美感和阴暗的少女脸庞，观赏者们纷纷摇头……却没有人知道，这幅作品将成为 20 世纪艺术领域里的代表之作！而当时，这一绘画艺术的革命才刚刚从蒙马特高地开始，很快，它就将蔓延至香榭丽舍大道剧院，然后再从那里扩展到整个世界……

"洗衣浮桥"工作室之后的命运又如何？

1970 年 5 月 12 日下午 2 点 30 分，这一片区域的消防大队接到若干火警电话，火灾地点就位于"洗衣浮桥"。

当浓烟渐渐散去，大片本来就简陋不堪的小屋已经变成了一堆冒着烟雾的灰烬，只能隐约看到一些被烧成石灰的房屋框架。"洗衣浮桥"的其中一位租客，画家安德烈·帕蒂罗被突如其来的悲剧吓呆了，嘴里只会念念有词地重复一些绝望的字句：

"太可怕了，我什么都没有了……我的画布、我的工作、我的生活……我刚刚还在地下室里的工作室作画，一阵黑色的浓烟就飘了进来……"

五年之后，"洗衣浮桥"重建，对于在火灾中得以幸存的外立面没有做太大改动。而内部，二十五间功能型的工作室和装潢考究的公寓房代替了早前简陋的居所。如今，拉维尼昂路（Rue Ravignan）上一扇常年锁上的大门和一部冷冰冰的内部对讲机将那些想要前来此处探寻旧日艺术陋室的游客们挡在了门外。

再说回香榭丽舍大道。站在象征胜利的协和广场前，面前的这条大道笔直通往凯旋门。在人行道的左侧，香榭丽舍大道 25 号，这里曾经是巴洛瓦侯爵夫人的府邸，她是俄罗斯的一名高空女探险家。在你面前的正是第二帝国时期保留下来的为数不多的香街上的遗迹之一。这一漂亮的街区饭店林立，附近众多绿化带吸引了不少优雅的人群。想象一下如果回到 20 世纪，沿着这条大道一路往下走，从骑马到乘坐四轮马车，到出租马车，然后再到第一辆汽车，每一种交通工具都代表了这一时代的与众不同和鼎盛时期的奢华！

让人意想不到的是这座建于 1865 年的豪华住宅如今变成了商业场所。沿着香榭丽舍大道一路往上走，你会发现身处眼花缭乱的各大品牌 Logo 之中，这些鼎鼎大名的奢侈品牌就像旧时封建贵族的徽章般显眼。以往的年代中我们可以在这里遇见政府官员或是让人敬仰不已的艺术家，如今被金融家所取代。当今世界的头面人物可能既不在爱丽舍宫，也不在波旁宫，而是在路边排成一排的奢侈品商店中。如今，那些奢侈品工业集团才是真正的强权，是他们操控着证券市场。沿着大道追寻 20 世纪的建筑记忆，可以看到位于香榭丽舍大道 74—76 号的克拉里奇酒店（Hôtel Claridge）的新艺术风格外立面；爱丽舍宫的旧址香榭丽舍大道 103 号则变成了一家银行；另外还有位于 56—60 号的维京唱片旗舰店，它的外立面采用了装饰艺术风格。

而从 1970 年开始，在星形广场设站的 RER 铁路网似乎改变了香榭丽舍大道的布局。四十几年来，人们可以很方便地从郊区一路乘坐 RER 来到这里漫步。而导致的结果是这条优雅而奢华的大道渐渐丧失了其与众不同的清高，与其他街道一样也躲避不了与快餐店和打折服装店为伍的命运。

不过归根结底，这里还是大牌云集：兰蔻、鳄鱼、雨果博斯、欧米茄、卡地亚、娇兰、万宝龙……这些世界顶级品牌的光芒在香街上闪耀，就像是新贵以胜利者的姿态占领了这里。

2006 年，路易威登在香榭丽舍大道 101 号拓宽店面，其重新设计的店面及怪异的橱窗布置招来了一阵批评。但无论如何，那里陈列了全球最具创意也最为别致的箱包。而位于香街 133 号的药妆店帕博利斯（Publicis）可能是五十余年来真正的建筑典范。其全新的全透明弧线外形，是 20 世纪末至 21 世纪初典型的建筑风格，可以让人毫无保留地看到内部结构。

而在这些新兴的繁荣商业圈中，最令人瞩目的还是将所有品牌都汇集到一起的"新凡尔赛宫"——拉德芳斯①。所有的商店都围绕大拱门而建，这一现代版的凯旋门与拿破仑时期建造的凯旋门遥遥相望，发出洋洋自得的回应……

---

① La Défense，巴黎都会区首要的中心商务区，位于巴黎城西的上塞纳省，邻近塞纳河畔纳伊。

LA DÉFENSE

第二十一个世纪
拉德芳斯

回 到 源 头

在地铁1号线的终点站拉德芳斯下车，你会看到崭新屹立的大拱门，像是一个巨大空心体的框架，这是一处雄伟非凡的建筑。20世纪的巴黎并不清闲：蒙帕纳斯大厦、巴黎大堂、塞纳河两岸的街道及建筑、蓬皮杜中心、歌剧院—巴士底狱一线、弗朗索瓦·密特朗国家图书馆……法国首都奇形怪状的新型建筑比比皆是，成就惊人。1989年竣工的拉德芳斯大拱门则为如雨后春笋般冒出的坏品位建筑添上了一个延长符号，成为与凯旋门同一中轴线上的另一道风景。

可能我的评价有些过于苛刻了。谁知道一百年之后人们是不是也会将拉德芳斯大拱门与新艺术及装饰艺术一起并列奉为20世纪下半叶建筑领域的代表性作品呢？也许我们更应该将注意力集中在这道现代凯旋门所营造的商业圈上。拉德芳斯地区仅仅拥有五十年的历史，是戴高乐将军于1958年决定建造的，标志着法国"光荣三十年"①期间的一个金融经济中心，其地理位置横跨皮托②、库尔布瓦和楠泰尔三个地区。当你凝视这座凯旋门的时候，在广场的另一头，有一座于1883年建造的"保卫巴黎"③雕塑，那是为了向 1870 年普法战争中阵亡的战士致敬，而这一地区的名字也正来源于此。

归根结底，与其让自己陷入一种略微可笑的保守主义，我宁愿将其看做是这个时代大胆的建筑风格，而非离经叛道的建筑作品。当然，我们都知道，时间会完成它的使命，历史将会做出最佳的判断，而且会比我的评判更为精准！不管怎样，这是未来世界的遗产，也是我所生活的这个世纪的见证，更是巴黎这座城市不可缺少的一部分。另外，在我看来，由法国建筑师让·努维尔④设计的位于埃菲尔铁塔附近的布朗利河岸博物馆（Musée du quai Branly）已经在这个时代的代表性建筑中占有了一席之地。

而如今，让我们从更广泛的层面来提出一个最基本的问题：21 世纪可以留给后人怎样的遗产？

到目前为止，让人觉得羞耻的是，这些让人惊奇的新型建筑都是用一些非永久性或是一次性的材料所建，很快就会消失。众多考古学家和建筑师都公开表示了担忧，因为这些现代建筑的寿命都不会长。

但无论如何，对于巴黎来说，如今的这个世纪仍然会是一个飞速扩张的时代。这必将是缔造一个"大巴黎"的世纪，巴黎将以自己为核心，向周围及市郊伸出触角，将其全部或部分划归己有，并在此过程中兼并一些省份。

如今的中轴线似乎注定要重新规划：夏尔·戴高乐大街（Avenue Charles-de-Gaulle）连接星形广场和拉德芳斯，并作为 N13 国道从讷伊镇穿过，这样的结构即将被改写，而修改方案已经在计划中。届时两岸都覆盖着

---

① 指第二次世界大战后 1945—1975 年期间法国经济飞速增长的 30 年。
② Puteaux，法国法兰西岛大区上塞纳省的一个镇，邻近巴黎。
③ La Défense，直译为"保卫、捍卫"，音译即为"拉德芳斯"。
④ 让·努维尔（Jean Nouvel, 1945— ），法国当代著名建筑师之一，他综合采用钢和玻璃，熟练地运用光作为造型要素，使作品充满了魅力。

绿色植被的塞纳河将流经拉德芳斯广场前的空地，而之前那些杂乱无章、突发奇想和偶然为之的建筑物都将被取缔。

如今的巴黎，未来的大巴黎，不断向西面拓展，也将把这高楼林立的商业区纳入自己的版图，作为其回顾过去的见证和面向未来的窗口。巴黎不会停下向西扩展的脚步，直至将拉德芳斯后方的楠泰尔市纳入范围。

这样一来，这座城市就又渐渐地回到了它的源头……还记得第一章中的内容吗？高卢人的卢泰西亚城就位于塞纳河边，如今楠泰尔市的位置。21世纪也许将见证巴黎再一次回到卢泰西亚的历史，并在两千多年后重新找到曾经孕育出这座高卢城市的河湾。

文学指导

于盖特·莫尔

及

爱德华·布隆-克吕泽尔

鸣谢：

埃里克及索菲·德博蒙

图书在版编目（CIP）数据

地下巴黎／（法）多伊奇（Lorànt Deutsch）著；
施珂译.—上海：上海译文出版社,2018.3
书名原文：Métronome
ISBN 978－7－5327－7503－3

Ⅰ.①地… Ⅱ.①多… ②施… Ⅲ.①长篇小说－法
国－现代 Ⅳ.①I565.45

中国版本图书馆 CIP 数据核字（2017）第 091278 号

Lorànt DEUTSCH
Métronome
© Michel Lafon Publishing，2009，*Métronome*
Cover illustration copyright © Antoine Corbineau／Talkie Walkie
Simplified Chinese edition copyright：
2018 SHANGHAI TRANSLATION PUBLISHING HOUSE（STPH）
All rights reserved.

图字：09－2012－606 号

地下巴黎
〔法〕洛朗·多伊奇　著　施珂　译
责任编辑／黄雅琴　装帧设计／胡枫

上海译文出版社有限公司出版、发行
网址：www.yiwen.com.cn
200001　上海福建中路 193 号　www.ewen.co
上海盛通时代印刷有限公司印刷

开本 890×1240　1/32　印张 13　插页 4　字数 231,000
2018 年 3 月第 1 版　2018 年 3 月第 1 次印刷
印数：0,001—8,000 册

ISBN 978－7－5327－7503－3/I·4578
定价：48.00 元